陕西师范大学中国语言文学"世界一流学科建设"成果

黑白：
永恒的沙漠之渴

刘国欣　著

天 津 出 版 传 媒 集 团
百花文艺出版社

图书在版编目（ＣＩＰ）数据

黑白：永恒的沙漠之渴 / 刘国欣著. –– 天津：百
花文艺出版社, 2019.11
　ISBN 978-7-5306-7771-1

　Ⅰ. ①黑… Ⅱ. ①刘… Ⅲ. ①散文集–中国–当代
Ⅳ. ①I267

中国版本图书馆 CIP 数据核字(2019)第 270905 号

黑白：永恒的沙漠之渴
HEIBAI YONGHENG DE SHAMOZHIKE
刘国欣　著

选题策划：韩新枝　　　　　装帧设计：蔡露滋
责任编辑：刘佩莲
出版发行：百花文艺出版社
地址：天津市和平区西康路 35 号　　邮编：300051
电话传真：+86–22–23332651（发行部）
　　　　　+86–22–23332656（总编室）
　　　　　+86–22–23332478（邮购部）
主页：http://www.baihuawenyi.com
印刷：山东临沂新华印刷物流集团有限责任公司
开本：787×1092 毫米　　1/16
字数：253 千字
印张：20.5
版次：2019 年 11 月第 1 版
印次：2019 年 11 月第 1 次印刷
定价：40.00元

如有印装质量问题，请与山东临沂新华印刷物流集团有限
责任公司联系调换
地址：山东省临沂市高新技术产业开发区新华路 1 号
电话：(0539)2925659　邮编：276017

总 序

　　陕西师范大学中国语言文学学科至今已经走过了七十多年的发展历程。数代学人培桃育李、滋兰树蕙，在学科建设、人才培养、科学研究以及社会服务等方面取得了令人瞩目的成就，涌现出了一批蜚声海内外的硕学鸿儒，形成了"守正创新、严谨求实、尊重个性、兼容并包"的学术传统和"重基础训练、重理论素质、重学术规范、重人文教养、重社会实践、重能力提高"的人才培养特色，铸就了"扬葩振藻、绣虎雕龙"的学院精神。数十年来，全体师生筚路蓝缕、弦歌不辍，获得中国语言文学一级学科博士授予权，中国语言文学一级学科博士后科研流动站，中国古代文学学科也跻身于国家重点学科；建成"国家文科(中文)基础学科人才培养和科学研究基地"，教育部、国家外国专家局"长安与丝路文化传播学科创新引智基地"，教育部"2019 年全国普通高校中华优秀传统文化传承基地""陕西师范大学语言资源开发研究中心""陕西文化资源开发协同创新中心"等多个省部级科学研究平台；汉语言文学专业为教育部特色建设专业、陕西省名牌专业，入选陕西省"一流专业"建设项目，秘书学专业和汉语国际教育专业也入选陕西省"一流专业"培育项目；形成了从本科、硕士、博士到博士后完整的人才培养和科学研究体系,中国语言文学学科走上了稳健、持续发展的道路。

2017 年,中国语言文学学科被教育部列入"世界一流学科"建设学科,迎来了难得的发展机遇。中国语言文学学科全体师生深知"一流学科"建设不仅决定着我校中国语言文学学科能否在新时代开创新局面、取得新成就、达到新高度,更关乎陕西师范大学的整体发展。在学校的正确领导下,各有关部门同心协力,兄弟院校及合作机构鼎力支持,文学院同仁更是呕心沥血、发愤图强,学科建设取得了显著成效。为了及时汇总建设成果,展示学术力量,扩大学术影响,更为了请益于大方之家,与学界同仁加强交流,实现自我提高,我们汇集本学科师生的学术著作(译作)、教材等,策划出版"陕西师范大学中国语言文学世界一流学科建设成果"丛书和"长安与丝路文化研究"丛书,从不同的方面体现我们的研究特色。

丛书的出版得到了陕西师范大学学科建设处、社会科学处以及有关出版机构的大力支持,在此一并致谢!

作为陆路丝绸之路的起点与丝路文化中心城市高校,我们既承载着历史文化的传统与重托,又承担着新时代的使命与责任。作为新时代的中国语言文学学科,既古老又年轻,既传统又现代,包容广博,涵盖古今中外的语言与文学之学。即使是传统的学术学科,也是一个当下命题,始终要融入时代的内涵。用一种人人参与、人人分享的形式,借助于具体可感的学术载体,传播中华优秀传统文化,发扬中华优秀传统文化,彰显中华现代文明,这是新时代人文社会科学工作者的重要使命。"士不可以不弘毅,任重而道远。""一流学科"建设永远在路上,中华优秀文化的发扬光大永远在路上。我们将不忘初心,不辱使命,努力前行!

陕西师范大学文学院院长　张新科

2019 年 10 月 30 日

目 录

领 牲

在我国古代的祭祀中,有"太牢""少牢"之说。"太牢"是牛、羊、猪为祭祀之物,"少牢"则缺牛,形式也比较小一些。"太牢"一般为皇家所用,规模较大。

在我陕北高原的坡上农家,现在每年仍然进行几次村庙的祭祀仪式,由村庄每家每户出人出力,杀羊或杀猪,到庙里去领牲。西南地区彝族也有杀牲口祭祀的仪式,但与我们大有不同。与领牲相对的,有放牲。领牲一般是村祭,放牲则是单个人家。放牲的多是鸡,偶尔也有羊,头或腿上拴了红绳,表示放归山野,自生自灭,放的实际是它身上的灵。西方一个有名的哲学家遇见人打一条狗,就劝阻说,他在这条狗身上看到了自己老朋友的灵魂。人类认为其他生物身上附着人的灵魂,除了表示一种对生命的敬畏,大约总有一些其他理由吧。

领牲是村子里除过庙戏外最重要的祭祀形式。大约是受少数民族文化的影响,陕北高原古来属于塞外,地处黄河边,游牧文化和黄河文化的结合,另外京都被贬的官员以及外来驻军齐聚这里,所以这里有很多不同于其他地区的民间仪式。这里的领牲,大约是受汉族以外的民族影响而形成的。

我们村一年领四次牲，都以农历计时，五月二十五、七月十五、八月十五、十月初一。五月二十五为祈雨；七月十五属于中元节，为鬼节；八月十五中秋，祈祷庄稼丰收；十月初一是民岁腊，祭祖。黄土坡上人家，不同的村庄领牲日子不同，祭祀的牲口也不同，但也几乎无脱两样，猪和羊，不可能有牛的。就是近些年，坡上人家也没有听说过有人杀牛。黄土高原千沟万壑，土地都在山坡上，很少有水田，大型机器作业无法爬山下坡，所以仍然处于农耕时代，鲜少有机器耕地，牛、骡子、驴依然是功臣。人们对牛有着感激之情，认为牛神是"扶江山"的老臣，所以牛几乎算家人一丁，因此很少被宰杀。我们村子领牲用的都是羊，选的是长得周正干净的白绵羊羯子，或者长势周正的山羊，而不是一般的羊。如果是山羊，也必须为黑色，不能有白毛；如果身上有白毛，龙王会发怒，可能要下冰雹打死庄稼。

邻村叫赵寨，是个大村，人口众多。他们领牲不是羊，是猪。他们的日子选择的是六月，为的是祈雨和谢雨。

五、六月正是庄稼拔节长的时候，人们呼唤有个好天，下几次保墒雨，所以这时节周边村子领牲和唱庙戏的多。

五月份下的雨，都是关老爷磨刀雨。神仙磨刀需要用水，天上有水，地上就会有雨，所以五月是行雨月。陕北是个"圣人布道此处偏遗漏"的地方，跟整个中国文化的变化相比，总有点不赶趟子。迄今为止，在陕北，订婚结婚下葬之类说起日子，都是以农历为主。我这种常年在外的人，与家人打电话，也得经常转换时间概念。所以我说的五月行雨月，指的是农历。也许正因为把日子过得慢慢腾腾，所以陕北这片土地还未被彻底地裹进资本大潮里，人们还没有黑白颠倒，依旧过的是人间生活，日出而作，日落而息。

领牲的事情由会首来做。会首是每家每户都可以做的，一年换一次，一次由两个人组成,轮到谁家就谁家出人。领牲,就是由会首出面,在一年的四个日子里,选定四只领牲羊,到领牲的日子,进行领牲。羊儿是村里放羊人家的,但每一只都是被估了价的。村里每户人家都出一份份子钱。领过牲后,羊儿被宰杀,分成几十份,骨头一份,肉一份,每家都可以分一小份。

逢到领牲的日子,一大早,两个会首就牵着活羊到庙里去。村庙在一个叫前坪的地方,是一个大坡,坡顶端是一块平地,立着一个简陋的小庙。我出生的时候,还只是个土庙,像一间简陋的房子一样,不过有院墙,有庙门,全都是泥土坯子围出来的。里面供奉着五个龙王,都是泥塑,白龙黑龙黄龙红龙青龙,五条龙王佑护着我一村平安。我小时候在一个大雨天和爷爷进这个庙里躲过雨。爷爷是进了大门就下跪,进入神仙住的大殿,又一次下跪;我见神像庄严,也不由自主腿发软。待再次抬头,发现他们也不同于寻常画面上的神像,并没有如何凛然,便笑嘻嘻地想打闹着玩,被爷爷眼神制止,说不要骚扰菩萨。他老人家又跪下磕了一回头,念叨着龙王们不要怪牲口一样没长大的小孩。第一眼看见龙王的赫然,我仍然记得。若说世间有神有灵,那也是我第一次见吧。我进的第一个庙宇,是村子的这座庙宇,土庙,土神。庙下面是一个大坡,埋葬着数不清多少代的村人。直到现在,我还是不明白,我们黄土坡上的人家为什么把还没有长大成人的孩子说成是不懂事的牲口。大约是牲口贱养,所以如此比对。

会首将羊领到庙里,向神灵上香,焚烧表章,嘴里念叨一番,无非是保佑村子风调雨顺,一年吉祥平安,希望他老人家普降大雨,拯救我一方百姓。香有几种,一般进庙门中心点一炷,东南西北各处都点,每尊神前点一炷。一个会首作肃穆凝神状,高声吟唱:"天皇皇,地皇皇,海里有个老龙王,旱涝丰歉由他掌。领羊一只献神仙,下海雨,救万民。东海龙王上来了,上来了……"就如素日叫魂一样。一个会首如此高唱,另一个会首应着:"上来了,上来了。"

管雨水的还有一小神是条小龙,叫小黑龙,是地方神。在当地传说中,小黑龙是民间女子与龙王的私生子。东海龙王游到此地,与民女生了孩子。某年,村里惹了龙王,大旱。小黑龙已经出生,还是个孩子,拜别母亲,就地打转,上天偷了三分雨,解除了旱灾。然而当他回到村庄,母亲因为他忽然变为旋风,吓得昏死过去,再也没有醒来。小黑龙就此上了天,再没回来。然而每年,若是求不来龙王的雨,村里就会领牲杀羊求小黑龙的雨,一般多是求而得的。小黑龙在我府谷县城的民间故事里有不同版本传说,反正他是雨神,可以偷三分天雨,为人间解旱情。

我所知道的是,会首从来没有女的。祭祀是不让女人沾手的,女儿媳妇都不能,老妇也不行。庙里的龙王都是男龙王。过年年底写对子,无论女孩子毛笔字写得多么好,总还是犯忌的,不能写。会首也不能当,怕脏了神仙。没有女人争着当会首,就如没有女人争着写对子一样,可是我并不是没有过那心。我想到这间庙宇,有感动,也有怨责。若说神仙有规定,神仙也是不公平的。大约公平只有自己去争取。可是人们习惯了不去做一些事情,就永远都不敢动那心了。

会首祷告完,将带去的半桶水一瓢一瓢地浇灌在领牲羊的耳朵上、脖子上。羊儿若全身抖动,说明神灵在接受贡品;羊儿如果不抖动,就继续给它的头顶上瓢泼水淋,直到它开始抖擞身子。有人见过始终没有反应的羊儿,这种情况,就说明村里有人冒犯了神灵,神灵怪罪。但是鲜有这种情况。人类总是聪明的,不行,换个地方,人强制着,羊儿也得抖擞身子。

羊儿抖擞身子,就说明神灵享用了供品。然后,会首就将牲羊带回村子,选其中一家,铺设案桌,杀掉羊儿,各家分食生肉,一家一份。一般都很少,两三份加起来也至多一搪瓷洋碗。有些人家后来信仰基督,不参加祭祀,但是也不能犯众怒,只是出钱,羊牲则让别人领掉。

小时候,我很喜欢这样的日子。二月二灯盏节过后,就盼望着五月二十五,盼望着分点羊肉来吃,盼望着喝点羊汤。孩子们的嘴那么馋,因此一直都记着那味道。一年里的幸福味道,就由这几个日子和年组成。大了,远了,日子过得有模有样,却像是一天天都给别人看,那样简单的幸福和快乐,似乎很久没有享受到了。

　　五、七月到庙里领牲,多是为祈雨;八月、十月,则是为祈祷有个丰收的年,也是还雨愿。一年里是否有好收成,八月就可以看出来。领牲,名为祭祀,实是陕北人民苦中作乐、敬畏大地的一种生活方式。陕北长年缺雨,五、七月间,天旱地荒,唯盼老天降甘霖。人们去祈雨,有时也请村中巫神去唱歌。一般会首亦可以唱《祈雨调》,不同的村庄歌词不同,但歌词慷慨悲凉,让人恓惶,千里万里,自成一种激越和壮烈。这种调子为我陕北高原独有,仿佛可以穿透灵魂,进入那懵懂的洪荒。江南悲歌,多是那种甜腻的怅惘和湿润的愁思,我陕北则是干裂的直见天地的那种质涩。

　　我府谷县文化馆,有一异人,常孤来孤往。他最拿手的歌曲是神官曲。一次有缘,听他唱《祈雨调》,歌词大约为:

　　　　晒干了,晒干了,五谷田苗子晒干了。龙王老家哟,救万民!
　　　　晒坏了,晒坏了,拦羊娃娃晒得上不了山。龙王老家哟,救万民!
　　　　杨柳枝,水上飘,轻风细雨洒青苗。龙王老家哟,救万民!
　　　　水神娘娘把门开,二位神灵送水来。龙王老家哟,救万民!
　　　　刮北风,调南风,玉皇老家把雨送。玉皇老家哟,救万民!
　　　　佛的雨簿玉皇的令,观音老母的盛水瓶。玉皇老家哟,救万民。

　　因为小时候常常听,所以我仍然记得歌词,不过他主要唱下面几句,不断地重复回环,有十几次,时而高声,时而低回。"龙王救万民哟,清风细雨哟救万民,天旱了着火了,地下的青苗晒干了……"如同一场旁若无人的哭泣。他在泣哭里走出了很远,不再回头。而我们在座之人,却仿佛也被他的声音引领,一路往茫茫的前方去。

以后还见过这个人一次,匆匆忙忙地在县城一个拥挤的小巷子走,不看人群,如同一只急于脱身的蟑螂,四处逃窜,他的《祈雨调》又整个地回旋在县城的上空。大约是因为经常唱这些悲伤的歌,感染了古调里的那种萧瑟,所以他整个人有种连接天地的悲凉之气。

有所祈求的人生,显得那么低卑。从夏到秋的领牲祭祀,仿佛提醒大地上的人类,无论干旱还是丰收,都该心怀希望地活着。

庙戏及其他

　　我陕北乡下，黄土坡上村庄，每个村子都有庙会。庙会以给村里庙里菩萨唱大戏(主要是晋剧和京剧)为主，一年一次。大一点儿的村庄，一年会有两次庙会。更小一点儿的村庄，会与邻村合并唱一台。我村一直都是三五百人，最大的时候，兼并过左右两个村子。我村为大队，后来的这些年，分开了，但庙会还是一年一次。前几年，改革开放富裕起来的人家，会在庙会之后再请一台小戏班，唱三天二人台。给庙上唱的大戏比较庄重，二人台上不得台面，村里执事每户轮流。只要请的二人台剧组，神仙们就会不喜欢，刮风下雨打雷声，一年到头让村庄不安宁。所以，为了安宁，人们总结经验教训——神仙们喜欢听晋剧和京剧等大曲目，所以正式的庙会是晋剧和京剧。大戏之后才是人戏，男荤女素的二人台。汉子婆姨喜欢二人台，小女子们也喜欢，但她们就是想听，也不敢在戏场上搬个凳子坐下来听，不然到处都是闲话，会说她们思春。《牡丹亭》在我村庄一直上演着，大约有庙会起就有了，至少几百年。而唱大戏，婆姨女子老汉小伙子，都可以搬着板凳坐下来。

　　庙会也是一般人家男女见面相亲的地方。被相的女孩子，自然不能像平日大刺刺迈着步子满露天戏场地跑,就坐在凳子上,拿个针线包,绣鞋垫或者织毛衣,边听戏边干活儿。陕北人家娶亲,一般不出三五十里,再远了媳妇几乎都算是买来的了。婆家和小伙子这时候就会来看,村庄里的小伙子也会出动。看戏虽然是放松的活动,一年到头不多的村庄娱乐,但这时候被相亲的女子,忐忑不安如同小鹿,然而还是会扯着母亲或者姐姐妹妹们,坐在戏台下,一坐一下午,或大半个晚上。因为唱戏通常是下午一出,晚上一出。男方来来回回也不易,眼神来去,电光石火,就在这几天啊,谁不想这个时候做个主角,出尽风头!然而也有不顺意的,明明看重高个子瘦弯弯的妹妹,娶过来的时候却成了胖嘟嘟矮个子的姐姐。这事情就发生在我堂哥身上。一家人家两姐妹,介绍人也没有具体说清楚个子矮的才是姐姐,结果聘礼都下了,才知道了真相,新郎也就没了办法,反正娶姐娶妹总归是可以娶一个的,哪个女儿都不愁嫁。于是,这样一凑合,一辈子也就凑合了。现在堂哥一儿一女,像寻常夫妻一样,也吵架也打架,不过早就不为这一码事情。

小时候经常看见这样的相亲,十几个堂姐几乎都经过这样的方式被一个个娶走了。因此,庙会,也是她们的盛会。当然,这个时节别村的姑娘们也会来,与她们相中的小伙子约会,或者来"采风",为她们的将来做准备。无论社会多么自由,我陕北姑娘嫁人,总还是自己相一相,然后再走走介绍人和父母的过场,不会直接告别爷娘随郎去。

大戏通常都有悲剧色彩,一般唱三天,五场或六场,三天三夜。中间的日子叫正日子,人最多。周边村庄来很多人,做生意的小商贩也会来。城里人好奇,开着车子带着老人也来。大戏有《穆桂英挂帅》《打金枝》《九件衣》《斩秦英》《狸猫换太子》《算粮登殿》(关于薛平贵的戏)等。诸如这些戏,都是汉民族的传奇故事。女子们最感兴趣的是《九件衣》,虽然说的是表兄妹私订终身女助男考金榜结果嫁衣被偷的事情,每年都没有花样翻新,但是舞台上那婀娜女子因为情人被疑偷了人家嫁衣屈死厅堂,她挺身而出力证清白让人难过，尤其是最后她无心独活愤而自杀那一出，宛转蛾眉，落尽桃花，她所佩戴的头饰掉落地上，台下少女们心都死了，不忍看，却每每几个姐妹总是在这个时候集中精神专注台上。这一出演完了，好像庙会也过完了。因此，汉子们和剧团写戏的，有些就不喜欢这一出，觉得太悲，家里娘儿们号号着为这出戏半夜不睡，太折腾人。而女人们一年里如果不看这么一出，总还是心里空落。及至后来大学时代，看了吴虹飞主唱、幸福大街表演的《妈妈，看好我的红嫁衣》，像是想起前尘往事，我整整哭了一个下午。杨家将的故事是黄土坡上人家小儿都可以随口讲的，几天几夜不重复。陕北人的历史意识特别强，和小时候经常听戏听书不无关系。大多人都知道"甘罗十二拜相""韩信胯下之辱""刘秀封树王""陕北龙王长黑羊头""钟馗嫁妹"……陕北人对薛平贵是又喜又厌，厌的多是女子，喜的皆为男儿。戏剧里有文，王宝钏守寒窑，水里照见生白发，才觉十八年惊过。乡下婆子说王宝钏没福分，才当了娘娘就死了。女子们不喜欢，也不无道理，谁都怕前车之鉴。对于女子们来说，前朝前代无论多么辉煌，还是一路行着的现在最好。如果王宝钏当时也有微信微博，也可以网上人肉搜索薛平贵，大约也不会苦守十八年，把自己守成了一截朽木。所以坚贞女子多是因为社会信息不发达造就的。放在当代，王若早知薛已经荣登别国驸马，恐怕自己也可以长别寒窑了。陕北无论是大戏还是小曲二人台，节目里对于女人都是宽松的，就是《狸猫换太子》，也是一路笑嘻嘻，长袖一抖，活狸猫变死太子。这虽然是悲剧，毕竟杀人不应该，但是这戏剧似乎很解民间女子恨。皇帝人人当，女子也可以做，所以武则天在陕北，是和土生土长的杨家女郎享受一样的待遇，甚至更胜一筹。至于《斩秦英》《甘罗封相》《桃园结义》《包公案》的戏，那是男儿的，我记起来的实在不多了，不过仍然记得包公斩忘恩负义的陈世美，这个我总和曹植的七步诗记混，好像举步之间负心人就已经身首两地。现在想来都觉得好过瘾，但长大后想起这些，总觉得负心人有负心人的自由。婚姻里爱不再持续，维持空虚的壳，道德律者以此做要挟，要死要活，也是满让人为难的。人若生而不自由，不如归去。

二人台是年轻夫妇们喜欢看的曲目。陕北属于"圣人布道此地偏遗漏，礼义廉耻到此一笔勾"的地域，二人台几乎全部有违纲常人伦，里面不是公公爬灰媳妇偷情，就是寡妇养汉子，几乎无一不指向性生活，而且歌词也多不落实在官方价值指向上，更多是娱乐狂欢，好像要的就是突破禁忌的毁灭和畅快。二人台的生活，是未经文明规划的人的理想生活，是那种混沌初开破坏一切的力量宣泄。二人台的曲目有《五哥放羊》《王成卖碗》《夫妻观灯》《卖菜》《牧牛》《压糕面》《戏貂蝉》等。很多曲目是即编即演，与传统节目的大戏不同，不固定，荤话连台。年轻婆姨女子在台下，也破除了娇羞相，火辣辣一副情欲不满的样子。因此，二人台是非常撩人的。这个时候刚结了婚的年轻男子，往往会格外照顾自己家的婆姨，一不小心怕人勾了去成云雨之欢。

我们村的庙会是在农历正月二十，二人台是正月二十四或者其他日子。二人台不固定，可唱可不唱。二人台由村中富裕人家主持操办，庙会则是全村的，每家都分摊一份份子钱。但是戏台是一个戏台，只是剧组不同剧目不同而已。

戏台在村庄顶端那块平地上，二十世纪五六十年代建立过三间大房，我父亲年轻时做生意卖白面，三间大房库存过一段时间面粉。到我记事起，已经是九十年代了，三间大房放些庙里物什，都已残破漏雨，但还没有倒塌。现在大房则全部毁弃，但庙台还在，仍然是露天的。唱戏的来之前，村中青壮年搭建戏台，用各种长短不一样的木头木棒，然后盖上大帐篷。这点不比经济发达的一些村庄。那些村庄修了牌坊，盖了村庙台，兴建了庙宇。有一个村庄走出的富翁，甚至给村中每户盖了一座小别墅，可惜不是我们村。我们村子依然处于农耕时代，我家更还在前农业时期，放羊养殖，耕织生活。

演员来时正是开春前。草木有一年一度又一次出发之态。鸟儿早就跃然枝头，它们在冬天分外与人亲，这时节亦然，因为这时候村里食物比山间多。戏台外有一排白杨树和枣树，有几个场面，打场用的，干草垛子和糜草垛好几个。小演员们喜欢在场面上练说唱念打，他们穿着花花绿绿的衣服，唇红齿白，一副佩戴令人羡慕。他们累了，会在糜草堆上坐下，唱歌，荡荡的。那声音隔了十多个年头到现在我仍听得见。那时候我最大的理想就是跟着戏班子去讨日子，吃百家饭。他们到每一个村庄，都是三三两两分在不同的人家住和吃。我喜欢他们四处游荡，喜欢他们四海为家，喜欢他们在不同的地方迎接同一个落日和朝晖。我到现在还羡慕他们，以致这么些年，在我的演员梦因为各种原因破灭后，我仍然经常试图和他们建立各种不同的联系。我喜欢叫他们戏子而不是演员。我喜欢的是行走在山野间为村人农民唱歌的演员，他们也来自寻常百姓人家，没有受过什么高级的教育，也没有在一种豪华的舞台上如何装模作样地演出过。我想我喜欢的是他们身上的风尘，还有那停不下来的双脚。如果世界上有一种人有翅膀，我觉得应该属于这些乡间的演员。他们的声音里藏着野桃花的香味，我爱他们就如爱我不可名状的前身。

我和一群小孩子簇拥在戏台下看戏，穿来穿去，有时候也会好奇地爬上戏台，靠在台柱子前。有时还会撩起帐篷，进入后台，痴痴地望人家出台或者散场，望俊俏的男子转身为女郎……

一场黄土风，从春刮到冬，除了自然的颜色，一年到头，村庄里，就只有庙戏的日子和红白喜事才有颜色。庸俗的花红柳绿，满脸皱纹的老太婆山花插满头，平时一本正经的老爷爷一身红袄着身，两片红脸蛋对着台子。一节节不同颜色的腿闪现在台布下，有的心在台，有的心在野，但是总得把一出戏演完。人家交了钱，怎样都得扮下去。

小孩子们台底下跑啊跑啊跑，仿佛一整个天空都是这样的，仿佛一辈子都可以这样过，这样喧闹。喇叭声欢，唢呐声咽，周边的所有村子，甚至整个世界，都可以听得到。

《九件衣》里的姑娘轻移莲步，抽抽搭搭地过来了，只在幕后转了个圈，就瘦了大半个身子。她双手捧着一只绣有鸳鸯的鞋子，比画着，说着无声的语言。她的情郎已经死了呀，死了呀，她的母亲也过早地死了。这九件衣是她珍藏的红嫁衣，拿给要去考秀才的表哥，让他抵给当铺……姑娘的心事这么简单，九件衣却成了凶杀案。

台下的人流着眼泪，台上的姑娘本来前几分钟还在戏台后轻笑，这时候也真的哭了，擦拭着衣襟。一切都像是无声，没有人发出语言，只是看着，看着。庙台幽静，鸟儿也沉默地立在枝头不飞走。整个下午就这样过去了。咿咿呀呀的音乐，像是自动在那里抽泣，人们的表情木木的，木木的，屏风上的花鸟也木木的。

只有颜色在动，水翠、幽蓝、桃红、梨白、玄黑、苔褐、烟灰、土黄、酱紫，九件嫁衣，成了九件冥衣。情人唯有来生缘可续，可是谁知道来生有无缘分？谁知道是孽缘还是善缘？人们在台下各自思量着。幼儿哭闹，卖碗饦的趁着大人悲伤叫嚷着给小孩填肚子，好做小孩生意。舞台的幕布被风吹起，破落的部分撕裂。是早春的风，真实的现世，在台上也在天下。

神仙在人群后面红泥台上的木头位子里嵌着。那是村神。远处叫作前坪的庙斜对着戏台，庙下面是长坡，埋着村庄几辈子十几辈子的人。神仙总是住在高处，俯视众生，一年一度看戏台上的女子哭自己的嫁衣。

人头攒动，各涌情思。木头墩里的神，有时是塑料身，有时是泥身。他们住在自己的龛下，不知道怨恨不怨恨来来往往的村人。但神仙应该也需要人们来玉成，没有人类的崇拜，没有龛位可坐，又怎么算得上神仙？因此人和神相互糊弄。如果刮风下雪春日起雷，村子就会觉得是神仙起恙了，不舒服。这一年其他几个为神领牲（杀羊祭祀）的日子，村里轮到理事的两个会首，就会格外注意。如果唱大戏的那几天天天出太阳，就说明神仙喜悦，心里明亮，整个村庄的人就都格外地畅快，知道一年通顺已得祝福,有时就会要求演员继续加戏,给钱,有时则会多给演员们一些奖赏。

千禧年的开初十年,村庄里的壮年出行,人丁寥落,庙戏也就没前些年热闹了,除了唱给神仙,还专门唱给村内的鳏寡孤独。村子虽然被搬迁过,但是回到旧村住的住户越来越多。戏台在旧村,搬迁的时候,没有考虑鳏寡,因为他们这一代之后就几乎没有人住了,所以不为他们的搬迁做规划和考虑。现在人口回流,旧村又热闹起来。鳏寡们的大节,就是庙戏。所以无论庙戏多么陋俗,被多少人认为妨碍现代文明的进程,我总觉得是好的。它是遥遥古人的问候,是心里最清最白的安慰,是唱给山川河流草木鸟兽和村庄里的孤独者的,也唱给远走的游子。

"要么杨六郎,要么卖麻糖。"这是戏文里的一句话。村话专治富贵病,村戏其实亦然。当我在城市里行走,无端生出一些心事,想到被叫作"刮野鬼"的演员,感觉就像找到了同类。"刮野鬼"是黄土坡上人家方言,对于那种一年到头不着家的人的称呼。演员是一类,我这样一年到头南北飘零的人也是一类。"刮风"和"刮野鬼"都是一个"刮",这里面的自由况味却很难为外人全部道出。

猫 鬼 神

　　猫鬼神也叫毛鬼神，反正是那种小小的猫一样全身长毛的家神，属于陕北高原黄土坡上人家特有的神。

　　人死为鬼，动物亦然。植物同样是有灵性的，在死后亦可做鬼做神。甚至虫子，在陕北，亦有虫神，有给它们过节的日子。陕北文化里有诸多禁忌，是因为这片半荒漠化的北高原自然条件太过粗粝，人们对自然万物充满敬爱，却又不得不去征服，去妥协，以求得共同进步和相安无事。

　　陕北高原人对很多动物有很深的敬畏，常常吃的肉只是鸡、猪、羊，祭祀用的也多是这三种。对于牛、狗、猫等家畜，多不食用，认为它们是家里的功臣。牛相当于几个劳力，是家里重要的财产，逢年过节，它受特别待遇，因为一年里它出的力最多。狗是看家朋友，而且若是家里有羊群，出坡时候它总跟着，与牧羊人形影相伴，因此也是家亲。我家有条黄狗，已经养了八年。它从旧家每日巡视到新家，但自从养了羊群，大羊们冬春容易生崽子，它就转变职能成了牧羊狗和职业保姆。平日叔叔放羊，它也跟着。在野外下了羊崽，它就守着，等着主人抱了羊崽跟着回去。有时它贪玩，出坡时总得等它一会儿。它呼呼地从树丛中钻出，浑身湿淋淋，伸着舌头,像是怕人责备,摇一摇尾巴,走到羊尾去。牛狗得主人爱,是它们经常立大功;猫则不同,除了它是逮耗子好手,还因为它给人带来了纯然的美感享受。

然而在陕北,鸡羊无价,可以当作人情送,猫却不能。即便是同一家人,女儿嫁人出门,随了外姓,回娘家要只猫,也得给钱。多少随意,但是总得给。这是习俗。大约是因为猫与主人同吃同住,享受了人的身份,所以不可随意相送,因此有这礼仪。

在陕北,牲畜不叫牲畜,叫牲灵。万物有灵,在陕北尤其如此,所以有出了名的《赶牲灵》的民歌。陕北有很多风俗,一年到头,人给万物过的节日每月都有。

猫在陕北是受宠爱的,但同时却有很多禁忌。陕北文化有个特点,一边收买一边打压,对猫鬼神就是如此。这与儒家文化大为不同。

猫鬼神是猫死后为神。此处的“为”是方言,语法上没有问题。陕北故事里,关于关羽庙,也是:“关羽死后为神了,所以有关王爷庙。”陕北方言,“为”有“修为”之意,但是“修”则是“苦修”,“为”则有“瞬间羽化”的可能。所以,陕北方言里“为”是个特别的动词,有“成为”之意,与普通话里的“为”不一样。

在陕北高原文化里,猫穿行于阴阳两界。猫眼一天经历十二次颜色的变化,一个时辰一次,一天中一半属阴一半属阳。人死之后,最忌讳的是猫走到身边去舔吻,尤其不能让猫跳上棺材,若如此,主家必有祸。除了吃农药和被撕咬这些不正常的死亡,在乡间,很难见到一只因为年老而寿终正寝的猫。上了年纪的老人说,这是猫对主家有感情,怕人伤心,而且它们如同象类一样,会感知到自己的死亡。因此一旦预知到自己的死亡,它们就会躲到很远的地方去,静悄悄地死亡,或者转变为另一种东西。

一些猫死后舍不得主家,会不舍得转世,不断回来,慢慢修行。这样的猫咪，一般都会成为猫鬼神。它们会想方设法制造各种动静，让主家明白它们的要求，给它们设立牌位。

神有邪神，鬼有好鬼。鬼也是可以通过修行做神的。在陕北的一些民间庙宇里，供奉着鬼神，如十殿阎王、黑白无常、牛头马面（两个狱卒）。

猫是个很容易被惹下的动物，动不动就发脾气，远远地避开人或者不搭理人。所以，黄土高原把那种容易生气的人叫"猫鬼神"，对那种总爱哭泣的小孩，大人常常责问的一句话也是："你又不是猫鬼神，那么容易被惹？"

神一般住在庙里不住在家里。有些人家顶神，但也只是修一间房子，单供神。然而猫鬼神却是住在家里的。就如猫不大见外人一样，猫鬼神也一样。人们往往给猫鬼神修一个连着主人房间的小房子，或者在主室的隔壁，给它立个位子。逢年过节，或者家里不顺，丢失东西，都会给它上香上供。然而猫鬼神毕竟比不得其他神正大光明，它亦只是猫而非人，因此对它只是偏室放置一尊雕像或者一个木牌位。

猫鬼神不挑剔吃食，所以家里吃什么给它供什么。猫鬼神喝酒，所以也给它供奉酒。但有个特点，就是但凡供奉的时日，必须第一碗先供奉在猫鬼神前。

猫鬼神是一种亦正亦邪的神，但是一般对主家有利。如果主家不惹它，它会倒贩很多东西来家。敬奉猫鬼神要心诚，不能打骂牌位，不能长期不上供。重要的是，猫鬼神显示灵迹的时候，不能看，而且一个家里只能供养一位猫鬼神，不能有其他的神。不能对人说猫鬼神，也不能关闭房门阻止猫鬼神自由。它是一种自来自去的神，惹不得。如果猫鬼神生气，轻则使主家饭菜无味，重则出现各种灾祸。供养猫鬼神的人家，一般粮谷满仓，无耗子侵害；而一旦惹了猫鬼神，这种生灵弃家远去，就会偷很多东西送给别人。

供奉猫鬼神的人家，一般很怕别人知道，因为猫鬼神容易到别人家去偷拿东西，也容易把兔子野鸡之类的捉回来奉献主人，所以不能让别人随意知道。毕竟谁都不希望猫鬼神来拿自己家里的东西。

然而谨小慎微地供养猫鬼神，它也还是会生反叛之心的。这是一个容易被感动但不容易被彻底收买的物种，它有它的脾气和个性。猫鬼神容易变心，喜新厌旧，渴望搬迁。因此只要主家发现家里不顺，就会知道是猫鬼神在出坏主意。如果许愿进贡还是无法改变，人们也会想出一些治理猫鬼神的方法。

我小时候听祖母说过一个故事：一户人家的猫鬼神生了野心，准备反叛。按照惯例，它偷回东西时候不能说话，不能近观。然而这家的主人知道猫鬼神生了二心，因此看见猫鬼神嘴里拖着一只活物，就叫了一声："看不把你压死？"猫鬼神听了，真的被压死了。因为据说猫鬼神施了巫法，它所衔着的东西，可以放大到上百上千倍。咒语就是人们说出真相，压死它。总之，故事里这只猫鬼神是死了的。我为这个故事悲伤了很多年。少年光阴里，为喜欢的人或者物，是宁愿献出生命的。家里的大白猫不小心吃了毒药死掉了，我哭了很久，恨不得去代替它。少年的心总是悲的。现在写这些文字，祖母讲的猫鬼神，又在我笔下死了一次，真是令人难过。

如蛇妖一样，酒里有雄黄，喝了就会显出原形。因此各类故事里，有猫鬼神醉酒的故事。因为这个故事，逢年过节，陕北乡下的小孩会偷了酒放在食物里给家猫吃，倒也出过不少故事。猫醉了比人可爱，也更黏人。当然，有些猫醉了则是呼呼大睡，任你怎么翻动它就是不睁开眼睛。最主要的，这个时候它会发出一种奇特的咕噜咕噜声，似乎很幸福的样子，和平时所发的那种故意糊弄讨好人的声音不一样。

全国各地，大概只有陕北高原有猫鬼神了。陕北地瘠民贫，动植物种类稀少，猫这种动物能活下来，也是有情谊的。传说里，猫鬼神是《封神演义》里姜子牙的亲戚，它总容易被惹下，因此当了猫鬼神。但因为它好玩，人们也喜欢它，就供养它。

　　猫鬼神有天猫鬼神和地猫鬼神之分。天猫鬼神当然更厉害些。按照颜色分，就如狐狸一样，白狐更易成仙，白猫更易成为天猫鬼神，而黑猫则容易转为地猫鬼神，它们居住的地方是不同的。然而全体通黑的玄猫，也为黄土坡上人喜爱，不像在大多其他地域文化里，黑猫总是受诅咒。这里的人们因为黑猫的皮毛颜色，对它生出的敬畏多一些。黑在陕北，是一种被祝福、被敬畏的颜色。龙王里面供奉的有黑龙，猫鬼神里面供奉的有黑猫鬼神，鬼里面有黑无常，风里面有黑旋风，四季里面有黑冬……大约是因为这里的人们习惯于在悲苦里面酝酿甜蜜，在漆黑里面寻找光明，所以，黑猫在此地比在别处受欢迎。

　　陕北人对猫鬼神，是又爱又怨，然而孩子们很喜欢猫鬼神，就如"黄毛老鞑子"一样。每逢吓唬那些调皮的孩子，人们喜欢用"黄毛老鞑子要来捉你了"的话吓唬小孩。而一年到头，几乎没什么新鲜事，小孩子真想黄毛老鞑子乘风而来，带他们去遥远的地方探险。猫鬼神附着在家猫身上，冬日夜长，家猫晚上出去，早晨踏着雪印归来，猫头鹰一样巡视一遍，蹲在炕上的被子堆上。这时候，孩子们是相信它身上藏着一身巫术的。漫长的乡下日子，这一天和那一天没什么区别，这一年和另一年没什么区别。有个不受制约的自由精灵来往于白昼与黑夜之间，是平庸生活里最大的奖赏。

　　陕北人去世了，不叫"死"了，叫"殁下了"，而埋人的时候，烧斗库（就是冥界的房子等纸火），点燃之后顺着风走，就说"上了西天"。人到了西天总是好的。西天安详。而人可以到西天，猫也可以到。不然人的西天多么寂寞，所以才有上了天的猫鬼神吧。

　　在陕北，向来是人神共居，之间并没有太远的距离。猫鬼神也是可以嬉戏的，家人一般，有其距离，但又不是不可亲近。人们说到猫鬼神时，总是笑嘻嘻的，好像真有这么一个神。

自然条件贫瘠的陕北人,创造了很多可以安慰自身的东西,猫鬼神也该是其中之一。不知道是猫鬼神自己的出现创造了自己,还是陕北人因为敬畏万物创造了猫鬼神。这种专属于一方水土的神,也专门保佑一方人类,与一方人产生悲喜。

　　传说里,仓颉造字,鬼里面派了一位代表,要求造个"鬼"字,证明人死后还有灵在,四处游荡。这个故事应该是人给自己死后安排的出路,但怎么又能知道不是真的呢? 也许那个去说合仓先生造"鬼"字的是只猫,因为这种生物才容易引出很多奇迹。

　　我喜欢猫,爱屋及乌,也喜欢猫鬼神。在漫长的岁月里,人神共居,也是对苦焦生活的一种安慰。

旧　塔

在陕北，我看过很多古塔，不过我叫它们为旧塔，有古色古香意，但式样早已过时，实用性也早消失了。它们以无用之用存在着，与其说提供视野的突然聚焦，不如说是向我们讲解古人的生活，或者，过早地呈现一种哲学意义上的墓地生活。人亡物不毁，久远的往事了无记忆，但虚幻的感觉却附在古塔的锈迹上，经久不散，忠贞不贰。

去年夏天，我回到陕北。那里，有一个朋友，常常带我去看古塔，各种各样的古塔，废弃的，修葺的，圈起来围着保护的，正在塌陷的……他对古老的东西有种虔诚的敬意。在此之前的前一个夏天，他迷恋的是石狮子，各种各样的石头狮子，大的，小的，张嘴的，短耳朵的。他向我传来这些兽物的图片，宣讲石狮子张嘴不说话的真理。

就观赏而言，那些古塔不免凄凉，取材不是烧制的砖头，就是石头，有些用了木头，有些则完全是无梁殿。一些颓圮彻底，但弧形犹存，让人想象曾经的完美，如同半老徐娘，倒比那种未经风霜的少女更有韵味。一些外表还好，但内脏已碎，不能进入。

黄土高原的这片地区太过荒凉了，我说的是乡下。很多古塔，不曾修茸,塔顶长满了蒿草,给塔四周投下阴影。里面的台阶要么仅通一人,要么完全封闭。

这些苟延残喘的斜塔完整地得到了朋友的青睐。也许,它们并不是斜塔,但现在都已经摇摇欲坠,眼看日落西山。我不明白他迷恋的是古旧的岁月、斑驳的废墟,还是想在这些旧残痕里为生活找一种恒定。

我们去的时候总是下午,待几个小时,绕着古塔走走,拍摄一些照片,或者我去拔一些野草,他则对着断瓦残垣作沉思状。往往,一天就如此过去了。

很多人会用本色要求一些东西,他也总会提到"本色"这个词。古塔有本色吗?我不知道。失去了本来面貌的古塔本身就是一个残骸,一堆七零八落的碎片,可能有无数的细枝末节,但于我们这些远道拜访的人而言,它只能被马虎应付,就如它马虎地应付我们。然而,我不能想象一个崭新的塔楼是什么样子,就如我不能想象一条被修缮的长城是什么样子。

那个夏天,他把时间都耗费在寻找古塔上,但也仅仅限于拍摄一些大同小异的片子。我们每每闯入一个山谷,惊喜地发现一处地图上标出的古塔,或者发现一对双塔和三塔并列,就会有一种发现神迹的默喜。

那些古塔日薄西山,却还直刺云天,高高地屹立在荒野上,和荒草比着耐心。我现在还记得三座并列的古塔,它们居然被建造在一座山的阴面,在富县的子午岭深处。夕阳下山,它们完全被阴影遮住,远望却依稀若现。它们像有人从大地上伸出手,夕阳落一寸,它们的脚就被抓进去一寸,直到把大腿抓进去,没过身子,把头顶掩盖。

小径上,总是会碰到那么一两个村妇或者村夫,斜斜远远地打量我们,习惯于装出一副冷漠和知趣的样子。对于他们,这些古塔如同傍晚投射在墙上的炉火一样平淡无奇,是日里夜里可以寻常相见的东西;对于我,这些古塔虽然矗立着,却是不可逾越的深渊。尤其那些长满爬山虎的六角形或者四方形的塔楼，更让我觉得惆怅。而这样的建筑，在我们的大地上，在这个年代，也随时在修建着。从塔楼上，每一层，夕阳下总会有成片的暮鸦飞回。它们转着圈围着塔楼蹁跹，然后扑腾腾栖落进一处夹缝里，消失在我们的视野。但是，我这爱恶作剧的人总会发出一声号叫，或者发出人类那种特有的奔跑声，它们又会像被从古塔赶出似的，飞起一片，再划一次夜色，然后突然之间，约好一样地安静下来，不再理会我的促狭。

　　这样的夜晚总会有低飞的蝙蝠，它们和暮鸦共享着这废弃的装满凶兆的塔楼，成群地飞在我们的头顶，只听得见翅膀声。除此以外，再无其他，布匹一样的黑翅膀，铺开。

　　他偶尔会对着古塔向我微笑，似乎是感激古塔，似乎在感激夕阳，也似乎在感激我。有时，他会走近台阶。塔基并不坚固，我一次次地提醒他小心；大多时候，我紧随其后，也带着古旧的渴望，上到塔顶一探究竟。苍老的天空在等着我们，耗子在等着我们，鸟的翅膀在等着我们。可是随着一层层塔基走上去，我们的沉默越来越深，空气也变得难以言传。

　　那年，直到秋天，直到现在，我都没有喜欢上那些古塔，相似的六角或者圆形的古塔。可是，古塔在黄昏时映在大地上的一切却给我留下了深刻的印象。前景、中景、远景或者近景，我们都不同层次地看过。因为夕阳，有时塔会在一瞬间变成红色；如果有水汽，比如刚下了一会儿雷雨，则云天茫茫；但有时则呈现一片恐怖的黑色，像是被巨型的黑塑料袋包裹着一个巨人，一个囚徒，就像一个突然恼怒的人，背过身子，浑身燃着黑色的炭火。

　　自然本身并不真实可靠，可是古塔却集聚了很多不寻常的东西，它能让太阳改变方向，能让绿色植物改变颜色，能让会飞的鸟儿改变路径。一种不寻常的生活被它包裹着，一点一点地，建造一种特殊的生活气息。

过去的年

在陕北,进入腊月就等着过年了,陕北的年味很长,持续到农历二月二。

腊月是忌讳吵架的,腊月不能动土,不能修建,人们说话不能太大声,不然总会被教训:"大腊月的,你吼什么吼?"

年猪一般十一月杀,羊一般是腊月。进入腊月,煮羊头猪头,以及羊猪内脏,准备过年。腊月十五左右,开始用碓子压面,蒸糕,磨豆腐,压粉条,做花馍馍。一些人家也准备旺旺头,是一种米面粉做的馒头样的东西,吃起来甜甜的。有那么几年,我家也准备。

有些人家还做月饼,拿出饼模来,像八月十五似的,烙一些饼准备过年,但不似中秋节做上百个,最多也就几十个。

这个时候秋天醉下的果子们就开封了,一碗一碗从瓮里挖出来吃。有醉枣、醉海红子和醉海棠。整个刘家大院只有上院二妈家院子有棵大海棠树,年年都结果,所以村里刘家的每个人都可以吃得上醉海棠。

所谓醉果子,就是在秋收时节,把熟了的果子摘下来,挑选未受过伤害的、周圆溜顺的,一颗颗用酒洗过,放在罐子里,用湿泥封坛口。这是门技术活,多由家中老年妇女完成,要不就是手脚轻慢的人来做。像我这种重手重脚的人,是不能动坛子的,只配在罐头瓶子里给自己醉一些次果子。因为手脚重的人,捏过的果子容易坏掉。我家醉果子一般由祖母和小姐姐完成。捏过年献贡的花馍馍也是小姐姐,她手巧,捏什么像什么。"二月二,点灯盏",她用糕面捏的那些动物,活灵活现。腊月二十三,扫尘糊窗的日子,窗子上的剪纸,也由小姐姐来完成,我做的活儿就是站在凳子前递递糨糊。窗纸我家一般是白色打底,大红做花,但是其他人家不是,上下院的几家叔伯家,往往会用到绿窗纱。我现在才知道原因,他们家里女孩儿多,对色彩挑剔些,所以比我家多一色。

　　腊月二十七八贴对子,贴对子也有讲究。对子一般都是由我父亲书写,他的毛笔字写得非常好,又写繁体,自编对联,周正妥帖。村子大多人家的对联,都请他来写。那几天父亲看起来就像个文书,有求必应,人家带了好烟酒,来请他写对子,他高兴得不得了。女人是不可以写对子的,过年的红纸黄表,用作上坟用的,女人也不可沾手。送灶神和送穷媳妇的事情家中做饭的女人可以参与,送灶神是腊月二十三,送穷媳妇是正月初四,扫地除尘往妇人家送穷鬼,很好玩。只有灶神和穷媳妇似乎是家庭妇女的聊天对象,其他的神只有男人才有资格去祭祀供奉。腊月二十三,灶神大上天。妇人们一边上香一边磕头:"灶马爷好灶马爷好,你上到天上只说我好不说我坏,不然我摔你两锅盖。"正月初四送穷媳妇,词是:"穷媳妇穷,你早离我的门,你到对面尖堡子打一签,到县里富人家住下来,有吃有穿一辈子。"那时候我很小,听了总觉得这样不大好,"我们怕穷,难道富人不怕穷"? 但是过年时候大人做活动,孩子是不能过度追问的,因此一直不知道缘由。穷媳妇和灶神都是懂人间烟火的神,架子不大,像老百姓的样子,人也不怕。

　　腊月二十九或者腊月三十过年。有时是二十九,有时是三十。进入腊月,孩子们一入黑就得早归家,不可串门子,尤其是过年那天。家家门口两个火笼,靠家门一个,靠院门一个。前半夜点的是院门那个,后半夜点燃家门那个。做这事的必须是家中男子,女性不可碰香火,磕头可以,其他是不行的。

过年的那个傍晚,一家的火笼点燃了,一个村子就断断续续点起来。小孩子总是四处窜着,看大人们一本正经编着火笼堆。这一天是要上坟的,挑了担子,一个篓子里面放给祖先的供品和纸火,另一个里面放柴和炭,坟墓前也是要起一个火堆的。这天的火堆非常有说法。坟前的火堆必须旺,而且烧得不能太快,灭得不能过早,否则这家人家来年不吉利。院子里的两个火笼更讲究,前半夜的火笼必须在太阳落前点燃,后半夜的火笼应该在起来后的早晨还亮着。过早熄灭,或者火笼堆塌陷,主家将有灾亡,是不祥之兆。上院的二爹爹去世的那一年,他家靠家门后半夜点燃的那个火笼,就没有烧到早晨,前半夜点起的那个,也过早地坍塌了。祖母走过,觉得不祥,夜里躺在炕上一人嘀咕。还没过完夏天,二爹爹就因突发病过世了。人世间一切奇怪的事情,很难解释。祖母一月不到失去两个成年儿子,也不是事前没有担心过。那个年夜,她梦见自己跑了一夜,先是丢了一只鞋子,不断地找,另一只也丢了。她心慌意乱,第二日一个人跪下磕头上香,念叨破除这梦的凶相,然而终是难挽天命。

平日里,村人每家都以午饭为主,一天三顿。过年这天,家家午饭只是做做样子,关键是年夜饭,较平日丰富很多,而且样样必须有剩余。年夜熬了过年捞饭,一家一大盆小米饭,做了吃几口,然后用盘子供起来,第二日早晨吃,也还富余,能吃好几天。

过年,有些人家熬夜,有些人家不熬,但一夜每家总会有人不断起来放炮。下院大妈家,一家十多口,过年的时候,喜欢团聚在大妈家的大屋子里,炕上有躺的,地下有睡的,柜子上有趴着的。过年是要一家团团圆圆的,这样外敌不侵。他们家一年吵到头,三个儿媳妇翻了天,但是年夜总是会聚在一起。那几年他们家发展很好,爆竹可以放一夜,他家的三堂哥喜欢点花炮，半夜里不断地响。

祖母是他们这一代最后一个刘家大院活着的老人，因此享受着特殊的待遇。每年初一，我们半夜就穿好新衣服，等着人来拜年。祖母也会穿好衣服，端端正正坐在炕上，等着她的侄儿侄孙来磕头。每个人来了都要磕头作揖，祖母坐在炕上，享受着这份一年一次的正规待遇。女孩子们不磕头，但是女孩子们也得挨家挨户去问好。每年，等祖母的好被别人问过了，我们再去各位爹爹和堂哥家问好，坐下来吃糖果和年点。

初一的上午，拜年完毕，就会举行"出行"仪式。所谓"出行"，就是各家各户端了供品去高一点儿的地方放炮。每一姓氏有他们自己每年聚集放炮的地方。这一年，出门的男女老少都会到"出行"仪式的地盘上来站一站，追求的是"出入平安"的梦想。小哥哥信奉这个，大约也是图吉利吧，后来几年我常常出门在外，他总会对我说几次，让我去站一站。有一年逢着我们的大舅去世，这是白事儿，小哥哥怕我出门有灾，对我发了几次火，让我离尸体远一点儿。大约只有同胞情，才会如此注意这些风俗。

正月初一，未举行"出行"仪式前不可以开柜子，也不可以吃荤腥，不可以洗脸梳头，不然会不吉利。年三十的晚上，把菜刀斧头放在大门口，另外拦一根木棍，"出行"仪式举行完毕，这些才可以收起来。

过年忌讳多，年初一不能担水，不然会担回鬼来。过年人们到坟里请回自己家的鬼，那些孤魂野鬼也会羡慕，十五之前是他们的日子，所以他们会藏在水桶里跑回来。年初一不说脏话，不能诅咒人，否则鬼听了，会去施行的。

过年的忌讳非常多。我在年晚上穿好新衣服，年上午洗好头发，一心一意坐下来，等待着过年，生怕不小心犯了规矩。正月初一就更什么都不能做了，也不吃了，等着早上向家人拜年，收压岁钱。通常给我压岁钱的有爸爸妈妈，两个爹爹。堂哥堂姐开初结婚的几年，也是给的，小哥哥未成婚前，给了我几年。后来的几年，没有人给我压岁钱了，只除了小姐姐。

小姐姐结婚嫁了人,一下子仿佛比我大了很多,本来她才只比我大一岁,但是她嫁人之后,每年都会给我压岁钱,一年一次,好像她长我很多,说话的语气,也开始像大人对小孩子了。她说我嫁人之后就不会有这待遇了,为着她的压岁钱,我都迟迟没有嫁人,仍然做着个可以拿压岁钱强撑着不去长大的孩子。

正月初二包饺子,嫁出去的女儿回娘家,吃团圆饺子,拜望父母兄妹。我家的饺子多是小哥哥小姐姐包的,大人做馅子,祖母指挥,小姐姐和面,小哥哥擀面皮,然后小姐姐包。陕北最让我想念的是饺子,具体说来是哥哥姐姐们包的饺子,很香的,每逢过年我就会想起来,吃饺子也会想起来。小哥哥小姐姐各自成家之后,虽然也给我包过饺子吃,可是总不像以前那么好吃了,以前他们会做非常精美的馅子,黄油倒进去,总是香香的。我有时会生吃馅子,那时候我已经很大了,总会被母亲和哥哥吼叫几声。小哥哥喜欢向我咆哮,他对我总是怒气冲冲的,但又管不住我,所以他老是告我的状,说我妨碍包饺子。因此每次包饺子,我都被训斥到角落里去自己玩。

正月初三不出门。开初那些年,过了初八才可以出门。初四晚上送穷媳妇。初五初六好像很快就过去了,我记忆里一点儿印象都没有,就是不断地吃啊吃。初七是小年,人日,这之后年的忌讳才逐渐开始解除,但是还有正月十五在那里等着,因此还是不能放开来撒欢儿。

初七一过,孩子们的寒假作业就被揪着开始做了,不是别人揪,是自己怕怕的,因为马上要开学了。元宵节是热闹的,但还是吃好的喝好的,另外家里会上坟,这一天属于送鬼回坟墓的日子。大年夜把家里死去的亲人们请回来过年,正月十五再送他们回去。生死之礼,在我所成长的乡村,还满重的。但是我真是对不起爷爷奶奶和爸爸二爹,他们死后我几乎没有去迎接过他们,从来没有。就是去他们的坟头,也总不烧纸,只是坐坐。祖母活着的时候,指望过我,说她百年之后,愿我能烧纸钱一刀。

——迄今未了她的愿。

正月十五之后,村子里会给村庙唱大戏,就是正剧。唱过大戏之后有时有钱人家会另外写三天二人台的戏,供村人娱乐和村神快乐,但是二人台必须在正剧之后,因为怕惹恼神仙。很奇怪,请戏团唱戏在村里一直叫作"写戏",意思是请一个戏剧班子。一般日子都选择在正月二十到二十二,下午和晚上,每天各两场。

唱过戏一般就开学了,但是正月的日子,仍然是属于年的,到处都还有鞭炮和新衣服在窜动,只有过了二月二,年才好像结束了,孩子们的兴奋感也才结束。

年彻底结束,总有那么点失落。孩子对年是有兴奋、有悲伤的,有着喜悦,又有着害怕,大人们绝对不会知道。戏台在红火了几天之后,留下满地红绿的垃圾,演员走掉了;人们的新衣服,出了正月就开始旧了;鞭炮声放着放着就不响了。到二月,村子又归入了沉寂。

"二月二,点灯盏。"老人小孩用黍子面捏灯盏,在白天,以备夜晚敬奉东南西北的各处神。点灯盏也令孩子们兴奋,老人们也显得兴致勃勃,认真地做着这一年中的大事。

灯盏点过了,年彻底过了。一年中的幻觉,就这样过完了。一些人开始等下一个年,等下一次幻觉的破灭。就这样,老人过着过着就不见了,原来的孩子们也说不见就不见了,但村戏仍年年唱着,虽然村子里留下来的人,一年比一年少了。现在,这个村子也集体搬迁了,村庙仍然在原来的位置上,只不过泥菩萨换成了塑料菩萨,但披的仍然是五块不同颜色的花布。庙下面是村子里死去多年的人,他们静静地守护着旧村。

腊 八 节

　　陕北乡下腊八节是比较隆重的,甚至相当于小年。在我家,腊八的气氛比年热闹一些。父亲那一辈弟兄多,我小时候,一到过年,他们就开始动刀动棒,弟兄们经常打得不亦乐乎,有喝醉酒嚎哭的,也有真的被打伤了嚎哭的。陕北人好酒,我家尤甚,父亲和他的弟兄们,不是酒前打架,就是喝着喝着打起来,你动刀,我拿擀面棒,往往惹得一村子的人在院前的崖畔上看;妯娌们在这时节也不闲着,婶娘们个个一到过年,就开始算总账,叉叉丫丫打公骂婆,摔盘子摇笊篱,吵得一塌糊涂。不过腊八还安明。大节大闹,小节小闹,不节不闹,这在我刘家大院其实是规律。其后几年,我父亲去世,接着一个大伯父去世,二叔去世,一个叔伯家的堂嫂也在一年的腊月十八去世,刘家大院的人纷纷觉得闹鬼,不吉,有钱的不约而同搬到县上,无钱的则乘着新农村的风,搬到了沿沟一排政府收钱盖起的白房子里,剩下的都是七老八十的,大家再没有力气吵架,吵闹才慢慢终止。

　　陕北的腊八节,吃粥,竖冰锥,扫院落……完全是《诗经》里的日子,世上人家。陕南和陕北不一样,陕南的粥要通宵熬,我们的粥一大早起来熬。陕北的腊八粥准确说是焖粥,在炕前的后大锅里放入软米、红豇豆、红枣焖制,有些人家在快熟的时候也放一些花生和葡萄干。

陕北的腊八粥是敬天的,第一碗焖粥要给诸神先尝,腊八是腊月的第一个节,依次下去一路过到二月二,隔几天就一个节,二十三送灶神,三十过大年;初四送穷媳妇,初七人日节,十五元宵转九曲,二十村庄唱大戏;二月二,点灯盏,围灰,送鬼送魔,才算把迎神迎鬼的节日全部过完,开始人世的风景,琐碎的日子。一进腊八,节就一个黏着一个,好像也没密切的关联,但一个催着一个,都向着春天奔去,每一个节日都应该给出一份节日的亮堂和明媚。虽然冬天属于收和藏,但随时随地,人们都想通过节日,像一些不知名的东西故意传送大量的信息一样,天越冷越寒,越是要过得热热闹闹欢欢乐乐啊,越是要像过节一样庄庄正正地生活。

平日祭祖迎神,都是家中主男出动,腊八属天腊,既是道家节日,又是佛家得道日,腊八不算是正式的大节,是寻常却不普通的节日,这一日,奉祭人可以是家中烧火的主妇。我家这个节日就一般都是由祖母和小孩子做主来完成的,男人们主要是前一天后晌拌后楼(厕所),堆粪堆,晚上在粪堆上插上冰锥。

腊八的早上,掌灶的女人将第一碗焖粥端着,分别向灶神、门神、天地(院落中央)、土地爷爷、青龙白虎(石碾石磨)等神灵做贡献,洒粥,一边贡献一边祈祷上天的保佑。最后,喂枣树等花果树。这时候树木都光溜溜的,空剩枝干,人们会用灶火的刀或者斧头砍几刀,划出个小口,给果树喂食腊八粥,要不就是将焖的腊八粥直接抹涂在树上。

我不喜欢吃腊八粥,黏黏的,粘牙,可是很喜欢腊八前后的气氛,家家户户弥漫着一种兢兢业业的喜气,虽然已经是现代社会,神神鬼鬼的传说被破除了大半,但到了腊月,那旧时光阴影一样地顺着炉火爬上来,让人不敢对古老岁月留下来的传统有所马虎,该上香的上香,该拌后楼的就拌后楼。

腊八节是要拌后楼的。在陕北,后楼指的是厕所,一个大坑里安一个破大瓮,两边两块平石板,外起一个茅草房,生活好一点儿的人家,起四面砖垒的墙,露天,也或者用几根木柱子撑起来,就算是厕所了。

腊八前几天,要掏炉灰,用红柳箩筐筛出碎炭扔炭场继续烧,这些炭往往更容易点燃,其他的灰就撒在后楼后面淘出来的粪堆上,再拌些甘草,用锹整成一个墓堆一样的大粪堆,就算成了一半。腊八这天,老年人时兴参观各家各户的粪堆,堆砌得不整齐会被笑话的,而且给儿子说媳妇给女儿说女婿,也是不可能寻下好人家的,因此乡人很注重这方面的仪式。当然,腊八这天,主要祭花果树的树神,给它们吃腊八粥,也祭祀土地爷等其他家神,这一天其实也进贡厕神。

厕神是道教里的神,为女子,乡下祖母在这一天有时会悄悄提到这个神,因此我很清楚。厕神和陕北神鬼谱系里的猫鬼神是一样的神,都是家神,朴素的神,一点儿供养就可以,扫帚抹布打扫干净就可以,是没有过多要求的,但也是属于亦正亦邪的神,容易被惹下。

神鬼走灰道,属灰,所以这一天拌后楼,用的是炉灰。二月二点灯盏,家家户户用红柳筐筛了灰,一圈圈把人围起来,里面的人跳出去,这一年的霉运就会消除。用的也是这样驱魔驱鬼的方法。

腊八节,也是用灰拌了粪,做成堆,在腊月初七的晚上,挑了山泉井里的冰锥来插在粪堆上,祛除晦气,据说可以讨得吉祥。当然,接下来的步骤是,等到腊八这一天,祭祀完土神树神等,最后,在粪堆的冰锥上涂抹一层红粥,曰戴红帽。然而具体是不是给厕神戴红帽,我是一点儿都不知道的,还需要做考究。如果祖母活着,完全可以告诉我这些,于乡下的神鬼谱系,她简直无所不知。

爷爷的一个侄女,我们叫作梅姑姑的,是个神官,也知道这一切。她的神是家神,袭的她妈妈的,我三奶奶是个神官。在陕南和西南一些地方,神官被叫作端公。我一个同学家的伯父是端公,他家和我家一样,也是一个信仰大家庭。他伯父信仰端公,他伯母信仰基督;他上门做女婿的姑父是村子里三十多户人家建立的基督教堂的神甫;而他的父亲,明显自然也是朝向基督教的;但他妈妈,逢年过节给他买红内衣,以防小鬼近身。

我家亦是如此。九十多岁的祖母,临了的最后几年,终于跟着我的母亲信了基督教。然而我哥哥却子承祖业,仍然徘徊在儒释道的路途上,逢年过节,上香拜佛。前一辈的人,死了走了很多,我们家再也不怎么打架了,却因为信仰的事情,一到过节就吵。母亲要拜她的基督耶稣,哥哥要拜他的各路神仙,我和小姐姐虽然读了一些书,觉得基督新鲜,然而这种时候,谁都不肯随便站队伍,只推诿敷衍,但看着哥哥和母亲,一边吃腊八粥一边争论他们各自的神,也觉得有趣。

小时候,过腊八给树喂枣粥,经常会想是不是枣树里藏着一个饿坏了的老人,他需要一年吃一次粥。这些年,虽然读了一些书,这样的念头还是常常会升起,总觉得冬天的树太可怜了,冬天的老人也是如此,经常祈祷他们能撑过冬天。我知道这是杞人忧天,可是这里面未尝没有体现生的机理,我喜欢无用长物,喜欢胡思乱想。

也许,在很老很老的时代,陕北人的祖辈里,活过一个特别慈悲慈爱的老人,他觉得冬天里的麻雀等鸟儿们是非常饥饿的,包括树上的一些虫子,所以他开始提议在腊八这天给树喂粥,给碾子磨盘这些也喂粥,为的是鸟儿们在冬天里亦可以有东西吃,不被全部饿死。这样的仁慈说出来未必有人遵守,但是形成仪式,就会隆重传下去,所以,陕北腊八的习俗,也许就这样传下来。我乡下祖母活着的时候,打枣剪海红果,是一定要将最顶头那枝繁叶茂硕果累累的一枝求着儿孙留下的,她说人有人生,鸟有鸟窝,黄鸟也是一窝,格狸(松鼠)老鼠也是一窝,也是要活的。村庄里的老年人都是如此,于是,这传统现在还保留着,要给人留命,亦要给耗子麻雀留命。"贱草好长",每一年,祖母都会一边拔除院落里的草一边说,然而真要打除草剂下去,她又不让,稗草年年返乡,也是一种情谊。祖母坟头草,再过十二天,到腊月二十,已经是整五个年头了,祖母是2010年腊月十二去世的,从此天地高远,再也唤不回。不如稗草。

我乡下人管麻雀不叫麻雀,叫雪子,当然不是雀儿的同音,而是冬天里常常下雪,这种东西在雪地里成群成队地飞到院落找吃的,是雪的孩子,所以叫雪子。冬天的陕北,下过雪,山上都被雪盖住了,厚厚的。一些人家,也会扔些东西给雪子吃,一些人家的孩子,则用红柳做成的给牛上草的篓子扣于地,置一根小杆子立起,扫开院落里一片雪地,撒一把米,专等它们来吃。然后就是撕它们的羽毛,烤它们的身子。冬天的火到处都是,雪落时候天最冷,阳气在上升,炉火也上升,红泥小炭炉,就茶就酒,茶是砖块一样的砖茶,酒是自酿的老米酒,孩子们撕着吃麻雀的肉,烤着小火炉,说着"宁吃飞禽四两,不吃走兽一斤"的话,天慢慢就黑了。虽然是血腥的,但这样的日子,充满了乐趣。

我乡下的山人,一年到头循着节日过,没节也要凑节,迎神驱鬼可能只是一家的大事,却也可以是一村的小节,就是文明进化发展到今天,很多人是不信的,但还是一本正经,不管几十岁还是几岁,该磕头就磕头,该弯腰就弯腰,该戴了布头蒙了脸跳就跳,冬天里的节日,尤其要如此。一整个冬,天寒地冻,地里庄稼已经完全收割,就喝酒,就玩耍,就专心致志地过节。

我十多岁的那几年,村庄里兴起腊八的时候往水瓮里扔大蒜,也是祛除霉运的一种,直到二月里那大蒜发芽长长许多,人们还受着那禁忌,不敢随意地捞走,等着某一日小孩子见了,捞了出去玩。小孩子嘛,神鬼不怪。

今年腊八,和在异国的一个朋友说这些,我说得兴兴头头,但过后想了想,不过是乡下芝麻谷子般的小事,然而他后来说:"仪式,是对无意义生命的爱恋。"那一瞬间我起了一种遥远的思乡意。在我乡下,农人看起来愚昧无知,什么都是要敬重的——敬重土,一年里的一些日子不能动土;敬重树,一年里砍树必须挑选日子,腊八给树喂枣粥,必须在人吃腊八粥前,它们先吃第一碗;一年里不能随意起火,一些日子要拜火;水也是不能乱洒乱担的,正月初一忌水,不能挑水至家门,挑水不能乱放……

　　我乡下的文化系统里,虽然没有生出人与人之间如何平等自由的理论来,但人是走在天地间的,是天地循环的一部分,所以人们敬神敬鬼。神鬼可以是古旧的树根,也可以是一只自由来去的家猫,还可以是土地公,另外门有门神,厕有厕神,各司其位。草也是不可以随意惹的,不可斩草除根,因为草是旧时人,年年返青,而人也许亦是旧时草,忽然之间应和了某种机缘,生而为一回人而已,终会年年泛绿。因此,天地万物,在我乡间平静悠扬地生长着。说实话,我少年乡间的岁月,虽然贫寒,但乡村落日田畴,浓郁的民间信仰和庄正的习俗仪式,让我经常感觉到那才是生而为人的第一课。世俗热热闹闹,寻常日子炊烟袅袅,一天天按着节日的循环过下去,完整而踏实。

灯 盏 节

　　《春江花月夜》里有"昨夜闲潭梦落花,可怜春半不还家"的句子。今年的二月二,是春分节气,在我家乡是个大节。春半未还家,想起很多家乡在这天进行的活动。

　　我的家乡在陕北之北的县城,靠近内蒙古,小县名府谷,四面山峦,千沟万壑,取名府谷,意为五谷丰登,这是吉祥之名。陕北属于塞外,高高秋月照长城,秦长城明长城都有,旧时战乱不断,"夜深千丈灯",难得现在岁月承平。

　　春分应该是一年中最好的节气,惊蛰一过,百虫出洞,花鸟在枝,一切又是一场生命的重新轮回。

　　家乡的二月二,是极其忙乱的:剃头,炒豆子,捏糕面小兽物,围灰,夜里还有点灯会。

　　日子难过年好过,大人小孩,对年总会有种特别的感觉。新年新气象,人人都期待以年为点,给自己一个新的改变。我家乡的年味,要到二月二才彻底散尽,才可以开春。二月二是年的终结点,新一年的彻底开始点,因此是很隆重的。

陕北少雨，二月二，龙抬头，陕北人这一天是要供奉庙里的龙王的，因为它管水。这一天剃头，也会龙运上头，一年吉祥。在我乡下，到了腊月就不能理头刮胡子了，必须要到二月二，不然就是对鬼神的不敬，因此二月二这天，经常可以看见突然光头了的男子和剪了头发的女子，仿佛宣誓，从头开始，重新做人。因此这一天如果二流子混混们剃了头，村里老人们都会说："那灰孙子看来要改头换面了。"

村子里的正常人家，二月二都是要捏灯盏的。我说的正常，就是上有老下有小的人家，而非鳏寡孤独者。第一天晚上就把发冷的糕面从瓮里挖回炕头了，放在盆里暖起来。二月二的一大早，家家开始和面，捏灯盏。面是高粱黍子面，那高粱不是"红高粱"，是陕北特产的一种软米，和小米是一样的品种，属于小米的姊妹，如同南方的糯米。就像大米与小米相对一样，南方的糯米与这糕米相对。糕面是由一种红色颗粒的黍子米脱壳之后由碓子或者碾子捣碎或碾碎而来的，当然要细，所以常常用筛子筛出。过年之前筛好的，过年做着吃，点灯盏的时候也吃，只不过做法不同。

灯盏各种式样不同，有卧牛样的灯盏、站羊灯盏、燕子灯盏、炕灯盏、炭房灯盏、照米瓮灯盏、水瓮灯盏、枣树海红树等花果树灯盏、场面灯盏等。其中一种面鱼鱼灯盏很好玩。一般我家里，做灯盏都是我小姐姐和祖母的事情，我被训斥得远远的，因为我捏得不好，又好玩，面粉撒得到处都是，但是捏到面鱼鱼的时候，她们会给我玩一会儿的机会。面鱼鱼特别好捏，长虫一样，两手搓下去，大小随意，就成了。面鱼鱼放在院墙根下，晚上点灯时亮起，是给蝎子蜈蚣等其他虫子上的供。

当然，还有给小孩专门捏的灯盏，捏完了，蘸着面粉从头到脚沾一沾小孩，这样小孩一年到头无病无灾。我喜欢这样的仪式，因为总觉得沾一沾全身，霉气就沾走了。夜里倒了酥油在灯盏里，点亮属于自己的这盏灯，会觉得一年的吉祥等着我。——是的，这种吉祥等过我，曾经长久在故乡的院落里等过我。祖母去世之后再也没有了。黍子面捏的灯盏，是要蒸的,蒸熟晾在盘子里,夜里点灯,点过才可以吃。

五谷丰登,各类作物有各类作物的神,所以要给它们点灯。牛有牛神,羊有羊神,进贡了它们,一年到头它们才健康做活。狗也是有灯盏的,它最受宠,可以吃自己的灯盏。乡下人是把牛儿羊儿当作家人看待的,家里牲畜都是家人一般,虽也宰杀着吃,但知道它们是这样的命运,平日里吃食上很怜惜。乡下人一年到头,刮风下雨打雷声,只要老婆孩子在炕头,自家牲口在屋檐下,就会觉得很安稳,天塌了心也总是安稳的,大家在一起。燕子夏来呢喃,带来吉祥如意,所以燕子的灯盏在夜晚时分会在屋檐下点起。炕灯盏捏为一个鸡筐箩,就是前面一个鸡头,后面鸡身子是个大筐箩。筐箩是一种用竹子编制可以盛物的农具,平时碾米等,就把筐箩放下,用筛子筛出精细的面粉。逢到十一月杀猪时节,家家把筐箩拿出来,杀猪多余的血,流在路边的,就抹在筐箩上,图的是它密密的,不漏粉尘,又好看。当然,鸡筐箩是用黍子面粉做的。在所有捏的这些黍子灯盏中,鸡筐箩最大,里面可以放好几个酒盅一样的灯盏。晚上,在房间里的灯盏,鸡筐箩最隆重,它被放置在炕上靠近墙上扣着一个碗的烟囱前,里面的几个酒盅灯盏全部点亮,家中老人对着炕头磕头,祈祷一年人事安康,五谷丰登。炭灯盏放院子里,照米瓮的灯盏放在米瓮子上,水灯盏也点在水瓮盖子上……

乡下人敬畏的东西多,乡下人的神仙也就多,门有门神,院有院神,土地有土地之神,出门还有行神,坐卧还有睡神……各路神仙都在护着他们的生活,因此,二月二是都要供一供的。供奉完了神仙,一年的平安就放在心底了。不然,总会觉得不踏实。

我在大学学到酒神文化和日神文化,总会想到我家乡二月二敬奉的各路神,其实乡村野里,向来不缺酒神和日神的。庙里的神仙是庄严的,家里的神仙可以一边笑着一边跪拜,都是自己人,也就不需要如何地庄重刻意,反正碰碰面问问话就够了。所以,我家乡二月二所供奉的神仙,应该是酒神文化里的各路神仙。

等到夜幕降临,神兽归位,各路为它们贡献的灯盏就摆在了它们的位子上。用棉花搓成线条做灯芯,把素油(植物油)倒在酒盅样的灯盏里,依次放在盘子里点亮它们,把它们送往它们所待的各种地方,磕头跪拜,祈愿祛除霉运,一年里都是好日子。

在这之前的后晌,掏炉灰,用炉灰把房子四周属于自家的部分全部围一圈。当然,家里的各个人也都要被灶灰围一圈,然后,每个人从里面跳出来,而不是走出来,至少双脚同时出来,这意思是祈愿以后的劫难都可以跨过。围炉灰的事情,由家里长寿的长者来完成。

另外,老人孩子上午捏灯盏,年轻主妇们炒豆子,黑豆或者黄豆,有时也混着炒。炒熟了豆子每个人都吃。夜里举行灯会之前,要每个人抓几把豆子扔房顶呢,也是二月二过节仪式的一部分。不过到现在为止,我总不知道为什么要把豆子扔到房顶上面去。

这一天人家到沟里担水的最多。平日里担水,水是精贵的,尽量不洒出来。这一天,水却专门被故意洒一路,直洒到家门口来,直到进了家里,还滴几滴,意为财神到家来。陕北乡人缺水,大约觉得水非常珍贵,为财之意,所以要在二月二把财神担回家里来吧。

总之,府谷乡下二月二是仅次于过年的节日,过了二月二,年彻底过完了,以后的节日都只是安慰。五月端午的粽子,八月十五的月饼,可以想到的大节,就这两个了,之后,离年长得很,可闹腾的日子远得很。所以,大家兴致勃勃过二月二,都有点故意把单调的日子过成长串曲子的样子,这一天,从早忙到晚。

现在想起,夜里点完灯,睡在炕上,小孩子想得不久远,还兴奋地持续着问来年如何过,如何捏灯盏;大人们却吸着烟磕着灰,大约意兴阑珊吧。

那时候不懂得这些,等到有这些心情的时候,二月二的节日,都只能留在记忆中了。

　　想起来，二月二总还是欢喜的。

　　2015 年的春分时节，写下这些，表示对日子的祭奠，愿一年能万事如意，心生欢喜。

苦 菜 记

　　陕北虽然有南泥湾,算是"好江南",但那只是修辞的夸张。整个陕北,实在算不上物产丰富,农人也就谈不上生活富裕。陕北的可用食材种类是有限的,尤其蔬菜。不过一方水土养一方人,陕北有一些特色的物产,别处是没有的,单是我府谷县城的海红果,就只属于我们县城。海红果属于海棠属,春日开花秋结果,果子比正宗海棠略小,却特别甜。这种水果,用酒洗过醉在瓮里,过年时分吃,别有味道,然而却只生长在我们的小县城府谷。陕北水果不多,蔬菜亦不多,不过倒有一些特别的野菜,比如神木的沙盖以及沙棘,比如整个陕北的苦菜,这些都是特别的。神木靠近毛乌素沙漠,是个专门产沙盖和沙棘的地方,无论炒着还是拌着,这种野菜特别好吃。比起专属于神木的沙盖沙棘,苦菜应该是陕北的大众情人,田间地畔,几乎随处可见。当然,很多其他北方地区也产苦菜,但因为陕北地形的特征,陕北将苦菜吃成了地方菜、家常菜,吃出了自己的民歌和哲学,吃出了属于自己的文化。

　　苦菜是苣类,有苦苣也有甜苣,甜苣亦可以食用,也有一定范围的野生产量,但是相对于苦苣来说,在陕北,甜苣没有多大市场。人们出去挖野菜,遇见甜苣和蒲公英固然好,嫩的时候皆可食,但它们都只是辅助菜,不是主菜,苦菜才属主菜。陕北人尚苦,也许与经常吃苦菜有关系。

《诗经》里有采苦之说,陕北民歌里的一些植物,在《诗经》里也是常常出现的。《诗经》是一种文字化固定了形式的诗歌,而陕北民歌则与时俱进,随时展现着跟进时代的活力。《诗经》里说:"采苦采苦,首阳之下。"说明苦菜那时候就已经有之,在春天生发,小满前后,荒滩野地以及田间,都开始生长,是大自然给人民储备的天然粮仓。从小满到深秋,苦菜不断生长,先是长出芽,接着长出叶子,再接着开出小黄碎花,然后就是抽穗长绒毛结果子了。苦菜嫩的时候最好吃。和苜蓿一样,一棵苦菜长老了,就长成了麻秆,失去了它的味道。长到老年的苦菜,人不吃,牛羊也不大喜欢。

现在这时节,六、七月,正是苦菜好时节,到处都是苦菜,也到处可见苦菜花,金黄的小碎花,如陕北苦子蔓的小碎花一样。苦子蔓是一种类似于格桑花的小野花,田间地畔生长,比格桑花小,花束和格桑差不多,也在陕北常常见,是猪特别喜欢吃的食物。苦菜和苦子蔓,这个季节,一个是人爱吃的菜,一个是羊和猪最爱吃的菜,都是陕北的恩人,它们也都赠与陕北人平淡却不随意的花。

我南来北往已十年,每次夏日返乡,看到苦子蔓和苦菜了,才确切知道是回到了故乡。明确说,它们是我的乡人,甚至是我的祖先。经常,坐在养育我长大的祖母的坟头,看着苦菜和苦子蔓摇曳自己的花朵,小小的,这点缀山野的小黄花和小粉花,让我觉得安心,仿佛我受着神灵的祝福,花朵在传情。不过,苦菜更情长些,因为实在是吃多了,受它的恩惠多了,在我骨血里流淌的河流多了,所以更有感触。苦菜所抽之装有种子的穗子随风摇曳,提醒着一种遗忘,也像是提醒着一种告别。因为无论是人还是动物,一旦进入暮年,就失去可食的功用,人们就将它遗忘,不再对抽穗的这种植物起其他的向往。——我也是在告别多年之后,开始欣赏起它微笑的花朵,举着头像天空的枝干,欣赏起它长熟后展开的准备迎接风的祝福的白色绒球。

苦菜能以独特的方式从古《诗经》时代到现在一直保留着它独特的苦味,也说明极其有特色。随着时代的发展,野生苦菜已经走进了人家的菜园,但是对于经过培育选择在菜畦里生长的苦菜,我乡下人却颇有微词。即使一些人家种植了这样的苦菜,拿来自己吃还好,若是送人,是会被笑话的,因为已经失了野性,没了野味。失了野味的家种蔬菜,就全然是另一种蔬菜了。我家下院的二嫂搬到街镇的最初几个年头,因为思念苦菜,就买了一些菜籽来种,回来分乡人种,倒也喜滋滋种了,以为获了至宝,可是等来年种出来,吃了都觉得不是味道。后来,大家也就不再吃家种的苦菜了,觉得其失了本性。我乡村虽然贫于物质,乡人的物欲没有得到激发,不会搜罗各种美食一网打尽,但是对于常常吃的食物的口味,却是挑剔的。苦菜罐头这些年各地也在生产,这可以装在罐子里运往全国的蔬菜,却是陕北人拒绝的,总觉得已经换了味道,是别的什么了,虽然冠以苦菜罐头的名字。舌尖的挑剔不只钟鸣鼎食之家的人有标准,穷苦贫瘠的山里人,也保留着对所爱之物的忠诚和坚贞,是要自然的、野的,是知道万物有灵的,明白苦菜不可以圈养。

苦菜生发于小满前后,也体现了一种自然的乡村哲学,体现了一种小满人生,是自然向人发出的规劝。中国俗语里有"嚼得菜根,做得大事"的说法,这里的菜根应该为苦菜根,因为只有它最为适宜。苦菜根是白色的,却比苦菜叶子更苦。苦菜叶子就如小米一样,多咀嚼几次,能从微苦里感觉到一缕甜。陕北人排斥黏腻的成片袭过来的甜味,却对微苦略甜的东西赠送明确的喜欢态度。

洗苦菜费水。陕北少水,但是吃苦菜的水却从来用起来都慷慨,尤其是老年人,对于苦菜甘之如饴。小孩子会觉得苦菜苦,排斥,然而随着年龄的增长,会越来越感觉到它的美好,就如产槟榔地方的人对槟榔的态度一样,也如入籍南洋的人,考察他们是否融入本地的一种细微方式,就是对榴莲的认可度。陕北人对于苦菜的认可,也是一种身份的标签。这种天然养育一方水土的自然风物,容不得人感情上的背叛与否定。乡村人们在乡间街上认出,苦菜是标签,对于苦菜的爱是标签。当人们说起少年时代的记忆,如何挖苦菜,吃着苦菜感觉如何香,一瞬之间,人们会达到一种相互的认可,从苦菜的记忆身上,感知到一种地域的联系。这种联系,近乎血缘。人们通过苦菜寻认兄弟姐妹,寻认这种物性上的亲人,尤其是陕北乡下人,对苦菜更是有这方面的情谊。

苦菜有多种吃法,洗净是首选,接着就是煮熟,也或者腌制起来,秋霜过后腌制的最好,冬日吃,放点芹菜,顶顶好。苦菜可以凉拌,与花生之类合拌,但凉拌单吃才最有味道;苦菜亦可以炒食,和土豆泥炒,是山间的美味。当然,还可以晾干,就如四季豆一样,在冬季或来年春,泡开来煮着吃。那种新鲜的直接煮熟的苦菜,味道自然不同,但若论好坏,真还各人有各自的看法。

陕北人吃苦菜,就图那浓烈的苦味。陕北方言里,将那种辛勤劳作的人称为受苦人,将那种有着艰辛命运的人称为苦命人,将一种有苦味的菜称为苦菜,是不是也遵循这一原则?对于苦的迷恋是陕北人性格里的一种特征。是不是因为知苦也是一种滋味,更为醇正悠长有意味,所以才崇尚?南方人尚甜,尤其两广上海一带,吃荤菜里都要加糖,分明是日子过得腻歪。陕北人尚苦,大约与黄土高原的地缘特征有关,就是再怎样苦的生活,也自有它的命运,就如这种菜的命运。村里的叔伯长辈,说起那些嫁出去的女孩儿的命,用的是这样的句子:生就是挖苦菜的,怎么跟人家那些吃燕窝的比?苦菜在这里,分明已经是命运的象征了——寻常,普通,带着一点儿自甘堕落,却也因为不是多么贵重,所以家家户户都觉得必不可少,家家户户却又不是多么端庄地对待它。物以稀为贵,并不是什么好事,因为贵的东西往往遭遇大多数人的向往与追求,荼毒就在所难免。而苦菜这种,就如鸟里面有麻雀一样,是大地上的平民,是野菜里的平民,因其随处可见俯拾皆是,于是,获得了一种大众的赞美与许可,获得了一种不是特意标出的尊重。苦菜属于平凡之物,在陕北,它却体现了不平凡的神性。

人总得活下去,于万物里可以各取所需,苦菜是一种。《救荒本草》里,也有提到苦菜。我特别喜欢《救荒本草》这本书的名字,有一种生命的大美在,仿佛天地万物自有情谊。

少年时代,祖母特别喜欢吃苦菜,对院的三娘娘,更是将对这种菜的热爱发挥到极致。三娘娘是个少年失慈的人,父亲娶了后妈,很快就"拔刀相向",人家未生养,却觉得前妻女儿是眼中钉,宁肯抱养一个,也不与她亲近。她十三岁跑到我们刘姓人家来,做了童养媳。这一做,就是一个甲子。她跑来的刘姓人家,当晚就给她梳了头,让她做了新妇,嫁给了一个聋子。她自然不太愿意,但在一种对比的生活里,婆婆待她比后妈好,她当然想活下来,就如此了。以后很多年,她生了一窝儿女,夫妻关系差劲,然而,对于那个当她为女儿亲的婆婆,她至死都是感激的。她特别喜欢吃苦菜,春天吃到秋天,炒着煮着拌着,秋霜一下,她就开始专心致志存储苦菜以备过冬,即使后来她儿子当了县城某个银行的行长,她也仍然乐此不疲。她一直相信,苦命跟着她,吃进嘴里落进全身的苦菜,是一种相伴与相随,对她的生活是一种抚慰。即使到了七十岁,因着哮喘的毛病,她已经卧床几次,不能下地干重活,但仍然坚持着对苦菜的热爱,她说自己是挖苦菜的命。一种将头低下的生活方式,贯穿于她的一生,直到她最终死去。对于我,她赋予了苦菜一种特殊的魔力,就是在最艰难的岁月,想到上天对穷苦人也有一种体恤,并没有忘记哪一个。

小村小镇,一切都具有招魂的能力,苦菜就召唤着一种岁月和命运。每当我想起苦菜,忆及这种食物从舌尖到下颚到喉咙带给我的完整感受,我就会想起已经死去多年的三娘娘。她以苦菜向我连缀了她的一生、她的四季、她的渴望以及她最终对命运的投降和膜拜，对命运的不再作为，完全是苦菜的引导。她在苦菜里艰难地寻找一种生存哲学和智慧，最后，以一种妥协的方式，爱上苦菜，爱上苦难，独自在一场婚姻里寻求人生的祝福，因时守势，最终与坎坷的命运和解，安详地接受了最后的死亡，微笑着离去。

苦菜是需要宿根的，所以家养的苦菜总让人诟病吧？因为没有宿根，就显得有点假，就如藏獒被从西藏高原拉到平原，让人总觉得也不过是一条狗，至多就是寻常狗的品种里增加了一类，而失去了高原动物神性的特征。园子里种植苦菜，乡人们总会表现出一种嗤之以鼻，大约也是如此。野生野味，无论谁痴心妄想纳为己有，装进自己的私家房子，总归是不受民间祝福的。而且，乡野的美味进入深宫大院，进入高大酒店，并不能显示出它的独立性。一定程度，却表明了它的被招安。而有招安就有诱惑，有诱惑就有屈服。作为一种田间地畔所生产的野菜，保有其野性，才叫保有其命运，苦菜做到了这一点。

千禧年以来，乡下的苦菜进了城，成了一道夏日餐桌必点的蔬菜，也成了一种待客之菜，美其名曰"地方特色菜"。如果再往前推一些年头，苦菜待客人，是要被耻笑的。这固然也可以算是一种前进，但有时也可以说是一种倒退。我说的倒退是文化意义上的。苦菜的苦，苦出了一种乡村境界、人生境界。就如农村老妇忽然化妆一样，如果不扭秧歌，总觉得不舒服，也如丑妇穿新衣，只会显得更丑。苦菜进城，就如乡下人进城一样，是餐桌上一道可以端出来大众品尝的菜，已经被菜谱收藏，它失去了乡野本色，失去了乡下旧时民生所制造的人世礼乐风景。现在，苦菜已经如同苦瓜一样，进入了被招安和被改写的命运之中，在营养学里，它不再是单纯的乡下人知道的有好处却说不上什么好处的菜，它被用来作为治疗糖尿病、癌症等现代化疾病的食谱，它的命运在变迁之中。但愿它最终还能一直保持着它的苦性，保持它的生命哲学。

蒺 藜

　　蒺藜是一种草，是植物科的刺猬。毛乌素沙漠边缘长大的孩子，对这种草会很熟悉，就如沙漠边长大的人对红柳荆棘沙枣的熟悉度一样，蒺藜可以算作一种沙漠草。从小遇到的植物也可能是我们的一种命运，提前书写在枝枝叶叶上。南方的孩子享受的风物比北方的孩子多，物华天宝，人也自然精致。而北方沙漠边生长起来的人，就如北方沙漠边的草一样，粗粝有余，精巧不足。所以，我们从小遇到的杂草，既可以是一种命运，也可以是一种惩罚，它们暗示了我们的出生也是不公平的，不是享受着同样多的阳光雨露。

　　蒺藜在陕北叫蒺藜苗，土话叫杂藜苗，是因为它是伏地魔，一长一团，但是匍匐在大地四处蔓延，所以像小禾苗一样，然而有刺，就叫"杂"。它的叶子微酸，叶子上开着一朵又一朵明黄色的小花，虽然匍匐而行，茎叶却总是神采奕奕，绿意饱满。它耐干旱，非常容易生长，有刺的种子里有绒絮一样的毛，如同苍耳一样，很容易粘在人和动物的身上，传播它的种子。甚至可以说，这是它生儿育女的阴谋。动物活下去不容易，有时需要与人合作，如狗，可以驯服。植物亦然。杂草要保持特性，却还要物种留传,也似乎有思想,懂得如何进攻和防守。蒺藜种子七八年不死,落地就可以生根。它不比卧薪尝胆者活得从容,却也同样显示了它的坚韧有力不屈不挠。

蒺藜在沙漠边生长几乎全部都是匍匐的。沙漠边的植物,能抬起头来的,除非长成参天大树,否则经常有被屠戮的风险,就如蓟草(陕北人叫突示蓟,开紫色的花,有绒絮,身上长满小刺)、苦菜、黄金草等,容易被镰刀割掉或剜掉,喂猪羊。蒺藜是匍匐的大将,是"鸡鸣狗盗"有大智慧大本事之徒,贴着地偷偷长,等到人注意上它已开花,果也就已经结了,种子在那里等着人。如果要割要清除,得费好大的劲儿。这一点还不比狗尾巴草和芨芨草,以及那些总也铲不掉的一茬又一茬长的碱草,因为蒺藜得弯下腰仔仔细细地清除。在长庄稼的地里,人们频繁地锄草,一年庄稼锄三四回,怕就怕蒺藜有了机会祸患成灾,人们不得不保持时时警惕的心理,把它控制在可接受的程度。如果说一户人家如何懒,是不必用别的形容词的,只要说:"地里到处长满蒺藜苗。"这户人家就别指望可以好好地娶亲嫁姑娘了,因为由蒺藜可以判别一户人家是不是种地的好把式。它实在与大地拥抱太过细密没有缝隙,像是一种绑缚,而且一不小心,它的果子就会爬上人身,就等着痛,等着挑针吧。它的刺不深,小,细,几乎看不见,但是它以不可估量的存在显示着它的复仇。人们不喜欢懒人家,更不喜欢懒人家蒺藜一样制造各种毛病。

蒺藜身上体现着一种活下去的野心,怎么都要活下去,要扩展,体现着一种生命的野蛮的力,也体现着一种侵略,一种直达目的。它随时紧紧攀附着土地,与地球相互拥抱,体现它对它的需要。这种植物身上机会主义的生存模式,随时为我们制造出一种古老的生存寓言。它传播的方式和荨麻相似(我短暂得过一次荨麻疹,因为公事在贵州住了半月,回来就得了荨麻疹,因此对荨麻的脾性特别熟悉)。荨麻是一种到处跑的植物,人身上起了过敏到处窜,医学里就叫作荨麻疹。蒺藜的传播也是如此,它们攀爬在土地上，向所有空隙的地方渗透，而且也不放过渗透到别的根系的夹缝里，形成缠绕，每一株蒺藜都可以如同不打掐的瓜蔓一样四处奔达，伸展自己。它们几乎就是有爪子的螃蟹，爪子伸得到处都是，可以说真是丑陋。一株大的蒺藜，一个人躺下来都覆盖不住，当然，没有人敢躺在上面。我一个与我年龄相仿的侄儿，从小经常捉蝎子，一点儿都不怕咬，但是面对蒺藜，也还是觉得恐惧。蒺藜到处分叉，真是让人苦恼，但是它们开的小黄花又惹人怜爱，像乡下那种张牙舞爪骂了东家骂西家的悍妇，居然生出乖巧懂事喜欢脸红的女孩儿。蒺藜的花不美，单瓣，像单眼皮没什么福分的人，却也开得散漫自在，伞一样翻转着举起自己，实在是惹人怜爱的。

蒺藜是陕北最为强大的杂草。近些年，一些种子一些鸟一些人，在工业不断发展的陕北，逐渐消失了。可是蒺藜仍然像个旧家穷亲戚，年年回头，背着破口袋归来。蒺藜分明是守家在地的穷苦人，一年年被赶着走，一年年不断回头。越是这种不受欢迎的物种，越有致命的诱惑在身体里面裹藏着。蒺藜的种子那么令人讨厌，却是治肝硬化治肾病的好药材。我陕北还有一种草，我们叫胲胲，书名车前草，肉肉宽宽的卵形叶子，不大。在我们村庄，总是长在戏台下那一片硬硬的空地上，另外就是长在烧砖的大火窑前，绿油油的，鸡不吃猪不吃羊不吃，手掌大，春来秋走。后来村里一位支气管重病老人常常拿了镰刀来拔它，这种草才第一次金贵起来，上到老人下到小孩，人们第一次知道，它可以治疗支气管炎。蒺藜苗也同样，很不讨喜，尤其是它还有刺。我小时候，夏日山间人，老少出入，都不大喜欢穿鞋子，碰上它真叫惨兮兮，脚底一片红，又多茧，要找一点儿小刺出来太艰难。它的不受欢迎是出了名的。然而我长大之后的现在，有时候想起家乡来，最怀念的草，却是这一种。有一首诗这样写："双脚脚掌一直深深思念，思念你长满蒺藜的旷原。"我对蒺藜的思恋也是如此，不见它已经十个春秋，双脚脚底还记得被扎入的痛感。

在陕北,蒺藜无疑是比玉米葵花黑豆红薯等更常见的植物,它们随意地生长在视野尽头,是夏日的常驻背景。就是在被煤粉煤面污染严重的前几年,它们也依旧每年赴约一样出现在荒地上,攀攀爬爬地往人家门缝里钻。我家废弃的旧院除去蒌蒿外,就是这种草了,现在应该成了一片室内风景,隔着门缝都能看见它低头前进的样子,躲在炕上和地上,随时准备将整个屋子掀翻,重新成为它的天地。一座人工的坟墓,终究不会比杂草更长远。杂草比人类更属于未来,更掌管着这个世界。

蒺藜是垃圾吗?在庄稼地里确定无疑。杂草呢?蒺藜作为一种杂草,它总是出现在田间地头,总是被当作杂草除掉。它是"草"而不是"庄稼",它扮演着破坏者的角色,却于强大的人类世界里,每年都为自己砍出一条道路,一点一点地成长,枯荣。

蒺藜生长了这么多年,仍然没有被招安,除了作为药用,它无法进入家常的食材,如同我们老家叫作毛花有子的狗尾巴草一样,虽然有子,但是废弃的不做实用的子,不到秋尽就凋零了。黍子小麦的一种,是它的兄弟亲戚的变异,但总也不是它,它是野的,无法圈养的。蒺藜比毛花有子更过分一筹,毛花有子看起来像小麦,而且好清除,蒺藜则有一切凶恶的杂草的那种顽固和独特,以及坚韧的生命力。

在秋天,蒺藜的刺球携着种子随风迁徙,枯枝败叶却形成一种独特的风景,如果可以无限放大,或者人缩小到蚂蚁的大小,会看到它们孤单地一家一家各奔东西。它们一年又一年经历着告别,在干燥的黄土高坡上滚动着,直到最后停下脚步,再一次如同祖先一样,落草为寇。

蒺藜有强烈的个性,它无法被修剪,无法被粗暴地当作盆景移植在盆里。它是要霸占面积的,而不是空间。它近乎不祥的无法被规训的性格,几乎获得了我的赞赏和肯定。当然,是在多年离家之后,是在我受到种种规约从万物里寻找同宗同族的兄弟姐妹之后,我发现我和它顽强的致命的一致之处,我像是找到了一种结盟和保护。它身上的这种不被规训的美，隔了这么多年，仍然对我造成惘惘的威胁。但是它坚守多年的野性和烈性，又何尝不是一种专一的情怀和本真？我喜欢它无处不在的丰盛富饶，春来秋别，更喜欢它的坚拒，它的不合作。无法被供养的东西更能体现一种神的意志，因为，只有神才不可被收买，是唯一的。

　　总是夏日午后，提着鞋子小心翼翼地从蒺藜身边穿过，一边看着光膀子的成年男人坐在底下拔着来自它的刺，一边听蝈蝈和蚱蜢哧溜哧溜地从它们的身上飞起，嗡嗡的虫声，还有不远处来回跑动偷杏子吃的松鼠，以及，窑洞炕上沉闷的打鼾声。世界在有序和失序里，营造出一种一视同仁的平静。它是有刺的，一整个夏秋我提醒着自己，但我必须穿过它，离开我的家，或者，回到我的家。我无法摆脱，也没有想过摆脱。它在我出生之前就存在了，比我的祖辈存在得更久。它提醒着一种生命的遥远和天长地久，提醒着在我所不知道的地方，生命的蛮横无礼，以及，狂野生长的无奈。

　　时间改变了我，也改变了我的家、我睡过的炕，却没有改变蒺藜的风景如画。借助于照片和节令，借助于书本呼出的物名，我认出它，认出它平凡的黄色的小花，认出它细弱的叶子，认出它攀爬时伸出来的粗糙的手脚，以及上面的各种痕迹。我甚至听得见童年时代那上面飞着的蚂蚱的声响，以及，一群蚂蚁在吃一条干扁的蚯蚓。我几乎回味起了自己的恶心之感，以及恶作剧，用脱下的鞋子去大片大片地杀戮黑色的小蝼蚁，却遭到了它的阻拦，一根刺朝我的大拇指横空直入……

　　烦躁的没有希望的日子，以为永远也长不大，总是这些小伤痛，蒺藜的刺进入脚底了，蒺藜的话语从家人口中一次次喷出，孩童是敏感的。总是这些。这一切形成了一条记忆的纽带，在经年累月地忘却之后，重新在季节的轮回里想起，指出我活过的证据，教给我继续活着的希望，但依然用不安和威胁提醒着，用那时所遭受的不适提醒着，文明与荒蛮仍然并存。我与蒺藜，仍然不近不远。一根蒺藜刺入我的脚拇指，我使劲儿想把它弄出来,但我的祖母说:"不要抠,一会儿就好了,到了晚上就自己好了。"它们像伤疤一样长进我的肉里,被我的肉消化,然后就好了。现在,仍然躲藏在这些好掉的伤疤里,仍然记得自己当时的急不可耐。我不知道是我天生的快速适应能力适应了它们的植入,还是因为它们天生就倾向于进入错误的地点后盘踞下来,直到彼此成为一体。

别处也有蒺藜,它并不是一种隐居的罕见的植物,并不是躲藏的幽灵,但是别处的蒺藜和沙漠地带的蒺藜不一样。南方的蒺藜更柔,甚至可以直立着向上。南方水多,人温润,蒺藜也温和。南方的蒺藜从来不会植入我的肉体。所以,它们几乎可以说是两种东西,两类人。南方的植物并不能让我形成一种尖锐的情绪,我只会融入不会对立,更偏向于一种新鲜感的穿越,而不是——记起。

爬山虎因为沿着墙壁攀爬而得名,蒺藜应该叫"爬地虎",它在干旱的陕北制造出一种怪异的美感,营造着一种原始的气氛,仿佛这片原野仍然是荒芜的、遥远的,它缓解着这片土地上的农人们被整齐划一地归纳进高楼的冲动。

蒺藜是杂草,和所有的杂草一样,顽固而坚贞,不被收买。杂草和人一样,不受约束和规划,是田野的少数派。但是它同时却提醒着我们,越界是一种常态,万物为我们备取,边界只是为庸人设置。学习杂草在大地上如何自然地生存,也是学习一种活着的艺术,我将继续这门学问。

苜蓿年少

　　农家物事,细想有很多浪漫。每次给家人打电话,家里会按节气告知,抓绒了,雇了几个人;剪羊毛了,找了几个人。前段时间,是在揭地,准备种一片玉米,给羊当料吃。我问今年有没有打算种西瓜,要不要搭西瓜庵?答曰,没种,没人吃。夏日落太阳,西瓜庵没门,敞着,坐在庵边看书吃西瓜,是少年乐事。往年家里年年种西瓜,不为什么,只因孩子们爱吃。现在孩子们不再是孩子,也就没人种西瓜了。

　　今日清明,天和景明,陕北乡下是要摊煎饼上坟的。清明,既是节气,又是节日,一年中唯一一个节日,可以上坟填土,给那些地下的永久居民修葺房子,栽植花草。清明时节,我想到了陕北的苜蓿。

　　现在处于苜蓿出芽时期,刚可以抠着吃白芽,还需几天,才可以吃清苜蓿。三月三,苜蓿芽芽翻两番。苜蓿是陕北一年中上桌最早的蔬菜。

　　苜蓿是宿根草,一次撒下去,耕种一番,多年生长。如果年年收割,年年会长势良好,可以长很多年。苜蓿是春天发芽的植物,小满前后可以收第一茬,接着就如韭菜,不断割不断长。苜蓿是会惩罚懒人的,如果不收割,一两年就荒了,不再长,或者长得杂七杂八的。苜蓿是牛羊骡马最好的食物,兔子也喜欢吃。在陕北,羊一般用来放的,专门割苜蓿给它们吃,是非常奢侈的,骡和牛才能享受这好处。

第一茬苜蓿人是可以吃的。就是清明前后,人就可以刨着吃苜蓿芽了,白色的根,炒着吃甜而脆,余味回旋,可以伴一生。然而吃了苜蓿芽,会影响苜蓿的长势。近年农村几乎不养牛羊了,但还是没人忍心掐苜蓿芽吃,大约觉得有点缺德对不起苜蓿吧,没人干这事。最好还是吃第一茬苜蓿,而且还必须选择在苜蓿刚出头不久,掐着揪着手中可以捻一小簇的时候,最好。苜蓿只适合吃第一茬,第二茬人就不可以吃了,有毒。我现在都无法明白,羊儿牛儿与人同属动物,为什么它们吃一些东西不会中毒,而人吃了就会崩溃?天降万物,互相供养,人类是不是因为进化得过快,所以失去了原有的一些口粮?

苜蓿可以长半人高,人走在苜蓿地里,蹲下身就看不见了,所以苜蓿地是乡村男女恋爱的好地方。睡在绿绿软软的苜蓿上,看悠悠白云飘过,几生几世过去了也无悔。可以谈恋爱的,还有葵花林玉米地,但没有苜蓿地好,因为苜蓿柔柔的像天然的棉被,悠悠绿草是温软的毯子。苜蓿长到农历四月,就开始花繁叶茂,密不透风,一镰一镰割下去,才可以分开它们。这是一种拥抱生长的植物,兄弟姐妹团结得很。苜蓿跟甘蔗香蕉之类应该在种植方法上属于兄弟家族,苜蓿寿命更长一些,甘蔗香蕉,也是两三年种植一次,苜蓿可以七八年。反正我的童年过去了,我家种下的两处苜蓿还在那里生长着,只一处较为荒芜了,跟它的地形也有关。我家种植苜蓿的地方叫裂堑坟,应该是几百年前的一片古坟墓被刨平种植了庄稼,总之经常可以通过犁地划出很多白骨来,一片又一片的。小时候经常捡了这些白骨玩,也不觉得害怕,只是猜测是哪种动物身上的。大人们嫌晦气,看到了赶忙让扔了,然而背着他们还会捡回来。多年之后经过各种实验室,莫名其妙有了医学情结,不能不说与这有关。裂堑坟是一块山坡,有十多亩地,我家三亩左右,三块田。最顶上是二分地,开始种西瓜,年年长势好,后来种了苜蓿,亦长得旺旺的,证明它是一块好地。最底下一年一年因着水冲都已经差不多掉下沟坡的那一亩多,也是苜蓿,那一片好像自我记事起一直是苜蓿,开始几年长势不错,再后来彻底荒废了。家里没有了牲口,春上秋里羊儿不吃它们,人们不揪它们,就死掉了。田地也如人,需要经常抚摸和耕种的。耕种惯了,它觉得开心了,才会长庄稼;时日久没人管,像深宫寂寞的宫女,过不了几年自己郁郁地就羞死了。植物原来和人一样,世间万物,都是自有心思的。我是人快到三十岁才明白这个道理,似乎有些迟了。

苜蓿长相美,尤其是春到夏那段日子,是它一年又一年的幼年和青春,最好。苜蓿开紫花,这点如同荞麦一样。荞麦花和苜蓿花各有娇憨处。陕北雨少,绿意少,远远地一坡苜蓿,像春山点翠,像是人颈子上的一抹玉。夏日蜜蜂喜欢绕着苜蓿飞,苜蓿蜜是非常有营养的。紫色的花,紫色的瓣,层层密密,一片紫气,云蒸霞蔚,在山野间点缀,翩跹的蝴蝶与殷殷的蜜蜂,兔子来里面做窝,山鸡在里面下蛋,恋爱的人们在里面偷欢,苜蓿提供了无穷欢喜。

村村有苜蓿地,家家有苜蓿,但是春日乡间,流行偷苜蓿吃。人们喜欢用"偷"字,无论婆姨女子,有人问今天吃了什么,或者自报吃了什么:"今天啊,后沟偷了半袋苜蓿,回来炒着山药吃了,真香。""啊,你也去了,我掐的是刘保家的,他家在前沟那片长得绿油油,我家地远。""你个不要脸,偷了还说掐的?""不就是偷嘛,一个村,你偷我我偷你,都也差不来乎。"……

每年里,一到春夏之交,家家都出偷儿,人们见怪不怪,偷才好像偷出情调,偷出味道。农人们没有什么乐子,春夏之交,又缺乏新鲜蔬菜,买的总不如地头上长的新鲜,毕竟亲手摘的更好吃。

偷来的苜蓿,洗干净,拌着土豆丝炒,放上切碎的白葱,加几把韭菜,是一道鲜美的菜。或者也可以包饺子吃,亦可以单纯笨了吃:一大瓢热水盖下去，捞出来放点盐，就是一盘好菜了。

南方也是有苜蓿的，做法不一样，味道就不一样，情怀也就不同。陕北的苜蓿是从西域传进来的，属于牧草，跟南方叫作四叶草的苜蓿略有不同，但具体何种的不同法，我亦无能细细列数。在我心里，总觉得红柳啊、苜蓿啊，以及大白杨，似乎只有在陕北，才真正地生长着，生长过。

小石狮子

　　我要说的是陕北的小石狮子，不是那种庙宇楼栏之内的石狮子，也跟衙门和墓地肃穆的石狮子不同。我要说的石狮子，是那种可以摆在炕头拴娃娃的小石狮子。它以原始性、生命性、鲜活性、自然性、想象性、整体性、泛灵性、直觉性并举，构成了独特的强大审美能力，甚至可以说，它是陕北人精神的一种象征，体现了陕北人生活方式的一个维度。

　　石狮子身上，有一种带有人类生命本能的、天然的、经历过的巨大情感库，虽然在不同的朝代有不同的变异，汉有汉的姿态，唐有唐的丰赡，明有明的明耀，当今时代有当今时代的和谐，但是它胎里一致的元素和精神是不会改变的，它展现着自身的逻辑层次，于沉默里诉说着自身的审美和情感诉求。原始野性的自由元素，通过石的本质，狮的显像，不加过多雕饰地表现出来，由原始的骨子里的野性冲动与沉沉的石子的睡意结合，表现一种梦幻与追求，表现一种由自然之物经过加工所体现的神性与人性。它是真诚的，也是淳朴的。真诚来自匠人的心眼，淳朴则是对质地和造型的回应。

　　陕北的石狮子是人对兽性时代的召唤与追思，其绘形、造势各有讲究,传意传神为主,形和相反倒是其次。陕北那种用石头雕刻打制出来的石狮子,笨拙、粗犷、质朴,甚至有点丑陋滞涩。陕北方言说人憨憨愣愣,为木石,石狮子就是一种。但是它的存在又形成一种恐惧和震慑,身子里藏着原始的野,仿佛随时可以起跳、飞跑。一般人根本不敢触动它,甚至家里面也不敢太多地藏有它,尤其庙门的石狮子,即使被盗被偷,也经常在想象里被赋予无尽的能力,偷盗之人会因此丧失他的福分。

陕北没有狮子,整个中国,在汉唐,狮子也是极其少有的。就是现代,我的乡人们,也多是从电视网络看到狮子,但是匠人们的石头狮子却各有特色。这种狮子的创造,立意在先,依石而雕,依形造境,依境传情,为了自由地表达,有些时候,以意为重,舍形舍相,缺眼或者缺嘴,有时眼部并不进行任何雕刻,有时鼻子以下也好像被粗心的石匠给放弃了。以它天性的残疾表现一种智慧,也许这是雕琢者的原意。这样的狮子,我在绥德城郊不远地方一片开发的石头奇相里几次看到过。当然,在村野的尽头,荒草丛生处,也可以看见这样的石狮子,摆放不整齐,完全扑倒在尘埃里,一半身子已经被泥土和青草淹没了,一半露着一只眼,细看,却没有嘴,或者眼是凸出的,还没有完成,仿似纯然的自然物象,但意念已经在那里表达了。它们在意念上穿越古今,超越时空,超越习见的认知。这些像是半成品被人有意或无意放弃的石狮子,简化得太过大胆,太过随意,沉睡在天人合一的自然农耕社会的意境里,却因此显示出了西北黄土高原的狂放不羁和质朴无华之态,显示了自然人化和人化自然的意志,而狮本身,已经脱离其本相,成为一种象征,荡漾出一种无为而往的存在哲学。

炕头拴娃娃的小石狮子,应该算是陕北图腾崇拜的一种。在陕北,人们崇尚石文化,一般的窑洞不算是最好的窑洞,我指的是土窑。平民人家住土窑,真正有钱有势的人家,住石窑。打石窑是要花大力气的,一般人家没那个财力。对石的崇拜自然就转移到了石的佩饰和装饰上,于是,石狮子,作为一种审美和愿望的寄托物,才因此应运而生吧。在陕北,人们心中的狮子高高在上,是和佛家有着密切联系的,而且狮子两眼圆睁、阔口怒张或紧闭,自有一种神威,能驱邪避魔,消灾免难,确保孩子平安,确保孩子受狮子佑护,一路成长起来像只憨状结实的狮子吧。造型狰狞凶猛的狮子,拴在炕头,自有一种威武可爱处,是一种吉祥物。

整个陕北,石狮子以绥德最为有名,绥德的石雕文化最出名。古话有:"米脂婆姨绥德汉,清涧石板瓦窑堡炭",此话也不无道理。石狮子大规模出在绥德而不是米脂,自有神偶作的美意,和绥德出汉子有一定的关联。力与美在此暗合。

我家有一尊小石狮子,在父亲还没出生的年代就被请回家的。祖母在生养父亲之前,已经生养了一些儿女,可是全没有活下来。于是,就请了这头拴娃娃的石狮子回家,希望可以拴住接下来出生的孩子,让他活下来。接着,就有了我的父亲,再接着,我的父亲一路健康地活到了他的中年时代。所以,这头拴我父亲的石狮子,算是功臣一样,一直受着我家的供奉,摆放在我家的窗台上。它大张的嘴巴,作为我们家藏钥匙的一个小处所,在我的幼年,一直发挥着它的作用。

拴父亲的小石狮子,口部是横置的花瓣形,狮头上有两条长而直的线条,里面是一些微间隔的短线条,长短不一。两条长线条交叉围绕起来的那些短线条,应该是头发。花瓣嘴两边,亦有近似头毛的线条,应该算狮子的胡子。狮子的耳部是两条竖立的鱼形图,应该象征耳朵。这头狮子是蹲着的,面部较宽,宽于头长,脸部丰满,鼻梁挺直,下颌略圆。陕北人对女性的审美要求以圆脸为主,男性则以阔脸为主,最好是丰满的国字脸。我祖母认为圆脸吃四方,有福,圆圆的脸也象征人生也圆圆满满,她说男人女相有福,如观音长一张女相。也许正因为此,我家的狮子脸形略圆还有点阔。拴父亲的这尊石狮子嘴是张着的,和银行通常摆放在右边那种闭着嘴巴只进不出的狮子有明显的区别。我家的这尊,中间有一小圆球,似豆粒,我那时候经常伸手进去掏,可是探进它的喉咙了,那石珠子还是捞不出。脸部也有很多纹折,弧边三角纹,在头部。面上有两圆点,应该是双目。基座底部也有绳纹,像揉好的馒头用筷子压出的线纹。尾巴是压着的,也是一些弦纹和刺纹,堆砌在一起,疏密度较之脸部更集中。

因为它是拴父亲的炕头狮子,我对它总有一丝亲近,感觉神秘,却又觉得恐惧。当然,这种感受在父亲活着的时候,在我的幼年。而现在,家园破落,它被我叮嘱家人藏了起来,在内心深处,成了父亲替身的一种象征,它身上甚至有父亲的影子,我固执地认为。它是我前所未有看到的第一尊石狮子,也是我生活里的第一头狮子。它连接着原野和今古的气息,它是来自自然的,来自神秘的匠人,也许就来自黄河滩,它曾经强烈地冲击着我的好奇心。现在,在我心里,它也仍然有当时那种永恒的潜在的初塑的价值,木讷笨拙,却无可替代,是我黄土高坡上的石狮子父亲。——也许就是这种潜在的情愫让我回头写下这些。

陕北人不像南方人,南方物华天宝,一般人不必为吃穿太过操劳,所以求乐求丽者多,而我陕北,由于土地生产资源有限,从来一直讲究:"居必长安,然后求乐;穿必保暖,然后求丽。"陕北的崇狮意识,应该也是对自然的一种精神呼求,也是崇虎意识的组成部分。虎和狮子都是大型猫科动物,陕北人喜欢给小孩子穿戴虎头帽子虎头鞋,喜欢逢年过节进行舞狮运动,虎相作为一种佩戴,穿上身。而狮子,被赋予了宗教的内涵,成了一种具有圣器特征的圣物。在艰难困苦的生活里,崇尚狮子,并将之雕刻成温驯可爱的样子,何尝不是与自然和内心的妥协。当然,这种深藏的人性意味,也颇值得探讨。

陕北的炕头石狮子,是写实的,形体装饰也是奔着写实的路线,奔着功用隐喻的路线,尽量使狮子的形象在有限之内达到无限的夸张,使生活的真实性与装饰性有机统一,实用性与审美性也相互连贯。中国的建筑,首先讲究坚固耐用,其次讲究美观大方,陕北石狮子的打制,也是朝着天长地久的未来行进的。

石狮子的打制，体现了一种集体无意识的精神意识，荡漾着陕北人对人生的期盼和认知，带有强烈的想象和幻想的色彩。石狮子在被打磨的过程中，就已经消磨了它们凶狠残暴的一面，注重了它们与人生活的亲和与融洽。它们不是创作者表现神性的主体，但是它们作为人陪衬的生活器物，加持了人的本质力量和对美好生活的向往。这些匠人都是普通的，部分石狮子甚至是集体打制，一些人完成狮头，一些人完成狮身。一些狮子呢，在流通中，经过百年之后，再加工，变为另外的样子，但是它们大多是建立在普通人的生活经验之上，在此基础上飞翔、变形和夸张。

炕头狮子是比庙狮、墓狮、衙门狮子、银行狮子等有更多的飞升性的，它们更俏皮，更亲和，更具有人性。我见过很多不同的炕头狮子，在人家的炕上，在收藏者的家中，在一些庙宇殿堂之中，它们摆列着。我现在还记得一头像是猪的石狮子，四蹄下曲，两耳竖立，尾巴翘起来，作跃跃欲奔跑状。因为在泥土里久了，已经出现了苔青色，一头绿色的跃动的狮子，好像随时准备起身，跳出我的视线。

我很奇怪，一些狮子的嘴和眼居然是红色的，是那种砖红色，好像被打过一样。乡下祖母在世的时候，看见我家放在窗台上拴了父亲几十年的炕头狮子变色，嘴角和额头出现釉红色，就会说天气要转了，要阴，要下雨。往往也是如此，天不久就下雨了，就像一种巫术。我现在想，大约是因为石头的色彩和质地可以感知天气吧？然而在客观上，我又会想也许就是一种巫术，石头狮子是通灵的。因为不管人如何喜欢这些狮子，在我乡下，却也很少有人敢去庙里偷这样的石狮子。当然，我在写这篇文章时，认识了家乡一个外号叫作狮子王的人，他收藏有一千多尊陕北的小狮子，作为收藏珍藏，也作为一种美术之物器描摹。他的那些狮子，一些极其夸张，眼睛和眉毛似乎在抖动，特别传神。其中有一尊，他只留有图片了，长得特别像我黄土高原上另一个收藏有七百多尊狮子的朋友，眉宇之间古里古气，是天赋异禀那种，黑眼珠明显比一般的小石狮子深陷，通过眼睛似乎可以感觉到它的心跳，明显是飞扬的，甚至有点跋扈，不可征服，有类似猴子的狂样、灵样，刁钻纵横样。然而，很遗憾，我看到的只是照片，它被偷走了，狮子王也不再拥有它。很遗憾，这尊特别的狮子引起了我浓厚的兴趣，以后，我还是要去寻访它的。它是那么多尊里最特别的一尊，仅仅比我自身用来当父亲的那尊拴娃娃的石狮子少一点点特别，因为，这一尊是家养的，是连着我的血缘的，在我生命里是唯一的、不可复制不可替代，而特别的这被人偷走的一尊，我似乎可以寻访到它的替代品。谁知道呢！

大多的炕头狮子打制雕刻古朴，充满着原始意味，但是因为作为拴娃娃的石狮子，又不能有太多的狰烈之气，怕吓着小娃娃，于是，这种石狮子，像猫，让人想到猫，温和俏皮，又不失力的流转。它们以猫的媚态显形，在尘世里坦荡、温驯地活在人家的炕上、窗台上。一些两眼圆睁，尾巴翘起；一些两脚伏地，像家猫一样还戴着绳圈。狮子像猫，明显充满了日常家居生活的情调，而石狮子即便是像猫，也总能透射出一种粗犷的大气，一种原始的情调和意味，其抬腿、扭头、龇牙笑，虽然拙朴滞涩，却毫无做作之态，大约与石头这种明显厚重有大地属性的质地有关。为了调节色彩，在一些时日，比如小孩子过生日之时，这些狮子身上就会拴上红线绳，作为一年一度开锁记事一系列仪式中的一项而被郑重对待。这时候，石狮子分明也是家里的一员，是需要尊敬和照顾的，需要陪伴和嬉戏，与儿童并无二致。

狮子的猫样媚态，甚至是狮身猫头，在陕北的炕狮子中并不少见。在陕北，万物似乎都可以拿来做人的陪衬，然而万物又有灵，陕北是要拿一切来融合的，本就是游牧民族与汉民族融合区，是以前的塞外，是战乱之地，是沙漠与黄河的汇合处，是化外也是化内，有"四面边声连角起"的兵器，有堡有寨。这个地方，一切的宗教，都在混合中形成它自己的样子，不是绝对地排斥，又不是绝对地接受。然而，陕北实际是无声的，就如石狮子一样，"石狮子张嘴不说话，什么样的人生都解下"。陕北有这样的禅气与古气，在陕北人心里，实际另有自己真正的色彩与感受。陕北是习惯将一切化掉的，对狮子的雕刻也是如此。将石狮子请到炕上拴小孩，既是一种供养，又是一种怜悯，是一种分享和承担，并不是作为一种征服进行的，乃是作为一种合作和理想。是的，将狮子请进房间，世界在优美与静穆之间走向和谐，在狰狞与献祭之间走向神性。可以说，陕北的小石狮子，每一尊，都洇染着陕北人的期待，都体现了一种理想的深情和企图，无论从哪个角度，都不是一种杀戮和征服，而是一种共存脉搏的自由跳动，一种节律，不是你代替我或者消灭我，而是，我与你共存，在一种形体所象征的实相上，我们共同走向自足与静穆，天长地久。

丰富的想象，大胆的构思，以及小巧的身子，使陕北的小石狮子和别处的狮子完全不同，甚至就是与同是黄土高原地区关中的石狮子也不同。关中的石狮子更遵循儒家文化传统的教养，是内敛而稳重的，缺乏飞扬纵横的架势，明明一样的体重，却显得更笨重一些，没有太多的活性。这方面，一方水土养一方人说得过去，一方水土养一方石狮子也说得过去。从陕北小巧的炕头石狮子身上，我们能感觉到一种流淌于狮身的秀美之气，一种矫健之气，混合着慵懒之态，体现出一种自为活着的生活方式。炕头狮子，它的柔美多于它的狞烈，它总体现一副积极面向生活的姿态，无论是低头还是抬头，它都体现一种脉脉情深，并不表现想象的理想狮子的气韵与风格，但它以退出自身为完成方式，于取媚中表现自身的怡然自乐。严格说，或者精准说，它确实缺乏一种严峻，但它又并不耽溺于对人类进行谄媚，陕北的石匠没有赋予它们这种气质，他们自己在生活里，也从来不体现这种气质。它是脉脉的，甚至可以说是深情的，但它于这种温驯与静默里，于这种自足的慵懒里，确切地体现着自己的意志，体现着原野与古风，体现着过去与未来。

陕北的石狮子,是在有限中追求无限,讲究留白,虚实相生,不会有太多精雕细刻处,但远远看,却自有一种婉转的灵气与神气流淌,古朴中透露着一种大气。

西方的石狮子和我国的石狮子不同,和我陕北的石狮子更不同。西方有狮身人面像,作为古老文明的象征,它在一步步进化中,逐渐有了自己的翅膀和武器。我说的不是它锋利的牙齿和爪子,而是雕刻时雕出的实体翅膀,以及剑与刀。当然,最近这几年,中国大地上出生的新石狮子,也有一些有翅膀和袭用人面的,那已经不在我要叙述的范围了。我说的那些狮子是古的,过去年代的,相隔了几十年几百年几千年的,与现下的时光遥遥相望。

我现在生活的大学校园,文学院的建筑大门前,齐刷刷一左一右蹲着两头汉白玉大狮子。因为大小不一,视觉的感觉,很多人认为这是一公一母两头狮子,加之文学院的大门是红色图案纹,砖青色飞檐,让人想起《红楼梦》里那被焦大说成还干净的两头贾府的狮子。但一些同学说,这两头狮子比喻的是陈寅恪和傅斯年。当然,亦有人说,这是为抵消别的院系建筑所制造的煞气,才请来这么两头汉白玉狮子。文学院的建筑和整个学校的建筑一致,但进入里面却自有文学特色,然而外围实在看不出有什么奇特之处,不过因了这两头汉白玉狮子,倒是给文学院整座建筑增添了几分空灵之气。人们从两头汉白玉狮子中间走进走出,也似沾了山林之气,沾了一些野气,自然活泛,仿佛别有一种自在,和别的院系形成明显的区别。

写到这里,我想到三个对于陕北石头狮子进行大规模收藏的人,一个即是前面提到的,外号叫作狮子王的人,他有一千多头;一个是我新认识不久的朋友,七百多头,还在不断请进中;一个就是著名作家贾平凹,他不光有兴趣收养活狐狸,他也有兴趣"收养"陕北关中的小石狮子,似乎也有一千多头。想象这些狮子有一天夜半醒来,忽然有了飞跃的能力,想象它们从水泥钢筋打造的建筑里咆哮，冲出，那会是怎样的壮观！它们一个个转身，去寻找在岁月流转里一次次拥抱的主人，寻找那些存在或者已经不存在的肉身，寻找在地里掩埋的素朴时代的青苔绿衣，寻找无法道出的前世，会有怎样的哀伤！这几千头石狮子，在我的想象里已经形成风暴。一种收藏所形成的惊惧，一种占有的暴力所体现出的自我屠杀，在我的幻觉里进行。收藏是一种屠杀，这是我在写这篇文字时一直徘徊的一种感觉，而在这篇文章结束的时候，我终于可以清晰地用"屠杀"这个词，描绘收藏所带来的感觉。于千家万户中，于断瓦残垣里，收藏石狮子，制造了一种分离的紧张，一种岁月的残缺，一种一直在进行的不安。我不是在批判谁，而是描述一种书写产生的想象的痛苦感。几千头狮子，端坐在一起，而它们，各有各的故事，各有各的悲怆，它们被拥挤地摆放在几个地方，卧着、睡着、坐着、伏着……对于密集恐惧患者来说，它们以团聚的姿势，制造了一种断裂，深渊在它们团聚的地方，一次次炸开。

我其实并不能准确明白自己写下的是什么，此刻，我想念拴过我父亲的那头小石狮子，它来自于何方，我并不清楚，在拴我父亲之前，它就已经拴过另一个人了，而我父亲如果活着，现在也已经七十四五岁了。它至少已经百年，甚至比这更久，岁月并没有让它改变多少，然而我想起它，却自有一种亲切。我以我的唯一想念它，以一种不在场想念它，以一种永久之情想念它，它会与我地久天长，海枯石烂。

石　碾

　　我的身后是一副碾子。这是一帧照片。我看着身后的这副碾子,看着我自己,想着石头的岁月,我的岁月。

　　陕北的石文化是个谜,也许连接着比汉唐更远的历史,有更久远时代的文明在这里存在过。人类四大文明起始于沙漠地带,而且人类以后的文明,也已经预言要被沙漠地带的文明引领。陕北有毛乌素沙漠,在更久之前,也许还有别的沙漠,沙漠文明在此生发并辉煌,有一定的可能。陕北的石文化是被忽视的,整个陕北文明,也就如一颗被忽视的大石头,是一只有口无法说话的石狮子,是一个被别的文明解释的文明,是一处文化受掩盖的地理。当然,我这是针对近几十年的"红色革命陕北"而言的。了解陕北文化的人,知道我在说什么。这块地方,不是外界所言的那么简单,它被外来人言语,自间人却是沉默的。而自间人说话,也用的是外来人所要用的目光和语言,所以,真正的陕北,从来没有被说出;真正的陕北,却一直存在,并且如同沙漠文明一样,在不断变迁和漂移中。

　　陕北的石文化,在新石器时代的晚期就已经存在,人们甚至有修建石城的传统,除过绥德大规模的石雕外,在神木的石峁,也发现了大规模的石雕,而在陕北的其他县城,均有各种石雕人面像散落。在我幼年,经常有人来收龙骨等石头,像是石头,但又有骨头的成分在,和部分泥土搅和在一起,说是一种药材。我在田畔山间放羊,也常常可以见到这样的一些石雕石骨头。人们说起古文明,总是会说到希腊。近年偶有一些历史学家,关注到中国大西南和大西北的一些古文明,有时候我想,我陕北的部分石雕,它是一些部落抵御外敌减少恐惧所制作的吧。我曾经和一个有着自己个人历史版图划分的当地人聊天,他告诉我,在毛乌素沙漠附近,有过更多的部落,甚至一百多个,残杀或迁移、合并,逐渐成了"不精确的总想说清楚"的现行历史教科书的样子,实际上,整个冰山的真实还在下面。世事本来就说不清,但我每每看见那样的石雕,残疾的、缺眼或者缺耳朵的,嘴巴没有雕刻出来的,总会有一种来自缓慢时光的浓郁惆怅,在我的基因或血液里,在这个世界上,有什么存在过、发声过。那些人借着这些残迹,向我显形,而我却什么都抓不住,一切都无所作为。人,或者其他的物种,生在这个世界上,其实有时是极其无能的,就长远的时空而言,每个人都是极其无力的,万物无始无终。

亚里士多德说:"城邦之外,非神即兽。"在陕北,也许存在过久远的城邦,开阔辽远的,不断变动的,飞扬激荡的。陕北人身上所体现的那种盲目的自信,那种得天独厚的骄傲感,与现代贫瘠昏黄的高原地貌也许并没有十分必要的联系,而与骨子里那份隐秘的关联相关。在这块以生殖和生存为主要义旨的土地上,时代发生了很大的变化,但是人们的文化并没有发生多大的变革。然而,山川和地理交通的阻隔,陕北倒一直在缓慢地保持着农耕文明的传统,千沟万壑仍然是封闭又开阔的,陕北高原上的人家,苦与乐仍然大多来自土地,根底是柔软和坚韧的,文化里照旧保持着刚烈质朴的一面,有天空的空感,有大地的实感。在这里,人们依然在畅想女娲补天,展开对女娲的石头的思考,展开对引进的西西弗斯的石头的思考。这里的风景、民歌、说书、快板与道情、粥饭与烩菜、一言与一笑，仍然如同农耕时代一样在悠悠荡荡中展开。在这里，在毛乌素沙漠边缘的一块砂石上坐下来，在一处废弃了的石碾台上坐下来，在虚想的一块石头上坐下来，你仍然可以于车间流水的机械与喧闹外，获得一个大世界——一个，可能存在的桃源。

我今天要说的，是陕北的石碾文化。石碾，是农耕文明的器具，甚至是圣器。而今，是风景，是碑志，也是墓志铭。对于我刘姓人家，对于我所在的小村，这些都是成立的。

父亲的曾祖父辈，迁移到这个我从小生活的叫作王家塌的村子，大约两百年吧，反正至少已经有一百六七十年。那时候，整个村子住着的都是王姓人家，自然村庄属于王姓的地盘。我们作为刘姓人家搬迁而来，古井是王姓的，石碾石磨石碓子，也是王姓人家的，自然用不成。

父亲的一个五姥爷（父亲的爷爷以上一辈），人高，壮实，年轻，环眼，好斗。他有匹夫之力亦有匹夫之勇，他在这个村子要住下来，要吃要喝，要刘姓人家生儿育女。于是，他一手提大铡草刀，一手大刺刺赶着高骡子去井口驮水，怒目而视王姓出来拦路的人。就这样，整个王姓家族被他吓倒了，刘姓人家开始驻扎下来。然而，石磨石碾都是人家的，不给用，自然有理由，但粮食需要脱壳，人要吃，牲口也要吃。于是，这刘五老汉，就连夜走石头滩，打了两副碾子和磨盘回来。那以后，我刘姓人家就开始在这村子住下来，分上院下院，上院一副碾磨，下院一副。

我从小就常常听叔伯祖辈说如何在这个村庄扎根的故事，他们一边就着下院的碾道压面，一面说这样的故事。那时候，整个村子里可以启用的碾子，就只有这副了。

在此之前，村子里至少有六七副碾子磨盘。在中国古文化里，碾是青龙磨是白虎，都是圣物，有巨大的煞气，萨满教对碾子，亦尊为圣物，而我陕北，实际上萨满教盛行，只是叫神神而已。婚丧嫁娶，这些碾子都得用红布包起来，遮它们的煞气。也不知道为什么，自从我小时候开始，村子里就只用我们刘姓人家这副碾盘。也许是因为我们刘姓人家比较和气吧，对于碾子的修护和维持也比较尽心。其他的几副碾磨，都成了婚丧嫁娶时穿红衣的青龙白虎，平日里是不启用的。祖母是村庄里他们这一辈最老的老人了，每次，当别人来碾碾子压面，她都会偷偷说起碾盘的故事，说起艰难岁月在一个村子扎根的困苦。到现在，祖母去世多年了，下院快九十岁的伯父，我假期回乡，在碾盘上和他坐下来拉话的时候，他还说着过去年月的艰辛，哀叹着杂草丛生的碾盘曾经如何连接着整个刘姓人家的命运。他是个勤劳的人，一生辛苦，多儿多女，碾子就在他家土围墙的院落外。对于他，这碾子，曾经如何锣鼓喧天，曾经如何铃铛回响，曾经如何碾盘吱呀，都已经算是过去的岁月了。他用混浊的眼睛打量着碾盘，对我说："时代变了，碾子老得不用了。我们这最后一茬儿人，也要废了。"然而，作为刘姓人家在村庄生活并繁衍的标志，这副碾盘，值得被追记下来。

石碾是由碾台、碾砣、碾棍、碾道等组成。碾盘和碾砣大都是采用石头雕琢而成，显出石器时代的沧桑，而碾棍，多由木头做成。我陕北，多是槐树或枣树，因为这两种树木经久耐用。我家的这副碾子，用的是枣树滚。碾砣中间有铁棍。碾砣正中插棍，然后围绕着碾台中心，人或驴骡牛开始推着拉着，就可以转动磨粮食。碾台是圆形，碾盘则如一个车轱辘，碾盘中心凿空装的竖轴子，则像是风车。如果不是因为碾盘笨拙沧桑，整个碾子台看起来，则像是巨型的石头玩具。大人后面跟着小孩一步步推着，碾子滚动，灰尘飞扬，碾子咯吱咯吱发出颤音，小孩子咯咯笑着，没有比这更好的农村玩具了。

牛驴骡拉碾子轧粮食的时候，往往为了不让它们偷吃粮食和感到转圈眩晕，会在眼睛上绑一块布，直包到两耳后面。一般人家，包的都是红布，大约也是出于对碾子的敬畏吧。红色在陕北，有更特别的地方意味，和普遍的中国红还有区别，我以后要专门写一篇关于陕北色彩的文章，但愿我能捕捉到精准的语言，来描绘出这块土地的色彩。

如今，我刘姓人家的碾子，长久地安息在角落里，石台盘上长起了蒿草，我叔叔放的白羊入夜归来，经常跳上跳下地跑，我亦敢于坐在碾子上，仰高脖子望山闲。如果我祖母活着，这样对碾子不敬，是会吓坏她的，她绝对不会愿意看到我大刺刺叉腿坐在碾子上。当然，现在，亦有麻雀鸽子和鹧鸪，经常来这里像人一样蹲着，鸣叫歌唱。青苔也已经爬上了碾盘，仿佛要书写岁月的变更。曾经，一年四季都会高歌特殊曲调的碾子，在电器时代的磨面机代替它们之后，长久地休息为一个暗哑了的老人，独自在沉默里，送着黄昏和黎明。大雪纷飞的冬日，人家姑娘出嫁，远远从新村传来锣鼓声，也不必再因了青龙白虎之名，给它们盖上红布单。它们被遗忘在这里，连同那些多半废弃的老房子，以及院落的野猫野虫子，和那些村庄的鳏寡孤独，作为废弃之物，被遗忘在废弃的旧村庄。

现在，就是我再怎么想听一曲碾子的自然曲子，也至多只能在记忆里召唤和回想。现实里，不到二十年，甚至不到十年，它们居然就这样沉默地退出了人们的生活。

曾经，村庄的男人围坐在碾台上开会、纳凉，婆姨围坐着碾台拉话、纳鞋底、织毛衣，孩子们围着碾台捉迷藏，鸡和狗，羊和牛，跳上碾台，拴在碾子上，夕阳的光照在碾子上，日子游游荡荡，好像永生永世就必须那样过着，可以那样过着，却忽然间天变了。

我家的这副碾子旁，长满了枣树，都是已经成年的枣树了。秋天来临，到了八月十五中秋节前后，打枣，枣子落在碾台碾道上，总觉得更干净，更红润。八月十五献月饼，也多是选择在碾子旁边进行。因为有这副碾子，有这大石器在，人的心仿佛也可以沉下来。

我最喜欢过年时碾糕面，家里人也是。直到现在，碾糕面用机器加工制作出的年糕，家人仍觉得不如碾子碾出的糕面好吃。只要碾糕面，总会是过年时分。它属于细粮，不容易吃到，而过年没有它，却不算是过年。年糕是陕北过年必吃的食物，寓意是年年高的意思吧。

炸年糕是非常受重视的年节食物，而炸年糕的糕面，最好是新一年秋天打下的。过年时分，为了碾年糕面，碾子就开始到了一年中最忙碌的时候，人们尤其怕下雪，因为雪会阻碍村庄人家排队，年糕的质量也会受到影响。年糕的糯米需要头一天晚上泡，泡软了第二天才可以轧。人家磨年糕粉，总是带红柳编制的大簸箕和大笸箩，簸箕罗面，笸箩装细面和粗面。那簸箕和笸箩，每年杀猪时分，都要浸了猪血密密渗一层晒干的，为的是它们不漏面粉。

一般磨年糕都会选择大早上，因为是我刘姓人家的碾子，自然刘姓人家靠前，一大早刘姓人家自然就占了碾道。祖母将泡软的软糯黄米倒在已经扫干净的碾台上，接着，将牛或驴套起，眨了眼睛，就可以赶着它们转圈了。一般都是姐姐在罗细面粉，祖母绕着碾子扫啊扫。那扫帚也是自己家的糜子苗成熟收割之后扎的，上面也有粮食和庄稼的香气。有时候糯米因为泡得太软，祖母就会用锅铲铲一铲，然后再接着让牲口碾，不一会儿继续扫，一簸箕又一簸箕将粮食装到开着露天口子的笸箩里，让姐姐用粗箩和细箩各筛一遍。祖母喜欢吃细细的面炸的年糕，她一直都爱吃，到临死也爱吃，这份爱她到死都保留着，即使在她死了两个儿子的八十多岁之后仍然保留着。吃到软软年糕的时候，她好像对人生都满足了，好像借着这软软绵绵的粮食，她又生出了自己活下去的力量。因为她喜欢吃细面，所以姐姐就筛得仔细，粗箩细箩各过两道。姐姐这些方面比我好，她是得着整个家族欢悦的，圆圆脸，甜甜的，不太爱说话，总是乖乖的。我也要求筛，也喜欢过年的时候凑这气氛，也想着讨好祖母。

我出生的时候祖母已经七十多岁，算是很老很老了，经常哭，尤其后来死了两个儿子更是每天哭，随时哭。我们都想为她做些事，让她能够顺心些。可是祖母不大喜欢我做这些，她看不上我做这些。她也会给我筛箩，但是很快就没收了。她觉得我筛面筛得尘土飞扬，握筛箩既轻又高，总是筛到半空中，面粉都飞掉了，我脸和头发都是粉尘太浪费。她不让我玩筛箩，我总会躲在一边看，心里恨恨的。当然，大多时候我赶着羊群在杨树湾，看她们轧面，筛年糕。现在，祖母死了已经六年了，即使过了六年，我仍然有被抛弃的悲哀。每一次，做饺子或者筛糕面，我就被训斥得远远的。祖母是不放心我的，她不相信我的手艺，她也同样不相信我可以将人生过好。从筛糕面到我整个的人生，她一直有着极其深刻的悲叹，她总觉得我过得轻飘飘的，那双把箩总是拿到高空的手，会将整个的人生，也搬离地面。她一再地用她已经没有多少力气的手，往下压我，压我的筛箩，压我的人生。她总觉得我太轻飘飘了，临死的时候仍然如此觉得，惦记着我，总觉得我瓜不落蒂不熟。

在更早的一些年月，我四五岁时，爷爷还活着，我也会跟着他碾糕面。祖母围着石碾里里外外地扫，爷爷赶着牲口专注磨。爷爷放羊出身，临死前两年还在放羊，他的腿就是在放羊时被过路车碾断的。爷爷在轧年糕面粉的时候喜欢唱山曲子，就如他喜欢打场时唱曲子一样，他放羊出去独自一人更是喜欢唱。——我那时候不知道自己会在以后的年月里那么喜欢上山曲子。听到爷爷一边轧面一边唱山曲子，我当时觉得开心。那时候我实在是太小太小了，牛的背要上去，驴的背要上去，骡子的背也要上去。爷爷将我抱上牲口的背，我跟着牲口转圈子，仿佛也是拉磨的畜生了，喊着要眯眯眼，眯眯眼。

最可怕的事，也是这时候发生的。我跟在爷爷的身后轧面，跟着跟着，就动了将手伸进碾子下的心思，我不明白碾子怎么能将颗粒状的米粒儿碾成碎粉，就将手伸了进去。

代价就是，我的无名指和小指立即被碾了过去，血肉模糊，那指甲盖翻着白色的血肉浮出来。我不敢看也不敢哭。我怕他们骂我。——那是我人生第一次主动戕害自己。可我并不知道这样会受伤。和我后来很多次受伤了才知道是自找的结果一样，和我总把人生过成颓败失望的结果一样，必须在承担后果之时，我才知道，是我自己最先伸出了握向灾难的手。

以后，那两根手指有半年无法正常活动，我变得安静起来。再后来，这两根苦命的手指，又一次受到了荼毒，是被人家打水井的滑轮截了的。不过，只是被剔除了一些肉和指甲，手指被作为残存保留了下来。为怕祖母担心，我仍然没有哭。那时候，爷爷已经去世了，不再轧面。我对他的记忆是极少极少的。只记得他把我抱在拉磨的牲口身上，我叫着："眯眯眼，眯眯眼。"那时候，我想做一头拉碾子的骡子或牛，驴子也行，它最乖巧、最漂亮，孩子们最喜欢驴子呀。这碾子连着我的血与肉，连着过年的糕面与祖父母的身影，连着我们家养过的拉碾子的畜生们，就这样第一次于血肉模糊里，被我记住了。

对这碾子最甜美的记忆，除了它可以带来年糕，还有就是它碾过榆树皮。二爹爹砍了一棵榆树，我们一大家子高高兴兴，要吃榆面饸。榆树皮吃起来很香，但必须碾成粉和面拌起来才好吃。我小时候，就已经很少吃到榆树皮了。二爹爹砍了榆树，我们就有了榆树皮，我们就让这大石碾子轧，簸箕笸箩摆好，毛驴拴好，扫帚放好……一家子都很喜悦。一家子都在等着吃榆树面。——那是我关于刘姓家族最为愉快的一顿饮食记忆。爷爷也还活着，祖母也活着，二爹爹和父亲也活着。他们经常吵吵闹闹，但记忆里有过这么一次，他们齐心协力砍倒一棵树，一大家子围着罗面罗粉，笑着说着，等着吃榆树面做的饸。那样快乐的日子，是农耕时代记忆里最幸福的日子，仿佛日子无论怎样过，只要眯上眼睛，咯吱咯吱，一圈圈碾过去，就会碾出精细又惊喜的生活，碾出重复但有序的人生，碾出一种平平静静的安稳。——想不到，多年之后，我仍然过着这样不断重复的碾轧生活，只是，换了碾道，换了碾台的器材，我自己，也不再是山里和驴子骡牛一样呼吸的野兽。

在照片里，我对我身后的这副碾子展开思考，我想象自己的岁月，它的岁月;想象石器时代的岁月,远古的岁月;想象风,想象石头。我的村庄,我的陕北,是一个一再唤我低头思考石头的地方。这里放着西西弗斯的那颗石头,也放着女娲补天的那块石头。而我,在隐秘的世界,不断去确认一个又一个雕刻石头准备补天的人。因此,我返归我的幼年时代,写下这些,我也渴望找到一块石头,补我露天长恨。

燕燕于飞

最近我在读《符号与象征》一书,图文并茂,图好,文简洁。这样的书,喜欢的人很喜欢,不喜欢的人会觉得浪费纸张。因为多是图片,书重。人们喜欢轻的书。有时候,书的轻重决定着文字的质量。这本书很重,质量也重,重符其实,图文都简洁,看了让人可以灵魂变得轻盈,仿佛随时可以飞翔,我就想推荐给很多人共享。书里讲到燕子,所供的图像却像一幅剪纸。燕子在纸上的天空正展着翅往前飞,它不像鹦鹉站在枝头,不像公鸡站在地上。它在剪纸的图腾纹样里做飞翔状,眼睛一只朝向我,一只朝向未名的天空,那里有我所看不见的黑暗。书上是这样解释燕子的:"燕子象征春天与希望,徘徊的燕子象征着好运。燕子每年都会迁徙,翌年回来的时候,还会在同一个地方筑巢,这也使得它与离开、回归联系在一起,同时燕子还象征死亡与重生。"

在陕北,不知道什么时候流传下来的,建造房子,猫有猫道,燕有燕道。人家在窗子上开一个孔,挂片布门帘,里外可以翻动,专门为燕子来回,叫"燕子门"。燕子在这些人家享受着半个主人的待遇,即使是调皮的孩子,也绝对不会去碰燕子。为了防止小孩子碰燕子,大人们还会告诉他们，碰了燕子，家里冬天的酸菜会发臭，不好的命运就会卧在前面等着他们。大人们也不会赶走来家筑巢的燕子，因为那会赶走自己的福气。

陕北人习惯叫叠音，像是不愿意走出童年，燕子要说"燕燕"，羊要说"羊羊"，孩子要说"娃娃"，即使说大男人，也往往用"老汉汉"称呼。对那些憨乎乎的人，则称"憨憨"。在这里，连神仙也是可亲的，叫"神神"，人们有事就"抽签打卦问神神"，神神是一个需要进贡的家人。对于灶王爷，则喊"灶马爷爷"，他也就成了一个蹲在炉台里吃柴火和炭粉的寻常老头儿。到了南方，我很不习惯这种称呼，改了很久，但燕燕，依然觉得叫得亲切，像是叫我家乡的姐妹。我的一些女同学和女性长辈，好多以燕命名，平时叫"燕燕""小燕"。燕子是流动的水，水是飞翔的燕子，它们都是有灵性的。叫燕燕的女孩子，也总是有灵性的，一种飞翔的命运在半空里等着她们。

燕子在我乡下被称为"家燕燕""家雀雀""家鸟鸟"，它就像主人家的孩子一样，有很多可爱的小名。虽然燕子南来北往，不像麻雀和乌鸦是土著，但正因为在来去之间，生长的情谊更深重。在这里，人们对燕子的爱甚过其他的鸟，它天生就享受此殊荣，制造了一种爱的不平等。把自己活成家人的鸟类，在陕北，麻雀也算一种，不过人们称麻雀为"老家八子"，很有点调侃看不上轻微讨厌的意思，应该列入不被待见的那种老头儿一类的人物，而不是需要保护的小孩子。燕子可是金贵的小孩子呀。

猫戴项圈，脖子上颜色不同于身子，就会被叫作项圈猫；身子有花纹，就会被叫作虎斑猫；如果脸像阴阳符号，就叫曹操猫，也叫鸳鸯猫。与之等同，燕子也是戴围脖的，也是以颜色分种类的。那种脖子是白色的燕子，我乡下叫银燕燕；脖子像镶金了一样发黄光，叫金燕燕。不过银燕金燕都是财燕燕，即使村里德行最差的人家，也愿意带彩的燕燕来给他们送财的，都欢迎它们。一到春天，很多人家家里面就相互提醒着，要修修燕燕窝的支撑板了，以准备迎接燕子来做窝。

在陕北，寒食时节是要给小孩子送"面燕燕"的，就是仿燕燕形状做的面塑。有外婆外公的人家，用白面做了不同的鸟形状的食物，送到外孙家，给外孙长光。一些人家，也用面粉和枣泥，捏成燕子模样，用高粱枝干串起来，以招祭亡魂。巧女们伸开巧手，用白面捏制成形状各异的燕燕，点以眉眉眼眼，捏以翅翅腿腿，染以红红绿绿，放在炕头，或以线绳串起来在门前晾着，比拼手艺，是每年春三月都要做的事情。燕燕是穿越空间和时间的，它冬去春来，在不同的时空里反转，既有远方，也有归途。女孩子们喜欢捏燕燕，也许是因为内里也有个渴望飞翔的梦。

我家是没有面燕燕的，早读课上别人家的孩子拿了晒干的燕燕来夸耀和吃，曾经起过一些羡慕的。外婆很早就去世了，外公护着一大家子，两个舅舅脑子都不利索，无法独立地做人，自然，也就没有人给我们捏面燕燕。从小，我们没有姑姑也没有姨姨，真是羡慕别人家呀。

倒是在成年之后，姐姐生了孩子，也是要面燕燕的。有一年，她居然好心情地舀水和面，备至案板、碗、碱、刀、锥子、剪子、梳子、筷子、火柴棍和可以吃的红、绿、黄、蓝等色素和做眼睛用的红豆、黑豆，以及做脊背串起来的高粱秆等简单道具，给她的几岁的孩子做了一次面燕燕。不知道她是否将蒸好的"面燕燕"用细绳子与大红枣、高粱秆节相串起来，挂在门窗上、院子里的枣树上，晾晒后存放，满足孩子可以经常炫耀的心理，或者，起过与院子里租房子住的农村来的妇人比拼的心思。那妇人是什么都可以做的，乡村手艺属于一流。大约姐姐也是嫉妒的。

电话里，她笑着和我说起这些，仿佛在弥补我们的童年。在一起的时光，带着她的孩子，我们有时也去游乐场玩，借着孩子的名义，吃着孩子的燕燕，骑着属于孩子玩的旋转木马，一玩也是半天。

"清明炕上捏燕燕，二十几个穿串串。一天吃上几遍遍，几天吃成枯线线。"这样的童谣生活现在的小孩子是感受不到了，即使我的外甥爱燕燕，也是文化意义上对于新奇东西的好奇，而不是来自内心深处对食物和情感的深度饥渴产生的强烈情感。前年回家，在街市上走，居然看到有老人叫卖"燕燕"，拴了几串，五颜六色。有路过的小孩子要买，母亲揪着，说："不能吃，脏，脏。"卖面燕燕的老人倒没有说什么，旁边几个老年人插话："白格森森白面不能吃，没把你小祖宗饿着！"不过也确实，街头燕燕已经不是可以买来当吃的了，到处都是污染。然而，在街头看到面燕燕，就好像在南方的天空看到飞翔的燕子一样。童年与现在相接，日子怎么过，总会有循环之美。靠着这循环，人们在燕来燕去里，试图将碎片化的生活过出一种地久天长，过成农耕时代的地老天荒。——也许正因为地已老，田园荒芜，不归人才写下这些。

自然的飞在空中的燕子，每年暑来寒往，在我家也是要住一住的，不过它不盖房子不修建，就是从我家的燕子门飞入，在电线上和屋梁上站着盘旋几圈儿。也曾有过做巢的意思吧，我现在仍然毫不怀疑，这是我祈祷的原因。在童年，我祈祷过很多事情。我祈祷我种在门口的杏树长起来，祈祷我远远走出家门，祈祷祖母永远不死。同样，祈祷燕子来我家也是一件。我有太多的愿望要实现。我相信，那几只燕子每年来我家盘旋几次，就是听了我的祷告才来的。它们是有过住下来的打算的，但是房子太挤了，一家五六口在一起生活，还有猫，从窗口到后屋梁，拉着一根绳子晾衣服。燕子来了，至多就是将巢做在灯下，那里有唯一一片空置的地方，它们已经开始衔泥。

对，就是这时候，祖母做了唯一的决定。村子里谁家都没有做的决定，她做了。她开始每天赶那些来家的燕子。我在灯下哀哀地哭，祖母就像拔掉我所种下的那些杏子树一样，她告诉我："房子太小了，我们没有地方让燕子落脚，灯下太危险。"她拔掉我的杏子树，也是这样说的："屋子是土窑，水从门下走。树栽在门前，窑会塌的。"在那之前，我们已经经历过一次窑洞的塌陷了。洞天福地，只是幻想，我已经感受过一次那样灭顶之灾的害怕。

我不再哭泣不再祈祷。

很多年之后，祖母去世，我哭得无法克制。小哥哥站在那里，扶着我，只说了一句话，就让我再也无法流下眼泪："你疼，我并不比你少疼。"在一种被抛弃的命运里，我获得了对比，有人承受了同样的灾难。对燕子的爱也是如此，燕子不住我家，但是燕子住对院的三娘娘家，也就够了，我共享了同一种幸福，我便不再觉得自己是被舍弃的，不被燕子祝福的。——这种感觉多年之后我习得它的专有名词："移情"。

燕子在对院的三娘娘家筑巢，一筑多年。乡下的院子至多就是搭建个平台，很少有人家围起来。那时候，乡下的房子，也是直接可以推开进到里面坐着的。燕子来了，我就会到三娘娘家里坐着，她也不赶我，喜欢着有别人家的大人小孩一起分享这来自老天的荣光。大人们在炉台边坐着拉话，我就在屋子里的大躺柜前站着看燕子。开始是两只燕子，好几天察看环境，即使是第一年已经住过了的，也还要仔仔细细考察两天。定好了地方，它们就开始衔泥做窝，在稻田与河边往返。我村的井口在村庄所有人家的山下面，是山泉井，井口很小，但井里的水很甜。大约燕子也是明白的，一般都到这口井旁来衔泥和喝水，它们的窝，即便两口子齐心协力，也得半个月才可初具规模，要竣工，差不多一月有余。不过这个修建房子的过程，倒让人觉得马虎不得，人应该向鸟类学习。比起燕子的精致，喜鹊的窝就像个大布袋，燕子蛋不会从燕窝里掉出来，喜鹊蛋则不然。每次我看见高树上的喜鹊窝，都觉得又好气又好笑，世上怎么有这样的鸟，生活被它们过得马马虎虎，却总是欢欢喜喜。相比于喜鹊，燕子则多了一份沉郁和低调，飞入寻常百姓家的，也只能是燕子而不是喜鹊。王谢堂与百姓家，燕子是皆可以住的，它有这份内在的从容。

燕子在三娘娘家屋顶打造的木板上筑好了窝，就开始要下蛋生育了，如同猫狗一样，它们一胎是比鸽子多好几个儿女的。"五男二女"，是我乡人繁衍的最佳期盼，燕子在某种程度上，也象征着人类的繁衍。一窝燕子，总是五六七个，当然不会更多，但也不至于很少。和鸡一样，燕子也抱窝，等到时机熟了，就可以先后抱出一窝小燕子了。小燕子吃虫子，吃尖尖的草，也吃米粒。大燕子为了生儿育女，和人一样，含辛茹苦，在生育阶段，燕子们都是秉心静气的，似乎怕打搅了主人，小鸟们快出窝了，一家子才会表现出一种喜气，全家白日里叽叽喳喳拉话。有时，燕子也会在窗户口休息，但是从来不落在器物上。偶然，小燕子会将粪便洒落在地上，大多时候，它们保持了一种干净，展示出燕尾服主人应有的礼仪。

　　燕子快出窝了，我就会担心猫儿吃掉燕子，大人们也都担心着，可是他们有更多的话讲，有更多的事情做，小孩子太吵，就会被分配任务："去照着咱家的猫，小心吃了三娘娘家的燕燕。"在这时候，猫是自家的，燕子则打破了界限，活成了村庄所有人家都宠爱的孩子。印象里，猫从来没有吃过小燕子，倒是经常给家人逮回鸽子和兔子来。当然，家猫都是关注燕子的，弓着背伸着懒腰，随时准备跳上窑梁去，可惜它无法贴墙爬行，然而燕子门那里它是可以到达的。不过，有老燕子随时盘查和祈祷相求，猫们是从来没有真正去实现自己的愿望的，也许它也知道祸福，如果真吃了燕子，猫是逃不了挨一顿打的。与燕子相比，猫的地位矮了一大截。人们对燕子怀着一种复杂的爱惜心态，是那种爱而不敢有所作为的心态，无法亲近，只能观看，这样的爱毫不保留却充满绝望。一个人无法抱到一只燕子，一个人却可以抱一只猫，在燕子与猫的竞争中，猫是个失败者，它输给了它自身的强大。大人小孩都要一次次地叮嘱家猫，不要衔燕子。他们指着小小的燕巢，对猫训话，一次次被自己的想象吓到，害怕猫吃了燕子，吃出灾祸，这样的谶语，村子里好多人家体会过。那时候，燕子不单纯是一种动物，它还是一种命运。只是，人们不敢说出这个人人惧怕的真相，人们害怕这种真相落在自己头上。

　　关于对院三娘娘家的燕子，在一篇风景描写的文章里，我写过这样的段落：

有过这样的景象,从南归来的家燕筑巢,生孩子。它们在巢里欣欣向荣,小黄嘴那么可爱,令人心动,全世界都仿佛会为它们让步,会祝福它们健康成长,飞回南方,飞到水边。大人们不让孩子们扛了梯子爬上屋檐,他们说观看燕子燕子会因此羞死。燕子就像个姑娘,也像那种叫作含羞草的植物,你必须假装不认识它,默默地从它身边走过,不然它们被你看着和说着,慢慢弯下了头颅,从电线杆和树梢上掉下来,再也无法回到天空。

好长一段时间,那窝(三娘娘家)燕子里没有任何动静,可是明显可以清晰地看到大燕子的尾巴,看到小燕子的黄嘴。它们也许在长久地熟睡,即使下大雨也不飞出去觅食,它们在积累能量。

我一直以为是这样的,可是蚂蚁从那里掉下来,掉在我的颈子上,我发现了梦想的破灭,燕子们回不到南方了。我知道,它们回不去了。

已经死去的三娘娘,当时六十多岁,颤颤巍巍地爬上木梯,她看见燕子的羽毛在风里微微地抖动,就如我每天白日看见的抖动一样,我以为那是它们在呼吸。她发现了那样的怔怍,身子已经是空了的,只有乱羽了,掏空了燕子们身子的蚂蚁们仍然在辛勤地爬来爬去,忙碌地吸吮。

我们平时会用开水烫死炉台上的蚂蚁,不管是红蚂蚁还是黑蚂蚁,不管是蝼蚁还是大蚂蚁,我们都会迫不及待地拔开暖水瓶的盖子去烫死它们。它们喜欢油,闻到食用油就会一大堆一大堆地率众而来,我讨厌它们。

可是燕子的泥窝在屋檐上,开水浇下去没有什么用,重要的是,燕子寻旧迹,第二年来时它们会找那些曾经被别的燕子筑过巢的人家。三娘娘喜欢燕子,她的母亲在她出生不久就死掉了,她后来有了个后妈,她的父亲官至省长,是更后来的事情了。在此之前,她在后妈制下活着,不到十三岁,就跑到我们村子,嫁给了打小就耳聋的三爷爷,生了一窝子孙。她总是喜欢远方,喜欢燕子,母亲是死掉了,父亲在远方,做着省长的官,可已经不要她了。大约她虽然恨他,总也还是爱着他的。她喜欢燕子,喜欢着那样的思念。

三娘娘收拾了燕子的羽毛,打扫了窝,每天射一些灭虫的药在屋檐。这件事情就这样过去了。

这已经过了很多年,我不知道燕子有没有再在那里筑过巢,那年秋天,我由南方的燕子带领,到南方读书了。

这样悲伤的事情,也许我不该写出来,燕子应该是只有飞翔没有死的,有归来有离去。燕子怎么可以死呢?

清代一个不出名的诗人有首绝句:"牧笛声中踏浅沙,竹篱深处暮烟多。垂髫村女依旧说,燕子今朝又作窠。"今年我回家,哥哥搬迁到新农村,房子大了,也有了宽宽的屋檐,一抬头,发现燕子来我新家的屋檐下做巢了。小小巧巧的窝,让人心疼,我看到的时候,已经是秋天,燕子已经走掉了,巢还在。

南京有燕子矶,让人想到南方的燕子,想到北方的燕子,想到不断在路上的思念。我乡下女子剪纸,要剪个燕子;婆姨捏面花,要捏个燕子,难道也在暗里说相思?做个燕子飞飞飞,总要起归意。大约每个看到燕子的人,都会有这种心思,在飞翔与回归之间,生出为人在世的怅然。

《诗经》里有:

燕燕于飞,差池其羽。之子于归,远送于野。瞻望弗及,泣涕如雨。
燕燕于飞,颉之颃之。之子于归,远于将之。瞻望弗及,伫立以泣。
燕燕于飞,下上其音。之子于归,远送于南。瞻望弗及,实劳我心。
仲氏任只,其心塞渊。终温且惠,淑慎其身。先君之思,以勖寡人。

可见,燕子从来是既衔悲欢又衔愁的,我毫不怀疑,哥哥家屋下做窝的燕子,和我小时候所看到的燕子是一家子,是从《诗经》里飞来的。只是筑在三娘娘家屋梁上的那窝燕子,再也没有飞出,而现在,三娘娘也去世几个年头了,那房子塌了又塌,燕子巢被彻底覆埋了。

神鸦社鼓

在陕北，乌鸦是最有死亡意识的物种，人们恨它，又崇拜它。人们最开始讨厌乌鸦，也许并不是因为其黑，长翅膀的黑色两腿动物多的是。人们讨厌它，大约是因它的聪明。人喜欢与阿猫阿狗相处，甚至超过对人的感情，一定程度，也是因为人的聪明。而对乌鸦的情绪，则暧昧得多。

《梅花易数》里有乌鸦报灾的记载。记得以前课堂上，老师说到邵雍宣传自己的感应理论，曾经讲了一个故事，他说一个姑娘将于三日之内死在西墙梅树下的故事，就是按照方位时间以及物象来定的，结果那个姑娘真死了。老师具体讲了一些什么我忘记了，我印象深刻的是那一只在梅树上站着的鸟。那应该是乌鸦。《梅花易数》的名字很好听，但"梅花"也是"霉花"，人们对"霉"其实没有多少喜爱的。然而否极泰来，极坏的事物里酝酿着好，越是深夜十二点，越是阳气往起升。邵雍也许最明白这一点，所以他提出梅花外应法。乌鸦也许是同样的原理和前提，那就是一个人起了什么念头就会感应到什么事情。

我们家对乌鸦有特别的感情，乌鸦在冬天更让人害怕，父亲和二叔去世的那年，乌鸦在冬天叫了一冬。我家的院落在一个平台上面，斜对面的那个平台上有王姓人家的打谷场,过来有两片地,一面靠着一家崖畔,一面靠着村庄的大马路。而在这两片土地之间,有一所小庙,这庙不属于村庄的,是崖畔下人家自己建立的小庙,据说他家供奉的猫鬼神就在这里。当然,对外说是别的神仙,因为有猫鬼神的人家,一般不受欢迎。猫鬼神是半鬼半神,既办坏事也办好事,有能力去挪用别人家的东西回主人家,所以别人不喜欢。也就是这两片土地里,经常有乌鸦。我幼年所有的乌鸦,好像都住在这个地方,它们大半个晚上在这里叫唤,飞跑。村庄建立的地方,由大汽车道到古井旁,一路往下都是人家。只要乌鸦站在这个崖畔叫,祖母和对院的三祖母就认为上村可能要有人死掉了。她们睡在炕头,半个夜晚悄悄地议论着。当然,村子里在冬天经常会死人,那些上了年纪的老头儿老太太,很不容易过冬天。后来,祖母和三祖母,也是死在冬天的。

我上六年级后离开了村子,在另一个乡的村子就读,每天要走十多里路。冬天的早晨天亮起来迟,从家门口往上,经过一片空落的露天戏台。那戏台每年正月二十必给村里的神鬼唱三天大戏,戏场有燃烧了几十年的煤灰渣子,因为每年都要请回村庄的鬼神来,同时烧两堆炭火给他们取暖。因为这种巫术的原因,我对这个戏台总有点害怕,再加上村里好几户人家出了傻子和疯子,神官神婆的说法,意思就是"大正房崖下的木头椽子被拿了",而大正房,说的就是已经倒塌的戏台旁两间属于庙产的房子。村人们对于庙产非常忌讳,认为拿了庙产的人家会被神灵诅咒,一家子遭殃,甚至有人因此会死掉。

每天,当我从这一片五十多米的路上走过,戏台中央一根没有拆卸的木棍顶端,就会飞起一只乌鸦,尖叫着飞向前坪那边去。前坪,是一片土地的名字,上面是平地,下面是斜坡,平地的最顶端,有村庄正式的庙,里面供奉着五条颜色不一的龙王。村庄死了人和平日及过年供奉鬼神,都得先到这里打醮。村子的戏台就对着这个庙宇的正门方向。戏台与庙台，隔一条沟，走路需要二十多分钟，平行也最多不过百米。我去上学的路上，怎么绕，都得经过这一条路，因为其他路都是深沟，还没有开发，不然就得绕道别人的村庄。

那乌鸦从戏台的木杆上起身，一路飞往村庙，到那里等着我，准备再一次惊吓我。我一直以为它是故意的。直到后来，我几乎习惯了它的作陪。它飞起，就会惊起戏台那边一个露天砖窑里的各种生灵，有耗子。再往下，则是枯干了的桃树。春夏之交桃花盈盈，夏秋之间桃子丰圆。然而这时节，却是一沟杂草。乌鸦惊起，我往那边跑，脚下都是冬天的枯叶枯草，一路碎响。总会碰到兔子，毛茸茸的，它们也从杂草里跑出，寻找自己的活路，有时甚至掠过我的脚踝。我能感觉得到，一个热腾腾的大物，从我身边走过了。远远的山头有狐子在叫，像小孩子的哭，在太阳快出来之前。按理这些年已经没有狐狸了，可是人家的鸡总会被偷吃掉，村里人那几年总能听到狐子叫，却只有几次见到过狐狸。当然，山里面偶尔还有野猪，一些人是见过的。它们小小的，皮比家猪黑，跑起来却可以从山崖上一跃而下。

我从沟里跑下去，再往上，就是庙宇。庙里庙外，神鸦社鼓。鸦是乌鸦，鼓是社鼓；鸦住在庙里，鼓敲响在庙门。在那里，正月里会在庙宇里敲锣打鼓作法事，可这时节，这早晨，只有这乌鸦在给我歌唱招魂。它将窝做在戏台边的大正房里，也做在庙宇里。它在那里喊着，我从庙旁边下来的汽车道上走着，没有人，也没有风。有时会有新鲜的白雪，我是第一个踩着上学的人。村子里在这里上学的只有两个孩子，那个男孩家住在学校旁边的姑姑家，只有我，只有这只鸟陪着。再翻一道坡，上面叫作田间梁，是孤坟，所有没有子女的人，都埋在了这里。有很多白杨树，一片平整的土地上，没有叶子，光秃秃地站着很多白杨树，乌鸦在那里引颈高歌。我必须独自一人蹚过那里，然后，才可以迎来晨光。

开始是怕的，跑。前几届的学生，大多上到五年级就不上了。学校太远了,不到这个村子就得到另一个村子,实在远,路上的怪鸟怪物多。

不过,慢慢也就习惯了,以致春天来后不久,人们醒得早,天亮得也快,乌鸦到深林里去了,我还有点落寞,就像家里的猫狗跑到别人家去一样,感觉有什么丢失了。

我至今不明白,乌鸦为什么总在大雪天成群结队现身。乌鸦叫走了我祖母的丈夫,又叫走了她的大儿子,接着叫走了她的二儿子。每次听到乌鸦叫,祖母总会害怕得哭。但是在白雪皑皑的深冬,乌鸦落在院落里来找吃的,她还会专门拉半碗米给它们。到冬天,她的担心就会多很多。在我少年的朦胧记忆里,她曾经说过,鸟是前世的亲戚转的。是不是因为这一层意思,即便让她内心恐惧的乌鸦,她也不愿意让它饿死呢?在冬天,她老是担心饿死雪地里的鸟,一样,也担心饿死这种乡下人即便很饿也不打来吃的黑漆漆的乌鸦,总觉得它整个都是不吉祥的,肉也不吉祥。

那时候还不明白多少古诗词,后来,在古诗词里读到"枯藤老树昏鸦""斜阳外,寒鸦数点,流水绕孤村""于今腐草无萤火,终古垂杨有暮鸦"……总觉得忽然之间天气里会突然浓稠几分。倒不是恐怖,只觉得惆怅,会想起我童年时代的乌鸦声,它们曾经那样地惊扰过我,却又以那种方式陪伴过我,既惊骇又温润。一种混合的情感,从乌鸦这里产生,伴随着我直到现在,以致看到"乌"字,总让我觉得有另一个故乡,另一个世界,如"乌有之乡"。南京有"乌衣巷",那首"乌衣巷口夕阳斜"也制造了一种特别的味道;少数民族里有乌桓族,单看名字就让人有一种奇异感。我所生长的陕北再往北,是内蒙古,有乌梁素海,一个内陆湖,靠着的山是乌拉山。这一山一湖,总让我觉得生活着很多乌鸦。我家乡的很多乌鸦,肯定是这里来的,是这里的子民。

不知道为什么,乌鸦总给我一种贵族之气。不是那种土豪式的贵气,而是那种低调的奢华,那种不冷不热,那种非刻意制造的距离,感觉它就像是被贬斥的贵族,骨子里有自己的清气,对于重返家园毫不怀想,对于与人类合作,向人类低头,也毫不做打算。它的一身黑服,表达了一种认命和固执。我对这种鸟的敬意,也大约是因为这些原因。

《西洲曲》里有"单衫杏子红,双鬓鸦雏色"。小时候读到这样的句子,我想到的是山间的红嘴鸦。美人神韵有时在鸟身上也可以体现,可见古人其实并不是多么讨厌乌鸦的。

乌鸦对我形成了一种强大的心理暗示,以致我在内心对讨厌乌鸦的人有小小的鄙视,总觉得他们生活在一个单调乏味的世界,怕预知灾难,怕被生活回收某些自认为的幸福感,有一种患得患失的心理。

我从不认为乌鸦是不吉利的,看到它总会比看到喜鹊觉得悲伤,但我并不认为自己的灵魂和喜鹊有更多的交集,反倒是乌鸦,当它念起人们害怕的咒语的时候,让我思考整个人类的生存。

在日本,有太多的黑乌鸦,但也有白乌鸦,这似乎打破了乌鸦全是黑色的习惯说法。即使是日本这样高度关注生态的国家,对于乌鸦,也是不喜的。乌鸦一直没有把自己过成家人,即使跟人类那么近。鹦鹉可以是家人,鸽子可以是家人,甚至麻雀被人赞美为大地上的平民,也是可以当家人对待的,但乌鸦不行。为此,我总为乌鸦不平。在我这里,无论暮色如何昏黄,天气如何寒冷,看见乌鸦在枝头上站立,仿佛在严肃地思考自身的生存,我也觉得天地还是好的,一切都还在往地久天长里过。乌鸦那么惹人厌,还不是活着,还不是不断扑腾着飞向光亮!即使我在这人世孤独,即使我选择永远一个人去走人迹稀少的小径,我也还是愿意相信着一些什么,比如,相信着乌鸦自来自去。

我现居西安,寒鸦尤其多。在师大的老校区,一进正门,两面高树下,白花花一片都是乌鸦屎。人走自己的路,鸟在高树上拉自己的屎,似乎两不相干,也没有多少人专门诅咒它带来的不吉利。在冬天,乌鸦似乎不喜欢远距离搬迁,不会像大雁一样往南飞。不过,冬天总看到它们聚集起来,越来越多,在城里的公园安家。似乎一到冬天,它们就开会商议着集体过冬，一群一群，在萧瑟的林间飞奔、起落，挥动起长长的黑色扫把，向愚蠢的人类展示神秘的神迹。对于我，因为幼年的经验，总觉得乌鸦不是生人了。我对那些不愿对生活进行改变的人，有着一些特别的理解。至少，即使乌鸦是不吉利的，但那种不吉利已经探测过了，明白过了，不是那么惊心动魄。来就来吧，我喜欢它。

人们讨厌乌鸦，也许是因为乌鸦的聪明。人们认猴子和猩猩做祖先，却不会认乌鸦做祖先，也许并不纯是因为基因的原因，而是对这种体型小的动物的一种藐视。实际上，就智商来说，我是愿意与乌鸦同宗的。何况，它一直保持着与人类不进行合唱的高贵姿态，这多么令人向往。我们，往往在合作里酝酿阴谋，美其名曰利益最大化，实际上却可能是一种暴力。相比而言，我更喜欢乌鸦独来独往，不与人谋食，不被人类豢养。不受人喜欢，就不会被大规模捉来养在笼子里，就不会被无故吃掉。不讨喜，甚至是不祥的，就不会太被干扰，就相对自由自在。自由自在，无论作为一只鸟还是一个人，都是应该去追求的状态。生命在自由自在里，在一种独自进行里，才走得更远。乌鸦大约最懂得这种不被人干涉的深深的孤独和自在吧，在自身深处，它为人类打下一个缺口，展开一幅恐惧和深渊的画面，黑色在跌落中，永远。

无论人们多么害怕和诅咒，都无法消灭乌鸦的叫声，只有鸟亡歌才息，鸟灭才会意绝。乌鸦体现了一种绝对的自我和不被收买。因此，某种程度而言，它独自弹奏的哀音，更应该获得向往自由的人类的赞美。

我陕北方言，叫乌鸦为"老鸹（读 wā）"。大人们吓唬小孩子，往往伸开两个膀子，做飞翔状，一边大睁着眼睛喊着："老鸹来了，老鸹来了。"孩子会被惊吓地哭，但也觉得有奇异的欢喜。因此，写到乌鸦，真有点想念童年了，因它所制造的奇异的恐怖的欢喜，像一个短暂的节日。禁忌总令人兴奋，这方面，弗雷泽的《金枝》有非常详细的论述。

鸡鸣岁月

　　鸡是天上的,在陕北,它们最终也要升天的。陕北民间故事里,龙王借了鸡的双角,到了玉帝前尽显才能,一朝得宠,耀武扬威,于是再也没有将鸡的双角还回来。后来,公鸡就只有鲜艳的冠子,在人间走来走去,按时打鸣尽职,被人吃,为的是有朝一日重回天庭,找回自己的双角重整纲常。当然,这里也涉及蜈蚣这种滥好人,最后,它进入了鸡的食物链之中。命运的承接与谶戒,在乡村伦理中,一以贯之有着自己前世今生的循环,毫不偏悖。

　　鸡为"吉"音,属于吉祥者,如羊通"祥",故有"三羊开泰"。鸡为阳,为正,和太阳有关,和古中国文化里的男人有关,是生命的象征。鸡在陕北更有着非常特殊的文化含义,内蕴古远,比中国的"鸡"地图遥远。《符号与象征》一书里,对公鸡和母鸡相互做了说明,看似简短的解释,却也昭示了它的过去与未来。

　　公鸡:公鸡也属于阳兽,象征拂晓、男人的自豪、欣欣向荣以及勇气。雄鸡报晓象征主宰。古希腊人和古罗马人常用公鸡祭祀神灵。日本神道教在鼓上绘制公鸡的图案，每逢祷告，便击鼓告知教众。

母鸡：一般来说，看到胖墩墩的母鸡趴在窝里孵化小鸡的是皇后，我们都会联想到母爱与关怀。母鸡还象征产子繁衍与神灵的恩泽。希伯来人以公鸡和母鸡代表新婚的伉俪。

陕北乡下，新郎不在，当兵或出远门，抑或伤亡，古代是可以抱鸡出嫁的。鸡，也就可以成为丈夫的象征。这一点，和古希伯来文化有着遥远的呼应。

鸡可以招魂。在我陕北乡下，鸡身上有人的灵。谁家的大人或孩子受了惊吓，被老年人认为丢了魂，就会由家中老妇出面，一边手里抱着鸡，一边叫着病人的名走出家门。招魂歌必须连着喊三天，一般选早晨日出前，也可在傍晚日落时。第一次招魂选择在早晨的第一次鸡鸣时分。老妇抱着鸡，拍着它，跟在拿着秤砣的另一个家人的后面。这个家人可男可女，可老可少。秤里必须放着病人生病以来随身穿着的一件衣服，据说被召回的三魂中的游魂就附在这衣服上面。老妇走到碾道边，走到大马路旁，走到门口，都会抓一把土抹在病人的衣服上。因了土的重量，秤杆就不断地偏向另一头，就被认为是魂魄在上面了。往回走时，是老妇在前，另一个家人在后，老妇会喊："××，回来。"后面的人就会答应："回来了！"回到家门口，放了公鸡，就算是招魂了。要是隆重严肃一点儿的，则是在红布条上写上病人的名字，拴在公鸡上，喊着病人的名，然后把公鸡抱进房间，在病人身上从上到下盘旋一番，接着再抱出去，是为招魂。

在办丧事时，也是要公鸡引魂的，必须是那种红冠子大公鸡。主人家一老下人（"下"发"ha"音。"一老下人"为陕北方言，意为"人一去世"），就会四处访问一只红公鸡，买回来等着下葬用。当然，一些有老人的人家，通常都会养一只红冠子公鸡的，以备人殁了用，就如一些老人早早就给自己备下棺木一样。这样的人有着深刻的乡间哲学，挑剔，负责，这些人有的是不愿麻烦儿女,有的则是因为有自己特别喜欢的木料,要那种上好的木料做的棺木才满意,如柏木榆木。在陕北,我一直认为有一个特别的时代,石器时代之后,人们进入了木器时代,必须过遥远的一些年,人们才进入史书上的铁器时代。不然,我乡人不会见木就下拜,不会要死后住进木房子里,不会那么看重木质器具。当然,这些也许仅仅是我的猜测,我的胡思乱想,只是安慰我一个人的。有幸被选作招魂的红冠子公鸡,它们有极长的寿命,受着各种特殊的供养,至少不会被随意吃掉。它们即使是卖价,也不会按照市场价格来出售的,因为它们神秘的功用,它们比普通的鸡值钱。然而,较为残酷的是,备下红冠子鸡的人家,死掉的,有时是子辈而不是父辈,儿子背了老父的棺材和引魂鸡,早早地入土去了。这是多么令人悲伤的事情。这样的事情在我小时候的记忆里却发生过好几起。世事难料,人愁黯黯。仔细想,吃五谷生灾难,也是无常中的有常,算不得什么可惊异之事。

我家里曾经有鸡的。开始是爷爷去世了,用自家养的红冠子公鸡引的魂;接着我父亲去世了,用的也是自家的公鸡;同一年,与父亲相差不到一个月,二叔出车祸去世了。下葬是在六个月后,因为打官司,人是被车子碾坏的,未曾死亡,又回头碾了一次。官司打了很久,家里乌烟瘴气。下葬时,人早就拉在了坟畔。这一回,似乎没有公鸡引魂。不过时间过了十几年,很不好的事情,我似乎全忘记了。他们的棺材都是临时打制的,我还记得木匠在院子里不断旋出好看的木花。那时候我九岁,接着我十岁,房间的炕上,开始是躺着穿了像是清代官人才穿的大花衣服的爷爷,接着是父亲……

那以后就不再养公鸡了,母鸡也没有了。祖母不给自己预备棺木,也不给自己预备公鸡。家里人开始对抗命运,生活就像打仗,就这样活着,就这样活着吧,兵来将挡水来土掩,血肉之躯又能怎么办?一切要学着去承受,甚至是——接纳。这两个字让人觉得有羞耻感,一切对苦难的包容和吸收，对苦难的慷慨相认，都是一种自我意志的背叛。我讨厌从疼痛之上吸取养料，就如讨厌梅花香自苦寒来一样。我讨厌我们民族里以苦为乐那种自虐"品质"，甚至，认为这种自虐是一种文化里的奴性，不丢弃人就永远无法自由地活着。

父亲去世后十四年，祖母去世，家里不养鸡也十多年了。2010年腊月，祖母刚殁下，小哥哥就三村四镇去访问大红冠子公鸡了。当时已经搬到新农村，生活就像城市一样，除了养鸡场，寻常人家也没有地方养鸡。哥哥找了一户给家里长辈留着引魂鸡的人家，给了一个大价钱，才把那鸡抱了回来。

老年人殁了，要走全套程序。三天和下葬都是要鸡的，三天的鸡叫看丧鸡，下葬的鸡叫引魂入土鸡。祖母腊月十二殁的。那鸡来家是腊月十三四吧，因着是二十日才下葬，那鸡就被养在瓮里，拴着绳子，放在后面的屋檐下。那屋檐对着阴暗面，冷。我和姐姐一次次去看，生怕冻死它。我们不说话，给它吃的，喝的。我从来没有问过姐姐，有没有祈祷它不要死掉？我们家的人，对动物都疯狂，从猫到鸡到狗到牛羊到天上飞的、水里游的，我们都恨不得抱来怀里养着。我们家一年四季吵啊吵，每个人都像得了狂躁症，面对动物却都可以平心静气，达成一致建议，要它们活下去，长久地活着，要它们愉悦……在动物世界里，我们家实现了我们的太平盛世和共产主义。

下葬时，那鸡开始是放在棺材上的，一切完备，准备就绪，哥哥就抱着那引魂鸡扛着灵幡出发了，那灵幡上也是剪纸做的鸡，高高地随风飘着。起灵的时候引魂锣鼓开道，那鸡因为受了惊吓，不断地叫，头哆哆嗦嗦，显得要死了一样，反倒很显得精神。而我，因为知道它死不了，所以一点儿都不担心它，甚至为能这样吓唬它一下产生了一种恶作剧的快感。虽然，埋祖母的时候我哭得一塌糊涂。——我的泪是真的。不知道为什么，面对此情此景，我现在想起来，确实还觉得骇异又惊喜，仿似那鸡活着，祖母就活着。

　　那鸡本来在坟头放了鸡冠血，就可以杀来炖肉吃。然而哥哥不忍心，一直从坟头抱了回来，养了好几天。新农村靠近街市，无土无圈，狗多，鸡几乎没有，只我一家的这只鸡被狗追着跑。村人劝家人杀了这只鸡，终究没人忍心，好像它身上真附了祖母的魂，即便已经是附着过了，也是不忍，于是就送了住在旧村的同姓侄儿。那侄儿同我相差两岁，不过已婚已育，长得高大壮硕。他将那鸡放在摩托车上，一路往旧村就去了。后来几次闻讯，也都是活着的。我经常装作无事就发问，左扯右拉想问这鸡如何了，好像这鸡活着，是一种安慰。家人也问，小姐姐隔一段时间告诉我一下这鸡的消息。我们都保守着一个同样的秘密，不说出口，只是夸赞着："那鸡打鸣呢，村里人都听得见。""那鸡聪明着呢，率领着一群母鸡。""那鸡作势要咬人呢，扎势得很"……那鸡活了至少几年，直到我们都在沉默里不再问起它的消息，所有人都假装忘记它终究被一烹的命运。当然，我也曾经无数次祈求，希望它终老而死，不过它终究再无音信。

　　陕北剪纸、陕北的面花、陕北陶瓷器具等系列民艺里，有抓鸡娃娃（也为抓髻娃娃），通常都为女性，扎着两个发髻，做跳舞状、卧伏状或站立状。陕北人把小孩叫作"娃娃"，把回音叫作"崖娃娃"。也许是因为"蛙"繁殖力强，所以取其名。前年春日行过溪边，青蛙排卵以绳系，枯河上到处都是一串又一串蛙卵的长带，颇令人震骇。我第一次觉得豁然开朗，明白我陕北人为什么喜欢叫小孩为"娃娃"。当然，女娲炼石，所以"娃"从"女"，也可以看作一种母系信仰的延伸。

　　过年的时候，剪纸可以做装饰，贴在窗子上，避鬼镇邪。年是一年里最大的节日，也同时是"劫日"，小节是小劫，大节是大劫。年是大劫，所以要小心翼翼地过，过出一种表面的热闹，才能过成一种安慰，过成一种吉日。一切生与死，不幸与幸，都在既济与未济之间流转。所以，劫日也可以是吉日，只要人心里有期待的美满。我陕北乡下人，懂得收起这份恐惧，将悲伤过成喜庆,尤其我家人。毕竟,人要活下去,一切都要在喘息中张开。村人们追求吉祥,一般都会在过年贴对子糊窗子。平日里的窗子可以不用剪纸,过年的时候,大多人家会用红色纸剪双鸡,一左一右贴在窗棂上。鸡属阳,是吉祥物,为让它镇邪镇鬼。它在人们心中是力的象征,生命的图腾。我陕北乡下出土的粗陶里,居然也有鸡图案,用于墓地中,就像"迷宫"的符号一样,昭示着另一种可能存在的生活方式和生命言说。当我穿过记忆的泥淖召唤我的幼年,召唤村中的鸡,我想起的远比我写下的多。通过鸡这个符号,这个两腿动物,这可以飞翔的地上的鸟,我进入墓地与我的祖母相会。

很久以来,至少已经有三年了,我以为我忘记了一切,她的死,我整个的生存。事实上,在"鸡"这神秘的符号里,我与我的从前相遇。匍匐跪拜这些藏于脑海深处的记忆,也许只为从记忆里,召唤回曾经被爱的岁月,召唤回我的亲人。

"引魂鸡""招魂鸡""抓鸡娃娃",这些曾经让我害怕恐惧的东西,隔着时光看这些驱邪治病的奇怪物什,我想到我幼年时所见的一些人的新婚仪式、下葬仪式,想到黄土坡上乡下人的生存,一首熟悉的歌在记忆里响起:

> 脚踩莲花手提笙,左男右女双新人。身下铰个聚宝盆,新媳妇以后生贵人。双双儿,双双女,双双儿女满炕跑。白女子,黑小子,能针快马要好的。养女子,要巧的;生小子骑马戴顶子。吃不缺穿不愁,如意吉祥最好活。彩边铰个碎"万"字,新媳妇聪明顶万事……新人脚底踩莲花,两口子结下好缘法。

我的祖母在炕上剪着纸人,准备作法事,为我驱魔,她唱着这样的歌。那时候我以为一切都可以天长地久,祖母不会老不会死……那时候鸡是窗棂上的、怀里的、人家新婚夜里的。那时候鸡还没有进城，鸡还没有被用坏，没有全然沦为一种被吃的命运。那时候，鸡还不是一道盛宴。

看似粗鄙甚至带有迷信的民俗里，藏着乡村人渴望安稳生活的期待，同时也是他们的生活哲学和信仰。万事的不安与焦虑，都可以在日常里找到开解之法，都自有解释和相通处。我应该较为明确地说出，在我乡下，"抓鸡"取双关之意，有生殖繁衍之意。所以抓鸡娃娃多为女子，尤其在洞房花烛之时出现的抓鸡棉花和抓鸡剪纸，它们是乡村性事的隐喻。在较为不远的年代里，由于陕北地处文化中心偏远地带，高原特征千沟万壑，使得原始形态的鸡的形象得以保持下来。鸡是一种性事，但涉及灵魂，不只是一场肉体和金钱的交换。然而，近年来交通和网络的发展，曾经可以安放灵魂的"鸡"，也几乎就要变为人类学研究领域的"活化石"了。

现在，也许过不了多少年，那落在陕北每家每户窑洞窗棂上的大红公鸡，就会腾空而飞，上到西天不再回来，彻底去向龙王讨要它头上的那对角，不再过问人间的祸福。因为，时代已经不再欢迎它的鸣叫，它落入了普通肉食动物的命运。甚至，更不如。

陕北的火

当我不得不把自己活进充斥着现代性特征的城市生活里,我对我童年陕北乡村的生活碎片产生了浓烈的兴趣,那时候我们活在一整片的乡村哲学里,活在一堆神神鬼鬼之间,死生相伴,山水相依,万物生死与共,互相流转,自成一个循环。当我的生活缺乏镰刀斧头,没有了猫鬼神,也不再有庙会,吃不到领牲的肉,我忽然想到我童年经历的那种生活可能真的要一去不复返了,就像没存在过一样,尤其是,当我在城市里见不到棺材,见不到纸火铺,天空里只有火葬场若有若无的气味,跟各色雾霾搅浑,我为这样的生和这样的死不安。凭着对旧有生活的一些记忆,我将我的童年所经历的一切,放进散文,翻过来又倒过去,千方百计想使它永恒起来,我想告诉别人,也是告诉将来的自己,我有过那样的生活,贫瘠制造了一种丰富,它们曾经与我相依为命,是我生命最初的光。于是,我写下这些光,也写下故乡的火,尽量拿掉里面的动荡不安,只是为物叙事。书写之后,我的一部分,就如我的祖母一样,包括我写的这些东西,会重新在那个地方休息,孤独地坐在她自己的墓地里喘息,伴着灰尘和昏光。当然,它们也可能进入博物馆,在那里真正休息,它们在一步步走入黑暗的永恒中去，与我一去不返的童年亘古厮守。而现在，我伸出双手揪住这些光，揪住灰烬之前的火。

在我府谷乡下，火是要经常过节日的，就如土一样，不能动土与能动土的日子，都有清晰的表明。黄土高原是风神捏就的，是风与土的杰作，风与土是黄土高原的自然，应该先于人存在；而火，是黄土高原的人文，是风与土、天与地之间的另一尊后起之神。风神与土神是高原人民对自然的信仰，火神则是对祖先的信仰。对陕北人来说，一年的传统节日，要点起七把火祭祀他们的祖先。陕北人重视生育，也是基于这七把火的信仰——坟头上冒烟，后继有人。祭火、柴祀和炭祀，来自木与土，经由水的流转聚合，风木水土，重新回到火里相逢，重新回到对光与明的拥抱和期待中。

众所周知，陕北尚红，红属于光，光属于火，所以有红火之说。火是生命的起点，也是生命的终点，陕北人说死了，有时也会说："身上火灭了。"一个身上不再携带火的人，他就不再是一个活人。

烧火做饭、防虫防兽、辟邪驱魔、祭祖先神仙等都离不开火，从早到晚，尤其是冬天，人人离不开火。所以，陕北一年到头要至少烧起七把火，要让这种日常的熊熊之火一年年流传下去，要火不灭，光不熄。

七把火有各自的名分与功用。除夕之夜一把火，在庙里，坟里，自己家的院落里。这把火一定要大，因为是天上各路神仙上任或下班的日子，所以要点燃大火表示隆重。这一天，也是祖先被请回家过年的日子，人们要表达对先行者的关怀之心。正月初一一把火，欢迎开年，红红火火的日子要红红火火地过，所以要燃起一把火。正月初七是人日，小火，院落里点一堆，有柴有炭，一代代人要薪火相传。正月十五是天官诞日，天官赐福，所以要点燃大火，表示感恩。这一天，还可以从火堆上跳过，据说保吉祥平安。清明上坟祭祖，要填土或邪土，有时也下阴，为了让先行者在下界过得很好，点一把火。七月十五是鬼节，天地之间，阴气逐渐往地下去，所以要祭祀，不然家鬼野鬼乱窜，容易给人带来不安。冬至一把火，家家户户给祖先送寒衣，死生相通，鬼也会冷的，需要收钱修葺房子，买新衣服。

香、钱、柴火、酒、米、黄裱等，一直是点燃祭祀之火的必备需求，熟肉当然也算是必备。正月初一早上，在我村，人们就忙着在红柳筐里装满祭祀品，扁担挑着去上坟，一边为柴火和炭，一边为圣物。一些人家，抢头香，会在凌晨四五点或更早就去的，当然不可以再早，因为对神鬼那样也是不敬。部分人家，前晚就备好瓷碗（必须是瓷碗，塑料碗是有忌讳的）、香、酒以及用素油调制出的面条，一起三三两两相跟着往前平的村庙去。他们先在村庙里跪拜，然后再到自己的祖坟里跪拜。村庙庙门外和庙内，都要各烧一笼火的，每家每户一年一年轮着烧。祖坟也是要烧火堆的，一笼，人住的院子里则要烧两笼。祖坟则是每家每户自己烧。

人们到了庙里和坟里都是一样的，分别把带着的水和酒倒进碗里，那水必须是干净的，不干净不能做圣水，用随身背着的镰刀去割把干草，接着用草枝蘸着"圣水"围着庙门和坟周围洒一圈，边洒边念一些祈祷话，目的是扫除庙门和坟堆周围不干净的各种污秽。洒完圣水，人们就开始给神喝酒，用带的勺子或草秆，向四面蘸着喷洒，请山神、水神、土地神、村神、风神、树神等各位神仙尚飨，接受上供，保佑全村每家每户老老少少牛羊生灵，将他们的生命托付给各位神保管好，保佑他们平平安安，保佑村庄风调雨顺五谷丰登（我很奇怪，我村子居然没有财神，怪不得从来没有出现财主，即使在特殊年代，也无乡绅无地主，至多就是富农身份）。一般来说，每有祭祀，神在前，鬼在后，神属于天地，鬼属于人的生前与身后，大不过天地，即使是祖先，也是曾经的人，不得逾越天地的界限，所以，请神灵野鬼尚飨在前，对于自家的祖先家鬼，则是祭祀在后，也是往空中洒圣水，让他们来喝。

垒火笼点火堆一般由家中男子完成，但是女性亦是可以参加火的祭祀的,她们的存在隐性而不张扬。按传统,迎新送旧的活动都是女性为主角做的,新指新火,也可以是薪火。人们在年夜前几天,将炉子掏干净,年夜的第一天醒来,早早点新一年的火,被叫作是新火。而旧灰,属于旧火,掏炉子是要倒掉的,但会捡拾一些用过的没有烧完的炭,这些炭因为燃烧的纹路,很容易在旧迹上显出它着火的路线,循着旧迹在新火上迅速燃烧。妇女们将这些旧的炭捡起来放进红柳箩筐里,新年时用,叫接新火。年夜的火要烧到第二天正月初一的,不管是房间炉子上的火,还是院子里和坟墓里的火,最好烧到第二天太阳出来,人们会认为这户人家受着上天的祝福,年年薪火相传,坟头上不愁冒烟。当然,家中的闺女不能垒火笼,到村庙里祭祀,进祖坟上香,她们也是不被允许的。祭祀神仙与祖鬼,多半是男人的事情,即使是四五岁的小男孩,也可以跟着大人去庙里和祖坟里做事,但未婚的女性不被允诺。——这是多么可悲哀的事情。庄重严肃的事情,人类的近一半被排斥在外。这不能不说是陋习。然而习俗如此,又能有什么办法。

我家,父亲去世的那年,祖母在正月初一念叨了几次,埋怨院子里的炉子很快就熄火了,未能完整地烧尽。她不能亲自垒火笼,即使在这个村庄,她做了一个甲子年的媳妇,她仍然是被排斥在男性的荣耀之外的,尽管,她提供了自己的子宫,为这个刘姓人家,生了三个儿子,但是,儿子有的权利,做母亲的是无法分享的,她眼睁睁看着院子里的炉火熄下去,不能添柴火,不能加木炭。同姓的二唤爹爹家,他去世的那年,也是院子里的第二堆火未能燃到早晨,甚至没有到夜半,反正第二天经过的时候灰都已经是冰冷的了。祖母也是暗里叹息过几次。那年未到秋天,二唤爹爹就去世了。

除了七把火,火的结果灰烬也是受敬畏的,也不能随意丢弃和踏撒。过年的时候,要接新火送旧火。火神和其他神一样,都受着供奉,不过旧年旧的灶爷爷腊月二十三上天,正月再变为新的回来,所以更显得重要。

每天有日火,每年有年火,腊月二十三,年火日。日与年,在这去与来之间,灶马爷作为火神,也是既可以带来吉祥又可以带来灾难的。每个人家都希望将附有不行与疾病的旧火在新年来之前交给火神,而旧的那个灶马爷爷已经老了,甚至不再清醒,容易引发火灾,人们需要从灶马爷爷身上分一个新火神,于是,人们烧柴火,烧炭,人们点燃爆竹,将那些已经被污染的废弃的炭火扔到厕所边。这时候,村庄的人民就觉得安全感得到了加强。

火是光,重要,火的灰烬也重要,在我乡下,灰比火其实更神秘,更具有法力,当然,这应该再写一篇专门叙述。旧灰一般倒在厕所旁,这是它在循环往返的时候走的第二个流程,第一个,当然是烟,神需要味道,它已引领它的香魂,一路上升到九天;灰烬是魄,需要回到地里,与地来共同完成新的生。我府谷乡下,叫厕所为后炉,也叫后炉圈,土语听着很显得乡巴佬,但是写来特别形象,如同未简化的汉语有更多的形象意义一样。后炉圈和炉子相对,炉子是前炉,是供暖和做饭用的;后炉是用于积蓄人类粪便与前炉倒出的煤灰相拌为土地做肥料用的。后炉的肥料最后升为前炉所做的食物,前炉又成了后炉的前身,它们互为表里。我乡下人将厕所叫作后炉,不能不说非常形象。

人们将煤灰送到后炉圈旁,为拌粪便所用,算是送旧火。这时候,院子一角的后炉就属于不洁的地方,而前炉属于圣洁的地方,所有的洁与不洁在两者之间展开。信念的火,将送走旧的老的不洁的火神,迎接来新的干净的安全的火神。新的火神将保佑新的一年大吉大利无病无灾,将保佑全家牲畜吉祥平安。

此外,日常对火的祭祀,以烧烟烟为主,多是夏秋之际。我家对院聋人三爷爷活着时,总是在每晚收拾院落,然后点燃甘草火。那草有芳香,带着一些枣树干和红柳等的树枝,远远闻着,都觉得要被熏晕了,却是那种好闻的甘草香的味道。三爷爷喜欢用这样的烟气来随心所欲地祭奠他心中的神鬼,所以,对我们要求严格,不让我们玩烧剩的灰,也不让我们对着这些甘草柴火唾口水,更不允许小男孩们撒尿,向着烟火的方向都不行的。也许,他比谁都相信,火是天地的媒介,袅袅烟火往云朵里一路飞,飞,家庭就会平平安安。——于农家来说,还有什么比平平安安更能奢望呢?

火,开始是工具,后来是神器,是温暖与暴力。世间万物,在火里相聚,在灰烬里告别,无始无终。我的乡人,在我的幼年就过早地对我进行了生死观教育,在炉火里,生与死一次次重逢,没有贫贱,亦无高低,不垢不净,万物将坍塌在火里,又在灰烬里重整纲常,我喜欢这样的哲学,在我写出这些的时候,迷迷糊糊又似懂非懂。

火炕火炉及其他

    与别处相比，陕北人房间里最引人注目的无疑为房子中间靠墙的土炉，在这里，炉也被称为灶，拜灶神，也是指面朝炉子下跪的祭拜。我之所以叫炉子而不是叫灶，是因为陕北的炉子和河南等地做饭的灶不同，陕北的炉子不光用于做饭，还用于取暖，用于给炕供热。

    传统陕北乡下是没有独立厨房的，夏天住房太热，可能会在房子边搭一个有烟筒的小灶，做饭，或煮猪食。大多人家，陕北的灶和炕相连，至多就是在炕与炉之间打一堵墙，但土炉仍然是通向炕的。土炉一般有两个孔，一个放大铁锅，一个放小铁锅。热水煮饭蒸馍，一般用大铁锅，炒菜一般用小铁锅。大体来说，锅定在那里是不会随意挪动地方的，除非准备再换一口锅的时候，不然，随意动锅也会给主家带来不吉利。

    陕北四季分明，春秋短，冬季长，夏一过，陕北人家就本能地烧起炉子来取暖了。当然，很多人家，夏天的炉子也是不空的，隔几天给它吃一次柴火，为的是防烟囱里住了耗子和燕子，也为的是驱散炕上的湿气和虫子。在冬季，准确地说，从深秋就开始了，陕北人习惯于围坐在土炕上，妇女绣鞋垫织毛衣缝锅盖（高粱秆子制作），汉子则喝酒或抽烟，大家拉着话过冬。这时候，土炉就成了家庭的中心，幽蓝火焰吞噬着木炭和柴火，映照着房间里的每一张面孔，围炉夜话，也只有北方可以体现这样的好处。

炉灶在陕北的祭祀活动中也占有非常重要的位置，陕北人对火的信仰由来已久，逢祭祀必有火燃起，这与汉文化固然有关系，但与少数民族文化的关系恐怕更大一些。我府谷，北接内蒙古，与山西为邻，蒙古文化与晋文化影响很显著，尤其在巫术信仰方面，与萨满教非常接近，甚至可以说是萨满教的一支。萨满教非常重视火崇拜，我陕北乡下对火的敬仰，大约也受此影响，但是信仰萨满教的人多游牧，我陕北是农耕，重家居，灶为火一种，祭灶也是祭火，应为同源的火文化信仰祭拜的一种方式。

我乡下腊月二十三扫尘祭灶，灶王爷的彩色画像糊在灶壁上，左右一副对联，书：上天言好事，下界保平安。画像前摆一罐头瓶香炉，炉子燃香火一炷，同时立一尊白面做的灶牌，上面小碎花上堆满了小红枣，为的是以此糊住灶神的嘴，让他上天言好事。祭灶的日子，一些人家会将醉过的红枣和海棠海红果献祭出来，放在灶马的画像前。大人们警告孩子们不要偷吃，可是那醉过的水果发着酒香，往往，祭灶一过，就被家中的孩子偷得差不多了，人们也只当是灶王爷吃了，许是因小孩子天眼未闭，也可以当作神仙供养。那醉枣醉果是深秋时候做的，枣子和海红果拿酒洗过，放在坛子里用泥抹起口子来，深冬吃特别香，这是陕北特有的贮藏水果方式。

我小时候一直不明白，当然，我现在也不明白，灶台很小，灶神的位置也很小，人们为什么逢到祭灶节，还那么认真庄严地祭祀灶神？长大以后，我走过很多地方，发现将神仙供奉在家里，并让他们接受这样的供养，只有陕北人才如此做。一般来说，人在家里，神在庙里，只有有所求人们才去寺庙里。然而，在陕北，灶神是仙人，也是家人，不能不说是个奇特的现象。

陕北尘沙大，灰尘多，以前多是木窗棂，靠纸糊着，现在虽然多是玻璃，但风从四面刮，到处都是灰尘，然而即使是脏乱人家，灶跟前也总打扫得很干净。灶代表火，火神干净，水神也干净，一家人才会得神祝福干干净净。通常，灶过来是瓮，一个高粱盖子盖着的瓮，瓮里面盛着沟湾里挑来的村井流出的山泉水。我家的猫儿习惯从灶上跳到床上，因为炉火堆前暖，它习惯在那里卧着。年迈的祖母既不想惹了灶王爷，又不想让自家的猫受冷，因此，每年祭灶，总是要向灶王爷做特别的一番说明："灶王爷好灶王爷好，我的甘苦你知道，你到了天上只说我的好不要说我的坏。"接着，她继续代猫向灶王爷求情："灶王上天言好事，杯盘碗盏俱丰祀，猫儿触秽莫嗔怪，云车风马忘人世……"

炉子通炕底部，那里有一个烟洞通着外面的天空，而炉洞底下，则是盛灰的小坑。一般，烟囱那里一年掏一次，以防储存烟灰儿太多，炉子走烟不痛快；而炉洞下面的灰坑，则用一面布帘遮着，快满了即掏，两三个月掏一次。这灰是可以拿来作法事的。炉灰有非常重要的作用。灰是煞，可以吓鬼，也可以去邪去灾。陕北人对炉火非常敬重，有时甚至向炉灰下跪。过年时节，一些讲究的人家，会在院子里拿炉灰画了圆圈，里面的人跳出来，再走进去，再跳出来，传说这样可以长个子，当然，这样也可以远离灾难，远离"煤灰"（霉灰）。

在陕北，说男人女人不好，也可以叫"灰汉""灰女子"。男女统称，指不好，也用"灰鬼""灰人"名之。灶灰的这种特殊意义，是值得民俗学家考证的。乡间人生了病，神官神婆只要掐算说是沾了鬼气，一些人家就开始用灶灰来揉搓病人的身子。往往，会取得一定的效果，大约灶灰里有药物元素。殁了人的人家，有时也用炉灰来作法，从土灶的大灶膛挖一碗灶灰来转着圆圈撒在自家的四面，据说可以防止邪神邪鬼侵犯。

2000年以来，蜂窝煤逐渐进入我们的县城，但是乡下仍然是柴火和煤炭。不过近几年，也有波及，甚至很多村里人家，开始用电器做饭，但冬天，依然是烧起炉子的，因为炕需要增温，少有人家装空调，即使有空调，大家都还是觉得有炉子内心更安稳一些。不过，电器和蜂窝煤的入侵，灶台似乎不再以吃柴火为主，土炉的前途似乎不容乐观，毕竟，铁皮炉子、蜂窝煤、电器产品更易与水泥和砖石相通，而土炉属于土炕，属于窑和洞。

新农村建立后，我村的很多人搬到了靠近公路的那排白房子里，过上了"市民"日子，没有了大院子，也没有了牛羊可以住的圈，养猪也不再有猪窝，当然，鸡窝和狗窝也属于奢谈，甚至，猫也没有了以往在旧村时候建房子专门留的猫道。开始，人们瞻望着，甚至兴高采烈地搬进去。可是，很快，他们在石灰白墙做就的水泥房子里，想念起了炉灶，想念起了旧村时代的烟火。当然，在年轻人当家的家庭里，在水泥白墙的新房里，土炉自然已经不大受欢迎，但是，留在乡下的又有多少年轻人呢! 老年人想念旧村的烟火炉灶，年轻人也觉得熬制的粥和骨头汤还是小柴细火做出来的香，用电和蜂窝煤，总是不够味道，人们需要时间的酝酿，小乡小镇的人，食物要来自柴祀，才更能吃出粮食的情谊。于是，我的村人又陆陆续续搬回了旧村。

我站在旧家门前的院子里，和母亲说话，问村里人为什么又搬回来。他们叫着我叠音的名字，说："为了看那烟往杨树湾飘，也要回到这里呀。"也确实，新村在沟里，即使有炕，房子不再直通窑洞，而是学习现代文明，有卧室、厨房、客厅，灶王爷不再和人住在一个家，他在锅明炉台净的厨房里孤独地待着，以致很多人觉得这样的生活近乎冒犯了他。人烟人烟，是要有人有烟的，于是，原本搬空的旧村，又陆陆续续燃起了炊烟，土炉再一次昭示了它的魔力。

我知道，甚至不会到三十年，新一代起来的年轻人，会主动告别炉灰，迫不及待地拥抱蜂窝煤和铁炉子，拥抱电器这样的做饭产品。作为现代文明，它们毕竟昭示了一种先进的理念和财富，能给人带来荣耀和光辉。

不知道为什么，我个人更喜欢炉灶时代，那种浓烈的生活气息，那种弥漫的烟火气让我留恋。一家人在一种一样的烟火气里醒来又睡着，被同一种烟火的光照亮，相亲相爱，即便有争吵，也是锅盘碰碟子，发出的声音有一种相互靠近的亲密感。

在冬天，红薯被码在炕的低端，上面摆一圈黄黄的南瓜，炕的一边的低端则是铺盖被褥。因为，陕北的冬天，红薯如果不放在烧炕的房子里，会很容易冻坏，南瓜也一样，它们在冬天就和人睡在一起。当然，还有玉米棒子，人睡半面炕，它们占半面炕。冬天的夜里，炉火加了一炉再加一炉，人们烧山药或红薯，招待来家串门的村人，也自己吃。大多时候，一家人坐在炕上说着闲话，搓着玉米棒子。

旧村的灯泡是那种没有任何装饰的瓦斯灯泡，二十五瓦或者四十度，房子大一点儿的人家，选择六十瓦。一百瓦是用在院子里的，太亮，照得人眼晃晃的。最好是四十瓦，人们在灯下，感受着昏黄的跳动的炉火，说着话，做着事，门外面是西北风，有雪或无雪，都可以。最是这样的幸福时光，炉火亮着，家人搓着玉米棒子，猪在院子里的圈里，后锅里熬着它的食，羊也在它的圈里，牛也拴着，鸡鸣狗吠，那已经是遥远的日落前的时光，此刻夜深，岁月静好，一切都在光阴里安静地流转。

剥下的玉米就摊开来放在炕上，炉火发出的温暖会将它们晾干。人们会吃玉米糁糁稀饭，也会给牛羊上料，玉米是最好的料，当然，猪也要吃煮熟的玉米。金黄的玉米，越多越好，黄是一种富足的象征，玉米给人带来了这种安稳，也给牲灵带来了安稳。我陕北乡下人家，到了冬天，炕上总会有一堆玉米的，大多人家喜欢这种晾晒玉米的方式，人和粮食同眠，炉火给我们一样的温度。在冬天，乡下比城里暖和，是那种万物都来亲近的暖和，毫不拥挤。

我陕北乡下，土炉是有形的，土炉连着炕洞，连着烟囱，连着大锅和小锅，连着灰坑，连着春夏秋冬和日月山川。土炉里藏着一整个山林，也藏着一整个煤层，土炉里藏着前世，土和尘，也藏着我们的后世，烟和灰。它藏着乡村世界的一整个生态系统，似乎比电器化发达的城市，更有人间烟火气息，更有情有义。然而，这样的日子，也在逐渐远去中。

　　我自己，南下十年，对于我的土炉，远了鼻息相通，远了鸡犬相闻，远了……一转眼，我以为天长地久的炊烟生活，居然成了景观，进入了我的书写之中。此刻，在南方的冬天，想起炉火岁月，只觉得炉安详，灶安详，炕安详，火光熊熊，也安详，那安详的年月……安详的……

　　近乎一种假象，我沉浸在怀旧的泡沫里，贫瘠不安的乡村生活，落后的炉灶土炕，也居然成了怀念的象征。

面 人 人

面人人是我府谷的叫法,一些地方叫面花、面鱼鱼、花馍馍等,是一种面塑。在府谷,只有七月十五的花馍馍才叫面人人。面人人实际就是面塑,可以食用,是黄河边一些村落过节时所捏的面花,是对苦楚生活的一种乐观回应。面人人起于何时源于何地几乎已无从考证,面食为主的地方都有面人人,大同小异。面人人历史悠久,这已经无可置疑,一千多年前的民艺典籍《齐民要术》里就有面人人的记载,唐代古墓也有面塑小人的绘画。近些年,陕北相继发掘出一些人相石雕,据考古专家鉴定可以上溯到新石器时代。也许,这是面人人的前身。

面塑在陕北,已经成为一种具有代表性的艺术,应该已经被列入非物质文化遗产项目。面塑就是用白面捏出来的各种各样的动物或植物,配以纹饰,主要的材料仍然是面。一般突出头脸,对身躯的精壮也进行夸大。人们所捏出的面人人,和内心的期待有一致性,即便穷人家,也会尽量将面人人捏得精精干干壮壮实实。即使捏着小老鼠,也要老鼠丰满健美,眉弯嘴翘,眉开眼笑,展现小老鼠的灵巧聪明。

面人人有极强的装饰性。一般在过年时分会捏过年花馍馍,但不比七月半捏的花馍馍更讲究。当然，还有催妆馍馍，埋人祭奠用的大花馍馍，以及为小儿占卜用的小人馍馍。但这些用于喜事、丧葬或送鬼的馍馍自有它的讲究，与七月十五叫作面人人的花馍馍不同。

面塑艺术是一种原始崇拜意识，是一种沉淀在饮食文化中的原始意识，是一种模糊的带有审美价值的原始意识，是一种对安稳生活的祈求。之所以如此说陕北高原尤其是我府谷乡下的面人人具有重要的诉求，是因为它所体现的现代文明非常少，更多的是一种对原始的力的美的稳定祥和生活的期待和崇拜，是在不安稳里寻找安稳。面人人，多捏的是那种胖嘟嘟的有点笨拙的鱼鱼或娃娃，这里体现着人民相当长的历史时期的情感积累。这些面人人的表情是温和俏皮的，带点陕北本土部分泥捏的神的那种朴拙之色，主客不分，动植物一体，往往是莲花拖着肥鱼，或者是古朴稚笨的幼童，爬在用高粱秆子做成的锅盖上，手里舞动着同样是用面做的一串拿梳子压出来的圆形铜钱，脚后跟踩着一只似鱼非鱼似人非人，但是又有尾巴又有头的物象。

这种浓郁的体现原始意识的面塑，在我的幼年时代，就引起我极深的恐惧和诱惑感。有些动物已经灭迹，有些动物可能本就不存在，但是，那种塑造被面来完成了。人们通过手，通过某种在基因里遗传下来的记忆，捏出那些带有恐怖性情感烙印的怪异的动物，这些想象在捏制过程中显示出明显的夸张和变形，经过不同颜色涂点的面塑，在蒸熟烘干之后，有种特异的美。

生殖崇拜几乎是陕北民间艺术的主要特征，面人人亦不例外。七月十五捏面人人，过鬼节，祭祖，但也有外公舅舅给外甥送面人人的仪式。我县城府谷，地处晋陕蒙一带，一鸡鸣三省，地广人稀，生存条件极差。在这里，人是最宝贵的财富。人们盼多子多福，所以无论丧葬还是结婚，都于各种仪式里表达着一种对多子多孙的期待。

面人人是苦焦生活的一种向往追求，但是在陕北，它仍然落实在具体的实在性上,才体现它的现实性功用。无论是像剪纸的四层对鸡的抓鸡娃娃,还是娃娃鱼式的娃娃骑鱼,记述都简单生动,追求写意大过对细枝末节的捏制,可以用古拙、粗犷、凝重来概括,即便是蒸出来或者烘烤干的面人人,仍然能在皲裂里,体现这种沧桑感。

当然,捏面人人,除过娃娃和鱼,还捏一些猪马牛羊、鸡兔狗鼠等。也捏灶牌人人,一朵又一朵莲花做成的一个大面鱼鱼,每一朵花里嵌一块秋天焖在炕头出了水然后晒干的枣子。当然,十二属相捏得最多,为的是让它们全部团聚。这些东西都有它们的造型和动作,而且并不是单的,四周连缀着特定的景物背景,使它们的世界与人的世界相连,共享天地三界的命运,体现一种动态美和关联感。在这里,神是人创造的,动物也是人创造的,一切都是面团做就的,一切形象都具有了人格。鼠头牛二虎三兔四,它们在一块锅盖上卧着,人头鸡身的鸡,在我们家用庄稼做就的柭子(锅盖一种)上挺着个极其夸张的大肚子卧着,只因为小姐姐在捏的时候希望它多多下蛋,就给了它一个颇大的肚子。猪也是最神气的,在我家,因为哥哥属猪,就会将自己的猪面人人捏得大大的,而且格外揪长两只耳朵。爷爷的外号叫狼,他常常赶着羊群在野外,所以家里人都喜欢狼,捏面人人的时候,我们三个孩子,都要一个人一只狼,我们又叫大狼狗,反正狗和狼是一家的,耳朵捏得窄而长,就是狼不是家狗了。

我们家过节用的面粉,都是提前一天起的发酵面,拌以碱水混合成不酸不涩的面团,过节当日,就可以捏了。七月十五捏面人人,在我家,动物多于植物,有雄壮的老虎、活泼的兔子,看起来像狗一样朴实可爱的狼、跃龙门的鲤鱼……祖母喜欢植物,她叫它们为树或庄户,会捏莲花灯,为的是晚上点灯时可以敬献。当然,爬娃娃是必捏的,就是那种胖嘟嘟的爬着的娃娃形状,有时有尾巴,一些有很长的脖子,一些手是摆着的,一些则双手交叉。孩子们会对比谁家的爬娃娃大,而且一个孩子至少有一个爬娃娃,一些爬娃娃需要用大锅蒸,将它们的头和身子分开,因为锅里放不下,只能分段蒸熟,最后用滚子或筷子在中间穿起来,组成人一般大的面人人。孩子们喜欢这样的面人人,一般都手上抱着,去和别人家的比。

我家穷,但是为了让我们快乐,祖母大约一直有孩童心吧。每年七月十五,即使是小型的面人人,她也会仔仔细细地捏了手脚,在蒸出来之后点上各种颜色,让我们抱出去玩。别人会笑话她,日子过成那样了,还宠溺几个孩子。意思是她穷,糊弄不起。但是祖母总会说:"人家人家,活的就是有人的家,有小孩子,才叫人家。"

七月十五人过人节,鬼过鬼节。这一天,一年中阴气回升,鬼开始出来游玩,到春末清明又会回去,属于人鬼要合度的开头,所以要谨慎些,彼此尊重些。因为祖母,我记忆里的鬼节也沾了人气,是喜乐的。听很多人说"七月半,鬼乱窜",好像是多么多灾多难,但因为祖母总是将整个节日称为面人人节,鬼们就像一年一度来我家转一圈的老人,给我们带一些吃的喝的,我们因此而很感激。小姐姐七月十六生的,七月十五过去一天,所以,面人人倒像是专门一家子兴兴头头给她过生日,喜庆得很。每年,我们家从七月十四开始,祖母发酵一大盆面在锅头,就有了喜悦了,接着就迎来十五十六的圆月。乡间夜晚的风,这时节,才入秋,像长了手长了脚的婆娑人,真是好。属于一年里的幸福日子,我现在还记得清。

随着时代的发展,现在的陕北,七月半捏面人人的风俗仍然保持着,但也只是在乡下了。催妆馍馍在一些讲究的人家婚嫁时仍然保持着,大有"礼失求诸野"的感觉。大献馍馍已经不那么正式,很多人家都是买来应付了,作为祭祀用,哄鬼。面塑艺术越来越像是出土文物一样,成为节日摄影的一种摆设,而不再在人家里随意出现,原创性、自然性和随意性失去了很多,成为了一种做作的东西,一种刻意被标出的东西,一种几乎已经消失但却拿来装点艺术新意的东西,这不能不让人有点失落。每次,当我看见那些捏得细巧精致、装饰颜色过多的面塑,都在心里想怎么能够下口。也确实，这些东西不再是贫寒人家用来献祭也用来吃食的食物了，它们成了一种向外人炫耀的产品，已经失去了本来的作用，只是一种艺术，少部分人参与的艺术。

黄米黍糕

　　在旧年的陕北,软黄米做的糕,油炸一炸吃,是一件庄重的大事,必须过年过节或者红白喜事才有吃的由头。如果对着一个陕北人说油糕算美食,多半会遭遇白眼,但如果说油糕有神意,肯定会获得敬重。油糕实在不能算是美食,在我陕北乡下人眼里,美食是生存之外的多余附加,而油糕,在我们,客观上是一种生存奖赏,和美扯不上关系,甚至因为"美食"两字,会形成一种交流上的荒谬感,就如黄馍馍被《舌尖上的中国》播出称之为"美食"一样,当地人总觉得糟蹋了神意。以致写到油糕,我都觉得有点冒犯,生死之缘的食物,被我写轻写薄了,是要受罚的。这点真是不同于南方,尤其是江南。江南人饮食讲究,一切看鲜,看月令时节,人家有"三鲜""八鲜",四时花木鱼草入口,非常惬意。在我陕北乡下,吃顿油糕粉汤就已经算是精致讲究了。

　　老年人对油糕的敬意,比我们新起来的一代更深。在我乡野乡俗的口语里,说到一个人死了,诙谐的说法,叫"吃油糕去了"。平时人们开玩笑,说到一个人的死,也叫"吃老糕"。有年轻男子相亲娶媳妇,如果中午女方家留吃油糕,多半姻缘会成;若是挂面汤或者白面及其他,即使上大肉，也还会黄的。盖房子这样的大事，竣工的时候也要吃糕，有"上梁馍馍压栈糕"的说法。上梁只是一道工序，压栈才为庆典，要吃糕记事。结婚时，娶媳妇的人家要早早备好"离娘馍馍离娘糕"，才能顺利娶到媳妇；忘记带离娘糕的人家，娶亲会遭到娘家的刁难，甚至因此可能黄了婚事。

吃油糕，已经成为一种安顺的象征。在我府谷乡下，吃油糕要举大事，反之，举大事必吃油糕，不然就不算郑重。再穷的人家，每逢喜事，就是借糕面借黄油，也要吃上一顿油糕。所以几乎每个村子，都会有石碾石磨，再不济，也有一副两副碓臼碓杵，用来压油糕面。

用来制作油糕的主要是黍子压成的面，我们叫糕面。黍子生长在北方，耐干旱，性黏，可以做糕，也可以酿酒。我陕北的米酒，就多是用黍子酿制。人家做酸饭，也喜欢用黍子。汉文化里的黍子，和我陕北所说的黍子略有不同。我陕北说的黍子，是指排除糜子在外的黍子；我们文明世界书本里的黍子，则是指黍科作物，包括糜子。与糜子相比，黍子做熟偏软，所以也叫软米，或软糜子。

春种秋收，黍子是挑选地皮的，沙地和红泥地味道就会不同，最好那种沃土的黄泥地上，但即使是这样，出黍子的地也要经常换着种，不然同一块地皮，也会一年收成好一年差一些。种庄稼的农民已经摸索出了规律，他们懂得自己家的地哪些产黍子，哪些产其他作物。

就如打谷扬糜一样，黍子也要在谷场上打。秋天收了黍子，要在阳光好的时候晒干。一些人家也在炕上铺了漆布晒，以去掉里面的水分。没有去皮的黍子是灰色的，去皮的黍子完全金黄，我们叫黄米或软米。它并不软，但是蒸的糕在热的时候极其软，是以叫软米。黍子皮叫糠，饥馑年代，糠拌野菜，也是一种主食。现在，糠皮用来喂猪，有时也做枕芯。我喜欢荞麦枕头和糠皮枕头，枕着仿佛可以闻得见粮食的香气，以及旷野的风，可以沿着味道在梦里回家；对于加工精美摸上去无半点农业时代味道的记忆枕，我总觉得有点排斥。许是我从小生长于山野的缘故，对于工业化制作的很多东西,尽管使用便捷,却产生不了血液相连感。黍子的苗子在秋季打了果实过后,可以做成扫帚。风物长宜放眼量,陕北很多人家,用的就是这种用绳子扎的黍子扫帚,结实,耐用,又便宜。我乡下已经去世六年的祖母,经常一边编扎扫帚一边说:"五谷养人,黍子才是穷人的宝。"她最喜欢吃软米黄糕,即使在要故去的那一年,我家开着饭店,只要吃软米黄糕,她就会显得很开心。她喜欢了一辈子油糕,也许就是希望生活由此而高,一种简单的生活理念,近乎一种信仰,早在她年轻的时候就已经铺开。

陕北过年离不开吃油糕,从大年吃到小年。大年吃糕,叫迎年糕;正月初一到初三吃糕,叫新年糕,初一吃素糕,初二初三可以吃油糕,素糕也行;初四"吃送穷糕",初五吃"破五糕",初六则是大顺糕,初七曰"人日糕",初八为"出年糕",吃过年糕家家户户放炮,工作的人要到县里去了,住娘家的女子要回婆家了,一年的日子开头了。因为吃了油糕,人人觉得得了祝福,一年风顺。

制作糕面是过年的必然场景,碾子压,或者石磨磨,也可以用臼捣。做糕面,有时也搭配一些糜子面。春节前,村庄的碾子几乎上夜才停歇,家家户户排队,人们压糕面等着蒸糕,富的人家一碾至少碾三五斗。穷的人家,也要碾一两斗,吃到正月尽。

在我家,父亲活着的时候,会选择用臼捣糕面吃,一般都为过生日,因为用碓臼捣糕面太费力,做一顿勉强还可以。为了给小哥哥过生日,父亲就做过。过年时分,我们家也不捣糕,而是跟了村人一起压面。那村子里用的碾子,是我们刘家的,所以我们用得理直气壮。快过年了,腊月,选择天好的一天,一大早,祖母将黄软米用水淘净,晾到半干,然后开始拿到碾子上,同时将簸箕笸箩也拿到碾台那里,给家里的小毛驴或牛蒙上灰衣服做眼罩,开始赶着它们绕着碾道转圈,磨面。油糕口感细腻不细腻,甜润不甜润,非常关键是看压米面时罗面用的箩子的粗细。我乡下俗语:粗箩馍馍细箩糕,大多人家罗两遍,一遍用粗箩,一遍用细箩,细箩面蒸糕最好吃,不然就会被蒸成馍馍味。软米有黏性,罗面时容易粘堵住细箩子网眼,所以,很多没有耐心的婆姨,就用粗箩子。这种箩子做出来的油糕,口感自然不如细筛箩罗出的糕面筋道。孩子们喜欢围着碾子耍,听那吱呀作响的声音,仿佛碾子里藏着一个喘不上气来的小孩,声声作喊,不断跑着。大人罗面,娃娃也要学,第一道粗箩子罗的面,通常由娃娃来完成。那时候,我经常被叫着做这样的营生。孩子们身轻,手也轻,我罗的糕面由于手放得高,总是会随风飘,结果免不了一顿打,要不就被训斥得离场地远远的。然而用筛箩罗糕面,真觉得神奇呀。

祖母做豆腐,用的是石磨,她喜欢做石磨豆腐。做糕面,她有时也用石磨,因为一个人就可以完成,她不用乞求她的儿子们为她套牲口拉碾子。不过如果用石磨,总得磨一晚上,非常耗时间,也累人。家里有一副小石磨,祖母在七十多岁的时候,过年磨豆腐或糕面,还用过几次。接着祖母就八十岁了,八十一岁,再八十二岁,然后八十三岁……那磨盘就成了摆设。而今,祖母去世已经六年了。可是自从祖母八十多岁之后,我就再也没有见过那磨盘,现在更是踪迹全无。在写石狮子的时候,我曾经问过小叔叔拴我父亲的石狮子的下落,知道仍在原处就让他给我藏了起来。而现在,在 2016 年的大年夜,想到祖母磨糕面用的石磨,简直不能自已,就像自身的一部分流离失所不知下落了。

祖母磨石磨累了,就会指挥着我们磨,当然主要还是靠她自己。对于磨磨,刚开始我们都喜欢用手推,舀一勺米堆在磨口上,转动磨把,那米从孔里一点点塌落下去,磨便发出粗重的喘息,碾出白色的粉。转上几圈,就觉得胳膊肘累人,活太单调,石磨太沉。往往转不了几十圈,就会觉得特别后悔。不过,在祖母的训斥以及对她的心疼的感情里,也会磨一些时光。磨磨出的粉,也是要像碾子压出的粉一样,用筛箩筛过才可以做糕粉。

当年收的黍子去皮压面蒸糕，最好吃，纯正清香；隔年则味道减少。饥饿留在记忆里的人家，会每年都藏一些多余的粮食，以备战乱或天灾年代使用。但是即使是这样，他们的粮食也是一年换一年的，这样只好每年吃旧粮。当然，旧粮不比新粮，这些人家的孩子，就会埋怨自己家的糕没有别人家的绵软。

　　蒸糕需要醒糕面，和碾糕面时软米需要泡一个晚上的道理一样，都是为了让它们变软了好操作。糕面醒好，锅开了，就把糕面均匀地洒在蒸笼上面。这是第一层，不能洒太多。蒸几分钟后，差不多第一层熟了，就接着在上面洒第二层。这样依次蒸两三层。最后，洗干净宽大的案板，在上面洒一层黄油，就可以揉熟透的蒸糕了。当然，糕面蒸熟了就可以吃，蘸着黑糖白糖或红枣红豆这些一起吃，也可以不蘸，光吃毛素糕。毛素糕就是刚出锅的糕，挖一大勺赶紧吃，香香软软的，冷了就不好吃了。

　　案板上抹一层黄油，糕面就不会粘在上面。蒸熟的糕面放在案板上，要趁着热气赶紧揉。糕面可以像捏饺子一样，不过不要角，里面包一些煮熟的去核的红枣，作为枣糕吃。我府谷黄河滩大枣非常出名，尤其是碛楞乡的大枣，更是枣大皮薄肉多，为府谷人家喜爱。府谷乡下人家，几乎家家种枣树。八月十五左右枣子熟了，一部分收藏晾干，来年吃；一部分做醉枣，洒了酒放在坛子里，过年吃；而另一部分呢，就拿来蒸糕用。做卷糕就需要这样甜甜的肉多皮薄的糖红枣。一般人们会先煮好红枣，有时也加一些红豆，将它们用刀剁成泥，做糕卷时涂在上面。

　　做卷糕讲究一定的技巧。年轻媳妇的糕艺如果不好，会被人嘲笑。正月里串门子，老年人会吃了东家吃西家，因为村子里多是自家姓，一个大院的人出了五服的不多。新娶回来的婆姨，如果茶饭不好，枣糕卷得差，会被笑娘家。

　　蒸熟的糕放在案板上，然后用手揪成几块，一块一块揉，最后用擀面杖将它们擀均匀，将提前做好的枣泥涂上去，然后由内向外卷起来。这样，卷起来的糕面搓长，就可以用刀一片一片如切土豆一样切了。切开的片子上，就有一朵由枣泥做成的美丽的花，看起来像梅花，有时候人们将这种糕叫梅花糕。这种糕还叫素糕，穷的人家会为了省油，就将它们依次摆开放在碟子里，做饭时候吃。少部分人家，有些喜欢吃素糕，也会如此吃，倒也不全是为省油。然而乡下人家，大家日子过得都一般，大多人家如此吃为省油。我家在我小时候经常吃素糕，完全是穷的原因。

油糕的做法，就是将这些用刀切下的素糕热油锅上炸一炸，然后摆成整整齐齐一片片，放在高粱秸秆纳的圆盖子上，做饭的时候就可以蒸着热一热吃。炸糕的油可以是猪油和羊油，这些都有荤腥，但最好还是黄油，就是胡麻油，这种油炸的油糕绵软可口，又没有膻气，即使放冷了吃起来也不会有呕吐感。反之，猪油羊油就不行。

油糕配粉汤最好吃，做事务，红白事，油糕配粉汤总会顶一餐，有时连着早晚都可以吃，亦不会显出主家的寒酸。油糕与粉汤，油糕用的是糕面，粉条则用的是土豆碾轧清洗又清洗干掉的面粉。油糕粉汤是我陕北人举大事的吃食，有庄重之事才如此吃。油糕金黄，粉条银白，油糕软筋甜润，比江南的糯米糕更胜一筹，而粉条爽滑可口。粉条汤泡油糕，看在眼里眼舒坦，吃在肚里肚舒坦。黄米油糕与粉汤，是一对乡间的情人，死死活活相跟着。这种食物的深情，也许只有我陕北人懂。

陕北民歌思无邪，《诗经》里亦有很多篇目采自我乡下。黄土高坡少植物，旷野千里一览无余，尤其冬天一切裸露，所以我陕北人的性格，也有点赤裸裸直见天地，对待男女感情亦然。现今我辈，在酒场上逢着，唱起山歌来，也能让异乡人惊诧到脸红。山曲里有唱："一条扁担软溜溜，担上黄米到苏州。苏州爱我的好黄米，我爱苏州的大闺女。"我陕北人对江南充满幻想，民歌里经常要下苏州扬州，想用制作糕点的软黄米换苏州的好女子，也在情理之中，因为毕竟软黄米在他们眼里非常金贵，可以与漂亮女子抗衡。民歌里也有："三十里莜面四十里糕，十里的荞面饿断腰。"油糕耐饿,又养人。二人台《捏软糕》将男女情事通过捏糕叙出,很有点腥味,但无论男子还是女子唱起,都毫不扭捏。"哥哥我捏糕不嫌烧,妹妹双手手捏软糕。哥哥捏了个糖角角,妹妹我捏了个喜鹊鹊。糖角角,喜鹊鹊,又甜又喜咱们俩……"关于油糕的爱情还有:"黄米油糕粉条汤,要死要活相跟上""好吃不过油糕粉,难活不过人想人""手提上羊肉怀揣上个糕,拼上个性命往哥哥家里跑""正晌午的日头后晌午的风,那炸油糕的火呀咱的心"……这样泼辣肆意地表现男女之爱,大约只有我陕北才如此,真是好意思,爱呀情呀,处处都是它。日色在地,人行于世间,这样的风景算是永恒的风景,端庄与洒脱,唱得那般明丽亮堂,爱得恣肆而不做作。明明是卑微的,祈念的,却也并不亵渎,彼此尊重,毫不轻薄。在我陕北的民歌里,包含着千种万种复杂的感情,但终也如那冬日裸露的山野,明净悠远。大约与我偏爱民间的这些喜气有关。

时代怎么发展,食物在不断回访。如今,碾子磨盘被收了起来,成了村头的装饰,或博物馆里农耕文明的景观,也或者饭店的一种摆设。但是食物却依旧在人们的牙齿和喉咙间相濡以沫,以古旧的实有表示着它的怀旧,也或者表达着它的永恒。现在,象征着农村生活的油糕,堂而皇之地进入了城市的大饭店,成了五谷杂粮里的一道营养餐,被当作精品回味。土地不说谎,粮食亦不说谎。也许,农业文化的自信,乡土文明的自信,最终还是要从食物进行。黄米糕,它是一种古老的饮食,也是一道活的移动的文化遗产。它通过血液进入身体,让我们与遥远的古人相接,让我们进入古代,听见古代,握着古代,让我们握着这一片地域,握着这一抔黄土,以过去的身体,走进未来。黄米糕提醒着我,人类的发展是可疑的。当我们的饮食还在最传统的地方打转,我们所谓的发展,我们所谓的现代性,都只是一种形式的转变。只要我们还在五谷杂粮和屎尿粪便之间辗转,这泥土与大地,就是我们的生命,而与泥土和大地打交道的人,就是我们的兄弟,就是我们的梅花一树千千万万个自身的化身。我们这些大地上的庄稼，最终也要回到大地，万物无始无终。一切关于"发展"的语言，甚至"发展"这个词，也充满荒诞的不安。黄米在向我们进行天启，大地在向我们书写语言。我相信，我借此写下的这些，并不狂妄。我还必将深深地低头，学习大地的艺术，对泥土进行写景，对万物进行状物。

坛子里的陕北春秋

在我小时候,坛子是用来储存食物的。即使人死了,也要往一个小坛子里装满各种食物,随棺材葬入墓地。这些食物包括五谷杂粮,以及一些熟食。在我陕北,去往阴间也需要种子的牵引,所以才在棺材里放上这些,以备在另一个世界有粮可生,可吃。我有一个特别喜欢画画的女性朋友,喜欢到村庄里去收人家老墓里挖出的坛子,她喜欢在这些粗笨的坛子上涂抹五颜六色。

坛子的历史源远流长,不需要我多说。坛子通常都是以深腹圆鼓敛口为主,大多由陶瓷制成,粗陶为主,有的挂釉,有的没有釉彩。另外,坛子多上下小,中间大,坛口外有坛沿子封口或盖盖子方便,不易进入其他东西。我乡下祖母喜欢挂釉的坛子,因为挂釉的坛子密封性好,不透气。但她用来生豆芽的坛子,多是那种粗笨的不挂釉的中间大上下小的坛子,透气性强,豆芽长得快。我对坛罐的做工其实了解并不多。我陕北乡下人家的坛子,多来自地方的小土窑,用的是我们黄土坡上的黄胶泥。这种泥颗粒细腻,黏性强。我村庄有烧砖的砖窑,没有瓷窑。据说以前有,但烧得不太成功。坛子作为食具,可以做泡菜,腌制酸菜,做酸粥汤,醉红枣瓜果。我陕北乡下,是把罐子也叫作坛子的,统称坛坛罐罐。这里面有一整个春秋,四季在坛子里和人间有不同的光阴。

我毕业之后,再无食堂可吃,虽然只是换了个学校,但离食堂远,由学生变为教师,回学校专门吃饭,总觉得有点羞赧。于是,不得不开启我的厨师生涯。刚到冬天,我就买了个菜坛子。实际并不是真正的菜坛。商业化时代,超市里明明净净的玻璃罐可以泡酒泡菜用,我买了一个,就当为菜坛了。

小时候,做米饭或粥,菜坛里的腌菜捞一些来下饭,非常可口。家里再怎么穷,总会储存一些腌菜。这种小吃属于那种贫富都喜欢吃的日常小吃,再怎么吃,也想给下顿留一点儿。即使是现在,再美味的佳肴,吃几次都没有什么感觉了,但是泡菜,总还唯恐一次吃完。

坛子可以用来做酸粥汤。一年四季,我府谷的黄河边人家,喜欢吃一种特殊的粥——酸米粥。酸米粥以黄米为主,在坛子里放上酸汤,经发酵和熬煮之后成为人家餐桌上的早饭。初次吃这种粥的人肯定不习惯,但是吃几次之后,就会觉得比单纯的米粥有味道。做酸粥用的是浆米坛子。坛子里加入黄米与水(必须是温开水),搅拌后加盖,等待发酵。待解开盖子闻到米如梨子的酸甜味时,这浆水就好了。里面的米下锅,煮熟就算是酸粥了。

我这样写,很多人会认为做酸粥很容易,而亲自去实践就会发现,多会将酸粥做成臭粥。酸粥做法看似简单,却不容易把握,不然酸汤里容易起虫子,都得倒掉。如何把酸粥做好,有很多小秘诀,也是考验一个主妇手艺的必然内容。如何将一个坛子合理使用不浪费,在陕北,可不是轻易能过关的。陕北人家娶媳妇,其中一项要看坛子。如果酸菜坛浆米坛子好,这家人家的饮食就算过关了,亲事也就成了一半。我小时候做事,总被祖母和家人说,意思是像我这样笨手笨脚的人,不臭了人家的浆米坛才怪,他们的意思就是说我嫁不出去。

每次做酸粥,都要将最上面的一层酸米水撩开,米捞出来,然后再让那一层浮过去。不然直接捞出来的酸米,太过酸下了锅会发软,就成稀饭了。另外,制作酸粥的人不能离开锅台,要不断地用锅铲搅拌,不然酸粥容易煳上。

这样写来南方人未必会喜欢,但是如果将这样的酸粥放进碗里,加了白糖凉一凉,只消他们吃上一口,就肯定会说好。酸粥可以去火,加入糖又酸又甜,真是美味。就是做成酸米汤,炎炎夏日吃下去,加半碗野外挖来的苦菜,也能去火清热,比吃药喝茶都管用。酸粥里有乳酸菌、益生菌等多种酶。我府谷乡下人不懂科学,但是他们靠着多年摸索,却吃得如此科学,应该属于实践出真知。每次看见城里人喝着不知道什么杂质杂物做的饮料和乳制品,我乡下人都会说不如泡个浆米坛。

乡下人家经常吵架打架,有个忌讳,就是不要把人家的酸粥坛子和腌菜坛子打坏,要避开这些东西,不然倒霉的就是主动寻事的人。酸粥,就如海红果独属于我府谷县城的一样,只是这一片才盛行这种,而且已经至少这样吃了几百年。现在,酸黄米粥已进入我县我市的非物质文化遗产名录。

坛子可以用来醉瓜果。月饼节一过,就可以做醉枣了。在过年时节醉枣可以敬神,可以待客。打枣主要在八月半,醉枣是打枣之后的环节。大哥哥一米八三,个子高高的,祖母很以他为自豪。每年到打枣季节,祖母就千央万求,让他帮忙打枣。他人高,劲儿也大,只是懒,那时候已经青春期,不再读书,经常闹着要娶媳妇,从十八九岁闹到二十四五岁,才算娶了一门亲,稍微安定了。他往往心不在焉地爬上红枣树,打几杆子,还抱怨半天。祖母在树下将这些枣子捡了,就开始做醉枣。祖母对枣子的要求非常挑剔,因为如果有一颗是破枣烂枣,一整个坛子的枣子都会变味道。一些人家不是没有过,往往醉了五六坛子,可以臭一半。祖母惜枣子,更惜买来的白酒。祖母在煤油灯下挑枣子,喊着我小姐姐帮忙。她的眼睛好,心细手稳,做事信得过,所以她可以参加。这时候我总是被训斥得远远的。我人小,但手重,祖母从来不信任我可以干好细活,不仅不让挑醉枣,也不让包饺子捏花馍馍、擀面这些,更不可能让我做。如果是旧时人家,我多半是那种干粗活的,一辈子只挑水搂柴打炭,厨房最多是洗碗,也会被主家怀疑洗不净的。我看《红楼梦》,一园子的莺莺燕燕,乱红娇软,每次看到傻大姐,才觉得有寻常人世的气味。如果我勉强踏入《红楼梦》的园子,也至多是傻大姐一类干粗活的姑娘。祖母和小姐姐一起捡坏的烂的扔掉,将长得好的光溜周正的枣子用酒洗过,然后轻轻地一颗一颗放进坛子。这活儿总要做两三天,选枣子,用酒洗枣子,然后和好泥,用塑料袋将坛子口子蒙住,接着用泥糊住,等着进了腊月吃。当然,她们也醉海红果、海棠、酸枣,也将有限的别人家给的桃子或苹果放进去,各一个小坛子。在冬天,她们还蒸桃子罐头和梨子呢。

我不被允许用坛子,但我可以用罐头瓶,她们给我一点儿酒,我就将我选的枣子用酒洗一遍,放进瓶子里。不过我等不到过年,酒还没有全部进入枣子肉身时,我就一瓶瓶开了吃掉了。我从来不是个持之以恒的人,三心二意,喜欢的东西恨不得一下子全部吃掉,因此劳动的乐趣,只能一小瓶又一小瓶地享受。后来我恋爱,我的恋人说他是瀑布,问我拿什么接?我说用个瓶子。他很生气,觉得至少应该是个坛子。他从来不知道我小时候的经历。瓶子里的水喝掉了,瓶子里的醉果子也吃掉了,我等不及,今朝有酒今朝醉,谁能知道明天要不要喘气,会不会喘气。我对祖母的爱也是这样的,我等不及。——祖母已经死掉六个年头了。坛子里的光阴太过漫长,我是个无法拥有坛子的人。今冬我腌制在坛子里的泡菜也坏掉了。我等不及,一切都已经迟了。我愿意等的时候我已经将它忘记了,再次发现并打开它,已经坏了,软趴趴地,没有一点儿骨气了。能说的还有一些什么呢?这就是人生。

用泥巴裹着封好口的坛子,被放置在阴凉干燥的厨房,锁起来,或者放在深深的瓮的底部,怕耗子闻见酒香味吃掉,也怕我吃掉,因为我深深记得先时吃它的味道,只要看见,就等不及。

腊月开坛之后,我经常偷偷地去找枣子吃,一抓抓一把,一次又一次。我是个松鼠,是一只耗子,一颗又一颗散发着酒香的红枣,幸福握在手里,含在嘴里,我甚至能感觉到自己的成长,节节往高,关节都在发出喊声。

酸菜是我陕北人家过冬的必备菜,一家至少买几百棵,腌制在坛子里。陕北最出名的大烩菜,正宗的做法必须以酸大白菜为主打。大烩菜统领着陕北人的味觉,尤其是榆林一带的人。没有大白菜的冬天是难以想象的。在冬天,土豆书生,白菜美人。土豆烧白菜,贫富人家都要吃。

腌制大白菜,需要提前热下一锅水。将大白菜的老叶子和腐败的帮子摘掉切给猪吃,其余的,则洗净放在坛子里,一层一层码好,一层一层撒盐,码一层,撒一层盐,压紧。就这样,装满一坛子,再装另一坛子。在坛子上面,要找黄河滩的石头压紧。压菜石也是有讲究的,这是乡野人民的学问,菜石必须和坛子相符。最后,要将开水浇一些进去,直到坛子里的水把菜淹没为止。最后,要统一将每个坛子用塑料布封了口子盖起来。必须放在阴凉处,不然酸菜容易变臭,在没有变酸之前不能过度翻刨,以防止进入太多空气。进入太多的空气会破坏根茎的内部组织,要让盐分进去,则需要逼出里面的空气。在腌菜坛里面放石头,这是乡下人家的智慧,但何尝不是一门大学问?天地都可以物尽其用。我喜欢这种随取随用,万物都可以与我们在唇齿间触碰,都可以俯身来相亲,都可以相互致敬。

上初中了,得住校,是个乡镇,叫作清水,名字好听,但是学校的条件非常艰苦。每个周末回家一次,主要是带干馍和泡菜。周日下午返校,祖母把腌好的萝卜从坛子里拿出来切成小片,滴上几滴黄油,帮我放在罐头瓶子里盖好,这就是我一周的菜了。学校里多是做土豆粥吃,早上土豆焖黄米粥，晚上黄米稀饭。无论什么时候，只要打开那泡菜，总觉得一天的日子可以撑下去。即使偶尔觉得很苦，家里人也会说："饥饿年代没有米，只能吃糠菜，甚至糠菜都吃不到，饿死了人。"他们的意思我懂，意思是生在了好时代。偶尔到人家家里，看见黑白电视里的人，红红火火的，每天不生烟火，却有吃有穿，只觉得那是骗人的。那样的生活，想都不敢想。丰衣足食之后人还做什么呢，愁也是闲愁。然而呀，那时候有祖母，我没有能力也无能逃出去……在青黄不接的日子，大多人家，也是吃从冬天腌制在坛子里后来春天晒干的红腌菜度过的，一口腌菜一口粥，粮食亦真有情，天地万物同生共死。

坛子是伟大的发明，是为穷人发明的坛子。而腌菜泡菜，是接济穷人的菜。醉果子，是穷人种在坛子这样的中央空调里的水果，神喜欢吃，人亦得神的喜欢爱吃。

在陕北，寻常人家，都会有好几个坛子。大的如水缸水瓮，装腌制的大白菜，一户人家即便两个人，也腌制大半瓮，像我家，往往七八百斤地买，最穷的时候，冬天只能吃大白菜烩土豆，小黄米饭为主，买过一千二百斤。小的里面醉红枣、海红果、海棠，也泡酸菜，如萝卜、花生、芹菜、苦菜。以坛储食，是艰难岁月的智慧之举。坛也多盛蔬菜水果，保鲜或制酸，瓜果蔬菜皆可入坛，四季风物一并存放，贫瘠人家也因为有个坛子显得富有。时间酝酿出芳香，日子才显得有情有义。盖上盖子，等待光阴，从鲜味到腌味，从鲜味到醉果味，坛子独自施行它的魔法，一切都在黑暗中暗自蜕变。坛中自有季节，自有春秋，如僧侣的入定与修行，在闭关的日子里，坛里的静默与坛外的等待，将时光拉长，显得别有意味。——我也是多年之后，才知道坛子里，盛着我的家，甚至，盛着我的魂。

中国文化里，坛坛罐罐装着人的三魂七魄，不可散去，否则就无法重聚。我怀疑，一定意义上，也是因为坛子里食物的味道，原乡的味道。我陕北，坛子里有神灵，所以有"巫神跳坛""醋坛神"。也许先民早就发现了坛子里藏着春秋大义,藏着世间儿女深情,藏着人世的魂。

　　走在古乡古镇,往往,我会被安置在屋角房檐下的一些坛坛罐罐打动,仿佛仍旧有一个老院子,仍旧有一个童年,在遥远的地方等着我循着味道回去,致我以温暖的问候,仿佛,那里面才藏着我真正的魂魄。而此刻的我,现在的我,不是我,至少不是当时的那一个了。

画 棺 材

"你为什么不学你爸的手艺？"

"你让我去画棺材？"

到同学阿刚家去，我被他家的大石头窑洞和石头院子以及院子里的石器震惊了。在此之前，我就知道他家是著名的打石头人家。阿刚大学学的是地质学，跟矿物有关，但是他家祖传的石匠手艺后继无人，我总觉得可惜了。因此，每每对话，我遗憾于他没有做石匠，他很庆幸于自己没有学他父亲和祖辈的手艺，去画棺材。因为，在我们陕北的县城府谷，石匠和木匠，以及纸火铺，直接相连。我们那里画画的，大多是民间艺人，不是画人家的墙围地围柜子，就是画棺材。这些都是不被太看得起的手艺，人们幼年读书，动不动就会被大人指教："不好好读书，以后跟着村子里的某某去画棺材，去当木匠，去刷油漆。"然而一些世代手艺人的人家，却又看不起读书人，认为读书人狡诈，不是靠双手吃饭，而是靠脑袋吃饭，难免算计别人，在他们看来"仗义每多屠狗辈，负心多是读书人"是金句，理应牢记。

我所在的县城，丧葬讲究繁多。一个人的死亡，从棺材的木料选择，到棺材涂漆绘画，亡人穿衣戴帽，以及下葬仪式，都有一整套古制。这些古制被一代代传承着，即使时代发生了很大变化，但对于丧事的仪式，仍然有完整的保留，在传承的基础上展开对时代新东西的接纳。

在我陕北，非常重视对棺材的描绘，因为齐备甚至荣耀的丧葬可以给活人转运，带来好福分。即使是那些不太孝顺的人家，对于爷娘的丧葬，也会一切齐备，尤其是棺材。

陕北人在棺材的选料和制作上，非常重视，也许跟我乡下一直实行土葬有关系。迄今为止，我县城还没有火葬场。人们讲究入土为安，除了未有生育的孩童夭亡，会烧掉，其他人都几乎用棺材埋掉。据《地方风俗》称，埋掉的人可以转世，而烧掉的人，则魂魄已经被破坏，无法轮回。村庄和县城出外打工的人，到了晚年，大都会重返陕北。我村庄的老年人，上了年纪的人，害怕死在外面无法完整地进入坟地，很少外出。他们对于死亡的归途看得非常重，安土重迁，这也是一方面的体现。

棺材，在我乡下，亦称寿棺、老房子。我乡下人每家都种树，主要用来打柜子、做棺木，需要钱的时候也贩卖。我乡下做棺木，楠木最好，柏木松木也不错，柳木枣木亦可。形式上，最好的是六块头、独帮、独底、独盖，加前后两档；也可以用九块，算次之；条件差的也有用多块杂木拼接做成。一般情况按家庭经济情况对待。棺材的好坏，需三看：一看材质和大小；二看做工细密；三看图画。楠木棺材前端大，后端小，呈梯田状，用一根半年楠木可以制成。除非富裕人家，一般人不用楠木棺材，一是怕死人受不住，妨害活人的安稳；二是因为经济原因，楠木比其他木头贵。用好料的人家，自然用好木工，用好匠人。棺材铺一般放得最好的棺材是楠木棺材，但大多是放在后院里用套子套起来的，这都卖与"本土帝王家"。

棺材做好了，要在上面摆上几尺红布或红绸，一些白面馍馍，香纸和几挂鞭炮。一般木工做好的棺材是开口朝下的。在木匠铺称做好的棺材叫"喜材""新房"，家人到了木匠铺后要进行喜材翻棺，也叫暖棺。将棺材翻过来,并将红布搭在棺材上,在棺前点香烧纸,在门外放鞭炮。直接由木匠在主人家做好的棺材,也是要有一些跪拜礼仪的,首先当然是放炮,另外涂抹油漆时,主人家的主事人要刷几刷子,在底盖和顶盖上,这事不能由家中的老人来做,老人即便是自备棺材,也得由儿孙辈来做,算为他们积福。做完棺材,人们总会在原价之外给棺材匠一些烟火钱,另外还给几尺红布,红布是必然给的。在我陕北,红布有驱邪气的作用。主家给棺材匠一些红布,为的是免除他们的灾难。

在我乡下,棺材一般涂抹为土黄色或原色,当然也有黑色、白色和红色,但那一般是为特殊的人准备的。红棺材用于寿终正寝的老人;黑棺材则用于非常有说法的丧事,用黑色的人多半与负责丧葬的人有私仇,或者是阴阳法师的主意,用黑色棺木的人代表他无法返阳。

一般人家很少用黑棺,若非子女和父母仇怨很大,或儿女死得太早,父母觉得儿女是前世仇人,诅咒他不得来世再转再轮回,是不会用黑棺木的。陕北对黑色非常禁忌。白棺材一般是给少年及未婚女性死者,这也算富裕人家的安排。一般人家,未婚女性直接烧掉,多裹甘草或破木板,不装棺材;夭折的小男孩,虽然也可以用棺木,但多半烧掉,埋于荒野外,不入主坟。

做一副好棺材,画得繁复漂亮,是有说头的,活不到一定岁数或者没有什么建树的人,享受不到这福分。即便有的人对父母在世时不大孝敬,但父母死去时的棺材也一般讲究精美,可以说,这在某种程度上算陋习。有些人家,老人到了年龄无法做事,常有虐待,甚至打骂和拒绝赡养,进行有意虐待。然而在丧葬事务上,却大肆奢华,用好棺木好画匠。不修阳世修阴德,实在让人耻笑。然而这样的事,近些年,在我乡下常常发生。

画工并不能随意画棺材,男女不一样,不同年龄亦不可以相同,每种画法有每种画法的说法,不同的亡者挣下的是不同的画法。活过甲子并且有子孙后人的,他们的寿材要讲究很多,其上可以绘制龙凤,也可以绘制山水、孝子孝孙图。而没有活过一个甲子的中年人,则男绘福女绘寿。总之,活得长的人,可以享受松鹤延年童男童女等各种图;活不过一个甲子的,则被克扣很多图案,亦不能随意脚蹬祥云头顶荷花。

府谷棺材最次的处理方法叫满堂红,用红漆一涂,了事。这类棺材的主人要么没有子女,要么是上有老下有小却突然暴死的中年死亡者。近些年,人们嫌涂漆麻烦,一般用棺材套子来代替,套子上有孝子图、金童玉女图、万寿松等。我祖母用的就是棺材套子,不过,那棺材在此之前是绘制过的。停灵的那几天,夜下看那绘制的金童玉女,像活的一样,在夜风里绕着棺材来来回回跑,我还惊异过几次。

不同棺木的画法,主要在棺材的头部体现,而棺材的顶盖和底座,基本都是一致的画法。顶盖绘制斗七星,指天;底座画山水石草木鸟兽,表大地。色彩搭配上,富裕人家的自然华贵亮丽,而一般人家的就相对简单一些。当然,这和油漆和颜料的档次也有直接关系。不太讲究的人家,一般男画老寿星,女画麻姑献寿,脚下都是荷花祥云。前蟒后鹤中穿梭龙的图案,也是可以的,但那有时得依赖画工的心情。

棺材大多儿子出钱,而老衣和棺材画,则由女婿出钱来置办。孝顺的人家,往往趁着老人在世,就做好棺材,老人欢喜,儿女欢喜,大家都已经接受好归途的召唤。当然,老人病重也有做棺材的,叫冲喜。祖母的棺材就是在她一次病重的时候做的。冲喜之后,她又活了几年,也许这真是冲喜的结果,应该感激上天。

按照我府谷的习俗,比如木匠的父亲死了木匠不能亲自做棺材,阴阳的父亲死了阴阳不能亲自葬父,家里有医生的人家不能给自己家人看大病。画匠亦然。不过,近几年也没有人特别忌讳这些了。前些年,他们常常说起一些事例,医生给自己的女儿看感冒,结果看成了疯子;阴阳法师为自己家算风水,埋老人,结果出了三代傻子。至于棺材匠,倒没有听说过,但这仍然是避讳的。不过我们村的那个木匠,他父母的棺材,应该就是他打下的,不然便只能买。这些年,村庄的旧制,越来越简化,严格遵循的人少了。新农村建立之后,家家住的是新式房子,没有了可以给土地爷上供的香火钵子,猪圈牛圈也因为地形多不能喂养,也就不能再给它们贴对子。"出门通顺"四个字,也只能贴在门的顶端,和"抬头见喜"挤在一起。以前过年,院子里垒两个火塔,现在,直接减掉了一个。电话里,小叔叔和我说起这些,我问:"可以吗?"小叔叔答:"人家都这样。"他回答得毫不含糊,也不觉得害怕,他接着说:"这些都改革了,这是改革的一部分。"也确实,很多事情,不得不改变旧俗。那些小村遵循了多年的严格禁忌,也在改革中,包括画匠,他们的作品,就如碾子磨盘一样,在走进博物馆和景观之中,而不再是现实生活的一部分。也许,当我有一天去参观某个博物馆,发现了我陕北的棺材画,大厅的中央放着很多油绘过的各色棺材,会觉得很正常而不感到骇异。然而说出来,总觉得像是从我自身剥落了什么。曾经令我们分外敬重分外严肃庄重去进行的事情和活动,仅仅不几年,就变成了一种被观看被猎奇的对象。

木匠是可以给自己打棺材的,这点倒让人觉得荒谬,自己做的木头房子,最终装了自己,一个人成了自己的掘墓人,人生真是荒唐。然而这样的事情,在小村小镇并不鲜见。

一些活着的老人,毫不避讳自己的棺材,与家人一道评头论足。前面已经说了,我祖母活着的时候,一次病重,就将她的棺材制作好了。又过了几年,她才住了进去。其后几年,她也是笑着说自己有了棺材。好像那棺材多么贵重,多么……想起她说自己有了棺材的表情,我也像是死了几年了,不敢起任何悲伤,当时如此,现在如此。呜呼哀哉,亦已焉哉?

我高中对面有一家棺材铺,我往往装作去买一些老年人穿的鞋子专门进去转转。我祖母缠过脚,只有在这些铺子里才可以买到她的鞋子。想到我的祖母余年不多,看到那些东西,总让我有种奇妙的亲切感。在这间铺子里,我看到了奇特的一具棺木,色彩繁复华丽,外部装饰特别引人注目。棺材的正面材头上画的是长颈鹿,盖头上是展翅腾飞雪白的仙鹤,两壁是青松和草地,草地的中间是通往石级路径,材头正顶上写着"万寿宫",这三个大字将材头图与棺材本身联系起来,形成一种荒谬的感觉,到底是活人万寿还是墓地人万寿?棺材的两旁分别画着两条正在腾云驾雾的黄色龙追逐戏弄着珠子,依次还有梅兰竹菊的碎花环绕,都闪着流动的色彩的光,绚丽雅致,飘逸流畅。

那些似龙非龙的动物,那些似鸟似鱼的神物,以及那些绚丽的我在生活里几乎没有见过的怪异花朵,让我骇异又觉得惊喜。这些日常生活中不可能见到的图画,画棺材的人是如何小心翼翼一笔一笔涂抹上去的?他们怀着怎样的心思,对死亡进行最后的祭祷?尤其是,一些人家,因为来不及,会在将亡者装入棺材之后,请求画工进行描绘。画工是怀着怎样的心情,为一间木头房子漆上五颜六色?而房子里的人,端然睡着,无法再发一语。画工有过怎样的恐怖和祈祷,有过怎样的不安?如何能做到屏声静气将这一切做完?这种神秘的超现实的感觉,一直让我好奇却又无从得知。

我陕北的棺材画看起来简单幼稚,花花绿绿,实则却非常生猛有力,能唤起人内心对死亡的敬畏,能引人思考。仿佛来自自然的一次狂啸,过早地在我心上种下了死亡的样子。

种地、画棺材、掩埋去世的老人,是棺材画匠们的日常生活,在我们当地不会称之为艺术,甚至现在也不把这种绘画叫艺术。即使我写这篇文章,打电话回去,人们仍然把可以在街市上买的工业制造的布做的棺材套子当作是美好,而不是膜拜身边的棺材画匠。

前些年,红白喜事,一般都会全村出动,叫到谁家谁家出人。埋我祖母的时候,村庄壮年出行,村子里也没有多少人了,小叔叔想雇人,有亲戚说:"活了一辈子,嫁到这个村超过一个甲子,难道就没有人抬棺?"一语点醒叔叔,亦点醒很多人。然而在其他方面,却和古制已有不同,以前如果盖房子和农忙，都可以叫村子里有闲余时间的人搭把手；近些年人人都懂得时间就是金钱，一般做事，喊人都得付账了。活得年长的人回看从前，只觉得赶不上新时代了。

那是 2010 年的腊月二十，一班人马是八个，因为搬到了旧村，离祖坟太远，就叫了两班人马，"轰轰烈烈"抬着祖母的棺木，一路往坡上去。棺材高过头顶，威武的寿头，五颜六色的廊檐基座，灵动的童子童女，以及流动的祥云荷花，都随着人群往远去了……

我很想随着棺材去，到墓地扯开那包着油画的套子，寻找里面的白鹤，以及万寿松，却终究停住了脚步。

在人群里，我看见棺材匠居然置身其间，他那么为我熟悉又陌生，我脑海里，涌现出的完全是十四年前给我爷爷做棺材时的那些木花，像一个巨大的白色的海洋，漫过来，那么多的死亡，淌成河流。而那些色泽鲜艳的棺材画，却像是在高天里飞，那是荷花，也是祥云，一切颜色都在发出它们的声响，死和生那么近，那么缠绵。

黑白:永恒的沙漠之渴

最是冬天,能显示这片土地的特色。有些人说这块土地是从西伯利亚吹来的,过很多很多年,还会被吹走。人们含着笑怀着恐惧,说着,好像已经看见子子孙孙被吹起在风里的样子。

冬天刮着的风让人相信这是真的,这个昏暗的世界,在冬天,一切都在北风里颤抖,黑白分明。人们喜欢欣赏这块土地的黑白布景,喜欢在画布上或摄影作品里欣赏它的冬天,尤其是黄昏日暮,光秃秃的树,失序的风,斑驳的光下大地上伤口一样睁着眼的窑洞……我只在这片地方看到过这种质地,这种疤痕。人们急匆匆地在冬天的路上走着,没有什么能扯住他们的脚步,没有草,没有灌木。

我在这里生活了二十年,一种冬日长夜的同甘共苦感早就渗入我的骨髓。冬天,我们的生活,我们的屋子,我们的云朵和黄土,都笼罩在一种赤裸之中,仿佛世间一切的繁华,只要躺在这里,就只是一场书本的传奇。我渴望这里苍黄夜幕的降临,渴望不分浓淡的黑。

我们的街道,属于我们的每一件东西罩在一大片黑暗中,仿佛我们一旦平平安安回到家,待在卧室里,躺在床上,便能回去做我们失落的繁华梦。"可耻"的贫困,露天的厕所,蠕动的虫子,简陋贫瘠的窑洞,蛮婆蛮汉……外地人用他们的眼光定性着陕北。他们用沙化的文字和摄影捕捉我们的村落和窑洞,树头空茫,人的眼神也空茫,好像这一块土地从来如此,一直不变。

我在不同的文字和摄影作品里与我童年生活的这块地方相遇,简陋得如一个冻疮的窑洞,我们这些脸上充满太阳红的穴居动物,缓慢地走,或站着。本地画家郭庆丰和本地摄影家李樯常年在这块地方进行绘画和拍摄,他们一致的特色,黑白。一种地缘的共同基因赋予他们的性格特征——甘苦与共,将这种黑白幕布披盖在这片风吹来的黄土高坡上。黑白如诗,不镀色是一种艺术,外地人看不见这些可耻的贫困,他们会觉得黑白是一种浪漫的忧郁。郭庆丰善于从当地的民间故事里取材,他热衷于制造会飞的异人,石头礅子形象的毛野人,他怪诞地坚信这些本地传说中的人还生活在这片土地上,在敏感对照的画面里,已然降临和即将降临的这些世外人,对他来说是一种亲切的存在。

在童年时代,我跟他一样,喜欢听毛野人的故事,想象用黄裱或白纸剪出的异人,有他们的灵魂和思想,会给生活在黄土高原的人做事。那时候,神奇的放影人,开着旧面包车,来给村子里放录像,一个村庄又一个村庄,小孩子们觉得,他们就是传说里的异人。打开神奇的盒子,拉好一堆堆神仙,院子的大黑屏幕上就会出现不同的男女,出现海滩,海浪的声音。小村的风刮着,我们在盘算着下一场电影到哪里去看,要不要跟到邻村去。有时候,黑白荧幕上的波浪声会令我们惆怅,操着与我们不同方言的人,他们在山的那一边的世界,《山的那一边》的课文,在我们这里上演着。

十一二岁,还是好做梦的年龄,我想象坡那一边的世界,穿越完整个黄土高坡,一望无际的平滩,都是平原,上面想怎么种庄稼就怎么种庄稼。当然,有时,我们也可以在画册里看到我们的窑洞,窑洞门边的土狗,穿着厚厚的手工做的棉袄的孩子，还有，山崖边灿烂的一株杏花树。——只有在画册里，我们才可以看到杏花开得那么热烈，暗暗不语却分明已经是惊心动魄。当时有一档电视节目播放着黄土高坡。农人们牵着牛拉着犁，在不同的坡上走着，玉米和葵花在地里摇曳，卵石路上起着灰尘，人们扛着柳梢叶子在走。

2000年以前，陕北高原窑洞多于房子，至少我村落里如此。几乎家家户户都有窑洞，老年人还迷恋着窑洞炕头的毛毡慰藉他们日渐衰朽的肚皮，木门斑驳，院落里的锄头斧头镰刀等却泛着银光。由于贫困，村子里都是柴门人家，至多上一点儿漆，而漆桶会被更贫穷的人家拿去做水桶。现在，窑洞里的老一辈人去世了，当然，有一些还活着，但由于贫困和年老无人照料，那些房子在塌陷，老人在等待着死亡。抚养我长大的叔叔前日打电话来，说想在旧村修一间六十平方米的房子，我问他旧村人多还是新农村人多？他说旧村全是老老人，新村是小老人，加起来也没有二百人。不过，我了解叔叔在旧村建房的情结，他已经是六十多岁的人，新农村他还没有真正生活过。他想赋予我们那座废弃几年的院子以新的尘土和潮气，毕竟，在这里，他草木一样地生长了六十多个年头了。旧村是黄色的，土黄色，一种大地的颜色，自然色。新村属白色，火车从黄土高原一路蜿蜒，你可以经常见到这样的颜色，是属于千禧年之后的颜色，是一种人工制造的白瓷砖色，人自作主张赋予的颜色，一种模拟城市的颜色，这样的颜色已经十分普遍。当然，还有那种廉价的彩钢房，也赫然在我黄土高原的村落上到处搭建着，一种刺目的蓝绿色，模仿了天空却缺乏天空的善意。在贫穷得不识得水泥彩钢的年代，我村庄人们喜欢用自然的泥土来给自己建筑土穴，而现在，即使是坟墓，也有一些人家，用水泥将木头房子围拢起来，然后，加盖华盖。这不得不说是吓人的。多年之后，人们挖出一具保存完好的木乃伊，甚至没有经过特殊的防腐加工。

不过，我陕北仍然黑白幕布笼着，去过的人觉得心悸。夏天干旱太过，随时可能起野火，倒是虫子肆意横行，因为多是木头和泥土组成的建筑，人们在自己的洞穴里，一次次踩死各色的虫子；冬天里一场风，不间断刮着，在漫长的寒流期间，只有雪而没有雨，虫子们躲起来，屋子被烧得红彤彤的，原野却千里赤贫，树木和房子以及人群，都是写意的山水画，不必加任何描摹。树头赤裸裸，山脊赤裸裸，夏日的绿草已经干透了，赤裸裸，一切都在等待一种拥抱，这样的黑白布景令人着迷。没有颜色，突然的红和绿，都是人加的，不是自然。在这里，冬天的自然要回到出发的地方，你会感觉压抑和恐惧，漫长的寒冷期，下大雪，你也许会欣喜一种遍野千里一览无余，黄沙万里长。黄土高坡这种空寂荒芜的忧伤，在文学艺术里，未尝不是一种喜悦，它袒露赤诚，仅仅因为无可遮挡之物，造就了一种素朴的品质，你不得不相信它，相信这种忧伤的喜悦，这种直见天地的真诚。

被雪覆盖的村庄，一个又一个。冬天里会下几场雪。下雪了就快放假了，或者已经放假了。下雪了地里就已经没有作物了，下雪了地窖就覆盖起来了，下雪了人就在房子里。下雪了就一切贫穷被掩盖了，赤裸也显得有一种美意，景色有种甜美的凶险之气。总会下雪的，不下雪的陕北是不正常的。过年前后，总可以等来一场雪。新雪压在旧雪上，压到开春时节，山的阴影部分，不容易被太阳照到的地方，还有那么一块白手帕。人们喜欢下雪，却又觉得措手不及。下雪了就可以杀猪了，紧接着就快过年了，扫积雪过年，是几乎每年都要进行的事情。下雪了，大巴车就要上防滑链，道路有可能封堵，人们并不急于出门，也不急着买什么，一切都好像是关门了。然而村庄里，雪让人们更团结，夏日里绿草覆盖道路，没有人急于把它们修出来，雪却不一样，家家户户都要扫出一条打通的道路，彼此连接，仿佛一根线与另一根线拴起来，不要断掉。——人们需要这种患难与共，村庄与村庄，也需要这种连通。白雪笼罩着陕北，会让我想到远古，没有辉煌的过去，人神不远，人就那么不管不顾地活着，却又似乎壮怀激烈，一种愚昧的激情。人们会在冬天兴高采烈地谈论雪，谈论雨，人们会对比这自然的精灵，这时候，天叫老天爷，地叫土地爷。

观看陕北的黑白摄影黑白素描，透过自然的眼光观看它，你甚至感觉到一种古意的亲切，最简陋的建筑是最伟大的，它不会含有太多辉煌的忧伤。人们在一种一样的焦苦里，忍受一样的旧式贫困，认命且不抱怨，更不远离，这种土木一样活着的态度滋养了陕北人的内部灵魂。

如果想看黑白影像的农村，看笼罩它乡土的炊烟，以及在烟气之下呼吸着的拥抱生活的穴居族群，人们就从富裕的地方飞到这一片黄土坡，直奔这里的窑洞。中国台湾年轻女艺术家廖哲林就是其中的一位，在她的《信天而游：台湾女孩在陕北下乡写生的日子》中这方面得到了很好的展示，而更为早一点儿，则是北京知青在梁家河的下乡活动，如果再久一点儿，则可以推到二十世纪三四十年代，这块土地第一次真正进入人们的视野。在他们的笔下，这块土地沉重而忧伤，却自带质朴的品质。在这里，质朴仿佛是一种笨拙，甚至，愚昧。这黑白装扮的黄土高坡，以一种哀悼的方式存在着。一些西方作家和中国作家，用一种稳定的黑白色彩方式，表达着这个地方"忧伤的贫困"，近乎一种赤裸，就如这里的冬天一样，于工笔的老实素描里，谦逊地展示出来。

每个路过黄土高坡的旅人都会提及，这里的窑洞，以及戏剧性很强的民歌，还有，色彩。没有适当的词，他们用黑白素描的方式，灰白与玄褐之间，给它"加冕"。因为杂志和教科书向来需要一些旧日影像来对今日的"幸福生活"忆苦思甜，所以，这片土地就成了一处展览园。人们从它眼前经过，知道它要变的，是会被淘汰的，人们透过镜头观看这里的生活，就如观看一幅没有着色的图画一样，凝视一片现在仍然处于黑白二色的土地，人们的伤感会觉得安全些。

如果来此观看的游客深谙黑白的简朴，就会懂得这块土地的捉摸不定，就会对这里的皱纹和沟壑了解一二，不再简单地进行"贫困"的评价。

但是，很少有人了解这块土地的浪漫，他们固守贫瘠的目光就如固守贫瘠的思想。我穴居窑洞里的同类，早就明白了永恒的饥渴，来自黑白边界的呐喊，一种生与死的绝对。

一

大红冠子白公鸡，站在碇畔的一块石头上，正背人而立，即使在照片里，都能听得见它的鸣叫声，让人想到古中国的村庄：风雨如晦，鸡鸣不已。现在没有风也没有雨，只是一帧已经被定格的黑白照，可你就是仿佛可以听到那远村里的鸡鸣。不远处河对面，是起伏的土地，坑坑洼洼；河这岸大白公鸡对着的村庄，有参差不齐的住家，屋脊为书脊状。——当然，也可能是庙宇，在北方的县镇或村庄，庙宇才是书脊状。房子过来则是拱桥状的一个牌坊，似乎是村庄正门的标志，但因为图片并不清晰，所以亦可以引向很多他指。公鸡旁边的乱石里，生长着一丛枝干枯干的小树。到此时已经很明显可以推断，这是北方，从树上没有叶子可以看出，从河流上结出的白赤冰可以看出。视野尽头的土地是荒芜的，一览无余的裸妆，制造出一种苍凉和紧张之感，一种废墟之感。黑白照片，总是有这样的功效，似一只手按下来，挡住了眼睛的颜色，一切都回到灰色状态，白灰，或者黑灰，一切都在向这种虚无靠近。

我被这样的图片所震动。我想那站立的鸡是古中国的鸡，是《诗经》里的鸡，是那种总让人有大事来临生出黍离之悲的鸡，也是小村小镇总是叫着的鸡，是喧闹的，也是日常生活里你不得不忍受的。我知道应该去学着爱上和忍受，毕竟，一只红冠子白公鸡站在村庄的顶端打鸣，是"慷慨激昂"的，可以唤起诸多隐喻，诸多设想也可以随之安置。

崖畔下，几孔土窑两棵树，树与树之间拉一条绳，晾晒着看不出颜色和款式的旧衣服。猪和小孩在院子里跑，几只鸡走来走去在找虫子，一个看不出年纪的梳着辫子的女孩子,穿着与自己体形不相称的松垮的成人衣服,两只手躲进袖筒里,一只往嘴边伸,似乎要亲吻自己,耷拉着身子斜靠着树立着。

灰白的天空下,居然有一片云,一个穿着半袖的小男孩在那片云下面站着,往更下面的院子里望,也或者往更下村的人家望;再下来,是两孔土窑,中间石头一样码着一个小坟一样的东西。看得出,右面是住过人家的,土门上还有春节的对联,横批已经看不清了,左边是"新人新事新风蔚然××",右边是"春歌春酒春花烂漫××","×"是被撕掉的字,看不清楚,不过能看得清院子里的草,眼看要长进窑洞里。右边的窑洞,很明显一间是牲口圈,主人漫不经心地用栏杆做成了木头围栏,像是宣告世人就这样也可以将一生过完。

还是一孔土窑,那是给牲口打的,槽前面站着一个拿大烟锅的人,在对摄影者讲述着沙漠,驴子背向而立,它的头往黑暗处伸,它的耳朵却在往外面的光亮里竖着,四只灰白色的蹄子,以及一条黑白尾巴,白皙的肚腹,让人生出好奇心,想看看它到底是什么样子。——有时候,对一头牲口的好奇,让我们愿意去花一些时间。

桃花树下有人挑水回,肩膀上担子悠悠,土路蜿蜒曲直,世上人家千般好,就是这样的土,也是这样的亮丽。那桃花是塞外的桃花,和汉语里"桃李春风"的桃花没有多少关系,和"桃花依旧笑春风"的爱情也没有多少关系,只是土路边的一粒野桃籽,受了村人一年年挑水洒下的滴水之恩,就这样天意烂漫开进了我们的视野里,是那样的艳那样的闹,却又那样的安静。

总是这样,一匹马或者驴、一只羊,或者一个人,应该这样说,小半截身子,一只马头,一只羊头,一个小孩,探出来,从高墙上,深崖上,朝一面遮挡的物体上,伸出目光,害羞,更多的是惊惧,发愣;一个活物,伸出了它的头。

二

　　一本又一本堆砌着的黑白影册,平林漠漠烟如织,它可能是一个人也可能是一些人,从二十世纪八十年代到二十一世纪的目光。那些透过镜头看到的陕北,行走在草地上的牛羊,变动着的村庄,同时向人们指出——陕北的现代性的存在。现代性,是个羞愧的词,对于经济落后地区,它的被使用是小心翼翼的,但是,当用现代化的设备拍摄下经济落后现代性还没有彻底展开的地区,就仿佛剧场上演了节目一样,人们在怀旧的暧昧里沦陷,将这称之为"艺术"。大多这样的艺术是在为以往的岁月修建坟墓,以便将未来一并砌入。

　　不过,仍然要说,照片是一具具尸体的见证,是过往尸骸的堆砌,是过往岁月里物的见证、人的见证、牛羊的见证、喘息的见证。所有的照片都以过去时态侵入了现在时态之中,对摄影家而言,这是美好的,同时也是残酷的。

　　这是另一个世界,另一个北方,一个黑白色素组成的北方,一个日常的北方,摄影者用最古老的那种黑白艺术,给浮世绘的世界注入色彩,赋予一种记忆。一切都被修饰过了,被抹除过了,被拿掉过了,就这样,他创造了自己的风格。他用安静的黑白影像偷偷地平息着人们对色彩的焦虑和欢喜,退回到一种黑白里,退回到一种令人难以割舍的恐怖里。就这样,摄影者创造了他真实的虚幻,或者虚幻的真实。或者可以想象得到,作为一个用镜头记录时代的摄影者,尤其那些陕北的色彩与故事,能够成就一位镜头后面的人物,那位试图将自己躲藏在镜头里的人。

　　也许,我看到的只是一个背景。

　　不断被改造的乡村,接连不断的恐怖,无缘无故的死亡,习见的耻辱……在摄影者的眼睛里,是遮蔽同时也是敞开的。与他贫乏的文字说明相比,照片都在独自走出,他可能会沉浸在对"故乡""津津有味"的描述里,不厌其烦展示出身,经济赤贫荒凉的土地,成了他的圣地;他面对那里的一草一木,一物一景,也可能会产生自喜或者陶醉。一只动物,或者一盘石磨,一条歪歪扭扭的小路,或者正在敞开的母亲的胸怀,慌里慌张地跑进了镜头里。实际上,我看出的则是精神的主动流放。他对这一行为,也许进行了持久和坚决的隐瞒,在某种程度上,这样的拍摄,是一种入侵和背叛,是一种文明鼓励下所进行的野蛮掠夺。这一切,显然在作品里得到了呈现。

灰白的广袤高原,千沟万壑,间或有隆起又凹陷的沙漠,道路总是被截断,消失在照片的尽头,但是,粉尘在飞舞,就如鸡鸣一样,你甚至能感觉到,黑白灰烬中的道路,踉踉跄跄行走其间的人,软绵绵的麦秸垛,冬天的雪,坐在土地上的人,摇着尾巴在走的羊和狗……还有莫名其妙地屹立在旷野里的一棵树,或,一头驴,一些要倒下的墙……

所有的照片,都在呈现一种看得见的热腾腾的生活,看得见背后的呻吟甚至欢愉,有时还有求救,来自动物或来自人。千沟万壑的地貌生产千沟万壑脸孔的人,他们站在那里,坐在那里,蹲着或躺着,表现出一种精疲力竭。那些逐渐倾颓的肉体,在被土地往下拉,与灰烬在靠近,他们的面相里并不体现多少意志,经过黑白色彩的过滤,几乎无法再确切地感知到他们痛苦或忧伤的演说。摄影,突然就将他们推入镜头了,他们和他共同制造出一种惊愕的寂静,一种岁月静默的呼喊之声,但是,很显然,他们站在了被窥视的位置,人们在看着属于他们的夜幕降临。

就这样,可怕的呢喃声不存在了,照片没有声响,但随时都在提供一种焦虑,一种安静制造的慌张无处不在。跟着这些照片在黑白废墟上行走,摄影师进入了一种必然的毁灭之中,一种虚无之中,进入一所墓地,安然无恙,等待着按下一个又一个快门。

摄影的被定格,色彩的抹除,黑白灰世界的还原,让摄影家将时间变得浓缩紧密,一种可见的光阴的流逝在指间展开,黑白制造的寂静包围着摄影家,有过害怕和期待吗? 将要来的变化,过去一秒的死亡? 世界散乱的样子被归拢进一张照片里,平凡之物的神奇被一次次唤起。他看到了什么? 烦琐日常呈现的诗意,还是时间永恒的死亡沙漠,沙漠所制造的永久饥渴? 一帧黑白照片躺在相框里,一种圆满的安息在那里敞开,总是这样,总是这种感觉。

三

　　摄影的或然性制造着一切,入侵了这些,放过了那些,先是一个女人,或,一头小羊,之后突然改变了主意,白骨苍苍,是一所坟茔,上面草木重新返青,成年的羊角在墓碑上闪现,曾经站立的人,在地下的坟墓里蜷缩着身子。然而,有时只是一角屋檐,上面挂着洁白的雪,就像洁白的白骨一样,在黑白照片里还能反射奇怪的光。天空黑云缭绕,是陕北惯常的那种灰,有时候有云一朵,定格在镜头的中央,有时则是一棵树,遥远镜头里一棵看起来毫不出奇的树,当然,有开花的杏树出现在春天的墙角,崖下孩童素朴的脸,像营造一种远远的桃源,给人创造一个前身……

　　最凄凉的全景图,则是突然一览无余出现的一片沙漠,或者,被收割过的土地,黑白照几乎失去了可以相互对比之物,从天空到地面,只是灰的程度,从尘埃到泥土。一切都仿佛被犁过一样,摄影师成了一个农人。茫茫无限,则加强了这一景观的压抑感,仿佛世界被突然铲平了,没有什么是直立的。这时候,就渴望哪个角落里有一个人,一棵树,或者一根电线杆,哪怕,几只麻雀。不过,所有的这一切即使出现,也都在平坦之上合谋出一种错愕,一个狂徒对自然进行了修改。摄影师站在照片背后,孤零零的,一个一动不动的幽灵,为观众所想象,他在如何守护这片叫作故乡的虚无的大地,如何守护一个已经废弃的子宫,如何修护一座坟墓?

如果目光凑近些，我们经常可以发现各种风暴，那些山崖，孩童脸上的艰难，乱七八糟的杂草，在黑白照片里，肮脏的垃圾残骸也成了一种可以引起怀旧的东西。必须仔细地辨认，哪怕是一些羊粪、狗屎，以及，这片土地人们使用的露天茅坑。

　　在这个垃圾堆就的世界，坟墓与房子相连，死人与活人面对面，我上你下。

　　总是孩子，一个或两个，一只猫，或加一条狗，小男孩儿与小女孩儿，大约四五岁，也可以更大些，他们的母亲不在身边，他们看上去并不害怕，脸上有一些灰色的痕迹，脏的，仿佛让人想唾一口口水上去抹除，孩子的手上拿着东西或者不拿，手往外伸着，眼睛也往外，看向镜头之外，看向更前方，他们没有表现出多么有兴致，但也谈不上垂头丧气。

　　在这些照片里，没有女人挺胸翘臀，没有老男人故作沉思，戴眼镜的老农，手里俯身抱起的，也是草，不是书，他的手往土地里伸，还在往下。没有人穿旗袍，没有人喝茶，亦没有汉唐文化里体面的杏花桃花，甚至也不会看到大漠的苍凉与无奈。总之，这一片土地没有那些。只是蹲着，坐着，耷拉着身子，没有文明所要求的"形——体"，人们还没有学会如何"摆"。总之，那些看似体面实则有时让人感到可耻的优雅在这些照片里都没有体现，所体现的只是简单地活着，被入侵之后的发愣，以及，某种空茫的沉默。在这些照片上，共同体现了那种流动又精致的沉默，灰白、黑白，共同谋划着一条不可逆的河流的出路。一切活物，突然就凝固了，道路蜿蜒，突然就断了，仿佛被吹散了，成了虚空，成了安静的空洞，成了一种隧道，在吸着观众走进去。这些被拍摄的生灵，羊、驴、骡子、马、狗、小孩子，沉浸在一种昏迷里，将世界吸入他们的寂静之中。再没有其他东西，其他地方，其他的动物和小孩子了，他们就已经可以笼罩四野，他们就可以是一个完整的世界。他们和我们一样，被摄影师抛弃在一种没有未来、没有用途的自由里，悲凉地体验着一种被搁置。

将一个看似没有多少价值的地方拍摄得有价值,需要摄影者多么独特的眼光,也或者需要独自吞下多少在这个过程中修建的残骸,需要不断重返和扩张,需要投入莫名的焦虑和口子,需要在内心升起自己的太阳和月亮、自己的星辰和地平线、自己的自由和生命。必须将观众带入一种隐秘的深处,让他们迷途,一个摄影师才是成功的。在那个迷途里,一切价值判断都必须消失,除了硷畔和悬崖,除了自身的痛苦以及狂妄,必须像观众远离自己一样,摄影师远离自身,去体验一种发生在灵魂内的独立的灾难,不容置疑地撕裂自己的痛苦,将自己的意志灌入某种沉醉的幻象里,无始无终地毫不拒绝来自灵魂的昏厥,躺在一种自身都不可理解的慈悲里,拍摄下这一切。

四

有一个词可以武断地形容这些照片——委顿。在黑白镜像里,人的表情是委顿的,事物给人制造的感觉也让观众想到"委顿"这个词。然而,委顿并没有制造不堪,人物在顽强地攫住生命,渴望得到大地的庇护。在黑白照片里,人和土地的关系那么近,近乎成为一体。事实上,一只毛驴,一条狗,或者一只对着镜头长着迷茫双眼的小羊羔,都在望着空处,表达着令人震动的哀愁,表达着可以包裹世界的忧伤,仿佛亘古不变,人也是众多牲口中的一头,强烈地在一种麻木里,表达着生活下去的热望。

我不知道面对同一片土地一年年拍摄下照片的摄影者有没有过某些时刻的哭泣。作为观赏者,我有一种被突然唤醒的艰难之感,这些照片在我的灵魂里刮起了风,最终将我独自丢在虚无之中。

平凡生活的再现就如坟墓一样,突然堆起,作为一种强调和标出,是比日常生活更让人心碎的。那些日常物什,也变得有了特殊的意义,就像一具具有过生命却失去生命的尸身一样,突然被暴露在眼前。唤起的这种无法承受的悲怆之感本身就来自我们实际经历过的生活,但是如此被彰显,却以一种过去之物入侵现时境遇两者相互交接的方式唤起人的恍惚之感,告知我们:曾经拥有的平凡之物被剥夺了,而因为被剥夺,它显示出了它的唯一、不可替代,催生了我们的怀念。在观看的时候,一方面在呈现,一方面在逃遁,此情此景,也不可能再现。照片的效果,就是提醒我们光阴的无法购买,寸金和寸阴不可相比拟。这种黑白照片呈现的慑人之美,并不是黑白灰图像所营造的那种色彩的和谐之感,而是那种去除明丽色彩的丧葬气息,将光阴打开一个悲怆的裂口,深渊在此产生,观众在此下坠。

我自问这些照片算不算是优秀的艺术作品,或者,这些黑白照片算不算艺术品。因为,简单而言,这些东西,动物在某个瞬间,也可以按下快门,形成图片,也会有感人的景致。然而,这些照片所体现的光阴之感,所呈现的价值,又让我觉得我自己无知。

对于一个闯进陕北的人而言,这片黄土高坡是启示的圣地,也是令人陷落的疯狂的西北高原,也许对于一些庸俗的艺术家,认为只有卧轨跳楼等自杀才能结束光阴追踪的制裁,进入长久的梦境之中,但是,一位摄影家可以用照片解决这一切,带着迟疑、某种固执的信念,他拍下这块土地的遗容,拍下世界,尽管未必美好。

虚无的沙子一直簇拥着生活在陕北高原的人,它们的疯狂在冬天来得尤其沉重,那些黑白照片的某些层面,就来自这些虚无的沙子,一层一层,它们制造了一种侵蚀。飘忽的树冠、温柔的面容、充满褶皱的土地,都在提醒着可能的生存,如何活着,怎样死亡。

手中沙握不住,生命的虚无感来得那么快,滑向一切心爱之物,所以,才要第二次看见,才要在照片里,一次次踏上归途(迷途)。照片给了我们这样一次虚假的机会,向我们发出了一个令人心碎的求爱的信号,我们接受,却无法返回。

这些照片,共同构成无边无际的沙漠,构成一幅贫瘠的荒凉的干枯画面。毛乌素,在蒙族语里,是指没有水的海,干渴的海,是属于死亡之海。他,他们,太热衷于展现毛乌素沙漠,热衷于以沙漠的形式呈现某种自然的沉重,现代性的沉郁。在西北高原,无论现代性如何发展,我们还生活在沙漠的遗迹之中,还生活在某种被"发达生活"方式批判的半洞穴文化之内。在这里,缺乏历史伟岸的建筑,同样也缺乏伟岸的人,所能歌颂和所需要诅咒的,最明显的,就是沙漠。沙漠制造了一种完整的静寂,人与沙漠合谋,黑白摄影照片,制造了这种表面的中立,对艺术的意义和深度进行挑衅,对生活的舒适度产生的幸福感进行挑战。在这里,一切都是对比和参照,拍摄者和被拍摄者,偷窥者和被偷窥者。缓慢制造了一种诱惑,"品位"的独特在"文明"的卫生和科学范畴内被诟病,但却为艺术所拥抱和欢呼。这方面,艺术显示了它藏污纳垢的杰出特征,摄影成了一种装饰品,为丧葬之物献上花环,对生活和地域文化的粗暴批判被降服,人们迷醉于美学所产生的那种颓败魔力,是沙漠的魔力,饥渴的魔力,精致的魔力,是属于西北高原的,是属于"落后的"。是的,我想到一个组合:"落后的大西北"。

在这里,姿态(自然和人)不必以数据的方式展示,可以是纯天然的、随意的,可以不受任何责罚和嘲笑,没有诱惑,也就不生产品位,这里不制造"文明范畴体面的暴力美学",只单纯是热切地活着,充满文化却缺乏文明。这里,属于现代性的很多东西是缺失的,最基本的缺失现代性的建筑,它与原始接轨,随处体现的随意性,却给观众制造了一种眩晕效果。一种极端的分离,而又无时无刻不充斥的现场感,让我在观看这几本摄影作品时,经常会生出恍惚,那些黑白照片似乎制造了一种文字以外的说明,个性鲜明,地域突出,却毫不压迫。在这里,事物没有标杆,金钱还没有体现绝对价值(虽然这可能是一种假象),各个角落都充满黑暗,但随处都体现出一种生命本能的热情,一种野蛮的充满激情的热情,甚至可以说是混乱。在这里,我们遭遇了正在发生的历史,也同时观照了自己的过去与未来,唤起,并沉睡。

这不是歌唱,我所想表达的,是困惑,惑于现代文明? 惑于古老生活的感召能力?

小村木匠

　　在我陕北村庄,除了培养黄土地上种庄稼的好把式外,人们培养孩子,主要往两方面发展:一方面是手艺人,一方面是读书人。手艺人比读书人吃香,我黄土坡上人家,现在还流传着一句话:"四眼先生贼。"读书人多戴眼镜,比正常人多一双眼,所以我乡下人称读书人为四眼先生。人们对读书人并没有多少好感。写这篇文字之前,打电话给我母亲,了解了一下家史,在她的口中,说到她祖辈的一支,认为读书人奸诈。我母亲的外婆家,主要就出这两类人。我母亲的外婆的父系一族,出匠人,所有民间匠人的技艺,他家都学,他家的匠人无所不包:补锅打铁的、画棺材墙围柜子的、木工石工泥工漆工、篾匠毡匠箍匠……这一系属于民间,不起兵不造反不做官,他们看不起读书人。我母亲外婆的母系一族,属于读书人,至今,他们虽然死的死,逃难的逃难,整个族无人在村落居住了,但是那些建在石头上的建筑,却成了人们研究的对象。这支读书人出过有名的才子,在清代也是受俸禄的,亦有国民党共产党。在我陕北乡下,人们觉得仗义每多屠狗辈,负心多是读书人,因此对读书人实际上并不大喜欢,但也算是又惧又怕吧。我祖母活着时,往往不喜欢烧报纸,亦不喜欢我的名字出现在报纸杂志上，她总觉得成名不好，人人知道，而千万人的口，藏着千万人的毒。我们这一家，也是有派系的，有支持读书的，也有觉得读书多负义的。我在这种环境下，对读书也多是抱着一种功利主义，养家糊口，但骨子里，还是向往以双手谋事，实实在在在大地上刨土生活。所以，小时候我对匠人特别有感情，主要是木匠，因为木花好看，木头好闻，木画亦是神仙天上，鬼府地下，三界之间全可相通。

小时候村子里有木匠，我爷爷和父亲死了，他们来院子里赶制棺材，就分外羡慕，想以后可以跟着学个手艺。可惜我是女的，一般这些活都是男人做。我如果要学，就只能学做给死人献的纸火和学织羊毛毯或裁缝。学羊毛毯必须到内蒙古去，那里羊毛多；学做裁缝，还得买裁缝机，这在我们家是不可能的。于是我最有可能学做的，就是纸火，我也留意过很长一段时间。放学时分，经常得经过一户人家，他们家做纸火，有斗库（死人住的房子），有仙鹤，有大枣红马……我看了真觉得羡慕，想着不读书了，就去做纸火，或者嫁给做纸火的人家。这家纸火铺实际也是我母亲外婆家手艺人的分支，我母亲的老舅舅将手艺传给了女婿，结果人家传承了下来。如果世道不改变，也许，我这手艺人家的后代子孙，虽然算远了，也还可以学一门吧。然而如果世道不改变，外婆那样的好人家，不会嫁给外公，也就不会有我母亲，自然更不会有我。天道好轮回，人生处处是偶然。

村子里王姓人家有木工，我刘姓人家也有一个木工，但刘姓人家的木工后来举家搬到口外了。王姓人家木工叫宝清，他不太说话，到人家家里做木工，非常勤快，做完即走，也不吃饭。在商品不太发达的那些年代，村庄里的棺材，几乎都是他制作的。我父亲的棺材、爷爷的棺材，也都出自他手。家里的柜子，三十年前到现在，也都是他做的，他涂的油漆。三十年前那时候他还是个小伙子，我还没有出生，我出生用的是他做的木头柜子，现在他已经子孙成行，但也就是五六十岁。

宝清叔话很少，像所有的手艺人一样，他很好地掌控着自己的情绪，以显示匠人的风度,尤其是当他制作棺材的时候,不管是丧棺还是喜棺,他都不轻言笑语,毕竟棺材是要装人的。也许见惯了死亡,他懂得这种最终的悲泣。

宝清叔的活儿和其他村庄手艺人的活儿一样。乡间吹鼓手,一年到头,只要有红白喜事,他们就会急匆匆来去;村子里的泥瓦匠,也是只要有人家需要,马上跑去。这些手艺人,总是在自己和周围三五十里内的村庄来来去去。宝清叔是木匠,就和盖房子的匠人不一样,盖房子的匠人多负责喜事,给活人盖房子;宝清叔负责红白事,也给死人盖木头房子。当然,白事也有喜丧,为活着的人做棺材,也叫喜棺,但毕竟和纯然的结婚之喜不同。宝清叔总是来去匆匆,即使不太忙的一些日子,他也是伐木为材,准备着做下一些柜子以备不时之需。因此,他身上总有一种浓郁的木花味,一种干掉了的木头的气息,但却有湿润的感觉。

我们家的柜子就是他做的,衣柜、床头柜、吃饭用的柜子,还有那种混着用不分具体功用的柜子,这些我都没有记住。我记住了他做棺材,记住了他总是前前后后地看,记住了他刨木花,拉大锯,好玩的木花就像天上撒下来一样,一片一片,还有那些碎碎的木头屑,也是让人惊奇的。此刻想起来,觉得世间所有的真花,都不像他的木花那样开得快,开得好看,开得悲伤。他站在棺材前,打开,又合上棺材板。我看到他手指绷紧蘸了墨汁的黑线,打在光滑的剥了皮的木头上,将不同质地的木头锯成一块块薄板,削刨、凿眼,然后用一个大的铁柱子打下去,开榫,做成挡板或盖子。就那样安静地做着。他的凿子、锯子、大锛、刨子、角尺,以及墨斗,都让我觉得好奇,觉得有说不出的神性,觉得他肯定在一些方面,和神交流过了,分享了某种神意。

做木工,我最喜欢的是刨木花和上漆这两部分。上漆是一道重要的工序,主家会考量木匠的认真态度,如果漆涂抹得不均匀,会被认为不慎重,尤其是对棺材着色。所以上漆时,工匠很认真。宝清叔给他所打制的这些木头家具涂漆,他把腻子粉和好,然后抹到这些家具上面,也抹到棺材上面。他在棺材上抹漆,左一笔,右一笔,上上下下都涂抹出来,于是棺材就让人觉得森森,惨烈的死也像是涂上了一层温润的恐怖,一派像要过节的喜气。八仙过海与寿比南山,于色彩里制造着人世的笙歌,历历都是风景,笔笔都是风情,活着的人也恨不得立即去睡了那色彩斑斓的棺材。我不止一次想过,那用漆涂抹过的木头小匣子,躺下去,刚刚好,人世一切就静了,就平了。

在旧些年,全村几乎所有木器都是他做出来的。他用他的手装点着他的村庄,安静沉默。比起他那个总是张着大嘴到处打打闹闹的媳妇,他的安静倒像是一种对死亡的补充。人们需要这样的木匠。

他将那些刨下来的木花和一些碎木头晾干,等着人们去要。在冬天,那些木花是最好的引燃之物,关键是,好看。这一层谁也没有说,烧成灰的东西谁也不会去说美丽。在我的小村,美是忌讳的,首先是生存。但是,很多人家的婆姨会去问他要木花,顺便让他将那些废弃的木头,做成一个小凳子或小桌子。过年了,人们端着粗瓷碗,会给他家送去一些做熟的猪肉,也或者醉下的海棠红枣,会蹲在他烧着木头碎花的炉火旁,围成一个圈,与他的婆姨说话,借此表示内心的感激。

他会给一些请求他做枪的孩子做木头枪,做木头剑,甚至,帮他们涂上珍贵的漆,当然,这得遇到他的好心情。孩子们对他充满敬畏,孩子们看见他不会随意地打闹,孩子们喜欢他身上的木头味道,孩子们有时会偷偷地去找他。他会给他们需要的"武器",那是可以炫耀的童年。

如今的村庄,只剩下老人和孩子,在旧村,更是如此。杂草丛生,窑洞在不断地坍塌,随处丛生的野草制造出一种隔绝和寂寥,制造出一种落寞和萧瑟,但是那好闻的刨木花味道还在。这些年,很多事情发生了,世界发生了很大的变化,很多人离开了村庄,很多古老的民艺眼看着失传。但是,他还在那里,从十几岁到了五十几岁,接着将到六十几岁。村庄里死去的老人,要么早早订制了他做的棺木,要么匆匆被街市买来的棺木装进去。然而,他对他们有着最后的打算,他给他们在心里计算着归程。

有他在,小村的老人是放心的。他家的院子,直接对着我村庄的那一片坟茔,从上到下,都是坟墓。那些棺木,大多经过他的丈量,有着他的体温。他应该也一次次想过,自己终究会睡到那里去。

在旧村,从来,这么多年一直都是这样,一直弥漫着刨木花的味道。总是在大早上,你就可以听到"哧哧哧"的拉锯声,他一直用着最传统的那种工具,认真地对待着手中的木头,专注,像一个僧人。他那种做棺材的样子,现在还在我的脑海中。

现在,他依旧忙活在我的旧村。所有人家都在新农村盖了房子搬了进去,就只有他,还在旧村的大院子里,一件件制作着小村的木头柜子,小村老人的"木头房子"。他伐过太多的树,村庄的树都经过他的手,即使没有经过他的手,也必然经过他目光的凝视。总有一天,他自己也会被时间伐倒,锋利的时间锯齿咬合他的头颅。

我在异乡,不止一次想起他,我觉得他是我村庄的入殓师。他好像一直在不断打造这个村庄,同时,为这个村庄的一些人,一次次合上棺木。他令人恐惧,又令人尊敬。人家新婚的床是他打制的,新婚的柜子是他打制的;人家"新死"的棺木房子,也是他打制的。他给了人,也给了木一种安栖。他将在一块又一块木头之间度过自己的光阴,最后,也会将自己送进一间有限的木头房子里,那样的命运等着他。他怀有恐惧,却安安静静,而在此之前,他一定会继续守护着村庄,守护着村庄的生,尤其,守护着村庄的死。他把所有的光阴,都送给了这个村庄,从来没有离开。

想起这些,想起这个在小村里将度过一生的木匠,我竟有微微的感动和羡慕。世界之大,在他,不过一个村庄,他拥有那个村庄完整的生与死,安与悲,思与恋。他活得比外出的人心安,至少看起来是这样,因为他通晓死亡的所有秘密。他一定比我过早地想过,打开棺木,住进去,当人世的烦忧席卷的时候。感谢上天，他现在还没有住进空间有限的木头房子里，没有住进村庙庇护下的那个长坡，村庄还有最后一个木工，一个自然的守墓人。

黄土高坡的风

　　风运输来了这片叫作黄土高坡的土地,成了我的陕北老家,风改造了大地和生命,也改造了历史的路径。风也将砂岩吹成波浪谷,向我们展示了数百万年的自然神奇。陕北南面是黄土高原,北面西北方向进入毛乌素沙漠边缘和内蒙古鄂尔多斯接壤,一年四季一场风,从春刮到冬。人们说流浪不叫流浪,叫刮野鬼,人的灵魂,也是一阵风。活在这块土地上的人,人们说是刮来的;对于那些死去的人,一茬庄稼一茬人,人们认为他们被风刮着去了别的地方,而他们的灵魂,还会刮回来,栖息在故土上,想念谁,还会刮着让他走不开,如同一阵或温柔或粗暴的抚摸。

　　经书上说:一切都是捕风。这话有它的道理。百物徒然于捕风里,流转着自己的生命。风是天边的神话,创造了道路,也扬起了尘土。而我们,又何尝不是尘埃的一部分,只是借助风,成为一个又一个的"我"。去日留声,远在远方的风,还在对这块土地进行热情的塑造。陕北说书《刮大风》的快板全面表现了我陕北乡人对风的态度和情感:

　　　太白金星传神令

风伯雨司没消停

一口法水往出来喷

猛然起了一股古怪风

…………

　　《刮大风》是陕北地区特有的地方曲艺,有浓厚的地域特点,有专门的说书人说,但人们平时看见刮起风来了,也会吼两嗓子。《刮大风》里面的"跑牛、溜沟、圪里圪、鬼旋风、碾盘、碾轱辘"等都是方言词。此外,用方言的象声词也很多。用方言表示刮大风的场景,其实比我用普通话写出来更有味道。

　　陕北万物有灵,风亦有神为风神,也就是曲子里说的风伯。每年转九曲,以求得吉祥平安,亦是要安祭风神这位伯父的,要举行围风和祭风仪式,以求得风神保佑村庄平安,不要来作祟。

　　围风,也叫压圈,会首带队,秧歌队紧随其后,围着九曲场转一圈,然后唱几首围风秧歌。为的是晚上观灯,风安安稳稳,不扫人兴致。祭风,是在围风之后。转九曲时,如果起了风,就得祭风,用秧歌词请风神娘娘停止刮风,以保下界凡人观好灯。祭风之后如果继续刮风,就要再次祭风,有时需要连续祭好几次,讲求"风尘尘不动雾腾腾,保佑百姓观明灯"。这时候,《大风歌》就有了用场,唱《大风歌》的巫者,便有了他的舞台。

　　陕北不同季节的风有不同的名,刮在春天的风按理很稚嫩,毕竟一年之初。然而在陕北,春风并不如诗句里那么柔情。陕北的春风最古老,也许是一年一度刮来这片土地的最原始的那阵风在不断回头。往往,春土复苏之时,陕北的风就开始呼啸而起,紧接着大地醒来,卷起滚滚黄尘,吹着过年的对联,以及脱干叶子的树木,老窑洞似乎被吹得不断颤动。老年人会在过年那天去品山,看世界在新一年的吉凶祸福;老年人亦会躲在屋子里品春风,互相讨论老黄风带给世界的吉凶。黄风形成旋涡,经过了谁家的脑畔,停在了谁的脚下,他们会根据黄风的长短形状判断吉凶,推测某一家可能有人降生,某一家可能会不久后有人离世。如同村庄死人最好死在单数日子一样,如果死在双数,村庄不久就会有另一个人死去。这样的恐慌罩着我的村庄,而且几乎很灵验。所以村子里的人,对于黄风的预告和数字的预告一样,知道要来的,走不了,所以要观察它的先兆,要在心里给自己种下已知的种子,去承受好或坏。人们站在春天的门道上长吁短叹,期盼春风住,又盼春风带来雨水,让人们可以耕作。

春天的风就如此嚎叫着住进了村庄,咆哮到春暮,禾苗在地下开始生根,人们不再那么害怕,炕头人终于可以做个好梦,因为夏天就要来了。

夏天的风不像春风要将沉睡在冬季的人吹醒,没有那么烈性,甚至可以说是轻柔的。我乡人喜欢夏风,喜欢夏天的云。我乡人的谚语说风是雨的头,南风一起就下雨,说的就是夏天的风雨。陕北下雨不同于南方,是要刮一会儿风的,刮风是下雨的前戏,我们都知道。

夏日的夜晚很凉,陕北的夏日并不热,人在太阳下走,只是晒,离了太阳进入阴凉里,就不觉得热了。因此,夏日傍晚,凉风习习,倒是最好的季节了,穿得不必那么多,人们在夜里走来走去,无比舒畅。陕北的夏夜,一轮明月高空照,仍然是塞上的月,宁静阔远,人们坐在地上说闲话,往往可以到夜半不觉。

八、九月,收获的季节,人们将庄稼拉回来放在场面,准备赶牛碾场,让颗粒脱落。扬场就等风,这时候,人们心里祈祷着天不要下雨,风不要太大,但也不要风尘尘不动。祖父活着的时候,喜欢在夜半扬场,风正好,借着月光,他碾黑豆秸秆、糜子秸秆,打下一袋袋的粮食。我们躺在炕上,听他在窑洞上面的谷场上唱信天游,唱船夫调,天下黄河九十九道湾,一个湾又一个湾从门里拐过去。风轻飘飘的,庄稼顺着扬起的方向落下,秸秆飘落到另一边,农民并不清楚物质的密度,但他们在风起的时候,已经行使了用密度分离事物的原理。

　　秋末快要入冬之时,风吹黄叶,冷风侵骨,人们知道就要进入深秋了。接着而至是冬天,几乎没有什么过渡,隆冬时节,陕北的风刮得异常猛烈。老年人在窑洞里蜷缩着,他们说着:"风来收人了,你听呼呼叫着。"在他们眼里,风是老天爷的使者,在冬天要将那些寿数已至的人捉拿回去。风把门帘刮得哗哗响,风吹着院落的枣树,风从梁上穿过,沟里爬上来,风是躲不过的呀。祖母说着:"风来收我的脚印了,你听。"开始她八十多岁,后来她九十多岁,风在她九十四岁那一年的腊月里,终于没有再犹豫,收走了她在大地上的脚印,让我哪里都找不到了。可是,仍然有风,传递着她的阵阵哀叹。

　　叔叔的羊群也是一阵阵流动的风,几年来,时远时近地牵着我。叔叔放羊已经四五年了。一茬又一茬的羊,这些畜生,谁会活到自然死亡?叔叔说他六十多岁了,最好的一点在于腿快,他说他现在跑起来也比我快。庞大的黑旋风曾经追过放羊的叔叔跑,叔叔说:"差点就活不了了。"他无法确定那阵风来自他的父亲还是母亲,也或他去世十多年的大哥和二哥,他确信是他们,所以,他对我说出了这句话。风里活着前世,续接着今生,一切死去的人似乎没有死去,他们会在风里回来。

　　这沙漠里的风,和海边的台风相像吗?来自海上和来自沙漠,不同的风,包围着一样有骨有血的人。

　　风是事物的爆发和坍塌,但同时也引来了塑造,世界的绵延由此形成。风的诞生和飘散令人欢喜,也令人犹豫,但世间人,哪一个不在为朝阳与落日着迷。风不懂这时间的脉搏,即兴表演,蔑视一切按部就班,径直走到想走的地方,冲向威胁它停止的高山和深渊,在时时刻刻的开始和结尾处不断地耗损自身。我乡人在风的身上发现自身的野蛮,也发现肉身的衰朽。风雕刻着陕北高原,形成地理学上的"千沟万壑",坡峁梁湾,也让这块土地上的人们,拥有一种激情和颓废,在身上和脸上打下沟叉,形成与地标相符的一种存在。

我们的梦想中了毒,无论怎么走,风吹起的尘埃都镌刻在我们的身上,我们喜欢这些沟壑多于平原,喜欢高山多于平川。是风造成了这种对深刻的需求,它在内在创造了这块土地的性格,以及它的荒诞不经。现在,这种内在的塑造仍然不是过时货,我们嘲笑着这块土地,却又对它进行思索。

老黄风,它有它生命的年龄,它的老迈和凋敝,无法计数的时代,创造了数不清的生命的繁荣,石峁遗址、仰韶文化遗址、汉画像石、大夏国的泥土城……仿佛一种虚假的永生,和颓败的长城,靠着惯性,仍然在地表和地底缓慢地挪动,仿佛世间的风湿痛,以絮絮叨叨的绵延,折磨着一代又一代活着的人,着迷,探索。

风洗劫大地和天空,一种粗暴却又不得不说是优雅的冒险,带来新一层的尘垢,让人们一次又一次为自己的终结做着准备。"东山上的糜子西山上的谷,黄土里笑来黄土里哭",风带给人这种坦诚,看穿了一切却又很热诚。我的祖先也许很早就知道,我们的存在只是风的冒险,风是一切生命的十字架,是绝对的灵塔,随移随动,而灵塔里埋着一切慰藉。风使一切生命延伸下去,不断进入一种又一种物质的独特之中,人们不得不赌上几个世纪甚至几千年,比如埃及,比如罗马。风从不去追赶自己的荣耀,没有一点儿征兆,它来了,又走了,我们这些生活在窑洞里的穴居动物,和生活在泥土里的那些蛆虫一样,并不太热衷于谋划未来。

人在世上的游荡像风一样,不知所起不知所终。风神的塑造是人对自身灵魂的召唤,我乡人的风神是一场干旱接触的果实,是平庸的生活制造的崇高。

我喜欢神灵,这也许源于我乡人对神灵的发明。如果一个地域连发明神灵的能力都没有,连相信神灵的能力都没有,这个地方是没有什么前途可言的,因为它好不浪漫。神灵是一种传奇又荒谬的存在,但它让生活显得不那么行将就木。在这个工业和科技高度发达的时代，我乡人还没有耗尽自己的神，没有让他脱逃，而是让他继续与我们生活在一起。人神共居的时代，粗糙蛮荒，却又有另一种可爱。最苦涩的念头，想象神也是可以感知的，就分明是一种安慰。神拆散了我们的真理感，让我们知道可以有所思。在一种单调乏味的消费社会，神是多么令人惊喜，古老的风神，在祈祷与罪恶之中，与我们生活在一起。

我乡人创造了风神，而风神控制着风，对我乡人来说，风是无穷无尽的，风神会一直存在，这就既有了过去又有了未来，仿佛前路不远，后路亦不远，世界因此而亲切。

在这个世界上，风改变着一切的位置，改变了世界本身。我们不得不接受这些或好或坏的变化，以一种按部就班的态度，承受出生和死亡。风是最高的生命原则，它带来了尘埃，也带来了生命。在爱情里，我们常常会用一句话："匍匐在尘埃里。"实际上，与别的尘埃相比，我们离自己的尘埃最近，我们与自己的尘埃合而为一，在风里，即使是化作一缕青烟，我们也会死在自己的尘埃里，奔赴自己的尘埃。

没有人可以改变风的路径，任何行动都会让风显得无序混乱，就如我们的生命一样，被一股原始的洪流拖拽着。这是最初的风的秩序，将我们带来，然后又带走……我乡人感谢风神带来的这片土地，穴居动物般于窑洞中，任风狂热地从春吹到冬，切割着他们的梦境。

陕北年画

　　从我出生,无论是窑洞还是平房,每年的白墙上,都会贴年画。开始我的村庄是四百多人,后来越来越少,二百多人,接着一百多人,接着几个人,再接着,这几年城市发展不景气,村庄呈现微茫的兴旺之态,回到一百多人。但过年总是热闹的,因为人们要从县城和其他打工的地方赶回来,上坟,团年。对于村庄,外出的人总怀着一份不安,父母在那里,祖先在那里,无论怎样,住了多年的房子要烧起炉子的,坟头是要冒烟的。不然,即使顺风顺水很吉利,也会觉得不踏实。人世的繁华盛大,在乡村住惯了的人,只有再次回到乡村,才觉得这是真的,可触摸可信任的,是切实参与的。现下这时节,腊月末,人们忙着贴对子,糊窗子,贴年画,年画是"年话",吉祥要靠在墙上,许在墙上。

　　旧的菩萨要送上天了,新的菩萨要重新请进来。要请财神、灶马爷爷、哼哈二将或其他门神,要给白胡子土地爷爷上香,要请八仙来,需要生养的人家,还要请观音娘娘带胖娃娃来。另外,金童玉女也要来,他们或者骑着红红的大金鱼,或者手里抱着金灿灿的元宝,跟着财神,踏着祥云进门。

"天增岁月人增寿，春满乾坤福满门""抬头见喜""出门通顺""莲花有余"……到处都是这样的吉利祥和，年画上也是这样写着。就连爆竹上，也有这样的语言，爆竹这时候叫"福炮"，千门万户瞳瞳日，乡村土舍，和帝里京都一样，千门万户有那一样的声响。

　　过年穿新衣，走在雪地里，人也像是画像上可以踩祥云的。我陕北，年节尚红，红代表喜气，内衣袜子是红的，降煞气；外衣帽子也选红，招吉祥。逢年过节，这红仿佛是震慑和预告，要开心呀，开心呀。年画的色彩也是吉祥的，以红、黄、绿、黑、蓝为主，五色为宗，色彩刺激，暖色调，充满着一种刻意制造的喜气。花花绿绿的年画，都是香艳的故事，即使是悲剧，也是香艳的，有着激动人心的地方，有着神秘的气息。

　　正月初一起来，穿了新衣戴了新帽，人走在墙壁上的神仙画前，仿佛也沾了神仙的喜气。可是夜里回家来，看到墙上仙人仍然笑口开着，只觉得日子怎么爱，都过得草草，像古诗词里写着："芙蓉城阙知何处，说到神仙事可哀。"然而隔天里又是新年新气，又热热闹闹，这可悲的心绪，也就冲淡了。

　　我陕北的年画，倒不全是各路神仙，也有世俗生活。娃娃与美人，也多是那些有年轻夫妇人家喜欢挂的。早生贵子夫妻和睦，是我乡下人家对美好生活的期盼。一些人家也挂《三国演义》《西游记》《白蛇传》《牛郎织女》等这样的画像，一为体现文化风味，二为图样式多。

　　家家会贴门神，神荼郁垒，秦叔宝尉迟恭等，手拿刀枪剑戟、鞭铜锤爪、斧钺钩叉、铛棍槊棒，一脸鬼神勿近的样子，立在门两边。过年夜，院落也要拦起来，用木头杆子、铡草刀、斧头，而在门上，则搁置菜刀。这些武器都是门神的，和图画上不同，民间的武器是逢着干戈才是武器，平日里就是生活日用器具，和烟火饮食相伴，是人体的一部分亲密的器官，与人手人脚配合使用。年夜这一天，其他器具都休息了，如箩筐犁耙簸箕扫帚，都平放于粮仓，睡觉，但可以用作武器的，就来当门神的道具了。"门神门神骑红马,贴在门上守着家。门神门神扛大刀,大鬼小鬼忙逃跑。"上院的二妈家,她家家具齐全,甚至可以说富足。新年初一去她家拜年,看见二妈依次把大刀小刀抱起,锄头斧头拿起,很觉得慎重,对于这些日常家什,也觉得多了神奇。

年画除了表现时代风貌国家要人的,重在写实;涉及神话、人物和动物都是写意的,不像实物那样缺乏个性,只强调神态而不强调表情。对于天官赐福、年年有余、富贵满堂、老鼠嫁女、杨家将类,也多是写意而不写实。杨家将的故事,在我陕北乡下无人不知,府谷县文物馆,这几十年还挖掘出很多石碑,上面记载着他们的"丰功伟绩"。石头一直可以"彪炳千秋",陕北文化就有很多佐证。在我陕北,从古至今都很流行以石记事,当然,也不能说是光我陕北,中国人旅游,好书"到此一游某某某"几个大字。到名胜古迹处游玩,往往被那些今人写的字骇住脚步,也不知道他们到底要名垂千古还是想字"垂"千古,有些字实在写得难看,未免给人心上添堵。

佘赛花据说是我府谷乡下的女子,现在还有我府谷乡下孤山的七星庙,诉说着她和杨继业的爱情,说他们在庙里如何倚红偎翠,许诺生七星,所以她的七个儿子是星宿下凡。关于杨家将的故事,陕北人个个耳熟能详,小孩子也记得清。不过我只感兴趣四郎探母和穆桂英挂帅,无论是戏剧里,还是年画上,这两个人总让我难过。年画上,四郎是面目清晰的世间人,穆桂英是铿锵好女子,我喜欢这样明晰的角色,有人味,有英气,而不是英雄附体缺了人性。陕北女子对穆桂英和花木兰很崇拜,认为她们都是出自我们黄土坡的女子。我们少年时分,削木头为刀带兵打仗,也多扮演穆桂英和花木兰,没有人喜欢佘太君,毕竟没有人死得起那么多儿子,大家都是寻常儿女血肉之身,在想象里,也不愿自己的儿女遭受血腥杀戮。所以,有老人的人家,喜欢挂四郎探母图,为的是给子女做榜样,让他们行孝;有年轻女子和媳妇的人家,则贴穆桂英挂帅,威风凛凛,自有一种喜气。这种女子的喜气为我陕北人欣赏。另外，家中有需要考试的孩子，也会张贴"状元及第"字样的年画；要是有大姑娘，则贴"老鼠嫁女"，为的是亲戚朋友往来间看到，媒婆上门，说上一户好人家。

年画都是赶集买的，每个乡都有自己的集市，可以买到日常生活需要的一切，也可以卖掉一些经济作物，药物用的虫子和草，如蝎子和做板蓝根的草木，亦可以卖掉。乡村儿童最快乐的日子，是逛集市，走着路或坐着车去，总也不远。集市几天开一次，有规定的日子，三六九或二五八，是农村人口最集中的地方。过年的集市比平日热闹，物品也丰盛。也只有过年，才卖对子年画。对子的内容大体差不多，五谷丰登，风调雨顺，招财进宝，家庭和睦，岁岁平安。

我最喜欢的年画是风景建筑类题材的画，尤其是八大山风景图，还有苏州杭州地貌图片，小桥流水，仕女衣衫飘飘，人物缩影一般在大背景里走，一派艳阳天，仿佛是盛世。书上看到的景观被搬到了墙上，那样地让人欣羡，杭州扬州不远，嵩山黄山不近，但都在我们的墙上，都可以用手去指，用眼睛去爬，尤其那松树，长在视野里郁郁葱葱，一派天然自由自在的架势。廿年后我由黄土高坡去往黄山脚下读大学，和小时候看到的年画不无关系，也许，心智就是那样开的，对南方的喜欢，始于风景，心意就是那时候定下的。

我印象最深的年画是父亲买来的，他喜欢戏剧人物，我关于戏曲的知识，也得自他的启蒙。那些珠玉满头水袖轻飘的女子，那些手执扇子气宇轩昂的男子，尤为他欣赏。于是，我们家的墙上，就有了那八幅年画，名字我已经忘记，但题材仍然记得，画像上人物也记得，诉说的是一个主题，现在记起，无非就是公子落难，小姐相救，后花园私订终身，中间一行人阻拦，最后得状元，有情人终成眷属，简直乏善可陈。可是当时真是新鲜，我喜欢那戏文，一行行都是对仗的句子，我读来似懂非懂，还背了好一阵子。那故事在后来总让我想到知青下乡，"村里有个姑娘叫小芳"，也就是那后花园的女子，"长得美丽又善良，辫子粗又长"，但也只是落难书生的一段慰藉，最终花落水流红，各自保平安。不过看到漂亮女子手执罗扇，扭动腰身，隐于花枝边，与俊逸书生相依偎，我也不是没有幻想过以后的爱情的。这些红男绿女的故事，虽然无非就是如此，但比财神爷手捧金闪闪的元宝盆笑嘻嘻地站在壁上更吸引我，毕竟，人需要爱来成全，而不是钱财。然而这样的领悟，必须是在多年后，准确说，在此时，在三十岁独自过年想起这些的时候，才知道当时看到这幅年画的怅然，为那爱的辗转，洒过一些眼泪。以后，以后呀，我也爱了，我也恋了，悲伤有时，坎坷有时，欢爱有时，最终作鸟兽散，王孙公子无缘。

我不喜欢当今时代感很深的年画，总觉得歌唱大过写意，让人厌倦，可是有几幅表现时代说日常景象的年画却让我印象深刻。一幅是关于双子猫的，两只可爱的小猫，让人都想伸手到墙上抱出来。还有一幅是丰收图，浓郁的生活气息挡都挡不住。当然，也许这只是我的想象，是我对幸福的一厢情愿，我在这里描摹并写下它：北方风景的样子，远处青山与晚霞相伴，高高的麦秸垛，石碾在院落屋前。有个男人在打谷场上扬糜子，仍然能感觉到空气中有微风，木锨翻跹；有一个老妇人坐在麦秸垛前，正在用一个大筛子筛糠皮，大约是要做枕头；老妇旁边有个小女孩，许是她孙儿；女孩旁有只大黄狗，毛长肉多；狗尾巴后面有只猫，卧在筛过的糠皮上。几只公鸡和母鸡正在远处的碾道旁啄食散落的粮食，有麻雀和野鸽子在头顶盘旋，也在寻找吃食；似乎远远都可以听到打场的人在唱，他大张着口在对着天空高歌，我想那应该是信天游。爷爷打场时就会唱信天游或山曲子，往往，我们睡下了，半夜里他还在扬场，图的是夜里月好风好，赶在秋深下雨前，将糜子谷子黑豆从苗子上脱落，收入粮仓。

小时候，看到"抬头见喜""出门通顺"这些年画，感到庸俗，尤其是大红牡丹大白仙鹤恶俗地映在一面墙上，总觉得难以忍受。那时候不知道蓝天白云就是喜意，出门牛车处处，骡马处处，人活在一种自然的祥和里,就是通就是顺。而今,一个人在外十年,在异乡的小村子小镇上遇到卖年画的摊子,总会停留一会儿。一直以为早就厌倦早就想放弃的生活方式,在不知不觉被远离之后,忽然有一天却成了我的念想。我现在买东西,也会买一些鲜艳色彩的东西,为的是图那抑制不住的喜意,暗示着自己要快乐,要欢欢喜喜,大约也是受了年画的影响。对于有棱有角的东西我会多一份警惕,欣赏建筑或者衣着,甚至是被单,要圆而不是尖,毕竟,生活也是圆比尖稳妥些。日子总是要过的,祥和的,祥和的……

惜猫人去猫无主

　　木门颓休,隔着门居然听见地下的木头柜子阒阒作响,蓦然想起小时候,那些年也总是这样,就是父亲死前的一二年,耗子成群,我们睡在炕头,一些长尾巴不怕人的耗子居然上来咬手指头,我记得这声音,以为是耗子,童年时代的耗子。于是瞬间一阵酸楚,祖母死了,家猫散了,蒌蒿满院,旧屋塌陷,耗子来驻扎了。可是拨开门看,却发现那只狸猫卧在炕头,祖母的被褥没有收,还是旧时样子,它就卧在枕头边,也是旧时样子,只是瘦了很多。就是那只猫呀,我认得它。瞬间充满抱歉,祖母是去年七月十二搬走的,农历七月十二,搬去新居,是她的生日,九十三岁的生日,她去了五个月之后,死掉了。而那些她喂养的猫儿,并不曾跟着她走。新的地方在沟里,饭店多,野狗多,到处都是,猫几乎没有,一只都没有,所以它们也不曾去。这些猫就留在原地了。我不知道祖母有没有担心过它们,而今,她再也不会担心或者不担心它们了,她死了。这些猫还在,听说总是跑到别人家里,听说常常吃不饱,半夜里四处叫,还听说这只母猫下了崽子,下在下院大爹家的旧窑洞里,下了很多天了人们都不知道,因为并没有几个人,数起来不超过三个,只大爹一个人常常在,他也是八十一岁的老人了。那小猫死掉了，饿死了一只，发现的时候已经是尸体了，其他的不知道跑到了哪里去。

门是锁着的，绛红色的小锁子，看起来已经生锈了，许是母亲锁上的吧，也只有她，还关心着这所旧房子，这该是她刚嫁过来的房子，是她做新嫁娘的房子。紧挨着房子的窑洞这边已经塌陷了，而这所房子，也快塌了，靠窑洞的这边在下陷，这边是土泥坯子，并不是砖，若不修缮，很快就会塌掉的，恐怕等不了来年。可是现在搬去新居了，我家人懒，哥哥嫂嫂是不会上来看一眼的，小爹爹也不会，那就根本不会有人修了，结局是看得见的，只能倒掉。沾了雨水，木门就关不回来，一直关不回来，自我记事起就这样。二爹爹活着的时候，他就像风一样进进出出，那力气大得很，所以门总会闭紧了经过反弹弹开来，冬天里就会特别冷，娘娘（祖母）总会等他走了之后从炕上起来去关门。现在他们都死掉了，这门已经失去了开初的意义。门被绛红色的小锁子锁着，那锁子套在两个铁门环间，两个门环间还有一根长长的火柱，但不是小时候经常用的那根了，是一根比较细的，斜插着，也是母亲插上的吧。若是旧些年，人们还非常穷的时候，这样长久地不住人，这铁棍肯定早就被人偷去卖铁了，近几年发展快，人们再也看不上这些铁器了。

两扇木门之间居然有蛛丝，从门顶到门尾挂得满满的，我进不去，便只能坐下来，靠着门槛坐下来，可是门边居然也生了野草。蜘蛛长长的丝线从里面探出来，不能左右转头的，那蛛丝会掉落下来。我拨开窗子的白纸看，与那只猫相对。我叫它，瞬间就流泪了，再也无法遏制，心底升起一句话："休说生生花里住，惜花人去花无主。"我还想起萧红的旧院子，她写到老主人死去了，园子荒废了，我的这个旧居，又何尝不是如此？少年出去当兵的士兵，白发归来看见蒌蒿满地，梁间驻扎着野雀，那种悲凉跟我现在一模一样，只一年时光，就人事已老、面目全非了。

那只猫嗖的一下，跳上了柜顶，它的头露出来如历史遗迹，两只眼睛伤口一般地向我张望,头往前探着,探着,它令我想起废弃的城墙,失修的河堤,被人遗弃的老人。我对它充满抱歉,这种抱歉仿佛已被时间压缩成为一种永久的遥远的记忆,将永生永世跟着我。我不是没有想过,只是不曾想到会如此相对,我绝对不会料到它还会坚持守着旧屋,人说猫是可变动物,谁给吃谁就是主,可是,一年了,它还在旧屋里守着。如果那主人还会回来,它的守望还值得,可是那个人她永久地去了,只要这样一想,为它希望的落空一想,我就会哭,泪水又不由自主掉下来,这当儿我想的并不是那死去的人,而是这情深意切的猫。这只老猫时间最长,那些猫一年年死去,这只老猫是这些年喂养得最久的。小爹爹把它从别的村子买回来,就这样养起来了,它曾经娇贵得就像一个公主。娘娘总是说起它,娘娘把它当子女一样看待,娘娘抚着它的头说:"只有它理我看我。"它睡在她的枕头边,在漫长的白日和黑夜里伴着她,在闪电和雷声以及雪落的黄昏后伴着她。她给它喝奶粉,吃没有泡过的干方便面,给它吃碗里的一切好东西。它是她的小女儿,它享受着她晚年给得起的一切恩宠。谁都比不过它的,她叫着它:"米花,米花。"对,这是它的名字,这名字为它而设,为全家通用。可是,现在呢?它长久地在这个屋子里待着,没有食物,也没有奶粉,没有油茶,听不见她半夜里抓着塑料袋给它找饼干的声响,什么都没有,它再也伸不进头去了,没有了塑料袋装的食品,就连水都没有了,它什么都喝不上。因此,它瘦了。它曾经特别肥大,总喜欢睡在肚皮上,占据一整个肚皮还不够,它长长地卧在人身上就像一条蛇,而现在,如果拎起来,我想它该是轻轻的一把毛,可是它还是坚守着老屋。

它跳在柜子顶上与我对望,我眼里的泪水无法遏制,我抹了又抹,如此的相逢让我心生绝望。在下午昏黄的光里,它与我对视,仿似过了几个世纪,它高耸在那里,超然,令人难忘,神秘莫测,就像幻梦里的模糊记忆,它一动不动。我的心充满奇异的感觉,而又忧郁,它用它的眼神吹奏着无声的曲子,简陋的忧伤也许就是如此。院子里静静的,各种野生植物满院，我是慢慢跨着进入的，我怕碰到蛇，也不敢去踩那些植物，这个我生长了十多年的院落，如此的荒败让我不敢触摸，蟋蟀和知了在叽叽喳喳地聊天，可见这片颓唐之地并不静默。

北国的夏天不相逢已经五个年头，而这次，我从遥远的南方缓缓赶来，已是立秋时分，虽然时光还停留在夏日，可是这个四季分明的大西北片区，实际已经有了秋意了。一截楼梯通向一堵空白的墙壁，而我，一段时光通向一个旧有的墓地，通向我杂草丛生的童年。下午的日头慢慢在落，门的剪影倒映在地上，我的感官正在撕成碎片，我试图有所戒心，比如害怕，可这是那么不实在。我并不能抚慰这颗受伤的心，也不能带着审美的享受看待这种灵魂的凄美，这种忧伤将我击败，让我眩晕，喘不过气，我既不冷静也不克制，可是我什么都做不了，这所院子的一切突然把我吞噬，我在回忆里生还，浑身颤抖不已。

我在玻璃上张望，玻璃边有个小孔，那是猫道。玻璃旁边那尊石狮子还在，那是拴父亲的，父亲小时候太难养了，就请回了这尊狮子，而今父亲已经死去十多个年头。这只猫在柜子顶部，发出可怕的吃吃声，仿佛它的痛苦是道影子，而它在哭喊。它的眼睛警觉而悲伤，它似乎认得我，似乎又不认得。它已经很老很老了。它历经人类的欺骗，历经种种幻灭，是不是对人类已经绝望？它看着我，我们之间有长长的距离，这中间有些东西隐约令人惊恐。

我转离玻璃边，又回到门旁，蹲坐了下来，在四方砖块铺就的门槛上坐了下来。

咚，它跳在窗玻璃边，出来了，紧接着跳进了塌陷了的窑洞。我紧跟着起来，一转身，它就钻进废墟那一部分了。那是土坯窑，里面的墙上仍旧有我贴上去的时装美女图，可是，不见它了。老猫并不叫，它躲了起来，不要我这小主人了。我哭泣，似乎召唤躯壳里的灵魂，提醒自己万事万物皆是虚无，皆是幻灭，可是幻灭里也有美呀，这忧伤来得那么真切。

老 院 子

风起了，冷了三天了，风把叶子刮得落了一地，这意味着绝望的冰冷，以及冬天的准确到来，先是小雪，接着进入大雪，离冬至还有十天的样子，就已经很冷了，西伯利亚的寒流，一拨拨赶来。上了夜课回来，看着人家次第亮起的玫瑰灯火，忽然想起了老院子。

刘家大院的人是从外面搬来的，自我记事起就在那周围转，上院的人家叫上院人家，下院的人家叫下院人家，上院的婶娘叫上院二妈，下院的婶娘叫下院大妈，当然，依此也有上院大妈，下院二妈（下是不读下的，方言里读哈音，比如说下雨就是哈雨，小学老师组起词来就说"哈雨的下"）。我家住中间，但算起来是上院了，别人的祖父母辈都陆续去世了，我爷爷娘娘在排行里最小，活得比较长些，所以下面的人说到我家，就是"上院四娘家"，四娘是他们对我娘娘的称呼，我娘娘就是我奶奶，取方言。

我家的房子就那么两间，我出生时就有了，我出生都盖了几年了。整个院子都被枣树围起来，后面是土墙，土墙上面是枣树，再就是海红树一棵和场面（碾谷子放干草之类的地方）。海红树好像很多年了，我记事起它就老了,从我不懂事到懂事,它每年都结很多的红果子,大,甜,我很喜欢吃,存起来放罐子里,好多好多,有时可以摘好几袋,那种大的化肥袋。我每年就等着海红子熟,一般是九、十月,中秋之后就差不多了,只有熟了时我才有理由爬这棵矮树,否则会被大人笑话的。我平时就被上下院的人认为不沉稳,被堂哥堂姐说成半吊子,所以自稍微识面子起,就不爬这棵树了。枣树比海红树高很多,枣子很多会坏掉,秋天雨水多,也跟没有人摘的原因有关。枣子一般是用棍子打落在地然后再捡,到我大了,娘娘老了之后就没有人干这事了;海红子也是,没有人剪了,海红树也就不怎么长果子了,枣树也在不断地一棵棵死掉。

海红子自己落得慢,剪下来晒干了可以卖钱,我曾经卖过二十多元钱呢,那时候,于我这是个大数目,而且我喜欢剪这个,爱极了爬树这种活儿。夏天的时候,家人骂我了,我一溜烟就爬到门前的两棵大枣树上去了,其中靠厕所的那棵更是经常去,那棵树分开两叉,很好爬上去,然后我一路上到顶梢。可是枣树太多了,就没有新鲜感了,海红树院周围就这么一棵,其他的还在很远的地里,而且有时婶娘还认为是她家的,摘了就会被骂,所以我只摘这棵,摘得理直气壮。每年摘海红子都用剪子剪,娘娘说怕伤了树枝,我在树上有时弄坏了细枝干,也是会被说的。

剪海红子一般是我的活儿,我在树上负责剪,娘娘和姐姐在地下捡,小哥哥在的话也上树,我们两个一个东面一个西面赛着剪,当然我肯定输,而且靠近院子的地方枝杈已经放平了,底下是空的,我很少爬过去,有掉下去的危险。树顶上的和这边的娘娘就不让剪,说是给鸟留着。她不读鸟为鸟,她读切儿,发音是这样说,似乎有点西式,只是加了儿化音,确切说是方言。红枣每年也会给鸟儿留着些,娘娘说,冬天鸢子(麻雀,方言)没有吃的,跟人一样,也会饿,所以得给多留一些,所以整个树的最高端是不动的。有时我任性,使劲儿地剪,娘娘抬起头看见我在最顶端那枝干上坐着,就会骂:"连点良心都没有,给格里(松鼠,方言)鸢子留的东西你也要？快下来。"我若不下树，她就会一个劲儿地催，她怕那些动物吃不到。

有那么几年我在外面读高中，海红树没有人剪，我回去的时候看见右侧院落里有很多红果子，是自己掉下来的，铺得一层一层。我走过去，麻雀就会飞起来，可是麻雀并不吃这些，或者说很少吃，它们一群群吃的是右侧院落里放的黑豆秸秆，那里面有黑豆。

两间平房在左侧院落里，一边是粮房，放了一些瓮，耕地的犁，锄头和镰刀。我出生时这粮仓已经在那里很久了，但不是太漏雨，后来耗子多，一层层往下塌，漏得更凶了，到我上高中，破旧衣服都扔那里，扔那里就等于永久丢弃了。母亲把我攒了很多年的笔管——扔那里，还有一些鞋子，我与母亲吵，吵，那些都是我自己岁月里攒下的东西，确实是没有用了，但丢到那里总觉得难过。母亲说，家那么小，摆着难受，可是她从来不考虑扔了我好几年写过用过的东西我难受不。母亲甚至把那些笔管放在粮房过来的露天炉灶上烧，笔管有些是铝的，有些是铁的，我闻见那味就难受，母亲大叫着烧，一边骂骂咧咧，烧不着了，就用火箸捅到炉子底下去，然后用锹挖出来放筐里倒掉。"妈妈真狠心。"我们母女是吵过了的，好几天我不跟她说话，想起来就恨恨的，可是过几天就又好了，尽管现在想起来还难受，尽管在那之后每每想起来都难受。——那时候父亲已经死了几年了，母亲与整个世界较劲，她经常发火，经常哭泣，我做什么都不对。为了笔管我们吵，那气味我仍记得，这辈子都忘不了那烧焦了的笔管的气味。

粮房再过来是圈羊的地方，有顶，一根根木头棍子在外围扎起来围成一个护栏。羊圈离家门很近，只几步路，我放的十几只羊就在这里圈着。这个栅栏比较小，场面过来的那个栅栏比较大，但那三面是墙，只一面围了木棍，所以羊经常会跑出来。我放的羊吃了庄稼被婶娘骂了一顿，写遗书的那个夜晚，这些羊不在小栅栏里，而是在大栅栏里。那个夜晚，我还怕羊被偷了或者自己饿极了跑了。我是被恫吓惯了的，生怕就是死

174

了还引来什么祸患。——可是毕竟那个夜晚我没有死去。

院子的右侧是一大片空地，冬天里就放些黑豆秸秆和玉米秸秆之类，用来烧火，或者喂养食草牲畜，但是空地实在太多太大了，所以常常空空的。母亲会挖一个洞出来生豆芽。一般豆芽都是在小瓮里生的，白白净净，娘娘这样做，娘娘不再为家人做饭的时候，母亲就把豆芽生在了土里。娘娘经常嘲笑："谁家的德行，一辈子也没有见过，把豆子放土里生，真不是个东西。"可母亲后来还真生出了豆芽，而且也好吃，娘娘就不作声了，有时也笑笑，说母亲板书（方法，方言）多。

右侧的院子大面积地空着，我就想种柿子（西红柿）。婶娘家都种柿子，做成柿子酱真好吃。于是我就问对院的二唤妈要了些柿苗子来种，可是水太少，实在太少，我们家没有水窖，我只能靠担水。但那时候我实在太小，一小桶都担不满，半桶半桶地担，这还是后来的事，刚开始我是拿瓶子装，好几个瓶子拴绳子上，然后再前后对称用木棍挑在肩上。自始至终，我想种一些红柿子出来，第一年失败了，浇了好久苗苗还是逐渐死掉了，一棵棵死掉了；第二年还好一些，吃到了绿柿子，小小的。绿柿子据说是有毒的，可是娘娘摘来下菜，我们也吃得香香的。我种了好几年柿子，总是死掉，活下来的很少，即使二唤妈给我大苗子，也还是死掉得多，她说我糟蹋，但她也体谅，我还是个孩子，所以遇到下一次我还想要几棵时，她还是给。二唤妈算是一个远房婶娘了，可是比亲婶娘亲。亲婶娘现在也老了，头发白了大半——我已经好几年没有见她了。

后来就不种柿子了，也不知道从什么时候起。

那地空了几年。娘娘总觉得空，太空，于是就想种倭瓜。她一排排地种，她真是个好庄稼手，种什么得什么，而且总比别人家的大。先是叶子长出来了，再是一颗颗小瓜长出来了，快碗大了，快盆子大了，黄了，可以摘了。尽管干旱，可那倭瓜的叶子总是绿油油的，后来结瓜了，娘娘就一日日坐在地里压瓜，把一些旁条掐掉，再把蔓子分几部分搁一些土上去。

我也会,这个过程我是慢慢看着学会的。那几年我还学会了种西瓜,看西瓜的好坏,我只要用手弹一弹或者看一看西瓜的长相就知道瓜是不是沙的、甜不甜。后来的那些年,我们家每年都种西瓜,只因为小姐姐说喜欢吃,小叔叔就种,每年种,可是小姐姐一年也吃不了几个,直到前两年还种,持续了六七年。种倭瓜的时候还没有开始种西瓜,我家没有,堂哥家种着,我得负责看着。

娘娘一排排地种倭瓜,可是那地不平,倭瓜是从坡上下来的,旮里旮旯种些小瓜,有脆皮小瓜,还有一些甜瓜,很好吃,我瓤子都舍不得丢掉,而且最喜欢吃瓤子。但娘娘种的不多,而且没有专门的小瓜种子,头年吃剩的瓜子晾干做种子,就已经算幸福了。每年都盼着小瓜熟,一个个摘来吃,娘娘在衣服上擦一擦,给我,她看着我吃,自己很少吃,有时也吃一点儿,那时候她已经七十大几岁了,没有什么牙齿了,只是上面两个大门牙,下面左侧长着两三颗,每次吃饭都半天。饭端上来了,她最后一个吃,吃几口好像就够了。她就像一只老母鸡,吃点儿,就把碗筷放下了。她一般是拿着我们这些小孩吃剩的碗筷吃,没有菜了就吃点小黄米饭。现在想来都觉得难受,可那时候根本不懂得关心她,根本不会问她为什么不热热地吃一点儿,不会替她洗碗筷,有时被她骂着收拾柴炭,骂着收拾碗筷,骂着去除山药皮……心里还恨恨的。

倭瓜种了很多年,后来由小叔叔种,娘娘看着,那该是父亲和二爹爹去后的几年,娘娘彻底老了,油灯快要烧尽了。小叔叔种得不是很好,夏天里野草又长得旺,蒿草都长到正院子来了,可还是没有人管,就如冬天里下了厚厚的雪,大多数人想不起扫扫院子一样,我们就跟那些积雪过冬,等到春天来了,它们自己融化掉。虽然它们碍事,让整个院子显得阴冷,好像不住人的,化了时又可能让鞋子沾了湿泥巴,可是比起劳作,这些都不算什么,没有人去理会,没有人想起来去理会,我们家的人都懒懒的,一直懒懒的,是油瓶子倒了都绕开走的人,都喜欢睡懒觉。娘娘是老年人，起得早，可是她醒来了就自己做事，纵容我们睡着，睡到自然醒；母亲喜欢叫我们，可是她自己懒，而且身体又总是不好，经常躺着，自然也说不得我们。小叔叔是那种人来疯，一大早就起来了，叫着不让人睡觉，每天唱曲一般地说："要是做了王宝儿家的子女，不打死你们才怪。"这时候我就会从被子里伸出头，我说那家人还不全被打死了？王宝儿是村子里很久以前的一户人家，当时已经去内蒙古了。据说王宝儿早上只喊子女一声"起"，不然就不管男女，统统掀了被子一顿打，主要打屁股。小叔叔一边用冰冰的手摸我们的脚踝或者手指头，一边笑着说。有时他也生气，骂，冲天骂，骂我们不争气，半前晌了还不起，说是穷人家的子弟就是如此，不长志气，还说太阳都照在脑门上了。可是我们照旧躺着，说说闲话，然后才从炕上爬起来。又懒懒的，不叠被子，只等着碗一推，又猫到被子里。小叔叔种的倭瓜差，但也能吃，只能算一般庄稼人的水平，他种其他也是一样，村子里的人家都锄三遍草了，他还没有锄完一遍。我们家就是这样，潦潦草草地过着日子，别人赶着生，赶着活，赶着死，我们家人总是慢半拍。爷爷活着时不是这样，可爷爷已经死了好几年了。爷爷活着的时候，右侧的大院子不是空的，有个大圈，有顶，养牛，有时二爹也养骡子或者毛驴。二爹经常倒腾骡子，买一个卖掉另一个。他对骡子有特别的感情，每次买回来了也不拴在他们下院，可能是怕二妈骂，因为二妈不喂牲口，牲口一直是上院我们养着的，爷爷活着时爷爷割草，爷爷死了有时小叔叔割草，但大多时候是我们兄妹三个。那时候我们还在村子里读小学，年龄小，割不了很多草，所以得每天出去割。当然二爹也割，娘娘喂。骡子换了一个又一个，有时是骡子出去了，二爹骑着毛驴回来了。

我喜欢驴子，乖巧，尾巴也好看，甩一甩给人很奇妙的感觉。外祖父有一次来了，是骑着毛驴来的，他家一直喂着个毛驴。那驴子拴在右侧的院子里，我很想骑一骑，可始终没有机会，到现在也没骑过，如同很多我很想很渴望的东西，比如很喜欢的人，从来就不曾说出口过。只是觉得总是在错过，不知道是因为没有得到，还是恐惧得到。可是当驴子在我眼前的时候，我甚至不敢摸一摸，我怕，那幻觉里的真实却那么逼真。我在梦里曾经骑过驴子，而且不止一次。

骡子或者牛或者驴养在右侧的院子里，养了很多年。开初的几年还有鸡，公鸡母鸡都有。公鸡有两只，总是啄我，也啄邻家的小孩，我脸上现在还可看见的几块疤痕就是那两只公鸡叨的。后来小叔叔就把公鸡杀了，先杀了一只，后来又杀了一只。后杀的那只逮了半天，刀已经下去了它还吊着半个脑袋跑了半天。杀它时我哭了，怕，可能是见到整日相伴的动物血流如注，有种对生命易逝的恐惧。我想我宁愿它一直啄我，也不要杀掉它。可是有这两只公鸡在，我总是不敢出门的，它们俩守在门口，不啄小哥哥小姐姐，只啄我，别人就说我是怪胎，连公鸡都见不得我。好几年了，十多年了，别人说起来还是说："那时候不让公鸡把二和尚啄死留着她现在害人干什么？"二和尚是我，他们总是想叫我什么就叫什么，有时叫我半吊子，有时叫我二傻子，我的正名他们是从来不叫的，除非讽刺起来说说。

可是"二和尚"一直没有死，公鸡死掉了。后来养了些母鸡，生了一些蛋，也逐渐死掉了，留下两只，一芦花一雪白，都是山里的鸡，下的蛋也好吃，可是这两只后来害鸡瘟也死掉了。与此同时，我出生时就有的两条黑狗也下落不明了，不知道是死了还是怎么了，它们哼哈二将一般在门的两边守着，大人去挑水的时候，它们也跑来，一个总是叫，一个很沉默，我抱它们的头，靠着它们的身子睡觉，爱死了它们，可是它们不见了。后来，家里的猫也总是说不见就不见了，生老病死来得太快，我都不知道珍惜的时候它们就不见了，早上还明明在我被子里，下午就吐着白沫翻着白眼了，要不就是再也不回来了。就是在这些动物身上，我开始了绵延的悲伤，从此一发不可收拾，反倒是爷爷死了接着父亲死了再接着二爹死了，我没有十分痛的感觉，只是一直有声音在那里尖叫着，我听得见，半夜里心里悸动。总是这样，常常会突然害怕，左右失去无所适从，想要有那么一个人紧紧拉着我，永远看着我，不转过头去，这种安全感的祈求简直是做梦。

有那么一年，院子被开垦出来种山药，种了半院子，右侧的土地都开垦了。我们家土地还是蛮多的，十二个人的土地呢，上院就八个人，爷爷虽然死了，可当时土地没有抽掉。可是很多野外的土地是荒芜的，二爹家拣好的种了，爷爷腿断后上院几乎不怎么种地了，除了种些够吃的作物。童年时花生和瓜子是稀罕的，可是我们家从来不种，有那么一两年，父亲死后的几年，三爹忽然心血来潮种起了红薯，而且一种多年，也种起了瓜子，种了几年，还种了花生，只一年，少少的。花生是连根从土里掘回来的，我一颗颗拔下来，心里有说不出的快乐。院子里种山药是新鲜的，山药开白花，没有什么香味，但特别好看，花白白的，没有杂质，很单纯地开着，开在深绿色的叶子上，尤其在早晨，有着晶莹的露珠的时候，那简直是世界上最圣洁的花。山药花从小就是见着的，可是夜里开我却是第一次看到，简直是奇迹。那个夏天很热的时分，我好多个晚上选择在平板车上睡觉，看着星星闻着似有似无的山药花香，感觉自己简直是最幸福的人了。可是娘娘的故事吓人。

娘娘说在院子里睡觉时间长了会怀上月亮的孩子，她常常说月亮是女的，可是接下来的这个故事里月亮成了男的。她说古时一个女孩子经常在有月亮的地方睡觉，不拉窗帘，结果生了个儿子……后来的故事就没有了，但她讲的意思我明白，未婚先孕的大姑娘总是不好的，何况我还是小孩儿，更不能躺在月光下被月亮给祸害了。娘娘说这个故事时丝毫没有责怪月亮的意思，也没有责怪那个姑娘的意思。月亮让姑娘怀孕的故事是好的，生个儿子一定也很聪明，就如民间故事里的小黑龙，可我不想做故事里的女主角，那要遭受多少白眼啊。所以后来说多了，我也就乖乖抱着被子回家里睡去了。——那时候那所房子还叫家，之后的很多年那所房子也被叫作家,可是后来家破落了,房子破败了,蜘蛛在各个角落里织起了网,随之而来的,还有那整座房子的右侧长满了蒿草,有些人家牵了牛拴在院子里放,你能想象那破落吗?房子隔壁的窑塌陷了大半,一如我残缺的童年,不过这些都很快要消失掉了,如同那些匆匆跑过的青葱岁月,可是那时候怎么感觉那么漫长呢。那时候我一直等待着,有那么一天,从很远的地方来一个人把我带走,把我拯救。——只是一直没有等来,直到这希望完全破灭掉。那时候实在太小,容易幻想,想着自己某一天有超人的能力,远走高飞;想着一个师父,会武功,那时候我是崇尚这东西的,因为被打骂惯了,肉体的疼痛造就了心灵的反抗,我希望有一个人,会武功,会暗里出来把我带走。也想过爱情,只是不知道这种情怀是爱情,希望有那么一个人走很远的路来看我,带我走……

少年时代的梦也不知道什么时候就那么轻易地失落了。

院子里种了山药,那一整个夏天一整个秋天,以及之后的好几个夏天好几个秋天,我都感觉我跟一地的山药花住在一起,我自己就是其中的一株,半夜里把头昂起,开出白花,在阳光下默默把头垂下。这感觉那么美好。

后来几年荒荒芜芜的,右侧院子生长了野葵花,我们都盼望着它长大,娘娘说长大了也许有几个圆盘,可长是长大了,那些葵花全都不能吃,壳里空空的。从夏天开始看着幼苗,一天天做着颗粒饱满的梦,以为我们会遇上奇迹。娘娘说了几次,是生怕我把那向阳的头砍掉,我虽然手痒痒,可始终没有去砍,然而秋天的结果却那么凄凉。我摘掉葵花的头,壳全都是空的,从最外围拔起,拔到再也没有希望。我一直没有跟娘娘说,她也该知道,她拖着腿走进走出,看不到那几颗向阳的头了自然会明白。那个秋季我们都压下了心里的失望,之后我就远走了。

家里没有杏树,隔壁三娘娘家的杏子树每年都结得不多,但黄黄的仕树上一颗颗诱惑着松鼠和我,于是我就学着栽种杏树。我把杏树种在了靠近门的栅栏边,垒了很多石头,以为这样娘娘就看不见了,等娘娘看见树也已大了。事实上我移植的杏树没有很快死掉,但墙根下怎么能种树呢。当时只是想吃杏子,简单地以为辛勤耕作每天浇水,一两年杏树就大了起来。可事实不是这样的,这就像某一年小叔叔心血来潮在右侧的院子种了一大片玉米,结果一根棒子都没有吃上。——按理说事实不该这样,可他只是心血来潮,只有几天热度,后来就不管了,庄稼也是需要爱的。我对我的杏树空有一腔爱意,却不知怎么照看。后来娘娘发现门口用来挡房顶上流下来雨水的石头不见了,再后来我告诉了她我想吃杏子,每年每年吃,于是就自己种。娘娘说种在墙根下是活不了的,即便活了,你让杏树大了长哪里去,难道你住到杏树上去,把房子推倒? 这当然不可能,就是我愿意,一家人都不可能住到杏树上去,于是,我对那种了很多天的杏树很快失去了热情,还有那满腔的期待。后来,我又移植了杏苗种在右侧的院子,右侧的院子本来也有杏苗,是头一年或者头两年我们吃剩的杏核破壳而出的结果,可是同样令人失望,在我保护一段时间后,娘娘就在某一天说出绝对的真理,这次倒不是我们一家住到杏子树上去,而是说杏苗子即使长大会结果子了,也不会很甜的,只会特别酸,因为不是正宗的杏苗子,而是野长的……这些理由彻底打碎了我种植杏树的梦。就像多年以后我们给学校种树,我们一年一度都会在植树节去种树,我们扛着锹和水桶,一些人抱着树苗,整个学校的学生都出发到某个地方去植树造林——那些树是很少存活的,但这件事每年都做。我们一本正经,叫种树为植树,植完之后我们还要写总结,植之前要写演讲稿,好的文字都会评奖的,可是那些文字有了一定时间生存的理由,树苗没有。清水的那次,我们植了整整一天,那是我最用心的一次,比童年时种杏树都用心,我是诚心想种好每一棵树的,可是大家刨个坑把树苗扔里面埋起来浇点水就是种了,甚至不踩一踩。大家在比赛谁种得多,没有人管你种的有多少棵会活下来。来年,我坐车经过那片风沙四起的小沙漠,一棵树都没有,连灌木丛也没有。

你知道眼睁睁看着一些东西破灭的感觉吗?

好多个早上,小叔叔坐在炉火边,一边吸烟一边骂,由三个孩子骂到两个孩子,再骂到一个孩子,我离家最迟,后来走得最远。我其实是他最疼爱的,他自己没有子女,我是父母多余的,所以把我在口头上过继给他,尽管母亲后来不承认,可我是知道这许诺的,我总是知道一些我不该知道但涉及自己能让我痛苦的事,总是能不经意地就知道,比如父亲的死;再比如,二爹做过的一些事情;再比如,这个家族最深层的隐秘,私情,我都知道。我比我们家那只活了十二年的猫都妖,那只猫早就成妖了,它每天装着乖巧的样子,其实看看它那老虎一样黄蓝的眼睛你就知道,这个世界在它身上充满空白,它仿佛掌握着这个世界的所有秘密。

小叔叔一直不停地骂人,他骂得最凶,山里人家的人,尤其男人,生活太乏味了,一年到头除了打妻子就是骂孩子,要不就是喝酒,醉酒了哭叫。小叔叔没有妻子,所以他把后两样发挥到了极致,他每年正月都会号哭的,父亲活着的最后几年也是这样,这个家的人好像都不得志,好像这个世界欠着他们,这个家族的人倒是不要别人还债,只是他们活得憋屈,像是被困在笼子里,困在这两间房子几个露天的栅栏里,困在一个长满蒿草的院子里,大家都好像不要出去,大家也出不去。

我感觉到压抑、窒息,我逃难似的跌跌撞撞要出去,出去。

院子里的大枣树,就是我种柿子的平台上面的那棵大枣树,是最先死掉的。孩子的心永远都是奇怪的,那棵枣树在崖畔上摇摇欲坠,我看着,心惊得很,一次次想,不是,是一次次感觉,这棵老枣树一旦完全躺倒在地,这家人就要覆灭了。事实上真是这样,来年它倒了,这家死了两个男子,成年男子,还死了些猫狗。随后就七零八散,鸡鸣狗叫,该死的不该死的植物动物都在死去。后来,那棵用来拴骡子拴牛拴驴的枣树也突然死掉了,没有任何征兆。骡子没有了,牛也没有了,驴子更是没有了,我的童年一下子变得贫瘠起来。

倒是有猪,开始猪是圈养的,可是娘娘提不动食,也没有人帮她,她每天一勺勺舀着,可是那猪窝没有人掏,这一家人就是这么懒。猪就跳出来了,应了那个故事,那个掉在坑里的马,一日日踩着那些落在身上的土往上爬,后来终于上来了,猪就是这样的,再后来把猪养在院子里,再后来它饿了就直接撞门进来吃,家里人看着笑,谁都是不管的,这家人对动物总是出奇的包容,别人家的狗啊猫啊都拴着,这家人不,这家从来都是放养,连孩子也是,所以我在能够出走之后,义无反顾地走掉了。那猪出来后,在全村晃悠,串门一样,饿了就回来吃。猪是一年宰的,那猪养了两年多,你看,这家人多么奇怪。村子里都是见怪不怪了,可是村人还是会说的,因为村子里实在少谈资,大家最大的乐趣就是看别人家汉子打婆娘,或者媳妇打婆婆,当然,媳妇能骑在公公身上最好,有奸情简直是顶好,然而若没有这些新闻,一只养了两年多的猪也是够说上大半个月的。这头猪玩累了,就回来在右侧院子的黑豆秸秆子上睡了,半夜到门边哼哼,后来那猪就被叫成哼哼了,村里人家猪是没有名字的,但这家有,我家有,是小姐姐起的,后来这家的所有猪都叫哼哼了。"哼哼"经常哼哼着,"哼哼"哼了很多年。在我走后的两年,这家就不再养猪了。

而今,老院子这一家人是谁也不住了,蜘蛛结满了网,蒿草在那里疯长,冬天光秃秃的,屋子在不停地塌陷,塌陷,就要覆盖过去了。搬迁有时候是人为的,有时候是天设的,但那印象在那里,坟墓一样的。枣树一棵棵死掉,但枣树在那里;海红果已经几年没有一颗了,但海红树在那里;狸猫死去很多年了,但狸猫在那里;故事已经发生很多年了,但故事在那里。老人也在那里,老人虽然没有住到杏树上去,只是老人更老了。那个小小的傻傻的女孩,她也还在那里,在月光下跟一地山药睡着。——天明了她就走在都市的大街上,那里的一切只是前尘旧梦。

风又刮起来了,再过十天要冬至,冷得让人绝望,总得想点什么吧。

珍贵的尘埃

"每一分钟,每一个在无意中说出来的字眼,每一个无心的流盼,每一个深刻的或者戏谑的想法,人的心脏每一次觉察不到的搏动,一如柳树的飞絮或者夜间映在水洼中的星光——无不都是一粒粒金粉。"这是俄国作家帕乌斯托夫斯基作品《珍贵的尘土》中的一句话。我看到这句话,无边的黑暗团团围住我的房间,我独自一人享受了这句话和这些黑,一种强烈的孤独感在心里升起,我觉察到一种甜蜜的悲伤在句子里弥漫着。恋人之间因为不能继续,发出的各种诅咒和谩骂,也许是珍贵微尘里的星光,是一粒粒金粉,那样浓烈的爱带了深刻的温度,也是可以铸造为金玫瑰的。

我在文字里召唤一种远逝的爱情,没有人来完成使命,也或者说,是文字召唤我写下爱情,召唤起我心里的爱意。我随时等待这种召唤。

第一次萌生爱情的憧憬是什么时候呢?我忘记了。当一个小孩子从第一次开始萌生爱情的时候,他(她)一生的灾难就在那里等待他(她)了,而此前我并不知道,现在对这一点我深信不疑。

我的父母曾经很爱,有过短短的几年时光的爱恋,至多几年,也或者是几个月,从母亲怀上她的头生子我的哥哥出生之前算起,因为未婚先孕怎么说在当时都是丢人的,她生下了他,也许只是因为怀孕,爱情消失了。我的父亲在我幼年就过早地去世了,几乎没有给我留下什么记忆,我做梦也没有想到我能逃离我们那个疯狂的家庭。

在文学作品里,这些都是最壮丽的景象,但真实的生活不该是这样的。

新农村建立了,旧村必须抛弃。搬家的时候,一些瓮、瓶瓶罐罐也会跟着一起走,可是毫无预兆,一件碎了,其他的也开始跟着碎。有人说:这是它们不想走。哥哥关闭了门,倒退着出了院子,对于他住了近二十年的房子,他感觉到了某种害怕。

他打过兔子,在五六年级的时候,在大山上设下铁丝圈,那些铁丝是用来捆扎麻袋的,几乎每个春天,我们家都会做收售山药的生意,有无穷多斤铁丝圈。哥哥给兔子设置路障,套住兔子的腿或者头。一只兔子被套住,就是已经皮开肉绽,流了很多血,但它还会继续想办法逃走,不发一声,默默用劲。那种微微的声音我一直记着。套兔子在新雪下了的冬天最好,因为它们的脚印最清晰,整个山都被白雪覆盖了,它们灰灰的身子也像是白雪的样子,但是它们的脚会不断地出卖它们。

兔子被套住了,挣扎,山上的雪往下滚落,接着就形成了一条明显的雪带,再接着就是轰隆隆的声响,半山的雪也被携带着奔跑,形成了一大片雪崩,就如女子踏空流掉小孩一样,雪,滚滚而下,整个村子都听见了那惊天动地的声响,山谷被惊动了,空气里到处都是晶莹的雪尘,飘到村里来了。仅仅是一只兔子,周围的一些村庄就感受到了地震。

我不断地写信,邮箱里的邮件一页一页地堆砌,一页是一百封。收信的人就像是已死去很久,这些信像尸骸一样堆积在那里,无人翻阅。信里的等待与恐惧逐渐扩大,又逐渐缩小,没有界限,不会消失,但已经是另一种东西了。信写得越来越多,越来越像是写给死去多年的自己。

他坐在椅子上,靠着,说着他可能到来的死,我平生第一次感受这种爱情,一个人可能因为我而死掉,得了神经性的头疼,非常重的疾病,大脑缺氧,随时可能。我平生第一次目睹并且享受了这种无限的爱,连死都不怕的爱。可是我的姐姐却嘲讽:"死是瞬间的事,日子却是一天天得过的。"我现在又记起那间光线昏暗的房子,我几乎每天都要想起,无数次地想起他的样子,他低垂的头颅,像一只耷拉下头的巨大的鸟。

我曾经租过这么一间房子,和一个八十多岁的老女人共享两室一厅,她一间我一间。她几乎不出门,除了一周去一次菜市场。每天,几乎每刻,她都用一副纸牌在那里为自己展开占卜。我从来不敢问,她占卜的是自己的死亡还是自己的生。在那些占卜的间歇,她则是不断地从客厅走到厨房,经过我的房门,再依次来回。每个凌晨三四点钟,我都会被这样的脚步声吵醒,如同一万头骆驼踏碎我的梦境。

我曾经在冬天走过寒冷的苹果园和桃园,叶子几乎都已经掉光了,只偶尔有一些还挂着几片泛红的枯叶,夕阳托着最后一片浮云,僵硬的天空在慢慢丧失它的温度。我们去接一个新嫁不久的女子回娘家,是腊月。接的人不能住在新嫁的妇人家,我们在寒风里瑟瑟地抖着,看一个新妇穿着霞红的衣服踩着夕阳向我们走来。不知道为什么,我感觉她在背向夕阳走向死亡。天空的霞光正在掩埋着自己,她走向了我们。

我从小住着的那个院子,杂草丛生,每个夏转秋之际,我回去一趟。一座荒废了的院落在秋风里显出萧散的姿态,知了和蟋蟀数不清,蜗牛也一样,蒿草长得高过我的头,院落里也许住着蛇,我不敢踏进半步。这个我住完童年的院落,这两个房间,我居然不敢落脚。有时候我感觉这座院落里埋着我前身的尸骸,这样的想法一旦产生,就会凝结下来,好像那里真埋着一个你,在一些野生的花果树下,你似乎还发出微微的喘息。我站在近旁的小道上,闻着一股草丛里发出来的酒精的气味,这些草被牛啃过,羊啃过,它们后来遭受了抛弃,因为牛羊比人类更向往远方的草木。我的前身像是醉倒在地下,召唤着我。多么令我恐惧啊!我无法将睡着的自己带回家,无法挖出她来。

这所院落里住过我的祖母,一个养我长大的人,我却没有赶上参加她的葬礼,也没有赶上合棺的最后一眼。那几年,我在远方锻炼我的情感的坚强,拿我在人世最爱的人做靶子,锻炼我思念所能承受的最长的限度和宽度。所以,后来,我的恋人以他的疾病远离我,每次在电话里,哼哼唧唧不断地发出死亡的预告,我也像是感觉遭到了报应,因为他在拿我的爱锻炼他自己。拿最爱的人炼造自己对抗世界的丹药,我们是那样的卑鄙。

我们热恋的时候是夏日,雷雨交加,闪电迟迟不息,如同我们对彼此的咀嚼,一刻都不要停下来。那年夏天总是有凄婉的闪电出现在雷鸣之后,有大片大片的积雨云,有清凉的夜空,好闻的花香在我去看他和他来看我的路上传递着,我们在深渊上的墓地边行走,暮色苍茫,所以之后接着就不得不承受各种黑。

那个夏天我复活了触觉、味觉和嗅觉,重新认识了世间的一切。其实在那之前我就认识很多,却是不甚了解,没有自己的个体体验。过去的好些年,那些词所标识的含义是死的而不是活的,后来,那些词,包括"死"这个字,也因为他,我的恋人,都一一活了过来。

那个夏天我知道了雷雨的样子,斜风细雨的样子,知道过云雨的样子、鲤鱼斑云的样子……一些雨特别热闹,一些雨则是恋人的絮语,是兔子用爪子轻轻地抚摸着树叶。

我的恋人认领托尔斯泰和毕加索为他的精神之父,他既效仿他们的多情,也效仿他们对世间万物的关心。我的恋人喜欢对花草树木虫鱼鸟兽实行户口登记制度,在他之前,我从来没有想到一片叶子或者一朵花、一条路边干死的蚯蚓、一粒种子和一只蝴蝶是那样的完美有序,那样的令人尊敬。我不会想到路边沾衣的草籽原来如此多情。我们短暂的恋情,像一种树的香味,越近前越没有味道;时日越久,离得越远,那种香味越形成巨大的圆环,把我锁在中间。

他唤醒了我的世界里那些所有沉睡的词语,也包括"沉睡"。

每当下暴雨,刮大风,我童年住的那所房子就像河上的舟子一样眼看着要倒塌,要倾覆,房门会不祥地吱呀吱呀,像是喘息着最后一口气的老人,头顶的木椽子们,噼里啪啦地往下掉泥土。

——我童年的房子具备一切文学特征所要表现的因素。

有很多年,我不能听雨声,厌恶雨和雪,下雨下雪都可能使房子垮掉。可是我逐渐喜欢上了这种东西,在经过我的恋人加持之后,一切的雨,包括要落雨的云,我都喜欢上了,即使他已经不在身边,这些安详的东西仍然保留下来,它们让我心悦,尤其是大暴雨,我像是会得到一种慰藉。我喜欢在那种喧嚣不息的雨声里写东西,那雨是涛声,是血液的流动,是爱的积余。雨小的时候,或者停下来,我会有一种退潮的失望,会停下一切,这又让我苦恼,反正至少暂时我是找不到暴雨在的那种激情了。

我很难说出我对故乡的感觉,在那里我生活了十多年,可是那却完全像残骸,不断地有枣树叶子飘下,无论春天还是秋天,反正我就是这种感觉,树木最终是光秃秃的,像丧葬过后几天插在墓堆上的引魂杆。

我的恋人把一切复活了,对于我来说,故土也不再是孤独的废弃的院子,而我,有一片荷塘和一池蛙声,虽然在如此的夜半,绝对不会有一个人影,可是这一切让我觉得,我还是幸福的人,还可以因为爱,或者让爱因为我,写下这些。

姐姐拿出三个万花筒,不同颜色的,要么绿得深浓,要么蓝如海洋,还有一个是玫红。她小心翼翼地从柜顶的铁盒子里拿出来。我们两人跪在白色的地面上。她打开,递给我;接着又打开,又递开我……她让我看,鬼鬼祟祟的。——孩子们在一门之隔的室外叫着玩,三个,两个是她的,一个是隔壁邻居家的。姐姐已经二十岁了,却如此小心谨慎地搜集着这些东西。我尽量不发出任何感叹和声响,朝着万花筒里面各个方向看,沙漠在我眼前打开,接着是万里无垠的海。天哪,姐姐!

我的故乡在沙漠边,毛乌素沙漠边,我在那个地方见过朝霞,以后很多年,我南下,西南东南地跑,只见过血色残阳,没有朝霞,从来没有。就如我在沙漠边一样,夏季再怎么干燥,我们都不会看到成片的虫子甘草一样倒在我们的脚下。在我的老家,朝霞燃烧得很慢,尤其冬天,一天里只有朝霞和晚霞的样子,霞光接着霞光,一天就过去了。

我书写爱情的时候会感到甜蜜,实际爱情却令我悲伤,我虚构爱情的能力比我在现实里感知爱情的能力大很多。一次短暂的爱情,几乎耗尽了我所有的勇气和激情。

稗草怎么坏,都有雨露会滴在上面,都会有虫子在其上旅行,蜘蛛在上面织出好看的网,雨水形成一片晶莹的小海洋,夜间繁星在天空如何喧闹,稗草们也享受着怎样的喧闹。我的爱情是一朵谎花,是一大片狗尾巴草,还没有驯化无法家养,过程却已经可以让我甜蜜到不等秋尽就死了。

有很多东西并没有发生过,只存在于我的愿望和想象之中,是我的另一种生活,我需要这样做,在想象里让我的一切趋于完美。难道不该这样吗?

一个聋老头,聋了一辈子,在数不清的低矮穷苦的一片村落的一个院子里,每个黄昏都用一把扫帚打扫一次院子,打扫通向远处的几条道路,扫完之后,他会用石头打火,然后烧掉这些残渣。总是会有一缕烟味在深浓的晚上紧紧抱团不肯散去,小村的上空一直飘着这缕烟,那簧火的样子我还记得,映着白天即将拉上的帷幕。

我一直不理解他为什么这样做。终其余生,他都在每天磨刀,太阳越是好,他的石头和刀越是闪着银色的光。那块石头也已经几十年了,刀亦然,夕阳和院落亦然。

他在我的童年里只做两件事:磨刀,扫院子点火。

他死掉之后,老太婆的哭声一直持续到她自己死,那时候,惶惶不可终日的贫困早就脱离了他们,他们的儿子当了当地银行的行长,他们已经走出了物质的寒凉。

我不明白的是,他磨刀要杀的究竟是谁,他说他要杀人的,最后岁月将他拖上了归途,他的刀依旧明亮空洞。

我叫他三爷爷。

我的恋人在一座千年古墓旁居住着。那古墓是个大圆,被围拢起来,一年中有那么几个日子会举行一些悼念活动。我曾经无数次因为去看他,走过那片大墓,围着大墓地骑行。他在大墓地正门出口不远处的一间居民楼上住着,我已经说过。总记得那风,古墓吹出的风,铁门发出干巴巴的嘎嘎声,还有风自己的飒飒声。

古墓里的被挖出的铁塑像是蓝绿色的,人物的眼睛被掏空了,四方样子,太阳神鸟在各个角落矗立着,神鸟旁边是蛇一样的花环,不同的蛇匍匐在太阳神鸟旁,形成一个圆。

我经常一个人在那里走,一生中我总是孑然一身,就是在爱情最浓烈的时候也经常如此,但是绝少像我最后一次在那个墓旁的那个夜上那样感到痛苦和茫然。我不能清晰地说那是最后一次,因为我现在都不能保证以后会不会再回去,我遏制不住自己的冲动,我想见他,我至今还对他有着最深浓的感情,而我也深切明白,他就像一朵玫瑰花一样,越关注越是于干燥中走向死亡,他对死以及别人以死缠绕他有着极度的痴恋。我不是这样的人,也或者我无能施行这样的举动,我的死是一次性的,不会展演。所以,我只是看看他。只是看看,我的失望来得那么剧烈。

在那座墓旁,附近的一所一百一十九平方米的房子里,有时温暖,有时光明,有时匮乏,有时默默无言,但是我被排斥在外边,墓园外。

一个人一生中会遇到无数的伤心事,也许是自取的。我告别的那个夜晚,在每一个料峭的日子里都会重新飘荡,色与光,影与味,宁静与漆黑,我仍然记得。

我离开时,三条无家可归的流浪狗在路上踟蹰,一黑两白,黑的瘦弱,白的毛长;黑的个头宽阔,白的一片肮脏,拖着半伤的腿,和黑的追逐我,它们追了我一阵,两只,远远地离去。另一只白的,栖息在人家的车道上一动不动,想着自己的心事。

我喜欢云朵,我整个的人生,都像一朵被迫流浪的云,我的故乡最美好的一点,就是无论大地上怎样断瓦残垣,长城如何被废弃,黄河如何干涸断流,荒漠如何刮掉所有树上的叶子,只要抬头看,我总能在一片废墟之上,看到镶了各色边的云朵的景色,因此我把自己叫作一片云。我明白整个生活,所有人的生与死,雨声、车声、闪电和雷声,扑进屋子里的风声,一切声音,整个的生活,连同那些污垢,在云彩之下,都是金粉金沙,都异常美好又令人绝望,都在每个夜晚睡去之后纷至沓来。

此时此刻,我纵容自己随心所欲地写下这些,而忽略那些人们命定的刻不容缓的事情,虽然感到委屈和难过,却也觉得甜蜜。爱情远去,失恋也是甜蜜的,你重新感知了一切,你在你的疼痛里不断发出谩骂和诅咒,最后你确认,你爱了,你还在爱着,你渴望,你不麻木。

夏天是这样的美,那些微弱的小草匍匐在行人的脚下,夜晚凝聚着雨露,早晨会送给它们晶莹的金子,也会送给我。我孑然一人享受了这些。恋人之间因为不能继续,发出的各种祈愿,也许是珍贵微尘里的星光,是一粒粒金粉,也是可以铸造为金玫瑰的。

如果鸟鸣可以储存

　　到底是南方，凌晨四点，到夜晚薄暮，总会有鸟叫，鸟叫声牵引出相思，也牵引出童年；鸟叫声让人欢悦，也让人悲怆。

　　在去冬，雪下了几场，总是有黑色的鸟儿死掉，是乌鸦，在垃圾桶旁、雪地里、屋檐下。流浪猫也是嗦嗦的，整个腊月时分，园子里人迹罕至，一胎生了七只的流浪猫，一只猫崽也没有活下来。然而对于那些鸟的尸体，无人问津，亦无猫问津。在寒流要来的那几天，一只苍鹭落在已经干枯的蒲草堆上，就在我楼下的河塘边。塘上短暂结冰，野鸭子偶尔滑冰而过，天气极其好的时候，它们的尸体也随处可见。一只成年苍鹭有着默然的表情，连着几天站在稻草堆里，一动不动，半赤半灰，像阴阳图形的合成物，曾经吸引我连着观看好几天。为它，曾经求助于爱鸟协会，他们说如果活过最后的寒流，它就会活下来。然而看样子完全没有这可能，它没有食物，已经不懂得飞翔，只是河塘旁枯枝里的一堆垃圾，赶了几次都不会走动。我实在为它担心，又无法跳下去拯救。然而谢天谢地，寒流过后，它腾空而起，踪迹不见。

也就是去冬,我经常在阳台上撒一些小米,有时也放吃剩的半个玉米棒子,一些面包屑,希望能帮到它们。我以前永远也不会知道,饥饿的鸟儿有那么强的嗅觉和视觉,它们循迹而来,赠我以鸟屎,以及羽毛,以致我现在的笔盒里,还有几片飞羽,其中一条是玄色的,长,神秘,我甚至从来没有清洗,好像它随时还可以回到主人的身体,重新飞翔。

过年的那些日子,我一个人待在这南方的园子里,远离家人朋友,园子空旷,然而鸟声婉转,似是另一种安慰,与我分外亲近,当然,这只是我的感觉,可是因了鸟叫声,鸟飞翔的姿势,我并不感到如何孤独。鸟儿飞翔,总能让我想起故乡的山冈、树木,以及村庄的老人,想起冬日专门留在树枝给鸟吃的果子,想起红彤彤的一树红枣、一树海红果,想起我沙漠边的童年。

就这时节,候鸟从北方结伴而来,成群结队,然后再往南,铺起漫天羽翼。当然,也有一些鸟儿不懂得迁徙,或者来不及迁徙,就如这只落在枯枝堆里的苍鹭,看着封冻的河面小心地蜷缩起自己,等着死亡,或活下去的可能。

在我的故乡陕北,多的是麻雀、画眉鸟、鸽子、鹧鸪、啄木鸟、猫头鹰、白头翁、山雀子、红嘴鸭、喜鹊。画眉鸟我们俗名叫眉眉鸟,是种受欢迎的鸟;麻雀又叫老家巴子,巴子自然是不受欢迎的人,但老家巴子,已经是乡亲化了的,可见是寻常鸟,经常飞起一片又一片,在枣树、海红树上蹲着。还有俗名叫姑姑救、八姑宠儿、石鸡、饿狼片的鸟,我至今不知道其学名是什么,它们属于我的家乡鸟。当然有燕子,南来北往,一年一度,住在屋檐下,有时也住进人家窑洞的顶子上,当然,得给它的巢加一块木板。小燕子们伸出头,毛茸茸的,是刚破壳的鸡,孩子们不被允许看,怕它们羞死,就是大燕子飞回来,也要装作没有看到,怕它们羞。"不借你家盐不借你家醋,只借你家屋檐住一住",大人们说燕子很知耻,住在人家屋檐下害羞,知道是耻辱。小孩子们很明白,鸟儿们握在手里,羞答答地低下了头,抻长了脖子,就死掉了。——燕子是不能看的,我现在还记着,每次看到燕子总害怕它们因为我的注视而自戕。

这十年,在南方读书,我认识了一些其他的鸟儿,我故乡土地上的麻雀、画眉、鸽子与鹧鸪,也经常可以见到,啄木鸟少,猫头鹰亦然,但鸟儿是相同的,飞翔是相同的,就如一些悲伤的东西是相同的一样。我失恋了,我的恋人离开了我,在遥远的地方,遥远城市的一间七楼的房子,永久地,我被搁置了。一切都变了,一件事又一件事在不断发生,事情无限循环,但都没有他了,然而在我所在的园子里,还有我童年所见的鸟儿,加一些新的,还有我们听过的共同的鸟的调子,鸟叫声呼出黎明,收回傍晚,它们徘徊着不去,和我在恋爱中一模一样,冬天时悲怆一点儿,梅雨季节欢快一些。这些有着翅膀的鸟儿,永远是相同的。燕子在我童年隔壁的三娘娘家的窑洞里筑巢,那时候我还不敢偷偷看它的巢穴,如今它们在南方的天空里尖叫着歌唱,飞来飞去,和爱情一样,在记忆里,长了翅膀,飞来又飞走。岁月流逝,炽烈的爱情也已经流逝,但是鸟儿的鸣唱却把一切召回。仅仅是一只,有时也可以是几只,在不知名的某棵树的枝头,叙述着我的悲伤,与我如此亲密相处,互相敞开。这些移动飞奔的唢呐声,完整地叙述着我曾经的悲哀和欢欣,与我这么近啊。

整个冬天我很孤寂,园子也显得很孤寂,但冬天南方的鸟儿却那么多,它们不知道是从哪里迁移来的,落在这里,一场又一场的雪赶着下,它们黯淡的头颅在枝头上吊着,源于失望还是源于饥渴,我一点儿都不知道。

在今年夏天,我去了甘南一趟,见了一种奇怪的鸟——秃鹫。这种鸟走动时像很老很老的老人,表情也是老年人的,鼻子和下巴似乎就要长在一起,眼睛深深陷落,展翅时,仿佛比一个人伸开双臂还要长,飞到苍穹之上,在一大片白云下面拍动翅膀,白云的背景之下,形态是那么清晰逼真,那么让人感动。它们用野蛮的漠不关心的目光注视着我,在山间,未出太阳之前。接着，在几十分钟之后，它们飞跃而下，张开险恶的喙，大口地吞噬着切割开的腐尸，发出令人颤抖的响声。这时候，太阳正开始升起。秃鹫，这种有着粗糙离奇外貌的鸟类，极度年老的外观让人恐怖，它们嗜好的食物令人恐怖，但是当它们早早地站在山头，沐浴在早晨充足的亮丽阳光下，展翅在天宇之间，你会想到神灵，你会觉得感动。阳光似乎是它们所需求的必然因素，它们习惯性在阳光出来之前，飞驻高高的山冈，走动或站立，独自或三五成群。

这些秃鹫让我想起童年的一件往事。叔叔在地里劳作，头顶的老鹰捉起一只兔子，叔叔在飞奔中抓住了它，却也已经是只留三条腿的兔身。

在我小时候，祖母喂过一只野兔，小小的，从兔崽养到大兔子，两年，什么都吃，什么都好奇，打洞是拿手一绝。可惜，拴着的绳子断了之后，它消失了，再无踪迹。祖母气狠狠的，后悔没有杀掉这只野兽，她觉得自己的感情是被背叛了的，所以老是提起这只兔子，说是捡来的东西养着也收不了心。

祖母还从黄鼠狼的口中救下过家鸡，从猫的口中救下过麻雀，它们有些死掉了，有些活了下来。在一个空置的大瓮里，我养过一只老鼠，发现它跌落的时候，已经被饿了好几天，瘦瘦长长，也当作可以养的动物养了一段时间。——后来忘记了它的下落。当然，冬天的夜晚太漫长，在地下放置一个套雀儿的笼子，套住过老鼠，但是大人们实在太懒，最后在黎明到来之前，它咬开红柳做的筐，跑掉了。大人们笑着，说："聪明。"大有夸赞它的意思，这新鲜的故事，说了好多天。

我曾经用手扣住过一只鸟窝，山洞边的，打在土堆上的小小的鸟巢，一只肥乎乎的大鸟，但身子并不是很大，下了四颗蛋，它扔下了它未出世的儿女，从我伸开的手旁，嗖溜飞过，我现在还记得它身体的温度，以及，翅膀的轻响。以后好几天，我曾经很多次去看望那些鸟蛋，但却再也没有碰到过大鸟。

有一次，手伸进半崖上的鸟巢里，想着扣住一两只大鸟，拿回家玩，或者喂猫儿。在此之前，我经常爬树。孩子群里，我是爬树最快的。曾经，端掉过一些鸟窝。——少年的罪过在成年的雨夜写来，仍然觉得悲怆。可是我的手觉得冰凉，那是夏季炎热的午后，我吓傻在原地，接着，眼睁睁地，看着一条蛇从洞里爬出，并不小小瘦瘦，已经有手指头粗了，一路往废弃的干草堆爬去……我不懂得跑走，也不懂得尖叫，一动不动像被施了魔法一般，站在原地。不过，活了下来。

我见过这样的场景，打死的蛇肚子破开，一只麻雀，又一只，总共七只，还都是完整的样子，从它的肚子里刨出。也见过这样的场景，鸽子在上方飞舞，像被施行了魔法，蛇头晃动，舞蹈，眩晕。鸽子明明在我人头高的地方，在更高的高树上，可是它悲鸣着，一点点转着圈子往下落，落，蛇大张着芯子，红色的，深深的舌道，永恒的黑暗之所。它也许用了一种密语或一种邪恶的舞蹈，控制了它，控制了这飞翔的神灵，大地在战胜天空，鸽子跌落了，最后，滑进了无底深渊。

我并不是如何怕蛇，在早年，更小的时候，跟着爷爷放羊，我经常去找蛇蛋。在叫作长母沟的地方，有很多宽大的石头，天然的，人躺在上面，可以当床，一些大石头，很平整，可以睡几个人呢。我常常想着下面就是蛇窝，蛇会将蛋下在巨石下。那时候真是什么都不怕。可是当我的手触摸过冰冷的蛇皮之后，我再也不敢去掏鸟窝，也再不敢，去寻找，石头缝隙间可能存在的蛇窝。

当然，总是可以见到松鼠偷食杏子和黑豆，挖开它们的洞，装进麻袋里，可以装半麻袋的粮食。松鼠和老鼠，它们捕猎鸟蛋、鸟，它们摧毁鸟巢。总是一窝又一窝，小小的，羽翼还没有长出来，大概还不懂得害怕和疼，就被吃掉了。尤其是松鼠，你可以看到，一棵树到一棵树跳来跳去，很多人赞美它，但它是鸟蛋的破坏者，最大的猎手，吃掉，或者掀翻，滚滚而下，那是鸟的子民，鸟的儿女。有翅膀的动物的死更让我觉得悲怆，它们被神赋予飞翔的能力,赋予一整个天空,赋予白云,但它们居然也会死去,最终归于大地。

　　到底是南方,凌晨四点,到夜晚薄暮,总会有鸟叫,鸟叫声牵引出相思,也牵引出童年;鸟叫声让人欢悦,也让人悲怆。我想起一些事情,随意地写下,算是笔记,也算是线索。一整个冬天和一整个夏天的鸟鸣,如果都可以储存起来,想听时听一听,多么好。

还 乡 记

上　部

1

　　整个陕北在睡午觉,长长的,时光。少年时代夏日午睡醒来,总会觉得有什么迟了,赶不上了,自己被一大群人一大件事抛弃了。

　　现在又是午睡独自醒来,知道有人在梦里,有人不知出发哪里去了,知道有些事有些人把我忘记了。我有时怕那些睡着的人,觉得我整个的人被放弃了。

2

　　从小,我名义上过继给我叔叔,我的三爹。方言里我们称呼父亲的哥哥和弟弟为爹爹,排行老几就是几爹爹,在书写里,我习惯叫他为叔叔,有时也喊他小爹爹。

　　我叔叔每天放羊。我回家的日子,会每天陪我叔叔去放羊,他喜欢我跟着他放羊,喜欢像幼年一样,对我吆喝,让我做点什么,比如将啃庄稼的羊赶回来,比如留意感冒了的羊,比如让我看看哪只羊偷吃庄户,当然,有时他也会指着那些不听话的羊,对我说:像你。一边说一边还恶狠狠地瞪我,说我在城里不听话,也会像羊一样落入不好的下场。他没有告诉我该听谁的话,他只是有个模糊的概念,听话总是好的,可是他大约没有想过,大多的羊是听话的,到了一定时候却都有它们的归期,几无逃脱。

3

我在村子里。很土的村子里。在山的顶端有一只羊,是这群羊里面一只母羊的孩子。小羊羔太多了,养不了,送了人家一些。去年冬天,母羊们不断下羔子,三胞胎四胞胎也有,多是双胞胎,单个的很少。小姐姐有点羞赧地笑着,站在斜坡上,对我说:"双胞胎婴儿那么多,就是人也养活不了。和咱们小时候有一年爷爷养的羊一样,好像送子娘娘都给咱们家送来了,都是双的。"小时候我们家养羊养猫养狗,都是如此,生起来一大窝,一年到头总是在考虑将它们送出去。一年到头,大人们总会说:"那时候没有把二和尚送出去留着现在害人真是后悔。"二和尚是我,高兴或者不高兴,情绪激烈或者情绪平稳,他们都会如此叫我,好像他们过早预言了我会孤独终身。小姐姐结婚了,也有了自己的孩子,说到生育好像还很害羞,她那害羞的样子是天生的,陕北这一片的女人,无论什么时候,说到生育总有种害羞之态。

去冬,三爹送出了好多小羊羔,我们村和附近村子的人都有我们家生产的小羊羔,就像我小时候附近村子人家都有我们家的狗和猫一样。赶庙戏时节,去相邻的村子玩,看到这些猫狗,就像是走亲戚,觉得亲,有时很想偷回来,觉得是自己的弟弟妹妹送了人。三爹送出这些小羊羔,是为让它们活下来。我十岁左右,父亲去世,家里合计着也是要把我送出去的，就如送小羊小猫小狗一般，有着各种不忍心，但是为了让它们活下命来，还是送去给了人家好。我怀在母亲肚子里的时候，因为计划生育，属于父母的第三个孩子，被国家政策认定是多余的，就已经说定了要送的人家（至少有四家），就如我们家送这些动物一样，要送走。我这十年天南海北地走，哪里的人和食物都不觉得陌生和排斥，大约与这种血液里就开始漂泊的命运有关。不过我家人并没有送走我，就如他们也会同时养着好几条狗好几只猫一样，一旦动了不忍心的念头，这些生物就不必骨肉分离了。

烤肉里有种叫"骨肉分离"，每每看到这个词总觉得难过，一大家子抱团活在一起死在一起，总是有种团聚的安稳之气。大地震或大海啸，看见一大家子死在一起，有时候，觉得悲惨又安慰，至少心里的念想是稳的，那一刻生死与共，从此永生永世地老天荒了。爱情也有这样的效应，所以凡是极致的情感，人们追求同生共死，追求生命的一种相通。

这些被三爹送出去的小羊羔，一些人家喂它们奶粉，一些人家喂它们山药米粥。一些活了下来，一些死掉了。这只远远跟在羊群背后的山羊，这只每天在山顶望着羊群的山羊，白色的自由奔跑的神，就是侥幸活下来的几只中的一只，它的身上有种忧伤之气。

有一次，一个黄昏，它远远地朝我走过来，看着我，像是要触摸我，接着，再看看天空，一会儿之后，嗅嗅，一动不动，却伸长了鼻孔，像个盲人一样，通过嗅觉来认出自己的同类。我认得它，也认领了它，我早就是一只白羊了，那一刻，它看向我的那几秒，我又一次确定了这个事实。

有时，大部队朝很深很深的沟里走，朝旷野的深处走，夜色往下垂，它就远远叫。它的叫声是一切被放弃了的叫声，是一种不可再有什么作为的叫声，小孩子哭起来的时候就是这样的声音，天地要崩塌了。——我永远想不明白，屠夫怎么向羊下刀？

我现在的恋人身上有一种利器，像浑身长满坚冰，当然，他也是属火属铁的,有时,他让我害怕。我看出了他身上的怯懦不安,也同时感受到了他的兵器,一种石头做成的剑,在刺向乌云和地平线,身上却留下了自己刺出的血痕。他长得特别像我少年时代第一次去庙里看到排列在门边的哼哈二将,是哼将而不是哈将,嘴巴紧闭,脸上线条清晰,眼珠黑白分明,像北方土庙里那些不太注重线条的塑像,木讷、凶恶,却又让人好奇,为他表现的力产生诧异。我在沉默里爱着这个人,爱着这个屠夫,也许是因为我爱着童年时代就流动的血和呐喊,我爱着家人刀起羊头落,爱着那些在我心底不断回访的惨叫。我在这只远远近近跟着我快要走向成年的白羊身上寻访自身,也许,我的一部分,在那些手起刀落里,被过早地砍掉了。我对世界丢盔弃甲,一切都可以叫我投降和放弃,也许就缘于早年的这些相遇。

收养这只羊的人家,住在我家院子的对院,打开门就可以看见。他们还收养过我家的猫和狗。我记得有一条黑色的老狗,温驯、乖巧、长,是我家两条大狗的后裔。在很小很小的时候,它经常跑到院子来,找寻它爸爸妈妈。它们窝在木头车轮下,窝成我头脑里一幅多年之后想起来的天伦之乐图。——当然,它们后来都分别死掉了。不知不觉死掉的,走了再也不回来死掉的,被人下了农药死掉的,我都记着。我还记得那条温驯的黑狗的眼睛,和这只羊一模一样,充满了毫不反抗的放弃,甚至没有任何不安与恐惧,它放弃了自身,退出了命运,像那些总是走在荒野或大街上的疯子。

有一个夜晚,我和我爱恋的对象走过长安街头,看到过这样的场景,一个袒露着上身的长发年轻男子蹲着,夜色昏黄,庙宇式旧建筑下的朦胧灯光投射出他好看的剪影弧度,他看着我,唱着歌。那一刻我有小小的心动,想到希腊水神,这个长头发撂在肩膀背后的男子,像西方影片里那些不羁的浪子。我该怎么说呢?我应该坦诚,他唤起我瞬间的性意识。虽然,我的身边跟着我的恋人,这些日子我正为他痴狂,为他玄思和遐想,每一天,他都可以摘下山上海上的星星给我,我是个虚无的幸福者,几乎不再祈求其他。可是这个街角不羁男人的落魄样子,让我想到了沉睡的性。

他见我回头,靠近我,说:"这个人在这里几年了,春夏秋冬都穿成这样。"我立即想到他冬天的样子,问出:"也是裸着上身?"我的恋人说:"上身没有穿衣服?"我就知道他没有看他,他只是看到了我看他,他的注意力在更远的东西上面,不在这里。

我的恋人喜欢穿戴整齐,即使热得像浇过水一样,他也还是齐齐楚楚的,是个衣冠整齐的人。他是特别的,他与所有的人不同,他是属于北方属于黄河属于黄土属于黄沙属于寒冷的,而我一贯迷恋的对象,或者一贯迷恋我的对象,是那种温文尔雅游移不定的具有南方属性的人。我没有想到,遇到这个携带兵器的人,我动心了,他眼神的狠劲让我想到山里面的动物,是狼,也是蛇,是奔跑和流动的,属于风的子女,他偶尔的温柔又是一种彻底的劫掠,我的生活或许会短暂地陷入他的生活之中。不过,他拒绝脱下衣服,拒绝长久被观赏,这无法剥离的裸体的不快令我心碎,也令我尴尬,我被抛出,却没有落下,停留在半空中。

还是应该专心写我的还乡记,爱悦者对被爱悦者永远怀有一种献祭的心情,她需要交出她自己,交出兽类年代的一切。

4

我是一条狗,我是一只羊,我是一片白云朵。我站在这里,移动。

乡村夜晚的风,星,人声,动物的咀嚼,喘息……风从大地上起身,经过木凳子,经过院子里的土豆、西瓜藤蔓,经过墙外剪了头的海红树,经过我,接着会在不久之后,经过我所恋着的人,而他不知道。

风从乌云上下来,然后从山上下来,消失在道路尽头的草丛中,那些高高下下的草和石头,是云落在地上的样子,是羊。

羊是最容易迷失的动物,就像风……风一刮到山里就迷失了……

站在这里,由爱唤起,我才知道自己有这么多感知世界的方式,而我恋着的人,比我有更多一些的风,更多一些的空,他把苍鹰逮住,插入大头针,定格在建筑之内;他把狮子囚禁,垒进石头堆里,摆出兵马俑的架势。每夜,他摘下鹰的翅膀,摘下狮子的爪子,他还准备摘下我,像摘下一片云一样,他的野心带着杀戮的快感和不吉,可我却充满期盼。——来自恋人的血腥杀戮是上天的一种祝福,在厌弃里带着激烈的欢欣,这样的死令每一个人颤抖并向往。

我在写下些什么呢,写下一次还乡经历,还是过早写下我的死亡?此刻我准确听得见树叶抖动惊起的心跳,由风引起,而风由爱引起,爱组成了风暴,爱携带着骤雨。

5

八月一号,去看我舅舅,他排行老二,我叫他二舅或小舅舅。有二就有一,可是,大舅死掉了,作为一个空缺而存在。他死在我前一次回来拜访他的四天之后。多日不归家的舅妈前一晚归家,他第二日一大早七孔出血死掉了。下葬时,我的母亲和小舅舅坐在角落里啃着骨头,葬礼上,他们姐弟俩像狼群离开山洞不得不留下的两只孤狼,作为人世的孤儿,他们永远不可能再有父母。他们啃着猪骨头,啃得那么欢畅又那么悲伤,像啃着他们的弟兄,像要把他咽下去,完整囫囵吞下去,不让他再流落到别处。

6

我喜欢旷野、空气、跟人无关的一切自然事物,包括废墟……我喜欢坟墓之上长满的青草。

其实大地就是一个牧场,放牧生命与屠杀生命并举,坟墓和生长并举,这是一个鱼水相依的基本原理……冢上野花烂漫,我也不过一枝一朵而已。万物与我们生长在同一座坟墓里,共同呼吸。

我站在羊的绞刑架前,旁边是遍地的羊角,随意码着的砖墙上,则放着沾满血的刀,那血已经干掉了,却还有嗜食的蚂蚁在攀爬,红红的太阳,照着大地。我抱着一只雪白的小羊羔,笑着,与我作为羊倌和作为屠夫的小爹爹拍照,我爱他,我知道他也爱我,杀戮是一种生存方式,并不值得悲悯,我们对此心照不宣,脚下的土地是一条河流,红色,从我的幼年流到现在,一只只,我听得见它们的嚎叫,顺从或抗拒,都被宰掉了,没有侥幸者,最终的命运是一致的,我知道我也一样,所以我的血液里对一切充满投降,毫不反抗。我的恋人一直对我的多愁善感冷嘲热讽,也许,他早就认出了我身上流淌的嗜血基因。每一次,拥抱、退潮之后,他会露出狼一样吞噬之后充血的眼睛,低吼,像山神在月夜的崖上咆哮,让我觉得恐惧,又让我觉得诱惑。屠夫的刀啊,是羊终极的渴望,也是我的渴望。

牧草青青。墓草青青……

天空是大地的坟墓,太阳是星星的坟墓,大地是大海的坟墓,大海,这大地的下半身,沙漠的弟兄,它无限的黑暗里充满了误食死亡的生灵……

恋人是台风是乌云是野马,劫掠我却又使我富饶,我因这劫掠不断重新生出自己,我因这劫掠写下自己,我并不渴求联盟,却在痛苦绝望里,生出结晶。狗的身体里有狗宝,鱼的身体里有鱼宝,蚌的身体有蚌宝,久病成珠,我要切身去验证这四个字。

7

听着母亲的呼吸声,似乎村子里所有的呼吸声都听到了,甚至还闻得见小村的汗味,那种对生活的厌倦和疲惫,还有那微茫的渴望,对于半亩糜子一亩土豆多点收成的欣喜,以及新盖的未装修的不漏雨的水泥房子的踏实的自喜。

我坐在这里，坐在这生养我的村庄里，搬运累积在心间的石块，整理我洞穴里的粮食。一只野兽在夜里整理食物，安静平和。

　　山里的家，有人就有苍蝇、有蚂蚁、有臭板虫，我回来的那天还看见盆里的蝎子，可母亲在炕上睡着不说话的时候，听着院外树上的鸟叫，苍蝇嗡嗡，我也觉得寂然里有一份欢喜。想着谁，有点孤独，又不是多么想。此刻我完整，此刻我又若有所失，我的整个世界在睡觉，坟墓里我的祖母、躺在炕上我的母亲、我家的狗、养我长大的叔叔、我们那些不同个头的羊，甚至我们家的那些虫子或倒塌了的烂窑里的猫，也在似乎安稳地不担心着什么睡着觉。我想对谁说我温柔的爱意，比如对我爱过仍然爱着的人，我想对这个世界说我温柔地爱着什么，愿意流汗，愿意哭泣，我愿意去赚钱给别人花。我想说些什么，温柔地，梦话一般，向谁许诺什么。

　　我渴望爱情，依然在文字里塑造着想象的恋人。一个赤贫的孤独者，在文字里遥想痛苦的爱情，雕刻恋人凶狠的样子，温柔的眼神，想象残暴与吞噬，想象完整地占有与剥夺，想象兵荒马乱与颠沛流离，想象，并不存在的一切。

　　天气燥热不堪，眼看立秋，却也在真正的大暑酷暑中。一切都显得不可忍受，连床铺睡下来都觉得黏热出水，案板上的半片西瓜，一些放在银白色锅盖上的粉条，自己熬制成酱的一碗肉，一个完整的菜花，这些我叔叔带给我让我吃的食物，还有深夜哥哥从打工地方专门回来看我买给我的面包，都让我觉得生活简单，都让我温柔厌弃的时候深深爱着，都让我觉得再不敢奢求太多。有这些就够了，可我不得不承认我在忍受。就如恋人在走来敲门的路上一样，我在等待中颤抖，渴望却又准备伸出拒绝的手。我给自己加冕，承认被世界爱着，而这些爱让我胆战心惊，因为感觉到满足的时候生出贪婪，而贪婪又让我残缺，怕此刻被剥夺，怕这种贫瘠却寂然幸福的生活被修改，怕不如意等着我。

8

八月三日,午后有雷,响在山间。

少年山间雷声,总在下午三四点钟响起,我们才放学,我必须从一个村子回到另一个十里外的村子,一个人,大雨滂沱,大雨滂沱啊,好像我一辈子都要走在那样的雨和雷声里,经过一个乱坟岗,经过一座庙宇,再经过埋着我爷爷我父亲的大坟,回到我们家漏着雨的房子里。

很大的雨点,让我想温柔地爱着什么,却又想在雨声里痛哭,回到家乡我总有这样的绝望。

夜里羊又无法吃饱了,大雨,草湿,羊就不能好好吃,它们厌弃湿漉漉,它们需要干干的草。水和草必须分开。在月亮和星星下面,我一次次看见它们伸着头在绿色铁皮做就的水槽里喝水,喉咙咕咕响,愉悦的,是一场性爱到高潮的部分。

我在文字里进行着温柔的杀戮,将自己挤入云层之中,渴望过一种轻盈的生活,实际上,我的肉身早就俯身于尘埃,在一团泥淖里挣扎。一切加冕都是荒谬的,灵魂在沼泽里跋涉。

雨声越来越小,雷声去了又回来,像炸裂的情感。一切人类自设的荣誉,都不如我睡在荒凉的山冈上,听云层擦着山脊奔驰,听羊群啃着草地远去……

9

鹧鸪声远,最是一天中这时候,放羊,放云。鹧鸪总能惊起我的愁绪。一种普通的寻常可以见到的鸟鸣,如同一种寻常经常可以感受到的厌倦悲哀情绪一样,你毫无办法,那么近又那么远。

羊还不熟悉我,不断观察我。

再过三个小时,我得独自离开羊群,离开叔叔,返家,告诉母亲做稀饭吃,已经是夜里十点。

日头退去，长在沟壑里的树才真正活了起来，那些在灰色的夜里摇动长在山野的树，每一棵都受着我一次次的祝福，我希望它们可以活到寿终正寝。

10

天黢黑了，我在不断回来又让我离开的那条从小就有的汽车道上走。道路一边是我家的场面，废弃多年；下去是我家的旧房子，已经塌陷。道路另一边是我们家以前的八分地，换给王姓人家造了房子。祖母不同意，与我父亲大吵一场。一棵我祖母栽下的枣树，慢慢长起来，枝繁叶茂，结着很大的绿枣子，还没有熟，被突然刮起的一次八级风，刮断了头，仿佛是听见了我祖母的期盼，自杀夭亡。就长在这块换给人家做了房子的土地上。那时候我还是个孩子，这棵树也是个孩子，我们都还不超过十岁，甚至还不到六岁。

它死掉了，作为孩子死掉了，被扔在沟渠里。过了二十年，准确说是二十多年，一个才出生两个月的女孩子，先天性心脏病，被放弃了治疗，最终也死掉了，和这棵树一样，被抛弃在这一片土地上。山风吹着，从古到今山风一直吹着，从春到冬山风一直吹着……

远远有孩子声、有拖拉机声、有狗吠声，东面与西面，车声远远，更远，暮色四合，落日熔金，秋蝉提前在树上哀鸣，秋凉如期而至。蚊子在我耳边嗡嗡了一下，又飞远了。我被风吹着，像死掉了一样被风吹着。

下雨了。

雨落在糜子苗上的湿，还让我的裙子贴着肉身透出寒意。

栖霞山记游

　　每到秋天,在南京的人们经常会相问:栖霞山的枫叶红成什么样了?好似栖霞山把秋季所有的颜色都摄取了一样。栖霞山古时叫摄山,南朝时山里有佛家建筑有名"栖霞精舍",故后来山名栖霞山。霞栖于山,无论是朝霞还是晚霞,都分外瑰丽多姿,单只想象就已经够夺人心魂。南京有区名栖霞区,也是因山而名吧。我现在所生活学习的园子,就在栖霞区,霞栖息于此;有大道名仙林;亦有河流于此,叫九乡河,几厢混杂,真可以说是天上人间。

　　"一部栖霞山,半部金陵史。"此山真是有名,佛道两大宗教都很浓烈,然而今人秋日登山,多是因为此山别有"枫"情,红叶满山满谷。秋有红枫不孤,山有红枫不寂,大多世人如我,上山只为图热闹,登高远望,赏秋色的五彩斑斓、看霞光层林尽染、观千树万叶飘丹。秋天的栖霞山,红得有声有色,有热有闹,有重有量。滚滚赤潮骑马而来,从十月一直跑到十二月,我记挂着一年一度至少去登一次栖霞山,也是在这三个月最浓烈。

　　阴历十一月十五日,早起约了同学,一起去往栖霞山,虽然从各处听说山上秋叶还属于五彩斑斓阶段，但是已经等不及。同学是甘肃人，现居广西，栖霞山是第一次去，但早就被这名字勾引了魂魄。从小学习了"停车坐爱枫林晚，霜叶红于二月花"的人，是没有几个可以抗拒得了山上红叶的。

北方的山水，尤其是西北的山水，一般自然多于人文；而南方的山水，人文多于自然，栖霞山亦不例外，方寸之间到处是历史，何况，在南方，这已经算是一座大山了。

坐公交车抵达栖霞山脚，一石牌坊当道而立，四根粗柱显出了岁月的斑驳沧桑。买票入山，第一站是一个小湖泊，菩萨低眉立于水中，似乎做欢迎状。左右两条道。左边人文荟萃，有桃花扇亭，据说孔尚任《桃花扇》里李香君最后出家终老便是在此地桃花涧边的葆真庵，也就是现今粉墙黛瓦飞檐依栏的桃花扇亭。后世人真是浪漫，重建使古庵变扇亭，沾了红尘色，这一点，南京人一直有本领，就如夫子庙旁荡有秦淮水色一样，亦庄亦谐，不净不垢。从桃花亭往上，经过桃花湖，一面通上去，可以见到红叶谷和枫林湖；一面是天开岩、灵虚室遗址，小营盘、饮马池。我所说的是赏枫路线。礼佛问道路线，则处处需机缘。

栖霞山最终因寺而名，处处都是禅意，一路往上，不敢不生敬畏之心。千年古刹栖霞寺就在入山不远处，舍利塔亦立于不远，千佛岩在一处石壁上，在舍利塔东边，依山而建，五层八面，与舍利塔的浮雕相互照应。游人中有一人处处问佛，我们跟于其后，也观看了不少佛像佛龛。一些佛似乎在现身说法，手足不见，唯有半截身子，一些缺耳或者缺鼻子。佛像亦有残疾，何况世人，何况世间感情，唯斑驳沧桑，才显真意真情。关于这些人为的残疾，一般人都会寻到历史的源头上去，在我，佛像无头则为有头，凡人喜形而不究相，佛状雕塑也只是为传佛法，以形显相而已，不懂的人永远不懂，伤残的菩萨佛像，反倒更能体现生而在世的真实境遇。所以，在我，觉得这些缺耳少眼或者无足的菩萨，倒像是有伤残的前世，让我更觉亲近和感慨。然而与我同行的杨姓女子，一路走来，不断慨然于石像的残疾和庙堂的金碧辉煌。我早于世间习得凡事起心动念之间，要无分别心，尽管不能全然做到，但是看到大殿上那金粉塑身的地藏王，以及这石窟里鸽屎沾头鸽子飞于脑顶的经过岁月抚摸雕塑剥落模糊的巨形无量佛，也不觉得有什么特别的感悟，世人有金箔的献金箔，无金箔的上供花草，佛若是慈悲的，自当没有分别心，而人若心里有佛，又何须有分别心呢？"了了分明万法上，如如不动对境中。"三花聚顶，五气朝元，我虽然未有此能力，但也时刻自省。

我们早晨九点多出发，光线很好，在地藏殿处，也是一路光影婆娑，然而离开佛舍，光却开始四散奔逃，越往上，越陷入雾霾之中，然而好在心境开阔，也不觉得有什么障碍。

经行地藏殿，地形宽敞，有栏有椅，我们就歇了下来。寺内古树森森，苍松翠柏，亦有银杏盈盈然，这时节真是黄得清丽可喜。杨同学拜过地藏王菩萨，说起了孙悟空，一阵感慨。她觉得《西游记》应该倒着写，因为正着写的《西游记》，取经完毕，各路封神，人世仙界皆圆满，那是虚构，而真实的生活，该是孙猴子还压在山脚下，就如白蛇一样，镇于塔下人世的故事才可以继续演绎下去。她说六耳猕猴与孙悟空相互对打各说自己是真悟空之时，请地藏王辨认，地藏王认为不可说。而到了如来那里，一经指出就有一只猴子被另一只猴子打死了，书里写着是假猴子死掉了，世间只此一只。在我杨姓同学则是认为，真实的悟空死掉了，留下来的那一只，则是和如来同气相和同仇敌忾的那一只，从此之后，安心扶持三藏取经，再也不做悖德叛逆之事。野性的猴子被收服，驯养着做犬状，一路护僧人取经，失了本性，也算是另一种死亡。所以，人们怀念的，还是那个时常捣鬼想要撂担子回花果山做美猴王的猴子吧，那只猴子身上还有原始的活物性，不被收买。她与我就此问题探讨了差不多半小时，我平素装作半点尘不起的样子也觉得心念大动了，往下一路，慨处皆是，人世亲情爱情,到处起着分别心,明知不可问轻重,但又怎么能做到。我虽讲求万事万物不要起分别心,来与亲者皆可亲,然而细细想起,深浓处自深浓,淡处淡浅影。

我们离开地藏王大殿时,一只狸花猫不知道从哪里钻出来,居然一拜一拜爬上了台阶,走进了大殿,然后在有花纹的蒲垫上盘腿跪了下来,头低低地伏着,做祷告状。寺庙和校园一样,猫多,怡然,但如此做派,却也少见。那向天地万物俯首的谦和样子,分明是做给现世人看,分明是佛法。

山上一路野兰花,杨同学见兰花总思家,恨不得一苗苗抠了回房间去养,其实也不无缘由,但我不当面点破。她十八岁出门远行读大学,那一年,失了生母,而今正活到生母的年龄。这十多年,后母归家,生母养的一盆一盆的兰花,逐渐凋零。前不久回家,她见最后一盆,远远置于院落外的墙角处,无人问津,老父已经快七十岁,双目几近失明,亦怜取眼前人,对旧人旧物装作不问津,倒也为圆儿女意,说:"一犁沟少年夫妻。"表达着与原配合葬的意思,但也只是私下悄悄语。她面对一盆眼见势必彻底死掉的兰花,念及已经亡故廿年的母亲,泪落如雨。作为朝夕相处的同学兼朋友,我自然知她心底事,也就不去勾她底事费思量,任她怜惜着这家乡千里外山上的野兰花,不做声响。

栖霞山以三峰为主,东峰如龙称龙山,西峰似虎曰虎山,是这八卦城的一处青龙白虎坐卧处,主峰三茅宫又称凤翔峰,其中东峰有太虚亭,是属于道教的,而主峰三茅宫,更是与道教有深切渊源。我出生于贫寒人家,从小住的屋舍低矮檐狭小,夏天为纳凉和看瓜,常常住在茅草房里,我们乡下的厕所,也多茅草搭建,倒也天人合一,所以道家修身住的茅舍和佛家在山间的陋寺常常给我亲近之感,仿佛屋舍里那些器物在发声,牵我招我,让我回归那种单一和简朴。

还是说红叶吧,上栖霞山是为赏红叶的,礼佛问道在于生活之中,而不在于山上。"似酡似醉佳人色，如火如荼夕照天"，霜降之后，山上红叶是一点点红起来了，一层又一层，仿佛会相互传染，互相喊着叫着嚷着，红叶有乔木也有灌木，有各个种类的枫树，如国王枫、葡萄枫、古枫、三角枫、五角枫、红枫、赤枫、枫香、羽毛枫等，我有时并不能准确地分清它们。在我现在生活的园子，亦有很多这样的枫树。其中海棠、栎树、黄栌，一些紫荆、山胡椒、柿子树、水冬瓜、乌桕、槭树、榉树、紫叶桃等树的叶子，到这个季节也是红的，不过红的程度不同，红的重量不同。红有嫩红、锈红、斑红、朱红、赤红、酡红、胭脂红等，只有到了秋天长满红叶的山上，才知道红有这么多种；当然，秋天的山上，黄更是有无穷种，还有一种红黄，黄紫，简直是说不清。一些红与一些黄，不能增也不能减，就那种味道，就在那片叶子上，仿佛你一转身，就变了样子，二十四小时，一天之中，也时时变着光彩。我喜欢鸡爪槭的红，它又叫青枫，红得姗姗可爱，可喜可叹，比其他的红更正宗，更彻底，更有活力。我还喜欢一种红果，火棘果，这山上也到处都是。我在远方的恋人拍照给我看这种红果子，叫它为红豆，他所在的国度，居然有这种火棘生的黄果子，慢慢地从树上不断往出冒。他在的那个国度，一切植物动物都显示出一种营养过剩的样子，这种果子和随处可见的鸽子以及猫狗更是，仿佛一切都在毫不克制地过度繁殖，令人想到爱的过剩与贫乏。对于我而言，爱一直是贫乏的——我总是说着说着就会走远，也确实，我想说说爱情，比如我写到锈红，想到他送我的一双古铜色的鞋子，来自恋人的礼物，仿似爱的证明，踏着上这山来踩红叶，温暖明媚，当下的红叶，分明就是起于秋季的相思。一些东西，实在该是秘密，不要揭露太多，爱也一样。有时不管不顾地仿效植物，急吼吼的，绿；接着急吼吼的，红，等着坠落，何尝不是一种自毁？

　　继续往山上走，经过一些奇怪的泉，奇妙的洞，踩过一些奇异的石头，最后，居然看到一株有着累累硕果的松树，很写意地，昂着头向天，松塔已经成为乌黑，一些掉落了下来，发出比掉落叶子时重一点儿的声响，像一种轻轻地呼叫，叶子也是一样，看见叶子落地，就感受到了那种若有似无的重量，那种深沉——尽管我们对这种深沉毫无办法。我说的是一种分别，我曾经遭受的一场浩劫，虽然只是一场已经结束的简单恋情。我不该说出这些，可是说到红枫怎么可以不说到恋爱呢？去年上栖霞山看枫叶，我还怀着一种期待，而现在再一次面对枫叶，我连绝望都没有了，只是心冷。

姹紫嫣红，断瓦残碑，迎风振衣，都是自我的心相，我不是不懂道理啊，只是无法向那个拒绝接受现实的自己输入。

爬到半山处，我不是没有临时起意失了兴致想坐着观光车直接下去，可是因为有同伴，她喜欢登临绝顶，于是我也就继续往上，因此有幸俯瞰大江胜景，远远望见长江的南京四桥，也算是一种补偿。在快到达山顶的时候，居然遇上一牧羊人，他牧羊的方式不是我少时在老家的那种方式，用的不是羊铲，我小时候放羊用铁羊铲，放了有好几年，因此对这份农耕时代的职业觉得非常亲切和怀念。他左手拖一长条扫帚，竹子做的那种；右手拿着一截粗棍。已经是个走向老年的人了，走起路来步履蹒跚。对于行人他面无表情，一句话都不讲，不过和我家人放羊一样，倒是不断与羊说话。他叫着自己给羊取的名字，说："还不回家，又不是没有让你吃饱？"一边作势用棍子敲打。我觉得好玩，就借他的棍子要求一路伴他，然而却怎么做都不像，我的同伴对我说："要敲，敲，在地上敲。"我在地上敲，一路往前，那些长角的山羊果然跟着我顺顺溜溜地往山上走。它们住在深山处，一处院子被水泥完全铺出的大院内，院门是一处铁门，水泥围栏。最后，牧羊人将它们赶向了院子的深处，我被搁置在铁门外面，很是惆怅了一会儿。羊们像樟树果子一样掉落的黑色粪便还在大门外的水泥地上发出属于它们的独特气味，而它们已经彻底消失在我的视线里了，就像我童年的羊群某一天毫无预兆地被大人们卖掉消失在我的视线里一样，那时候它们简直就是我每日的灾难，空着肚子等着我耗费时间去放养它们。我现在想起,却非常感念有着自己羊群的岁月。

羊回了自己的家,天也黑了,同伴催我赶快下山,下山,她为着安全,也已兴尽欲归,虽然我们没有到达陆羽茶庄,没有喝纪念茶圣陆羽的茶,也没有到达饮马场,始皇临江处我们也并不知道在哪里,但我们已经没有时间追寻了,她只想着下山,无论我多么想在山顶的夜色里坐着,吹这深秋到冬的风,也不能拖着脚步不前。便只有下山,下山。有山可上的人是幸福的,山里像是有我的园子,真是不想离去。人事有可量有不可量,我在此只恋恋不欲去,山风吹我,没有夕阳残照,远处长江泛着雾霾一样的灰色,云气环绕,仿佛是另一世。“天垂六幕千山外,何处清风不旧家。”人生分明处处如寄如归,然而一些时刻,我沉溺得过分,浸入一种悲哀里,一点儿都不想拔出。我不喜欢现代诗,但是此刻想起一首,却觉得很合适:“走累了,走进深秋,寺院间泛滥的落叶,把我覆盖。多想跌倒,在喧哗中,没入永恒之海。”

下,一路往下,夜色上升,我们不说话,直至行到桃花湖,行到这一片水泊处,拐弯,停在桃花扇亭,感受“扇底送南朝”那缕风,在平地上,我和她说起故国空城,说起寂寞,说起鸟空啼,那可以是一座城的命运,也可以是一个人的性格。

栖霞山是美丽又虚幻的,霞起于此,息于此,握不住,却又似乎可感,分明也是一种空无的有,我登山,全然拥抱这种空无。“行于无常,止于虚空。”爱情在无常与止步处生发,渴望落入。

那日回到所住的栖霞区仙林园子,已经近晚上九点。过了几日记下这些文字,想表达人生的一种真实,最后却还是回到虚无上来,也许,虚无的守望才是一种实在的人生,守望一种不可能、一种空,灵魂因这种空而获得彻底的满,一种灌注。

土地之下的房子

　　年夜的那天晚上,我偷偷地回到了这个村子。这是从祖母走后,我第一次回到那间房子。当我进入房间,炉火烤着我。炉火里烧着噼里啪啦的枯叶,它们与世界进行最后的对谈,散发出好闻的令人沉醉的味道,有枣树叶子枣树的枝干,我太熟悉了,它的挂钩曾经扎过我,让我疼,也有干裂的黄杨枝,还有可以燃烧好一阵子的黑豆苗。祖母在炉火边坐着,一手往里面放叶子,一手抱着一个硕大的婴儿。那婴儿的面容有点像我童年的样子,只不过比我大很多。

　　我终于赶在了年夜晚回来,享受与她的团聚,我们已经七年未见了。自从2010年腊月之后,我再也没有见过我的祖母,也没有听她捎来过任何消息。

　　这几年过得特别快又特别慢,我的内心愈加艰难,冷漠忧伤,似乎时间就停止在了她离开的那一刻。我的生活停滞不前,虽然换了三座城市,但满目都是浩瀚的冬季。如今我回到这里,追寻她离开的时光,却与她不期而遇。

　　祖母早就年老疲惫,没有精力也没有热情管着我了。我们都坐在炉火旁,新年夜,火苗一舔一舔伸着长舌头。

我无法相信自己的眼睛,但这无比真实,祖母在那里坐着,似乎一切真相大白千真万确,这七年的不相见,成了我的错。我坐在她对面,看着她,有点清醒无助,但并不感觉害怕,即便她责怨我七年不见她,我也认了。

尽管时隔七年,祖母一点儿都没有变,她跟我印象中的一样,还在照顾家人,还在喂养院落里的牲口,她穿着还是黑布做的外套,系着那块系了多年的灰色头巾。——似乎她从来没有换过那灰头巾。

她坐在炉火边,抱着那硕大的婴儿,一动不动,和我长久以来记忆里半夜醒来看到她坐着的表情一样。她的出现似乎告诉我,一切都是老样子,时间并没有过去。

狸花猫从外面回来,带着一股冷冽的空气,神色惊恐,蹲到祖母身边去了。它总是这样,最后的几年似乎不认识我,每年回来都这样。我和祖母就这样默默地坐着,却没有任何交谈。

我不是生在这里,我是生在这座县城,这是可以肯定的。但我可以说,这里有我出生前的样子,我不知道我来自丘陵还是山谷,还是来自一片玉米地。

我在这个村庄长大,我必须感谢我的娘娘,这个文明词汇里我应该称为祖母的女人。两间房子一个粮仓一个牛圈一个羊圈一个小鸡窝以及环绕着这一切的枣树,都还在。我回到了我长大的房间。

我进村的坡上时,太阳还没落,娘娘叫它为阳婆。小村在一道抬起头看不到顶端的斜坡上蜿蜒,冬天的一切都似乎扒了皮,展示出山峦、土地和树干的裸体,阳光干燥,雪还没有化完。我沿着小径踩着阴处的积雪进入小村,歪斜的独自野生起来的枣树,一棵又一棵,窗户空空,踩着蒿草就进入了我所成长起来的院落。我怕蛇,冬天它睡去了,我就肆无忌惮地进入这废弃多年的屋子。

我总觉得屋子已经垮掉了，无数次想象。就如一个洞穴，塌下去了。可是却只是一间垮了，一间还撑着。

我渐渐明白村庄的好处，耕作不会改变，我们仍然可以打开旧时的屋子，可以在土地上种下种子。与此同时，我想起我租住过的城市的房间，那些借来的房子，当我搬家后，一切都会空了，不空的东西多半会扔掉，最后成了可以任另一个陌生人支配的壳，不再和我有故事，无论我在那间房子里有过怎样的爱恋，有过什么样的眼泪和微笑，怎样与自己爱的人亲吻过，都是不行了。

我所成长的这间房子，却给我提供了世界的全部，在很长一段时间，让我无法走出童年，甚至我二十多岁的时候依然如此，它近乎我整个的世界，统治着我的情感。现在，我真正看过世界一圈，知道世界不过是许许多多这样的小村组成的圆球之后，我回到了这里。我需要一个故土，需要一个家乡，需要一块坟茔。我为什么要离开呢？一次次问过自己。可是不如此，又怎会知道我需要这么一座破旧的院落呢？

娘娘去世已经七个年头了。

风带着冬天最后的气息掠过墓地。墓碑上没有一张她的照片。下葬之前花圈上印了那么多，我拍下了，一个慈祥的老妇人，实在太老了，已经看不出光泽，眼神却灰而亮，像山洞里老鼠的眼睛。

我的衣服是白色的，帽子也是白色的，没有人知道，白衣似雪，我停留在她离开的那个冬天，这么多年我一直如此沉默地为她守孝。

墓地宽阔，沟和坡都在视野的远方，世界如此辽远苍茫。地下的蚂蚁和蚯蚓尚和她在墓里沉睡。只有乌鸦在对着我喊，我跪在这石碑前。

一年一度，我来这里探测你的死亡，娘娘。淡绿的蚜虫吞噬着小花朵，一群蚂蚁围着一只蚯蚓，有很多很多的蚂蚱，还有一些蝴蝶，我闻得见庄稼和野草的气息，有时也会有兔子，麻雀和乌鸦最常见，还有鸽子。

总是夏天，娘娘的生日，七月十二日，总是那几天。我来到这里，注视着一切,想浓郁的花香和蜜蜂的嗡嗡声是你的声音,想我的脚印也可以传入棺木,在你的心上流淌。

光影透迤摇曳,空气在颤动。没有人来告诉我,蝴蝶是你的化身,还是蚂蚁是你的化身,也或者那些青青草,一岁一枯荣。一只蚂蚁爬过我脚背,然后远去,消失在你的墓穴里,难道通往你的门?

我的影子在阳光下变得单薄,穿着我的鞋子,我跪着的样子高高低低,风干的芦蒿也高高低低。

碑像一个站着的人,顶端是半圆形,像一个人罩着灰围巾。碑像祖母垂着的手,碑像有一只倾听声音的耳朵,碑像是灰青的嘴,碑像有个灰色的下巴,碑像一根鼻子,碑的呼吸很沉静,碑像投下一个剪影。碑像祖母站在村的顶端。石碑立着的样子,像你一直在看着我从远方回来,像你站在那里等我,像你在对我说话。

祖母的石碑和祖母一起在岁月里老去,光阴改变着它的肌肤。石碑对称下去的两座小坟,就如站立的人的两只鞋子。那是祖母的丧鞋。祖母年夜的梦里,在雪地里跑了一晚,先是丢失了一只鞋子,接着追寻这只丢失的鞋子过程中,脚上的另一只也跑掉了。她晨起后在炉火边哭,那场梦里的雪下得太深了,恐惧漫入了她的骨髓,让她以后一直郁郁寡欢。她责怪我为什么不去她的梦里帮她捡鞋子,她责怪为什么不捡起那些雪地里的脚印,她在我的梦里哭着责怪我。她对这样的梦无能为力,方言里,鞋子是孩子,她接连丢了两只,实在太可怕了。祖母赤足走进了世界的尽头,蓬头垢面,她一直没有在人世再找到她的两只鞋子。

也许比起没有两只鞋子的人群,她更爱土地之下的生命;比起人们在梦里一再相见,她更爱脚下的冥冥之世。她和他们团聚在那里,不再有分离。所以,祖母的石碑不断生长着,颜色逐渐深入岁月的纹理,变得如同老人一样慈祥。她享受她在那个世界的生命。这想法也令我嫉妒。石碑的脚下,祖母的身下,是她的两个儿子,左右脚,她终于可以拎着她的丧鞋走过冥界了。她跟他们去了。她的坟头是田野,庄稼与青草,一年又一年,那田野的味道一直跟着我。

对这座坟茔我只有怀恋没有恐惧。夕阳让祖母的碑壁变成了漆黑色,就如祖母永世脱不掉的那件黑色衣服一样,它们集体向我隐遁。

我承认,我敢推开这座墓穴,但我不敢推开那扇房门。自从祖母去世后,我再也没有推开过。就是现在,就是此刻,我还是不敢,但七年已经过去。碰一碰,我的心就会碎掉。我没有想到年夜的晚上我回到了那间房子,我推开了那扇门,祖母抱着一个小婴儿坐在炉火旁,她手中抱着的婴儿也令我嫉妒,那个孩子曾是我。

祖母有一片云和一座云样的石碑,有一个坟茔,坟头花开了又落,落了又开。

漂移的小屋

新年的雪下到我这里时,大概是黄昏了,我是从房间逐渐变冷的温度里感知到的。厚重的黑影像浪潮一样,从远山那边逼到我的房间,整个城市笼罩在这样的浓雾之中,像一堆废墟瓦砾。在乡下生活的时候,除了大风漫天,很少见到这样萧条昏黑的天气。不过,也是这样的包围,使我的房间像大地上一处孤零零的宅子,让我更加怀念起被废弃在大山深处的那两间房子来。

没有人会停下脚步打量那些废墟的,那无边无垠晦暗孤寂的两间房子的景色,只在我心空上挪移。时至今日,一切都被抛在身后了,作为一种遗存,而我仍然暗暗祈祷,不要改变,千万不要。仿佛我还可以走进那两间屋子,还可以回到那时的生活。

我经年劳作的祖父母已经深埋在土下了,我也看惯了那片大山的哀伤孤苦,可是即使如此,在夜里,尤其这样大雪纷飞的冬夜,我似乎总会陷入一种胆怯不安,不得不花上好多时间来怀念那片断瓦残垣。我祈祷不要有太大的雨太大的雪,不要有地震;我的那两间几乎不会有人推开的房子不要坍塌,也不要翻平,不要修建,不要覆盖。我只想要一种保持,一日有一日的成功。

　　雪花隐藏在片片夜色里，从我住的高楼上看，我少年时代的那两间房子，就像一个大圆球一样悬挂在西北方向。除此之外，铺天盖地都是下雪的声音，看不见炊烟，路上也没有人影，亦看不见通往那两间房子的小路，当然也没有我少年时代的炉火。在这两间我视野的房子里，找不到任何生命的迹象。然而我从这里眺望，在漫天大雪里，仿似我还可以走回那里。

　　这些年来，我的哥哥，我的姐姐，我的母亲，我的叔叔，他们走过这两间生活过的小屋会如何想呢？如我一样，骤然收紧，还是将自己的心情藏在青苔和蒿草丛下，不流露任何一丝多余的感情？

　　这些年来，我们都不曾提起这两间房子。我叔叔有过那样的建议，想建造两间房子。难道是在这两间房子旁边，还是拆掉这两间屋子？他从来没有具体说过他的想法，也根本没有实施过这个想法。我叔叔离开这两间房子后，还在这里放过羊。等天黑了，他也会摁亮手电筒，从这两间房子旁边赶着羊群走过。他被它们重新吸引过吗？有过眼泪和感喟吗？房子还没有彻底倒塌，腐烂的杂草维持了它的忧郁。在我们集体假装的遗忘里，它们相依为命地矗立着，与院落里的枣树，还有一年一度重新返青的萎蒿与青苔，彼此照看。

　　我的怀念未必不作假，但是我也并不是没有想过掉头折返。一切早就来不及了：道路淹没掉了，大雪纷飞，掩盖了我来时的路。墙和屋顶破败不堪，窗户没有掉下来，但门框窗框已散架，房屋的后半截塌陷，活着的猫幸免于难但已飘落。如我？此刻，这一切那么清晰地落入我的眼帘。满眼荒芜叠加在我的背叛之上，我的遗忘让这里像个坟场。城里人想象乡下的破败，不会知道青草还给了青草，它们攻陷了那些院落，亵渎了每家每户的回忆。

　　逢着节假日，我偶尔会回到这片旧村落，但有时我一整年都不回去。

村子里的大多数人和我一样。他们对此毫不计较。但凡哪里有钱赚，他们去哪里，他们拥抱城镇的广场和高楼，以及白瓷马桶。我也是这样的出走者。也只是这个备受折磨的雾霾天，也只是这样大雪纷飞的夜，我借着雪光才看见了这两间孤寂的房子，才一时回不过神。

破烂的屋顶，枯草蜿蜒，这儿已经好几年没有人住了。好多年了。我家在这一片枣林围绕的地带，大雪纷飞我也可以看见枣树沉默站立的样子，它们并不会挡住我的视野。由于没有人打理，上院人家的水道进入了这座院子，而上院人家，也已是两个七十多岁的老人，病喘微微，儿女早已离家出巢，他们再也无法对土地如何重整雄风。水肆意在院落里流淌，侵蚀了树干，催生了苔藓。这一切都在我夏日放羊的时候看到了。旧日的泥土和木头搭建的粮房已经彻底塌毁，还有那些废墟里的大瓮，也被埋在地底下。人们似乎都知道，这里不会有人住了。

我如果此刻去推门，生锈的锁环会打破已故小村的平静，我也会不寒而栗，毕竟，这样打扰了亡灵的休息。留守的人，都已经给自己置好墓穴。我不会吓唬自己，我比任何人都害怕听到锁环回响的声音，害怕整个村庄的亡灵被惊醒。

有那么几秒，我似乎感觉到了这间屋子里还住着我的父亲、我的祖母祖父。我必须克制流下的眼泪，克制过于快速的心跳，我必须让自己挨过这漫长的几秒。

曾经，在这间屋子有过一盆郁郁的仙人掌。后来当然干枯了。我记得它的样子。会不会就在门背后，等着刺痛我？

门是木门，锁是铁环，门锁已经可以像废柴一样推开，似乎我手持电筒，就可以照亮屋子里的炉火。我会因为害怕而手忙脚乱地翻检地下的残片吗？我想我不敢。我连推开这扇房门的力量都没有。单只想一想，我就得承受突如其来的寒意，以及它慢慢地衰朽。

我敢不敢和衣躺在这间我童年时代一直睡着的炕上，敢不敢躺在干枯的苔藓和鸟类的粪迹上？

我似乎还记得门边水瓮被放倒的声音。母亲活不下去了，她爬了进去。——以后多年我们都不敢提起，是不是她已经决定将我们抛弃，那时候就已经施行？（真是奇怪，我居然还能记起这些。在多年之后，在一个大雪缤纷的夜晚。）恐惧穿透了我的双眼，我拼命拍打她身上的水渍，她那直视我的目光那么冰冷，似乎我破坏了她的计划和永久的安眠。我忘记不了母亲那时候的空空荡荡，也忘记不了她大口大口地喘息。我们都没有眼泪。

那些漫长又漫长的时光，我生命里最为恐惧和孤苦的时光。

那时候，隔壁人家已经搬走好几年了。之前发生了一些事情，之后发生了很多事。

他们是在某一年的秋尽走的，粮食收割掉，绵羊拉起，猪杀掉，狗和小孩子在一个帐篷做就的窝里，走掉了。天还没有亮，他们离开了这个村庄。告别早就进行过了。没有人说再见。后来，走掉的老人死了，走掉人家的大儿子死了，走掉人家的儿媳又走掉了，走掉人家的子孙长大了。

没有人看穿我那时候的苦楚。陌生又熟悉的邻居，让我经历了人生的第一次告别。他们就那样，在一辆破旧的汽车上，拉满粮食和人和狗，一米一米地远离了村庄。

我记得他家院落顶端崖畔的乌鸦，叫走了一个老人，自那之后他们才准备走掉的。有好几年，我家右边相邻的院落，蒿草长进了房门，电线杆刮断，树木刮断，有人在他家的房子里喂鸡。一户外村的苏姓人家短暂地住进过这座院落，但也很快因为女主人的风流韵事被村里主妇发现而赶走。也或者我记不清了，她有了更风光的风流韵事，所以主动走掉了。这座院落的风总是那么怪异，这座院落总能留得住大风和乌鸦。鸟儿横尸期间，风到这里一层又一层咆哮。

那个用来盛水的大瓮是我对这间房子最深的恐惧，却也是我在这间房子生活十几年最大的感激，是我们一家的生命之源。后来，它开了一个口子，被放到了院落里。现在已经破成碎片，成了这座小屋坟茔的一部分。

这悲哀的瓮，曾经让我举步维艰，对这两间房子充满恐惧。

时至今日我对大型盛水工具仍然害怕，面对盛着蓝天白云的露天游泳池，那初见大瓮倒地的震惊仍历久弥新，似乎碎片刺入过我的身体，现在还在那里发出它的异质光泽。岁月布满尘埃，摧毁了我在这里的一切生活，也摧毁了我对乡间生活的信仰。然而，一些气味、色彩、声响，甚至是一道疯狂的闪电，或者绒线物具和路边干茅草不经意的轻微碰撞，都能让往事清晰。这些根本不是记忆，瓷瓮碎裂，我抱着那冰凉的瓦器，感觉就像地底的一种力量镇住了我。那时候，我就僵在了那间房子里，不知所措，直到现在。

如果一把火烧掉这两间房子，干枯的草真可以做茸茸的火芯，一舔一舔去追逐那屋里木头做的柜子，以及柜子里我幼年时穿过的衣服和鞋子，玩过的玩具，大火会在雪花之下沸腾，余灰在天亮前慢慢失去温度。那些瓷器是烧不掉的，它们会在烈火中重生，闪闪发光。这样的火奈何它们不得，只会让我焦躁不安，烧焦东西的气味也会让我更加懊悔。

想象母亲爬入水瓮的景象，我都觉得要给它找一个安放的地方，就像我自己曾经是一个凶手，要给自己的凶器找一个安全的藏匿地。但凡这些陶片还在这两间房子，只要想起，我就觉得根本无法入睡，不管它们是埋在土地之下还是覆在雪花之下。一想到它们，我整个的人就会变得冰凉。在因为疲惫紧追而至的梦里，我一次次起身，将它们扔出视野。

祖母喂养的那只肥猫蹲在门槛边，几乎没有换过姿势。它趴在倒下来的门槛的阴影里，变换着不同的颜色，先是墨黑如黑夜，又是狸灰如晨曦，再是那种温暖的火焰般的橘黄，看着就暖暖的。我肯定它也好久没有睡觉了，一定和我一样，又冷又饿。我在家里找不到吃的，这里已经好几年不住人了。即使角落里扣着的一只搪瓷杯子,也不会藏着它曾经爱吃的奶粉。它瞟了我一眼,反应冷漠。它早就对人类绝望了,所以懒得动一动。有时它转过头,似乎在盯着我,冰冷迷茫,和母亲从翻倒的水瓮里睁开眼睛时一模一样。

它的眼睛给我一种游离之感,似乎这道眼神在将整个房子与我分开。我冷得不行,却无法燃起炉火。阴风卷着枣树枝,夜色将一切压得臃肿无比。这两间屋子互相拥抱,连瓦砾和柴火都呈现出一派要挤在一起的景象,只有那把掉了漆的凳子光着脚跌倒在炕前,孤零零地对着我。那是一个唱戏的时候别人落在戏场的凳子,许是没有人要了,最后被家人捡了回来。它似乎一直短一只脚,以残疾之相进入了我的家门。我们用别人丢弃的油漆桶里面的最后一点儿油漆,将它油为绿色,仲春时树叶的颜色。它一直在那儿,没有走动,像怎么也融不进这两间已经合体的屋子。

视野里,似乎一切与以前并无什么二致,炉灶也一如既往。令人温暖的火炉并没有跳动出诱人的火焰,伸着长舌头舔舐天空。我执着地寻找我的祖母,好像她还活在这一片土炕上。

我站在雪地里,大口大口地吸着冷凝的空气,好像我只要没有了温度,就可以在这里与祖母重逢,就可以找到我与她建立联系的介质。我的呼吸和脉搏逐渐失去感应。

此刻,我看着大雪勾勒出这两间屋子的轮廓,余下的一切,包括窗户和门槛,都在雪景中显出它们的朦朦胧胧。我真切地感受着自己僵硬的躯干,以及心口烟熏火燎的疼,而我的双眼注视着这两间房子。

我真的看到这些了吗?会不会只是下雪天的一个幻影?就像我经常梦见祖母,梦见我放养过的羊群,梦见火焰,梦见屋子塌陷。我并不敢承认我是在追忆屋子的旧貌,而这些旧迹,都只能在回忆里存在,好多年前就已经坍塌湮灭。

千真万确,在这样下雪的夜晚,孤独让我不得不正视自己,却又让我不断铸造遗忘的高墙。对于一个人来说,有那么一个人让他恐惧又想念,似乎是矛盾的,但这种感觉也许本来就是一体。我是在祖母身上,才感受到这片废墟在我心上的苟延残喘,撑起我的孤单,却又让我疯狂。

我还记得祖父母坐在炉灶前的样子。爷爷的一条腿瘸了。他死去几年后,祖母的一只脚也不能再正常走动。我习惯于在文字里称呼祖父为爷爷,一个文字上的尊称,是因为他死在了我的幼年,我对他只有零星的记忆。而我的祖母,她纪念碑一样横亘进我的二十岁,二十一岁,二十二岁,眼看着我可以让她得享我的年华,她去世了。一想到我还没有出生,他们就已经活了六七十年,我就觉得无比苦闷。我遭遇了他们的老年,在炕角炉旁,听他们讲故事,将他们的苦难和回忆据为己有。他们不会留意我,不会想到这些陈芝麻烂谷子多年之后被我说出,那些故事在他们的讲述里都被赋予了形象,就像画画时,用形状表达愿望或思想。我将他们和他们讲述的故事渗入我的回忆,多年之后,在这样飘雪的夜晚,一起蒸煮。

祖母死后,孤独迫使我走进他们在我存在之前的生活,想象他们。我的生命成了一条深陷的河流,我摸不到河床底部,可是展现在我眼前的,是这样的断瓦残垣。

小村的这两间屋子,是我在人世最初的风景,也是我整个生活唯一的风景。时间停滞不前,无人将时钟调转,我的生活逆序演绎。

房屋、村庄,以及天空和那些裸露的山峦,都在雪花飘飞的夜晚展现到我面前。离别似乎是我生命的全部,而我在这山间的两间洞窟似的小屋,却成了一扇掩映的窗户,尘土之下被遗忘的物件,它们对我起舞。

挖掘梦境和挖掘现实,使我通向时间的开端,没有人与我同谋。我很明白,一切都不复从前,我的回忆也不过是颤巍巍地倒在尘土和冰雪之下残喘的瓦瓮。长此以往,我的怀念也会在这朦胧里变成背叛。这种感觉甚至已经先行。这些年,我与自己背道而驰。此刻,站在炉灶前的不是我,如同一只孤独的丧家之犬的不是我，听着下雪声无法入眠的不是我，游荡在这两间小屋里的不是我。那是我自己放出去的影子。

眼下，眼下，眼下，我睁开眼睛望向四周，只能感觉到胸口的疼痛，以及床一侧窗户的投影，还有雪花渗入房子的冷意，和我站在那两间屋子里一模一样。

羊 杂 碎

　　先是闪电,接着就是雷声,已经下了很久了,可是却有光,将周围的一切照得清清楚楚,映在小石子上,也是那般清丽,甚至能看见石头的脉络,但有雷声就害怕,我想找一个地方蜷缩起来,大雨里前后只有我,不见一个人。

　　我只是一个六七岁的小孩子,本来就胆子小,每天怕鬼。深更半夜里走,怎么选择在深更半夜里走,娘娘怎么放心,她怎么不来找我,我心里怨怨的,可是又想她可能恼我了,嫌我烦。我想走到她身边去,这个世界,我只有在她身边才觉得安全,为什么她不来找我,会不会担心我走丢?——我这么想着,一个人在那山间的路上继续走。

　　我知道是下了车子的,忽然记起,车子把我放在公路上,是个沟里,夜已经深了,褐色的夜,身边的河流叫长木河,水哗哗响,我居然看见苔藓,深绿的苔藓,我心里想着不要踩过去,不要,那对面是沼泽地,一脚下去就会慢慢陷,我就可能会被土掩过,被水冲过。

　　下着雨,我身上却没有湿透,只是茫茫的,眼前茫茫的,不对,是路茫茫的,除了一条修得蜿蜒的公路,其他都是碎石小路了,山崖上的黄土不停地往下掉，我知道有一条通往娘娘的，可是我找不到啊。雷在响，我也许并不是怕雷，只是恐惧那闪电，我不能看，可是眼睛可以感觉得到，那光亮，把世间一切都瞬间照亮，那是石破天惊之前的光亮，我怕接着世界会炸掉，全部炸掉，我脚下的土地，一切发光的物体，以及玻璃，所有轻而脆的东西，还有我，我会被掀翻在地，身上落有很多石子和湿漉的流水。总之，一切都会碎裂，世界将不再完整，是的，只要一有闪电，我就有这幻觉，我无法克制，想都不能想，所有一切碎掉，就是这感觉，我记得那冰冷，好像几世之前的记忆一样，在我身体或者思想的某个地方凝固着。都是用道理解释不通的，我就是怕，怕得要命。这恐惧占据了我幼小的心，我流着眼泪，只想走，走到娘娘身边，我只要看她一眼，我就获救了，我就知道是安全的了。

我家，必须从这个沟里翻过去，在山上，上坡，接着上坡，就在那上面。我小小的心里有无限悲哀。我的手脚都痛，我好像跌跤了，很多次，手上都是淤泥。我记得一次放学也是这样，下了很大的雪，我只顾着走，什么都不管，只想回到娘娘身边，我知道会有山药烧白菜吃，每个人都有一碗，而我的碗底，娘娘会变戏法一样地放块红烧肉，甜但不腻，她是个会魔术的人，在我心里她就是这样。娘娘是无所不能的，可是为什么她不来看我呢，我在这里迷失了，我找不到回家的路。那次下雪，差点把我的耳朵冻掉了。我不知道受了冷不能及时取暖，更不能直接跑到炉火边。我未入院子就喊："娘娘，娘娘。"听着她的咳嗽和呼应声，我才觉得一天的安稳有着落了。那天我入门，直接就端起来吃那碗菜，心里还想着碗底的红烧肉，惦记里有宝物在里面，炉火把我的脸瞬间烤得麻麻的，我的耳朵立即痛得厉害，我哭，就那么大哭，我是个容易流泪的人，受了一分伤，也要流十分的泪。

似乎是逛庙会，可是我没有见着什么呀。我努力地很仔细地想。每次庙会，除了自己村子的，再就只去赵寨和海则庙的了，我一遍遍想，难道是在庙会上我走丢的，可是我想不起来。

这悲伤来得迅速彻底，还有这恐惧，我想是他们不要我了，一定是的，家里人不要我了，他们背着娘娘趁着我睡着把我扔了，一定是这样，他们经常这样的。我是枣子树上结出来的人，我不是谁生的，就是这样，门口的两棵大枣树，在我小小的心里，是一公一母，前面的树杈高的是公的，是我的大大；后面靠近厕所的是母的，是我的妈妈，就是这样。他们从小就把这两棵树指给我，小哥哥小姐姐是他们生的，我呢，是这两棵树结出来的。我七岁了，还这样信，我走在路上，这悲伤淹没了我，小小的人儿呀，居然有那么多悲伤。他们一定是趁着娘娘忙碌把我卖了，我叫作大大和妈妈的两个人，一定离婚了，妈妈带走了小姐姐，大大带着小哥哥，没有人要我，于是就把我扔了，一定是这样。我哭着，我想娘娘知道会伤心成什么样子呢？

我又悲又恨，一直都是这样说的，我就是多余的，这一次，真的把我扔了呀，我感觉喘不过气来，我只想着回去找娘娘，我想求她收留我，我知道她会，就是她抱起我的。她是个赤脚医生，村子里谁家生小孩都需要来叫她，谁家的小孩有马牙了也得来叫她，马牙是一种只有一两岁的小孩才生的病，就是嘴里面牙齿周围全部是白点点，小孩子是没有牙齿的，是长牙齿的地方全部白点点，娘娘指给我看过。她用针扎，针是在煤油灯上烧过头的，她把手伸进小孩子的嘴巴里，然后摸，最后扎，就是这个程序。每次都带着我，别人家会煮挂面，或者吃粉条子，臊子香香的，用油煎过的豆腐穗子和肉以及山药做的，特别的香，我不喜欢吃面，只吃臊子，娘娘会硬逼着吃个枣糕，软软的，刚炸过的软软的，贴在牙齿上，那感觉就像小孩子的软手在动，在触摸，不过烫烫的。娘娘喜欢吃素糕，炸过的也喜欢，她一直喜欢。别人家会给红布，一块一块，小孩子过满月或者生日的时候，娘娘就会把红布里的一小块带去，或者带点钱，不过很少的，算是庆生吧。她总是坐在当头正面，算是最尊贵的位置，我坐她旁边，或者直接在地下吃,吃了就跑,四处跑,我看蚯蚓如何在爬,看蝴蝶如何在野花丛飞过,我有好多好多的事情需要做呀。

他们不要我了,说我不是他们生的,说我是门前枣子树结出来的,我当然不能去抱着枣树哭,不过心里特难过,我一整天地对着墙壁不说话。娘娘就会跟我说:"二则不要听他们劳什子,他们知道什么,你是我抱的,生下来一个瘦长条,三岁了还不会爬,跌里爬拉捡的一条命,你怎么就不是人生的?"娘娘会过来摸我的头。

我每晚每晚都要哭的,外院子的招兵大妈来了,说是翻瞌睡,就是每次哭都是要睡觉了。她嘲笑的口气说:"咿呀呀,怎么这么大了还翻瞌睡,我家二则那么小就会自己睡了。"我就会被瞪着,我知道大哥哥他们不喜欢我,我知道的。我抱着个枕头在那里哭,窃窃地哭,每晚都是这样,哭着哭着睡。娘娘就会拍着我的肩膀,有时也摸我的头发,她摸里面有没有虱子,有时并不是这样,她只是一遍遍摸过我的头发,摸我的耳朵,我就会慢慢睡着。

娘娘说我是个大倭瓜变的,生我的时候她梦见倭瓜了,难道是他们不喜欢倭瓜,所以不要我了?周围都是树,长木沟的树,有杏树,我记得那两棵,夏日里总是会结出很多果子,爷爷放羊的时候,我跟着,我在大石头上睡觉。爷爷每个晚上都会带羊儿来长木沟喝水,每次一说"饮羊,饮羊"我就跟着。长木沟是个大沟,深山老林的样子,有很多树,有一个大坝蓄了很多水,周围还有一些小溪流。石头很大,即使是夏天,长木沟也总是凉凉的,走在树下的感觉很舒服,又有清清水。那石头真大,可以横躺几个大人,像张大床,有好多块这样的石头,就在两棵杏树旁边不远。我喜欢长木沟,因为这里有无穷的乐趣呀,当然,主要是杏树吸引了我。这是两棵野杏子树,不知道是谁家栽下的,也可能栽下的人走了口外了,爷爷说是走了口外了。这两棵杏树熟得早,特别大,黄黄的,挂在树上,我一溜烟爬上去,吃啊吃,再不想下来。有时一边吃一边扔着打麻雀,给爷爷扔，爷爷不大吃，只吃一两颗，他嫌酸。这沟里是没有庄稼的，羊儿吃水边的草，爷爷就坐着唱山曲，他很喜欢唱号子，整个山沟里都回响着。我在大石头上睡着，把上身脱得精光，我觉得幸福极了，夜上了都不想回去，爷爷叫了又叫。这沟里还有其他的乐趣。有一些鸟，叫作石鸡的一种，并不飞得很高，贴着地面走，每天一群群地走一起，咕咕地叫着，在丛林里，尤其在那种石头林子里，我喜欢捉它们，我沿着石头走，碎石，就是我现在走的碎石，不过比这干燥，我走，惊起它们一群群，我一边跑一边大声地叫"咕——咕——咕"，看它们成片地飞起，我就会大笑，一种破坏的喜悦瞬间就会遍满全身。爷爷会说，就像娘娘的口气那般："你个孙子，石鸡又没惹你？"我不解释，沉溺于一片成功的喜悦里。我从来没有成功抓过一只，可是我喜欢呀，我跟在小石鸡后面走，那希望无穷的大、遍及全身的快乐。

不知三娘娘怎样了，她也许会替我说点话。三娘娘是个村子里的老婆子，从小就失去了亲娘，她算个童养媳，只是很老了。我走错了路了？我在心里问自己。雨不下了，闪电照旧不停地打，在一堆堆碎石头和黄土上走，走，上不了坡，不可能有灯火，难道这不是长木沟？林子里有怪鸟在叫，像是在警示我。那沙棘在刮着的风里听起来似是人在耳语，遥远的地方，有人在舂米，就是用那种大锤子在石碓里把软米捣碎，然后用筛子罗，罗下的细面就可以直接蒸糕了。锤子落在石碓里的声音，嗵——嗵——嗵。我想要跑起来，但根本不能，这不是长街。对于街的记忆，是少而新奇的，跟着大大和妈妈住过一阵子街，而且我就是在赵家石窑的王家大院生的，赵家石窑是那个小街的住片区，王家大院是个四合院。那街是在山上建的，所有住宅区都在山上，每天到商铺去，到长街去，都得从一级级的台阶上下，湿漉漉的，有癞蛤蟆在跑，我经常捉它们在手心玩，凉凉的，我一手捉一只。大大他们叫它为介个炮，全身都皱巴巴的，以为像粗绳一样会有粗糙感，可是摸上去却滑凉滑凉的。我摸它们时也会大笑,有一种毁灭的幸福,细细的喜悦爬满全身,从下到上从上到下一个完整的轮回。妈妈会很厌恶地看我,然后让我马上放掉,可是我并不,我继续玩我的。小姐姐会笑着看向我,她永远都是高高在上的,讨人喜欢的,漂亮可人的,她知道怎样做大人不厌恶,我不能,我无法,我在圈子之外。他们一家人在那里包饺子,小哥哥擀面皮,小姐姐包兔子耳朵形状的饺子,大人们盘坐着也在那里包,我是退后的,隔得远远的,不能走到桌子跟前的,会被训斥,被骂,一点儿机会都没有,他们认为我邋里邋遢;认为我包的饺子没有到锅里就散开了,而且样子特别难看;认为我手脏脏的,即使我洗了手,还是那样呀。我在人群之外,隔得远远的,我也想呀,我很想一家人围着包饺子呀。我手里拎着两个青蛙的族类,高举着,他们呵斥几声也就完了,然后我放手,继续捉另一些,这些在雨天跑出来的动物,都是我喜欢的对象。在小村子里也捉过,那是一只非常大的,肉多,臭臭的,我把它抓在手里,这是第一次捉这种东西,我高叫着:"娘娘,娘娘,你看青蛙。"三爹爹看见了,大声嚷嚷:"妈,你看你家这个东西,你看你家这个还成个人吗?抓着个大介个炮在满院子叫。"他一边笑一边大叫着推门跑回窑洞让娘娘出来看。娘娘就会晃悠悠地出来:"我把你谁家的东西,谁让你捉这个了?"可是她并不恼。我以后常常捉呀。我喜欢他们大喊大叫地向我说话,我喜欢那笑声,也喜欢那瞪着眼睛看向我的目光,我知道他们怕,他们不敢,他们嫌恶心或者什么,这是我想了很久才想出来的,所以他们才会说我。

　　我又走了很久,没有一点儿时间观念,村子里的人是没有时间观念的,小孩子更没有,我只是想走到娘娘身边去。没有路灯,乡间是没有路灯的。雨是下过了的,很冷,我的衣服却没有湿透,星星居然出来了,盖在头顶,在我头上移动,我怎么走,都无法从斜坡上上去。爬啊爬,最后还是回到当初的地方,越走越迷。我发现有电线杆,前面有好多,我想沿着电线杆的方向走,可是有雷声,娘娘说过下雨天不能在电线杆下走的,然而不走怎么办,星星在头顶,我鼓起勇气,扒开红柳林,往上走。

长木沟我家的土地下面就是一片红柳林,我知道的,我经常跟着爷爷他们到这片地里来种山药或者刨山药,秋天的时候,烧山药吃,用的就是这片红柳林的柴。和爷爷出去放羊,也用的是这片林子里的柴火烧山药,冬天至春天的时候,那山药是冻过了的,烧的时候会流一些水出来,但特别甜。

头顶有星星,他们叫我名字,总是会喊成这两个字,说你是流星还是行星,有时也会说恒星,当然一些人会说:"流星流星,你还飞了不成?"我知道他们拿我的名字取笑,我不理,但也因此觉得星星亲切,好像我就是它们中的一颗,要是这样多好,我就不寂寞,不过正因为有这想法,也就不寂寞了,有了星星,也就没有了害怕之意,但还是在夜下走,荒无人烟,我要走向我的娘娘。

这片红柳林,也许就是我爬到坡上去的林子,就是可以到达我家土地的林子,可是这些地方都是铲过了的,并不能真切地看出来,我穿过去又有什么用呢?要不是,我回来得费多大劲儿,也许我会越走越远,走到相反的地方去,夜那么漫长,看不见黎明,我一个人要往出走,往出走。

我走,天上的半个月亮也走,星星似乎也走,我顺着电线杆走,可是电线杆也似乎在移动,跟我同样的方向,红柳林也在移动,不左不右不前不后。

我开始跑起来,居然可以跑起来了。整个红柳林在动,红柳的叶子,还有那绒毛毛,绿色的绒毛毛,扫在我的脸上,清凉而温柔,我又想到娘娘了,像娘娘夏夜里伸过来的手。这时候我忽然觉得靠近地隔楞了,就是说站在以前种山药的地上了。这个坡算是爬上来了,有灯光了,天上的星星却忽然没有了,半个月亮也没有了,但我欣喜若狂,我看到了希望似的,我知道。前方的前方,再走长长的一段路,就可以见到祖母了,就可以叫祖母了。

又走了很久,经过了豌豆地、黑豆地,还经过了一片玉米地,玉米秆子已经长得半人高了,我穿过去的时候那大片的叶子划我的脸,它们比我高,像一群人包围着我,我并不害怕,这一大片夜色被切割了,一大片土地被切割了,被五谷切割开了,我知道,每踏过一片不同的土地,我就近了。

还有红薯,再上面是瓜地。兔子在夜下跑,清凉,我的腿上似乎被溅到了晨露,快要黎明了的。有个大圆盘在抬头的那片土地上,像个埋葬了几百几千人的大坟墓,特别像,在那里,我知道,绕过这片坟墓就是一段较为平行的路,然后爬坡,就可以见到娘娘了。

我穿过玉米林,带起了风,习习地吹,像娘娘在喊我似的:"二则你哪里去了呢?"我心里喃喃着:"娘娘娘娘",只觉得要哭,可是没有哭出来,也没有叫出来,这样静寂深黑的夜,我怕惊动了林间的什么东西,我怕他们来围着我,向我聚拢,捏我于掌心,挤压和拍打我。

我又饿又渴,这个坟墓极其的大,我需要绕圈似的绕个半圆,绕过去,必须这样。我现在始终想不起这个坟墓一样的地盘叫什么名字,这下面有座大坟,王姓的坟,被摊平了,但墓门还在那里,是几块砖垒着的。我村子的坟墓,大多都是这样,一个墓堆,然后正前方向阳的地方是几块砖垒起来,漏出个鼻孔一样的洞,算是让鬼出来的地方。我七岁了,走过乱坟岗,被摊平的乱坟岗。娘娘说过会有鬼火的,半夜如果鬼回来,就会被鬼火照着,娘娘还说了不能回头看,可我回头看了。我是朝着左边看的,因为呼呼地不知道飞起了什么东西,又落了下去,接着就是咕咕咕地叫,似乎是野鸟,地下也有声响,安静的夜里,你仔细听,细细的,匍匐着身子,全神贯注,你就可以听见,大地就像一头瘫倒的兽,在那里不停地打鼾,你甚至想得见它喉咙发出的声音。

有那么几年,家里出了事情了,三爹爹走了,大大和妈妈也不在,家里一团乌云,娘娘在炕上躺着,她是不眠不休的老人,她喉咙里就是这响声，一整夜地响，看不见的兽藏在她的身体里，附在她身上。那时候我并不把她当老人看的，虽然她已经七十多岁了，我才四五岁，什么都不懂得，只想着吃和玩耍，可是恐惧感跟着。一直都是这样，在我不知道恐惧的时候，这种感觉就一直跟着，袭击着，我怕鬼，怕暗夜，怕黑，每天晚上我哭着不让熄灭煤油灯，可是煤油不多了，需要省着用，有时用羊油代替，羊油也是有限的呀。娘娘就会说，哄着说："哪有那么多羊来杀，你不要哭了，吹灭灯你怕什么呀？"可是灯还是不要吹灭呀，我可以看清屋子，墙上的年画，晾衣绳上的衣服，灶台前的扫帚，还有盛着糜子的大瓮，以及放着餐具的盘子，所有这些，油灯灭了，就会长出无数的手指和无数的脚趾伸向我，它们有数不清的腿和眼睛，它们的嗅觉和听觉灵敏，它们会扑向我，抓我，不发出任何声响。它们每夜每夜地站在我眼前，站在这间屋子里，它们不让我睡觉。吹灭了油灯，我就会这样，我就感觉有各种妖魔鬼怪在身边，白日里一切正常的东西，都不再正常了，它们齐刷刷地都成了怪物，瞪着我，伸着可以无止境伸长的手，向我探过来，要掐我，撕我，咬我，就是这样呀。

我有感觉的时候，这记忆就在那里了，恐惧感一直在。我是个特别能幻想的人，每天靠着吃无数个幻想过日子，可是夜晚就不行了。白天里我做无数个白日梦，我会想着自己可以飞，长出翅膀，飞向很远的地方，变得漂漂亮亮的，要读很多很多书，要做个作家，要写妈妈朗诵的诗歌，要学大大写的行书，要比他们强一千倍一万倍。夜晚就不行了，我怯怯地哭，我怕，我必须在娘娘目光的注视下入睡，她不能掉转头，她不能睡着，不能不看我，她射向我的光必须为我所感觉，不然魔鬼就在我四周了，他们长着无数的舌头，千头万臂，一起来刺我，刺我。墙上的年画，是一组故事画，旧式的画，上面由各个故事组成，并不是动画片式子的，是一个养在深闺的女子跟一个公子哥的爱情故事，中间穿插着许多忠臣良将，也有奸邪小人，有肥头大脸的恶霸出来要抢这闺女。下面有一行行注释，每一幅下面都有，是诗句，七言诗，每幅都是。我白日里光着脚站在漆布上看，我喜欢这些画，喜欢那些女子梳的仕女发型，高高的云鬟花环，似妈妈高兴时盘的发型。可是晚上这些画上的人儿就出来了，他们在这个屋子里走动，屋子已经够拥挤了，可是他们从一个一个人身上踏过去，他们步履喧哗，吵吵嚷嚷，这些都是家里人听不到的，只有我，我能感知，我参与不进去，这些人对我充满了恶意，就是这样，熄灭灯我就会陷入另一个世界，我就不再是我了，我被很多怪东西包围着。

开始是娘娘抱我，可是夏天太热了，而且我害怕有疯子推门进来，她必须挡在我头前，必须睡在炕沿上，横着睡，我们竖着睡，我才安心。就这样，我每夜每夜哭，娘娘也没有办法，她只能睡在炕沿前。在我的记忆里，她随时都是醒着的，可是我还是怕，屋子里暗下来，怪物就来找我了，别人看不见，我可以，只有我可以。

娘娘抱着我睡，可是还是不能让我安心，她必须挡在炕沿，但总得有个人来抱着我，那就是小姐姐了。小姐姐她没有我个子高，身子比较结实，圆圆脸，眼珠子黑黑的，安安静静，你让唱歌就唱歌，你让跳舞就跳舞。她抱着我睡，开始的几年，她不在，她跟着妈妈在外面，我不知道自己是怎么过来的，记忆模模糊糊，断断续续。后来就她抱着我了。我窝在她臂弯里，小小的臂弯里，把头包起来，我们俩盖一床被子，小碎花被子，是用白面的袋子和孝布做的里子，面子是红色的小碎花，那花的根根藤叶看上去青青翠翠，仿佛手指上去，就可以掐出水来。这被子似乎有些年头了，补过的了。小人儿盖的。两个人盖着一床被子，倒也不觉得小，只是小姐姐睡着睡着就把被子拉一边了，我不敢拉过来，我怕，我怕动一动怪物就伸出长手来抓我了。我还是在小姐姐的臂弯里的，但她没有我高，我的腿伸在外面，不被盖住，好多次，千次万次亿次，我觉得我的双腿，上脚踝部分，会被怪物截去，我一点点地收缩我的脚，一点点地，用几个世纪几个世纪的时间，可是，天明了，那条腿还是没有收进被子里，好在，这个时候，魔鬼走了，怪物走了。有好多次，我觉得我的腿被他们拿走了，他们就像随意地拿起房间的任何一件东西一样，我的身子的每一部分都是割裂的一样，他们拿走了，把我左脚的半截腿和脚，右脚的膝盖以下。我感觉被截断了，下面空空荡荡，房间里有风吹过，凉凉的，我想着我要死了，但并不觉得疼，只是觉得怕，怕，怕。我把眼睛闭上，但那怕来得强烈，就像牙疼，娘娘说不要去舔，我还是不断地舔，我知道我是在暗示，我要让自己知道下一次的疼痛有多么强烈，我简直是控制不住呀。我控制不住不看，那些魔鬼，怪物，灯灭了的时候，他们忙忙碌碌，他们会把我带走呀。

　　我不敢哭，不敢发声。天明了就好了。牙齿掉了，终于疼得掉了。那牙是晃动好久了，开始是啃骨头咬到的，接着它就慢慢松动了，可是老也不掉下来，我每天坐在门口的楞子上哭，呜呜地哭。娘娘不让舔，可只要我醒着，我就会舔，不断地舔，疼痛来得强烈持久，我居然喜欢上那感觉，那微微疼，牵动着我脑子里的一部分，我居然彻底地喜欢上那感觉。牙齿落了，那地方成空的了，我一次次有莫名的惆怅，舌头过去，一大片的空空落落，你觉得整个草原有一片成荒野了，就是这感觉。

　　娘娘说把牙齿——断裂的半颗牙齿放在门头的上方——因为是上门牙——就会长出牙齿来。我放上去了。每天搬了小板凳上去看，那上面已经有好几颗牙齿了，我不知道是谁的，但又不敢说，我想是不是我更小更小时候的呢？后来那些牙齿没有了，不见了，一段时间里，我觉得就是夜里出来的那些怪物拿走了，他们放进了他们的嘴里，然后他们来咬我，撕裂我，这些千头万臂的怪兽，他们是我的魔鬼。

　　一直是需要被覆盖的，被包围的，被圈起来的，圈在怀里，小姐姐的怀不够大，留出了大半边的身子，我的身子，所以怕吧。后来的很多岁月，我选择盖大被子，彻彻底底地连头带脚裹起来，把头捂在枕头底，我把眼藏起来了，魔鬼就不过来了，他们看不见我了，我是覆盖了的，藏起来了的。在人群里，我也是这样，我生怕被从人群里拎出来。

我走在这片荒凉的坟地里，我不知道脚下哪块砖的墓门里住着鬼，反正我知道我脚下是正在腐烂的尸体，而他们的主人，已经变为鬼了，没有具体的肉体，空空落落的，坐在或走在这片地上。我不敢喊，面对害怕的东西我一直都是失声的。就要见着娘娘了，居然这片坟地挡住了我。我有强烈的信心穿过坟地，可是有鬼在呼啦呼啦地哭，草在动，那些杂草，狗尾巴草，甜梗梗草，还有高大的蒌蒿，开着粉花的苦子蔓，它们在动，跟着我往同一个方向走。在一种往日白日熟悉的场景里，我渐渐安下心来。

　　又走了几个世纪的感觉，我总是个不老的人，那夜里只有我一人，却是几个世纪过去了。我终于走出了那片墓地。

　　远远地有灯光了，我知道那是我的家，我隐隐地感觉。娘娘一定在地下烫羊头，烫羊蹄子，或者在刮洗羊肚子，我感觉她在做这些。那盏灯让我觉得整个世界都亮了，虽然还是在暗夜。我加紧步伐走，再也不觉得累，我只想走到娘娘身边，吃一碗她做的羊杂碎，然后倒头大睡，睡到自然醒来再继续睡，睡到所有的疲惫感消失。

　　院落里静悄悄的，我望着那盏灯，却不敢推门进去。那灯忽然间闪烁起来，似乎又要打雷了，我抱住头，但是没有雷声响起来，一切都是那样安静。

　　门口左边是玻璃，那屋子后窗是没有玻璃的，压根就没有后窗，北方的屋子是没有后窗的，防寒。我透过前面的玻璃看，石狮子挡了一半视线，那石头狮子是用来拴大大的。小时候大大太不好养了，于是就从庙宇里请了尊石狮子来拴住，据说是镇邪。我把手指头放进石狮子的嘴里，我感觉到了里面的钥匙，它就在那里。家里唯一的一把钥匙，一般都是放在石狮子的嘴里，我确定这就是我的家了。

　　门前的两棵大枣树刮起了风，在我身后响着，我站在那里不敢抬脚不敢动。这时候我看见娘娘从灯下坐起来，是的，她在烫羊头，我闻见烧毛的味道了。火柱在炉子里烧着，还有两根铝丝棍，我知道娘娘在烫羊头上的毛,正烫到了耳朵上的。耳朵里的总是有淤积的肮脏的东西,先洗一洗,再烫,所以我推测她是站起身来了。她不往窗外望,她好像已经烫了很久了。可是我似乎又闻见了羊杂碎的香。

我犹犹豫豫地要不要推门进去,我站在那里不知道怕什么,我想大声地哭,我一个人从荒凉的地方寂寂寞寞地来,可是祖母居然当作无事人一样不着急,居然在那里拔羊毛,好像我这个人从来没有活过,好像我一直死了。

我不知道,只觉得冰冰的有水掉在下巴上,我心里想我流泪了吗?但没有把手伸上眼角去,这个时候我多么想倒下去,跪在她面前,世间只有这么一个人,我知道她爱着我,知道她不要我死去,知道她不会不要我,可是,她在我面前,门里门外,我看见她,闻得见这世间我吃过最香的食物的味道,却不能触摸她,不能跟她说话。

我想喊她,我是喊出来了,隔着玻璃,我大声地喊她,我哭叫着,我跳着,去摸玻璃。此刻。——我哭了,用左手擦着眼泪。

我喊不应她,忽然有种感觉,我再也喊不应这个人了。我抓玻璃,摸石狮,手指尖全部是血,鼻子也在流血,我觉得我就要倒下去了。她在屋子里,什么都没有听见。她背对着我,还穿着那件蓝衫子,里面是桃桃扣子的夹衣,这一切都是无与伦比的熟悉。

我求她,我要她放我进入,门开不了。那是两扇木头门,因为着了雨水,根本合不紧了,平日里就合不紧的,可是我推不开。门下面是结实的木头,上面是凿着孔的窗花,用红纸白纸糊着,有时也用点绿纸,剪成三角形块状,正三角形块状,而红纸是正方形块状,但是斜贴着的,后面糊一张大白纸,就是这样了。我摸着门框往里看,那个人她在里面,她就是不理我,仿似我死了好久,仿似我从来就没有活过。手指尖都是抓木门时出的血,有细小的木头屑进入了我的指缝里,我哭着说你就这么忍心不要我了吗?可是那个人她不回应我。

那个人她不要我了,天旋地暗。我走了那么久,只要她的手摸过我的脸,只要喝一碗她做的羊杂碎,不,只要她浅浅地看我一眼,一眼就够了,我这一生过尽了,死在她面前,立即,马上,彻底地死掉,我也愿意。

可是我知道,这个人她彻底地不知道我在门外,她不要我了,她不知道我活着,不知道这个世间有个我。

门始终没有开。我觉得我往下坠,巨大的无底的深渊,我往下坠,一切都透明起来,我还是能看见这座房子,一切都在平行地移动,离我越来越远,她模糊了,灯变暗了,门窗也没有了,石头狮子也隐在了黑暗里。不清晰了,看不见了,我落,还在坠落,没有了可以依靠的,一切变得陌生而冰冷,电闪雷鸣,我觉得我并不怕,我只有死的感觉,我知道这一次死掉就是彻底地死掉。

我的泪在流,冰冰的,我闭上了眼。

突然,我抖动了下身子,醒了过来。我觉得喉咙发干,甜甜的,似乎是血丝,梦里是吐了血的。我摸到半边脸泪涔涔的,可见我是真的哭过了。我二十三岁,祖母在年前去世了……当我想到她死了的时候,新的泪水又落在了枕头上,我俯下身子沉沉地哭,对于大地的脐带,彻底地剪断了。

"羊杂碎",我呢喃着,恍惚里有个声音在响:"吃羊杂碎呢,二则。"我听见了她的声音,就在周围的某个地方,这声音一直在响着,似乎来自某个世界,空空地穿过我的耳膜。

人群里我也是经常听到她叫我的,我回头,却总也找不见穿蓝布衫子的老太婆。

旧光阴（六短章）

房　子

就是这两间房子，以及环绕着不规则平台的院落，我一直没有离开过。在微信的空间，我短暂地标出这帧照片，写过："离家十年，还过着老家的风雨，但愿人畜平安。"那是那一天，早上，我接到小叔叔电话，说是那个差不多有两百多年历史的老窑塌了，压死了一对母子，还有另一个小孩子。我说的是羊。我叔叔放养的那一坡羊。总是这样，要么被杀掉，要么就是自己死掉了，不小心吃了不该吃的东西，而这一次，窑洞倒掉了。它们住在废弃多年的窑洞里，那窑曾经住过我祖辈的祖辈。

我看着这张照片，想到耗子、知了，夏日午后的睡眠，冬天大雪覆盖的早晨；想到炉火，院子里的星光，我自己婴儿时期的哭声，灯光摇曳，大人们映在我瞳孔里的头颅。

这是我生活过的地方，我最后一次怎样关上门，已经彻底忘记了。我绝对不知道那是一次告别。在这张照片里，一切都显得那么小、寒碜、裸露和衰朽。甚至不可以用衰朽形容，因为只是衰，朽已经独自走掉了。我没有永别的意识，一次也没有出现过，可确实如此，忘记了哪一次，门一关，就结束了，我再也没有躺在这片炕头。现在，炕头已经长满了杂草。离离原的草从来都强劲有力，它将一切实在抹去了，这一片几平方米不到的炕头，从此被委托给了记忆照管。

无论怎么说，我绝对没有想过永久离开，而且也未必多么乐意离开。我问自己这是真的吗？我难道不是一直都在努力逃离这几平方米土地的狭隘和窄小吗？我垂询我的记忆，可一切都像受惊的鸟，感觉出现分叉。这里面的一个人让我那么眷恋，我永生永世，都不可能放弃她，独自远走。

小姐姐永远不能明白为什么不离开，就这么两间小小的房子，为什么在已经几乎不能居住的情况下，一家三代七八个人仍然在这里居住。

我的哥哥离开了房子，我的妈妈，我的叔叔，我的祖母……那时候我不在。我没有听见最后一次关门声。这应该是祖母人生第一次兴建的房子，是母亲的婚房，右边的这一间；小叔叔也曾经打算过结婚吧，在左边的这间窑洞。

在这里，我看见和听见父亲去世，母亲在多日之后回到这两间房子，从此将自己三十五岁的光景献给上帝，毫无生机。

我可以追溯时光，但是却一次次陷入沙漠。到处都是沙子，起伏僵化的沙漠，贫瘠的沙子，不断流动的沙子，几乎没有绿意的沙漠，沙天一色的沙漠，而这间房子，是沙漠的中心。

我看着这帧照片，坚信祖母还住在那里，院落里还打有羊圈猪圈，大猪小猪在那里，大羊小羊在那里，牛骡驴在那里，猫狗在那里，鸡和兔子在那里，自己跑来打了洞住下来的耗子和虫子们在那里，杂草和庄稼在院落里，我的父母也还在房子里，我坚信一切幼年时的响声也在那里。

我知道我已经推不开这扇门，窗台口拴父亲的小石狮子也被我带走了，我不可能再住进去。但是，有那么好几次，我坚信，我还在这间房子的炕头上躺着，大雪封门，或者是夏日午后，我冷，我暖。时光游游荡荡。

我经常想起，却毫不知道它的处境，这两间房子的处境，以及里面我写过的练习簿、小学语文课本、寂寞的读书年代别人送我的明信片、我第一个喜欢的男人的黑白照……在那个带锁的小盒子里的处境。它们都在那里，作为遗存。水到处流，房子塌陷，杂草丛生，我告诉自己世界就是这样，一切都在消失而不是流逝，毕竟，我的年龄已经不允许我太多感伤。只是我仍然经常想起，真是很经常，走进随意一个人家的家里，看到小孩子的玩具，戴着红领巾的学生的书本，我就会想到这两间房子，一个长满杂草的贫瘠的院落，想到院落里我看过的那些云彩，以及星光，满天满天都是。我现在仍然能看得到，只要我想。

山 药 窖

照片里，两间房子左边过来的院落平台下，是一条道路，而靠近道路的，是三个山药窖。两个一直被用着。一个，作为偷情的留存之地，曾经隐藏过很多甜蜜。那不是我这个辈分的人该说出的，虽然，我现在已经三十岁，早就涉过情欲的领域，深谙那种幽暗的风暴，尽管，我此刻，并没有恋人，亦没有情人。

看着这帧无意拍摄的照片，我想起这个区域，语言并不能穷尽一切，就如这几个山药窖一样，我再一次深刻地感觉到，房子并没有被抛弃，时光在尘埃里过滤着一切，在看似遗弃里，我努力地收藏和记录着一切。作为一个有灵魂的空间，它们和我相存，紧紧贴着我的灵魂。反正在某处，在我的思想里，房子的任何区域，渐渐积累着时日，变得越来越软而不是越来越硬，缩小，收藏，不占什么地方。它不再局限于时间，也不再局限于地方，在地球上的任何一个空间，它都随时可以在我的头脑里移动，在无限之中，静止如一片云一样，独自飘荡，指引我。

　　山药窖是黑暗的，只能借助天光。打开口子，爬下去，是个深洞。那里面也会放大白菜、萝卜、萝卜缨子……我有时会独自钻到那里去。一个黑暗之所，我在那里和一窖土豆在一起。我们的方言叫土豆为山药，山药可以做洋芋擦擦，可以与肉炒一起，可以蒸和烧，可以烤，可以揣成泥，可以……山药花是白色的，是七、八月的白，结着绿绿的小果。

　　山药窖的一部分，顶端，是几棵枣树，不同年轮。中间的山药窖上面，有个小土堆，上面的枣树最老，死得也最早，是家里我见过最先死掉的一棵树。

　　在最贫乏的青黄不接的春夏之交，大家都竭尽全力，努力让土豆不要长芽。那些生命力过强已经长芽准备生根的，必须拔掉，一次次拔掉。苜蓿和苦菜在地里长起来可以吃的时候，土豆也就长芽了，土豆和它们炒起来最好吃。一年里，大多人家，土豆是最多的，尽可以慢慢吃，因为它们可以存放很久，除了长芽，不会再有别的破损，比红薯好很多，不像红薯娇嫩，怕冷又怕热，不是冻坏了，就是长芽长空了身子。土豆在春夏之交，仿佛在窖里生气了，厌倦了，就长白白的朝天的芽，全身到处长，伸出来，白白的，将自己的内心慢慢地掏空，当然，比红薯慢一些。不过，这也是可怖的，因为长了芽的土豆，含有危险的可以毒害人的物质元素。必须一次次爬进地窖里，拔掉它们长出的芽。

　　经常，是下午，日头晒过以后，孩子们必须进山药窖，一个窖接一个窖拔过去。我们必须爬进去，打开那厚厚的石板，以及一些为了防止冻掉而盖上的衣服和甘草，扫掉一些惊蛰之后活过来的虫子，我们爬到山药堆里去。我们指我和小哥哥小姐姐。有时祖母会带着我们，要么，监督着我们。不过说到底，春天之后，山药的牙齿永远都不会被拔掉，好像我们一出地窖，它们就又长出来了，好像我们才拔了一颗放下，它已经又偷偷长了。然而这样的感觉谁也没有说出来过，我们只是加速拔着，就如种土豆时我们用镰刀一个眼一个眼剜土豆种子一样,大多时候是沉默的。我们被追赶,想着尽快赶尽杀绝,让这种长出来的芽全部截断,消失。

尽管每次进山药窖都会拖拉,延迟,显出被迫服从的样子,但我们干起活来,却是欣喜的,我们啪啪啪地拔着这些芽,充满了杀戮的快乐,接连不间断小小的成就感在内心产生,自我达到圆满。

然而,吃饭的时候,大人们还是不可避免地要数落我们,意思是虽然完成了这项任务,但是并没有认真,还有一些芽在长。而这,被认为是我们的错。

看着这帧照片,我想到了山药窖,想到了当父亲或叔叔埋怨我们的时候,祖母替我们说话,家里就会吵闹,孩子们觉得被爱,但又觉得是自己挑起了祸端。——直到现在我还有这种恐惧,春天里,土豆芽不断长出来,有毒,必须拔掉,拔掉……

炉 火

仍然是面对这张我童年时期所住的房子的照片,产生的眷恋。我已经离开这两间房子很久了。肯定比十年还要久一些。准确说,在二十年前,我一年中的大半时光,就已经算是离开它了,以读书的方式。我越来越不断走进更大的建筑去,被分散在各种不同的建筑中,从一间窑洞,到一个村子,到一个乡,再到一个县,接着到市,到省城,然后到不同的省城……然而,在我的心里对这两间几十平方米的小房子却越来越产生一种浓烈的情愫,朦胧的怀旧,以及,某种惭愧和难堪。它实在是太贫瘠了,甚至不比人家动物住的房子好。然而每次想起它,我都会觉得放松和踏实,会觉得自己找到了一种联结。它在我梦里不断出现,甚至影响着我的书写,我的感情因为它而现实,毫不浮夸。我经常以这两间房子为原型,为出发点,试图与人分享。对别人来说,可能只是盛情难却。然而它于我却越来越重要,占领着我的情感,是我童年的诞生地,也是我情感的生长地,我在这里,曾经被粗糙却丰富地爱着,这些,是我一直勇敢活下去并写出一切的力量。当我回头的时候,我甚至发现那时候的贫穷也是一种财富,它以它的贫瘠赠我宽广和阔远,我是被祝福的。

炉子直通炕,炕窝下面有个烟囱,直通外面的天地。好久不生火,就可能有鸟住进烟囱。对于有烟囱人家的孩子来说,才清楚这一点。炉子是一个窑洞的心脏,它位于屋子的一角,在门与炕中间,靠着一堵墙。

在寒冷的冬季,一年中,三百六十五天,我所看过的关于陕北的地理书,有二百六十七天属于寒冷期,需要炉子的。炉火是光,是暖,是冬日夜晚的希望。祖母背对着我们坐着,夜色已经很浓了,她那么坐着,有时缝被子,有时则留神看着我们。她会起身加炭,实在太冷了,后几年,多用的是煨炭。煨炭燃烧慢一些,久一些,也暖一些,比木炭强。她用长铁棍捅炉子,将灰刨到灰洞里,或者,将火红的炭拨弄到炉子前面来,让它亮出更耀眼的光。有时为了省炭,她会将木头撅了扔进去,那种湿的却可以燃着的木头,为的是久一些,更暖和一些。她会点烟,捡的别人扔掉的烟头,也或者,用自己种植的几苗旱烟,搓碎,晾干,白色的毛纸卷成烟,点起来。我喜欢看她用嘴舔纸的边缘,像一只等待啃噬骨头的猫。我喜欢那烟味,有种粗糙的欢悦的味道,毫不精致,却是一种享乐的生活,一种于自毁里体现出的自我满足。

炉子是整个房子的心脏,祖母是所有家人的心脏,炉子是火,祖母属于看火人,一次次,她划亮火柴,点燃炉子。在冬天的早晨,大雪皑皑,她点起光,作为一个灶火的引燃人,黑铁在她手底下发出红光,她捅着残灰,在壁炉边。我现在都能闻得见那灰的味道,现在还记得那色彩,那可以是万念俱灰的色彩,而在万念俱灰上,生着光。

后来,炉子长了草,祖母没有了,整个房子在这张照片里作为遗存保留下来,没有了味道,被折叠在一个二维平面里,不再有炊烟和炉火,只剩下野草,塌陷的地方也长出了野草,在空虚里填补着空虚。没有了过年的红对联。当然,死人的前三年,对联是黄蓝绿。——亦不会再有。山药地窖也被碾轧机碾过覆盖了,不见了口子。并不是为了翻新房子才碾轧的,只是随机的。

没有人再在乎这两间房子。没有人吗?是不是那些住过的喘气的活着的我的家人,那些一个个比我年长的我的家人,对它的眷念比我的深?我并不知道。我想起这座废弃的房子,不再通烟的炉道,只觉得恐惧,而这恐惧也像是童年涌过来的许多拥抱,于粗鄙里,对我体现着温情,让我孤独。

也许,我在夸大我的恐惧,我的孤独,我的记忆没有背叛我,顺着我的本意不断地在文字里说谎,我喜欢把自己说成非常孤独的样子,就像被世界给抛弃和遗忘了,就如这两间房子一样。我喜欢把自己想象为孤独的被抛弃的失败者,但是我并不因此感到优越,只是我觉得这是一种品质,我还忠诚于炉火年代,还忠诚于这两间房子的质地。

羞 愧

十岁那年,有一个问题我一直想问我母亲,但又过了二十年,我才以为什么的方式,向我母亲问了这个早年可能答案并不一样的问题。只是我一直没有做好准备,想真正知道答案。

那时候,我父亲已经去世,半年过去了,是夏天的八、九月,三十五岁不知道自己守寡的母亲,回到了家里,从此一个人生活。大人们都说她不会守得住,我只想问的是:妈妈你会再嫁人吗?

二十年之后我问了同样的问题,以"为什么"开头:妈妈你为什么不再嫁人?我问她初次守寡的打算。

她愣了一会儿,说日子就这样过来了,自己也没有考虑。

我问她的时候我已经三十岁了，没有情人，亦没有恋人。也或者说有过一个情人或恋人吧，以为我死掉的方式，向我提出分手，那还是我二十几岁的时光呢。那之后我再也没有爱过。

我三十岁了，离母亲守寡的年龄还差五年，我想好了，不结婚，一个人生活，也还可以。我甚至已经看见一道余光照耀在我身后，接着渐行渐暗，有一种独自坚强的悲壮跟着我。

有好几年，就是我初高中的那几年，母亲在三四岁十之间打转，还抚养着一个舅舅家的孩子。我现在还清楚地记得，家里日子并不好过，充满哀凄。我很想问母亲，那么艰难的日子，是如何过来的？

她在前面的回答里已经有过犹豫，在盘算着怎么组织词语向女儿解释。最终，在缓慢地回忆和词语组合里，断断续续地，她向我片断性说出了她自己。她说她已经死掉多年的母亲，我的有精神病的外祖母，说她的三个孩子，那时候还很小；说她也曾经疲惫不堪，孩子们太小，又总是吵闹，她接连生了三个，身体一直都不是很好，睡眠不好，妇科疾病也如影随形。——其实是可以医治的。现在的这些年，她的身体比以前强了很多。

她在向我解释，听不出任何后悔，虽然仍然充斥着羞愧，对于贫穷和苦难的羞愧，但却没有后悔。我一直很奇怪她为什么没有后悔。年轻的三十五岁的漂亮少妇，小寡妇，怎么可能没有后悔？朽木一样过了二十年。

我当时的感觉是奇怪的，但准确地感觉出，母亲并没有后悔，她在她的苦难里获得了安宁，在那些苦难里，她一直有种甘之如饴的享乐感，我们贫困，我们饥饿，我们缺衣少食，但是她却没有教我们奉行物质主义，她从贫乏里找丰富，从信仰里找答案，一切都被蔑视了，我们在云端之上。

母亲并没有说出，我也几乎没有说出，我的两个有问题的舅舅，还有，那早年埋在父亲枕头下闪光的道具。这些才是我的母亲所恐惧的根本吧,无法飞翔的根本。她很少提起自己的两个兄弟,轻描淡写也不会,她也很少提及自己在早年的婚姻里,受过的恫吓。一直有人充满恶意地对我提起我的舅舅,提他们的痴傻呆愣。——大的已经死掉了,小的还活着。一直有人在和我不断说起父亲的"英勇行径",甚至是"暴行"。

大舅舅活着的时候,总是认真地保存着自己的皮箱,那里面有《黄帝内经》《万事百宝箱》《红楼梦》,当然还有一些其他,有好几支钢笔,有几本笔记本,有泛黄的纸上写着日期的铅笔字,记载着一些被抄录的语言,钢笔字样的水洇过的痕迹也有。他喜欢抄一些书,字迹工整,在院子下面村子的长沟里,也都有他们兄弟书写的字迹,像是天文,那些句子。大大的繁体,映在寒碜的没有出过几个读书人的村庄的土墙上,那墙是水冲出来的。每次去看望他们,都得从这写满字迹的深沟里穿过去,才可以到达他们的院落。

我在奔丧时并没有看到这些,只看到一些农具,说不清的捡来养着的狗,院子里被铲掉一半的柿子地,另一半放着他的棺木,将把他装进里面去。院子中有方言叫作没廉耻学名为蜀葵的红色大花,级级高,还有山药,正开着白花结着果。

他在世时我们并没有多少交谈,他突然夭亡口吐鲜血去世之后却引起了我的思索。安葬他之后,到现在,已经过去了三个年头,我一次都没有去过他的墓地,我对他的了解完全从他死去开始。无数个夜晚,我贸然闯入他生活过的房子,触摸生命突然断裂的悲怆,想象他到底死于他那买来二十多年的贵州女人的谋杀还是死于一种自然的夭亡。我并没有忽略的悔恨,亦不迷恋他活着的时光,我的心里有的只是黑暗照出的辉煌世界的恐慌,我对生对死都是不理解的,而他以他的死向我敞开一种生。在外省,我是个衣着干净优雅得体的女博士,有着良好的教养,但在心底,我和他以及他的兄弟一样,在土地上用绿草擦拭着锄具,铁器闪闪发光。我们都流着一样的血液,都被怀疑是不是有精神病,或者,有痴傻的基因，是上帝种植的失败的果子。

我的母亲从不提起他们。是因为羞愧？但她从来不认为他们痴傻，这在间接上也改变了我的看法。

还有其他的秘密吗？关于基因或私情。也许吧。我无从打探。任何一个人都有秘密，尤其女人，怀胎的秘密，打胎的痛苦，肚皮下三寸的糜烂，那些秘密沉浸在肉体之内，只会给自己留下烙印，就如放在塌陷的旧房子里再也不会打开的幼年时期的语文课本，还有那些花花绿绿的明星照片，以及纸质相册。

我花了很多年才问出母亲这个问题，就如花了很多年，在说出贫穷不堪的时候，说出我的舅舅们。我的血液里流着一样的血，似是而非，我必须承认，有时，我会觉得羞愧难当，为自己的明白，被区分，为自己不在他们的队列独自跑掉的叛徒行为。

我仍然保留着我和我死去的大舅舅的照片，还有我和我仍然在世的二舅舅的照片，他们在照片里的样子，并不呆笨，不过眼神直直的，越过镜头，从很远的地方走掉了，走到了我不知道的地方去。他们不懂得取悦镜头，不懂得镜头之后拍摄者的目光，他们不迎合。我的血液里也有这方面的基因。现在，大舅死去之后，经常，我暗暗地，以他们为我的哲学老师，学习生活法则，从容且无所谓地活着，将自己活成一棵稗草，自由自在，随性，活成一条被废弃的生命，毫无大志地每日里苟延残喘。傻子非常能吸引人，但吸引的是我这样特别的人，让我的思维加速，长久地思索，让我忘掉功名，也忘掉利禄，忘掉地位和面子，忘掉我自己，让我不断地退出自身，退出"我"，退出细枝末节的日常生活。我从来没有怀疑过，他们是我人生的哲学导师，再没有其他。

猫

这两间房子里一直有猫，从来没有断过。我们有院子，亦有耗子，我们需要猫，我们的家庭不可能没有猫。祖母认为没有猫狗的家庭不是世上人家，日子肯定过得凄苦，连猫狗都不留存的人家，是缺乏人气的。她一直坚定地认为：牲口是有灵性的，喂得住牲口的人家，才喂得住人。

我爱一切动物，天上飞的地上跑的水里游的，我也爱一些虫子。爱动物也就爱植物，我在这世上一人来去，吃饭睡觉，有那么多生命陪着，亦不该觉得很孤独。这些大约都是祖母在幼年给我的加持，她让我爱着世界上的一些什么，不时与四季建立着联系。

我们家，一直有猫，土猫，各种颜色的，各种大小的。有的很小很小养起来，从出生到吃了耗子药走掉，祖母会给它们吃十八甲，避孕，或者消毒。那些猫，是祖母老年时收养的儿女，她醒着的时候它们睡在枕头边，她睡着的时候它们睡在脚底下，它们是冬天的袖套夏天的风扇。

我小时候，经常爬到放衣服的木柜里，上中下三层，中层放一些小零件，底层是冬天的衣服，上层是当季的衣服。猫咪会将孩子藏在底层，有时是三只，有时是五只。猫咪睡进去，我也爬进去。大大的柜子是床，是家，是隐秘的木头棺材，是我幼年时期睡过的最早的木头棺木，雕刻着好看的图纹，过年时分会被贴一张四方长形的对联，上书："年年有余"或者"招财进宝"。红漆木柜子，很多年了，猫是新的，人也是新的，柜子比我们活得长，现在还活在那间废弃的房子里，作为废弃的遗存，等着黄土没过脖子，等着腐烂在泥土里。

猫怀三个月，狗怀四个月。猫总是生，一年有两三次。总是有小猫。没有人会厌烦。大约只有大人们会。小孩子永远都不会觉得多余。一人一只猫，一人两只猫，一人一群猫，还不够，还要比谁的多。三个孩子，一群猫,各有各的颜色。

　　从来不会有人自主终结猫的命,小猫的命也是。大人们会杀掉羊,一只又一只,杀掉鸡,杀掉家养的兔子,一年杀掉一头猪或两头猪,杀掉生病的牛,杀掉……没有人去杀猫,更不会去捏死小猫。它们在这个家里受着无限的爱意,不会被打骂,永远被宠爱,比所有的小孩子所受的宠爱都多。它们可以发挥它们求偶的权利,生育的权利,养育子女的权利。所以,在这个家里,它们在夜里过于骚动地活着。有时,会带回一只兔子;有时,则是一只还活着的鸟,大多时候,是老鼠,各种块头的。

　　这些猫做出了一些特别的榜样,它们讨好人类,却又独立自我。它们有我们永远都不知道的一面,即使在我们的肚皮上卧着,假装睡着了,不需要抚摸就已经发出呼噜声;但是有一些时候,无论你怎么叫,它们就是不说话,不发声,沉默不语,装出已经消失的样子。它们接受依恋,却又拒绝依恋,除了吃了耗子药,它们拒绝死在人前。像我一直未娶妻的叔叔一样。它们互相抚育对方的子女,给我们彼此都以五饼二鱼的观照,也像我叔叔一样,担负起了并不属于自己的责任,通过非性交的方式,抚养了他哥哥的三个孩子,承担了物种延续的责任。它们住在房子里,有时离开,有时回来,一直都是自由的,像我叔叔一样。我的叔叔,给我们提供吃穿,却又并不放弃自己的自在,一些时候,独自走掉了,去打麻将,一整个晚上连着一整个晚上,就如这些猫一样,他的自由令人害怕,但也渐渐会培养成一种习惯,我们相互帮助却又毫不依恋。

　　这些猫,到现在,一只都没有了。如果说有,也都已经是野猫了,在我们那塌陷的老房子里,还出入着,独自生儿育女。即使我们家有猫的时候,我也从来没有看见过一只猫鲜血淋漓,只看见过人如此。我想起它们,总觉得暖暖的,柔柔的。当然,我身上还拜它们所赐,留有被抓被挠的印迹,像情人粗暴的抚摸。

一面情人的墙

炕翻转九十度，就是墙。这两间屋子，左边是窑，右边是房，最靠右的一面墙连着山体，中间的一堵是烧制的砖，临每晚落夕阳的那堵，是土坯。

我较为长久地睡在这间叫作房的土炕上。有人在夜里叫喊，一次次。那时候我一岁，接着两岁，再接着三岁、四岁……我是不是在这面土炕受孕？有时候我会突然之间想象，推算日期，应该是前一年的深冬，过年时分，一颗卵子与一颗精子结合。那么，就应该是年左右，就应该在老家的房子里，这堵叫作炕的墙上。

我听过那样的叫喊，不该为子女所说出的叫喊，甚至，不该被女性所说出的叫喊。我的失眠症就是从那时候开始的，突如其来的声音惊扰了我的睡眠，不同强度、高度、长度，不同的宽度和广度，混杂着呢喃的低语，夜是宁静的，也是焦虑快乐的。我试着辨别词语，可却不为我熟悉，含混不清。

二十多年之后，在一所废弃的旧都市的广场旁，我曾经耳闻目睹这样的声音，经由一个男子发出，他有兽类的凌厉的眼神和表情，随时准备对生活发出袭击，但是，在高峰体验到来的时候，他撕裂了自己，发出情不自禁地令人害怕的快感之声。和我幼年时期听到的一模一样。隔着墙，也或者，床就是一堵墙。他是体制内高墙里的囚徒，盖着薄薄的温暖的天鹅绒被子，睡在温暖做就的监狱里，等着窒息。不过，我有幸隔着一堵墙，观看了他回归兽类年代的活动，有幸聆听了一场高峰音乐。

那种将黑夜从大地上抬起的声音，毫无廉耻的声音，就像一场反叛，一些人被屠杀了，一些人被镇压了，在声音里，一切都坠落了。一切的规则和秩序，都被冲破。我被这原始的声音吸引，竟然独自燃起火，完全是因为焚烧的激情,毁灭的激情。

有人回应,有人呼出。不要有固定的词。单音节在独自远行。

我知道有另外一种语言和声音,单调的,没有多少回环的,不需要去领悟的。也许,这才是我人生最初的语言,一面土炕的语言,温柔又恐怖,类似幸福又类似孤独。穴居动物时代,我无师自通了这门课程。

有时,我也会渴望去操持这种语言,安静地住在一面情人的身体铸造的墙里,听着声音击打时发出的回响。

我从来没有告诉任何人,声音是一所房子,我掌握着世界的这个秘密。我幼年时期所住过的这两间破烂的房子,在地图上不断地变换,飘浮在白云之上,使我住过的房子一切都变得相同,一切都变得亲切,包括声响,都成了一种重新拜访,千山回唱。

我的断签上写着"广场与鸽子""高潮""一面情人的墙""我失恋那个夏天中的一天""那台机器的噪声"……这些词,或这些意象,来自于我要写的这堵墙,也来自于大地上隆起的土炕,来自于一所坟墓。

我曾是一个隐秘的偷窥者。我是否因此而感到羞耻?我应该老实地承认,我其实只是一个虚构的想象者,因为匮乏所以弥补。

在这个深夜,我必须写下这些。对别人说"正确"的话,也总是令我忧伤,而听别人说"正确"的话,同样让我忧伤。我喜欢随心所欲,写出一面墙的叩访,或,一堵炕的回响,对于我这种生活失意的人,已经不能凭唾沫与汗水交换快感,只能凭借耳朵和眼睛感受爱情。

桃花树上落乌鸦,我写出了我的禁忌,父母在一面土墙上的劳作,我可能因此在某个夜晚生出,以及,一面情人的墙。

一把刀永远压在枕头下,锈色的光、银色的光,照耀着人晃动的样子。那时候,年轻的妇女睡在炕上,睡成一弯新月,开始是二十二岁,接着三十二岁,慢慢地,三十五岁。刀具被弃,握刀人开始葬于土下,妇人却再也没有显出生命的喜色,在一截矮墙的阴影下,渐渐生出满头白发。

一面情人的墙,是肉身,是铁具,是翻转的炕,是一截断瓦半片朽木,是磨灭的火。几面墙围成的两间房子,泥土做就的家园,是我在人世最早的坟茔,我们曾经那样活着,像死亡一样活着,安静,沉默。

　　一定有另外一个我,为我所不熟悉,埋在了那里,过着没有被割断的我幼年的生活。一定有一些什么,从三维四维的空间脱逃,一面面地,折叠垒起来,垒成高墙。

次第生活(六散章)

大街上的原始人

晨起,大雨,想起桥下那些流浪者。每座城市都会有这样的流浪者,他们睡在桥头,或者火车站旁,露天的地方,草坪深处,如同一只只野兽一样,半蜷缩着身子,持续着他们的睡眠。

我所爱的人拍来他所在地的照片,露天草坪上,蓝绿色的塑料布搭建出一个简陋的躺卧之地,远远地都可以看见随意躺着的流浪者。他没有近前去,怕引起双方的尴尬,文明社会的不适感。但是,作为一个写作者,他好奇这样的自我放逐者,他经常对他们的生活进行探访。有时,也进行一些短暂的适可而止的交谈。当然,写作者会羡慕任何职业,流浪汉尤其是他们羡慕的群体。那种浪荡游民,身穿七零八落的衣服,笑或不笑的脸,总有一股落魄气,而那股落魄气,才显出原始的哀愁和召唤,才令人向往。一般人身上是没有这种气息的,被文明规划过度的人,行走坐卧,都有一种派头,都有一种"人气",而流浪者身上的那种原始动物气息,那种万事如归,才分明像一种切实的生存。

一个人必须在一座城市有一间房子有一张床有一份工作吗?一个人必须穿得像个人样走人行道遵循过马路的规则不能随意笑随意跳吗?写作者和流浪汉一样,他们或多或少都活在这种内心的躁动之中,都过着一种朝不保夕的生活。

我所爱的人,是城市的闲逛者。每个午后,他都会走遥远的路,仿佛要走回童年。他经过不同的河流和人群,不同的长桥和草坪,有时劲走有时观望。他深深懂得乔装打扮的技巧,将自己隐藏在一顶帽子之下,寻找来自隐身的庇护。他把大量的时间用来在人群面前显示他的闲暇和懒散,当然,他也会喝酒,坐在人群里,听人们说天南海北的故事,一杯杯地饮下人间的甘露。

这些大街上的原始人,大多是男人。他们离群索居,从不同的地方弄到一些食粮,当然,这也是每天每顿得问机遇的,但正因为这样,他们才充满了渴念,才充满了小小的希冀。他们大多是老的,不再年轻的,成过家立过业或者挥霍过人生的。他们自我放逐在常规的人群之外,远离标志着正常生活的"水泥"或"木头"建筑,远离当下的文明,在大街上的空地或者角落里,找寻他们临时的栖居之所。他们也喝酒也吸烟,也看书,但是,更多时候,他们陷入自身的巨大享受之中,陷入自身制造的那种孤独里。

他们一定得到过自己的城池,爱或者暖,最后,对自由的那种绝对的渴望,对世俗的无所畏惧让他们过起了这种落魄生活。一种万事不作为,一种人生到此方休,才让他们较为彻底地游荡在规则之外。闲散地享受起喘息的乐趣,不用再在乎任何人的目光,不用再比拼,就如此,一点儿粮食一点儿布就够了,一点儿人间的寒暖就够了,不需要太多,可以喘息就够了。

我所爱的人在大街上闲走,有时,他短暂地加入流浪者的队伍,聊天、拍摄,他似乎很喜欢这种自然,这种风景。在他的镜头下,我从未见过绝对的野外的自然,虽然亦有萧萧秋色,落叶接天,但是总是有人,背景内的人,背景外的人,人的魂穿行其中,对于他来说,也许人比一切都重要。他乐此不疲地在每天下午走几十里路,不同的路线,不同的城市,每一天,仿佛街头有一盏神灯或一口钟等着他去点燃,去敲击。他讨厌人群,更讨厌人群里那随意就可以燃烧的欲望,但是他深深懂得隐身人群的艺术,就如同流浪汉深深懂得与人造的水泥建筑隔开的艺术一样。但是,他们又深切地拥抱这被玷污的城市,在这样的城市里不断地寻找着自身需要的故事和安全。

我所爱的人为我拍摄的照片里,到处体现出一种狂热的物质生产的节奏,一种巨大的物质到处在吞噬着行走的人。然而,那些流浪汉身上,只有那些流浪汉身上,不包括那些流浪猫狗、肥肥的鸽群、胖嘟嘟的鱼类身上,才显示出了对于物质的藐视,才显示出了一种饥渴和空虚,不为物质所庇佑的那种饥渴和空虚,那种空落,而这种空落是我所渴望和追求的,是一种纯然的满。

幸福的人有两种,一种是正在持有幸福的人,一种是有过幸福的人。后一种比前一种富有,因为前一种的幸福还需要体认和确悟,就如相亲相爱几十年的夫妻,忽然一天,其中一个人顿悟到了什么,产生了不甘和埋怨,抑或这种情绪可以深埋,但是他感觉到了他的残缺,一种平庸的甜腻的生活过早地毁掉了他的一生。当然,未必是夫妻,有时父母也是这样的毁损者,一个甜蜜的允诺美满的牢笼里圈着一个不敢推门而出的囚徒。流浪汉里,一定有后一种人,有过幸福并且深谙幸福滋味的人。有过幸福的人,幸福的卡券永远都用不完,一生一世都用不完,而这却能让他们更好地走向远方,在一种自我放逐里感受无限的自由与愉悦,世界再不可将他们捆绑,而他们的幸福,在每天的日出日落里,在每一颗露珠里,在每一缕寒暖的风里,总是一次次重新寻访。

任何大街上的闲逛者，我的恋人、我，都在寻找快乐，摆脱来自实体世界的枷锁，寻找一种不可得。而我爱的人，经常陷于听而不见，或者见而不说的境地，他喜欢那种不安，那种内心的碎响，忧郁又孤独。每一天，他这样飘过一条又一条的大街。有时候，街道分明是他的居所，灵魂的居所，他安然自得地在街道上放逐自己的目光，就如同流浪汉一样。在四壁空空的塑料帐篷里，举目远望，闪闪发光的广告牌，各式的玲珑的雪灯，高树上泛黄的银杏叶，红彤彤的枫树，奔跑的儿童，是房屋墙壁上的一幅幅流动的油画；而那些远处的大楼和长廊、游人，则是房间俯视时营造的居家感顺视而出看到的街角景观。生活那么多姿多彩，变化无穷，而此间灰白的碎石瓦砾，墨蓝的帐篷，正是原始森林，正是长久的永远活着的家，与永恒相握，贯通过去与未来。

旷野在血液里呼唤我们，呼唤流浪者，呼唤一种看似不正常实则常态的生存，让我们远离狂热的物质生产，回归前身，而这样的呼唤，现代人在钢筋水泥筑造的固室里，越来越听不到了。

虫　子

我一直对无脊椎动物有种特别的迷恋，比如豆荚里一只胖胖的虫子，放久了的米里面一只弯曲的毛虫，也或者，散发着诱人香味的杏子里面的几只虫子。当然，你肯定会想起，陕北乡间厕所里不断蠕动的蛆。

很小的时候我听过这么一个故事，说是南方一些地方，会将肉吊起来，等待着苍蝇来啄，生虫子，下面放一个面瓮，为的是虫子落在面里，最后油煎着吃。据说非常好吃（这难道亦可以上《舌尖上的中国》）。我大学的室友就说过。她家皖南灵璧。但这样的吃法，我从来没有享受过。

硕士毕业时，有一个偶然的机会，在成都周边的一个小县城，我吃过一次蜂蛹。内心简直觉得震惊，当然只是尝了一点点，和以后在南京碰到活珠子一样,已经觉得很罪孽,像是一下子吃掉了很多生命。

在前几年读博阶段失恋之后,我变得非常敏感,对于一切生命,都会产生恍惚,有时,即使看到一只虫子被太阳晒干了,我也会感到悲伤。

毕业之后,我开始了独自一人的生活,离食堂很远,就只能自己做饭。有很多次,苹果坏了,梨子坏了,菜叶子坏了,买下的肉忘记放冰箱也坏了,空气里会有不同的味道。

我试着做一种楼下姑娘经常做的肉炒豆角的菜。和我小时候的四季豆做法不同,她是将豆角一切两半,然后比着刀切成一截手指那么长短。我也学她的做法。

四季豆放得久了,会坏掉,会生虫子。当我将切成两半的豆角比着准备斜切成小块的时候,忽然,一个亮亮的闪眼的东西出现在我眼前,仔细看,却发现是一只纤细的虫子,我就叫它豆娘虫吧。人们也许会觉得它肮脏,就如花大姐这种虫子一样,人们会排斥它。可是,失恋以后,我连这些也爱上了,一切痛的东西都爱过了。

它停在被剖开的豆角上,不得不接受这样的出生,我靠近仔细看,却发现它体内闪烁着白色的光,凭我幼时恶作剧的经验,知道是虫卵,一根针压下去,就会有一些白沫。

这是我的罪孽吗?被打开它就无法存活,我的刀不亚于上帝发起的一场地震,它在震源里破碎。我为我这样戕害它而落泪,为它的闪闪发光落泪,我想到蟪蛄不知春秋,这样的虫子,也只不过几个星期的生命,然而它仍然忙着怀孕,忙着生生息息。

记得前些天回陕北开会,回来时,年过六十岁有了儿孙的老教授,一边说着自己含饴弄孙的喜事,一边与我辩论:生命在于这个过程——生生不息。

生出来的亦是死亡,即使有子女,是人总是血肉之躯,土地会有回收的一天,这是我当时的理论。可是,面对这家室被我破坏生命堪忧却仍然蠕动着想爬到安全地方生子的豆娘虫，我禁不住仍然落泪。

记得童年时代在陕北农村的厕所，雨天时分，总是有溢出来的不断奔跑的虫子，那蠕动也是闪光的，和我见到的豆角里的豆娘虫一模一样。我不得不说出，七月间下葬舅父那日，打开棺木时，亦是这样的场景，升腾的紫色火焰在闪光，一群群活物在拥挤着寻找活路。

我简直不可以描述那光，那也是罪过。

这些不断蠕动的虫子自然是生命，然而它们的思想呢？它们有没有疼痛感和思想？它们不断向四处窜出，企图寻找一条生路。我无法讲出这种感受，实在可惜，可是我们一定很早就观察过这种死亡。这是真实存在的，不知道生命消失于什么地方，面对一所又一所的坟墓，我会想到这样的场景。在那些不断蠕动的虫子上面，草木一茬茬苗壮地长出，那么安详，即使是枯萎，也给人一种安详之态，植物一直有这能力，动物却不能，即使是无脊椎动物，也不能。动物的奔跑里有一种哭叫和呐喊，哪怕是一种让人恶心的蛆，也有这样惊心动魄的能力。在这样的场景下，人们才要点燃？将死化为灰烬？以为这样的死相对是一种美丽？我只能做此猜测。

一只虫子在我眼底下展开它的死亡，而杀戮由我而来，由刀而来，它奔跑着，放射着它的生命之光。该祝福还是厌恶，我一点儿也说不清楚。

当　归

少时居陕北山间，每吃羊肉，祖母必然将当归、红枣、姜片和陕北特产大红葱等一起扔进去一锅煮，说是补气血。

人家出门水土不服，我是一还乡各种水土不服，幼年时代就极其难养。大学到博士居南方十年，欣欣然仿佛返回前世的故乡，几无吃药经历。去秋我由南返北，于家乡省城长安落脚。自归来之日到现在，已吃中药几剂，药丸无数。年前家人来小住一些日子，白日陪同游玩，夜晚我加班填表,更是打乱了身体秩序,于是就吃药。每次开药,却必有当归,是以又记起少年时代的饮食习惯,展开了对这种药材的"迷恋"。

少年时代采当归,卖钱,对其叶其根都有印象。当归花繁,一簇一簇,像满天星星,千丝万缕,心上离人的愁绪;其根皱褶多,斑驳淋漓,亦是万千心思。

当归是一种药名,儿童不宜服用,属于成年人,是一种相思(乡思)。"生当复来归,死亦长相思",说的该是当归。不管是一别长去的往归,还是可以通过自身逆转唤回的归来,都是一种改变。

当归分归头、归身、归尾,如此说来当归像是一个动物,让人想到狐狸精。七十有六的老医生,把着我的脉搏对我说:"当归也是身体,植物也有身体说。"他说归头补血、归身补血活血、归尾活血。活血与补血功效不一样,但我听着却觉得相似。低头思故乡的谜底,就是当归。他还这样说。老先生祖籍徐州,祖辈为资本家,为避时乱,八岁举家迁西安了,一晃,六十多年已过,难道他对这种药物亦是有所思? 无论哪个中国人,想到"低头思故乡",见到明月,都会别有一番感慨,那感慨是古中国的,那月也是古中国留下的月,即使我们住在叫作家乡的那片土地上,我们仍然有时会怀恋"童年的故乡"。我不喜欢吃药,但对于中药,总觉得药名激烈缠绵,这也是中国人无时无刻不体现的大志和情趣吧,即使是生病,也还是要活下去,药就成了要,天地万物生的草虫花木,也就成了命的引子,来与人相亲。

我所看病的药铺店名叫十三朝老药铺,也许只有西安,才敢取这个名字,否则无论哪里,都未免被人诟病。这也是我第一次对时间生出敬畏之感。其他的药店,凡中药比较出名的,店名大都也有特别意思,有汉语的方正,体现芳香吉祥之感,如同仁堂、百草堂等,中医如果不像寺庙里总是被人粗俗地安置一个功德箱,经常居高药价,实际是有济世救人的慈悲心呢,中药名、中药铺子等,大多给人一种岁月温润日子悠悠荡荡的感受。

　　中药亦有人世的伦理,一方有一方的江山,分君药、臣药、辅药和佐药;性别方面分四君子汤(男性药)、四物汤(女性药)。每种药方有每种药方的功效,每种药材有每种药材的特效,它们在人的体内返回原乡,继续走它们轮回的路。也许,这是另一种回归。

　　医生给我开活血通经药,治愈我的生理不调,用的方子里第一就是当归,它是君子,熟地、川芎、白芍为臣子,另辅以三七粉,佐以桃仁、红花。我看其药方,知道是桃花四物汤,就觉得名字很好。然而想到桃花在中国的文化意义,又觉得忧心。人人爱走桃花运,人人不爱桃花命,桃花好运不好命,是以看到桃花生忧心,何况店里还贴着十九畏十八反歌诀,就更觉得恐惧。抓药的是一个二十岁的小姑娘,虽然一脸雀斑,却生得伶俐可爱,那雀斑也像她用铜色小秤称药背后的一格格草药名,像一片又一片云图,仿佛是一种要义和密码,让人并不觉得讨厌。她说老医师下药重,有补有通,但也要认真遵医吃。翌日我拿了汤药回来喝下,只觉得头疼,后来告诉医生,医生让喝三分之二袋,其余泡脚。这是我第一次知道用喝不掉的汤药泡脚,也仍然有功效,可以活血通络。中药真是神奇!

　　当归,当其时而归其经。有归必有离,就有离草,离草为芍药,却亦是相思,归亦相思,离亦相思。古人云:但有远志,不在当归。其实却亦是一种绝情,就如出家之僧尼一样,弃绝父母的小情小念,而遁入空门慈悲为怀,想来是狠了一番心的。当归是一种感情的滞留,呼唤一种回归,这种呼唤里含有牵挂和不舍。

　　药物如同神话禁忌一样,是我们日常生活的图腾。一些药材与一些药材相随,一些药物与一些药物相克,投缘即经常互相辅佐,若君臣如近亲甚至是夫妻;那些相克的则是鸡犬相闻不可相往来。人的恩怨情仇,也可以上升到药物里面,药材世界的十九畏十八反,说的就像是人世的情怨,不即不离,不跟不随,却永远作为对立面互相存在和牵绊着,仿佛是怨侣。

当归当归，应当归来，云南的当归叫云归，甘肃岷山产的当归叫岷山归，我陕西叫当归为秦归，都是各有各的故乡故土的，芳草年年返青，分明是一种执着。《诗经》里有诗："青青子衿，悠悠我心。纵我不往，子宁不嗣音？青青子佩，悠悠我思。纵我不往，子宁不来？"说的也是一种呼求，即使我不去看你，你怎么也不来看我呢。这种感情分明是一种交换。当归虽然也是一种呼求，应该归了，因为那样的感情那样的路径是熟悉的，走过了，可以回逆，应该照旧，就如人最终回到大地一样，鲜血痛痛快快在不滞不涩的管道里流动一样，但当归这种情感分明是一种主动的生发，是对自我发出的呐喊，而不是一种比较之后的交换，当归更体现一种独自走远的修行。

当归这个名字，真是让人有种甜蜜的怅然，仿佛轻轻唤一声，就可以被听见，尽管听见的也只是自己的叹息，却也分明已经是一种安慰，是对自己的一种牵盼的提醒，尚还有那牵盼呢，还想着远人应当归的，虽然不发一声，却自己分明是安慰过的了，内心里有念想。肠胃念当归，身体是诚实的，说出了我们的病和渴望。古人有衣锦还乡，是功成名就的当归，"问君何行何当归，苦使妾坐自伤悲"，是相思的当归；"游子疲惫当归乡，最念老屋居高堂"则为乡思的当归；"黄尘翳沙漠，念子何当归"，是原乡风景召唤的当归；"悲歌可以当泣，远望可以当归"，是不归之为归，这种最为销魂也最难为情。

"当归"二字，制造了一种分别的焦虑，微微的不安，这种药是劝勉也是自珍，是一种狂热的念头，在空落里低低地喊：应该回来了呀，应该回了呀。仿佛是一种祈求和哀告，不能说出来，自身心意却明了。

医生开的药，当归甜，三七粉苦，甜为主，我念着这名字，早晚喝一次，就好像晨昏的相亲，乡思与相思，都在一泓水里，饮下了。然而生活里的一些事，分明已经就是这样了，但心里总有一份祈愿："式微，式微，胡不归？微君之故，胡为乎中露？式微，式微，胡不归？微君之躬，胡为乎土中？"借当归言情，是医学的事，也是文学的事。大多人的生活，尤其是大多女性的生活，就在当归与不归之间，在既济与未济之间，一天天过去了。

玉　说

　　乡下人在集市上看京剧回，一群妇人聚拢在一起说起来，枝枝蔓蔓绵延铺得真开，就如平日所踏山水一样，云天河树不分，什么都想和你说，左一句右一句，听不出什么逻辑，亦没有什么完整的情节，但说的人却乐呵呵的，听的人也以为自己像去了一回。我想说玉，也是乡下人赶集看京剧，说的就是那种云容和亮丽，那戏里人轻踏山水似从天上来的感觉，非具体要说什么。

　　玉石玉石，玉是一种石，是石的开花状态，是石在世的生命，就如人是土地在世之生命一样。玉也是从土而来的，是土孕育的一种生命。物的东西有其神性，在于某种气韵的流通，这种气韵，在一截木头上可以找到，在用木头做成的物什上可以感觉到，在一块石头上亦有这种感觉，尤其，在一块已经成形的玉器上。

　　玉，作为一种流通的死，是石在世的宿命，玉有时间性，亦有品性。当然，一切东西都有时间性和品性，但我所说的是玉的这种时间和品性。诗里有"玉露"一词，两字合一词，其间的风景与绮丽，简直是说不尽的人世。玉露，说的是它们的美，它们所散发的诱惑，它们的韵，以及它们的脆弱，它们在时光中的模样、颜色、温度、气味、声响，露是玉的一种拟状，玉是露的一种凝固的永恒。

　　繁体的国，是四方口内有或，或也为域，是四方之地，而简化字里，国为口含玉，玉虽为珠宝，但毕竟玉不是一般的珍宝，不是钻石，不是金银，没有更多金属之声，而多典雅与温润，节烈与克制，所以，我认为这个字在简体字里算是成功的，甚至比原来的意象丰富。许是我偏爱玉多一点儿的原因，重所爱而舍其他，也是一种偏狭和不厚道。

玉有软硬之分，我们诗词里所说的玉的词，如"温润如玉""玉树临风"，多强调它的软，它的谦，而我们所见到的玉，也多是软玉，触摸时似乎有棉花陷落之感，越摸，越会产生一种流淌。软玉的色泽也多，白如脂肪，黄如黄粟，青如苔藓，绿如翠羽，墨如纯漆……简直数不清，似乎专门包揽一切颜色。而硬玉颜色则少，多白绿为主打，色正。然而无论软玉还是硬玉，它们都有一种骨子里的志气和节烈，它们容易让人的性子沉下来，但特殊时刻，玉也容易让人产生一种玉石俱焚的毁灭情绪。成语里有"宁为玉碎，不为瓦全"，这是民间或者民族的一种气节和哲学，瓦也是易碎的，但青瓦长情，也较有生活性，是一种日常活着，我虽然亦喜欢瓦的随和和亲民性，但与玉比起来，还是念这种物以稀为贵的好，在我，倒也不全然是因为它的稀缺，而是它的那种脆烈，带给人的那种震撼，至柔至刚，分明是石化的可以喘气的生命。

《红楼梦》里，对玉也是有敬有惜的，作者对让人们易生出喜欢的角色，多以玉名，黛玉宝玉妙玉不说，丫鬟里小红原名红玉，小红小红，也是可以揭起"红楼梦"一抹彤云的，虽然后四十回戏份不多，但是也得其所，谁能说，不是名字里含玉，对她的一种保全和照顾？文字暗里相通，各人有各命，有时连作者也不知道。我乡下一同长起来的一少年名玉厚，是他父亲近六十岁才生的头生子，唇红齿白，脸如圆盘，眸子清亮盈洁，其人性格也彬彬自喜，分明是沾了玉的光。

玉是地上行走的云，旧时寻常人家，有时也会有一点儿玉器，也是有一点儿珍珠玛瑙的，嫁女时，玉是从一代往一代传的；"乱世黄金丰年玉"，承平年代，现在玉的价格一再走高，平民人家嫁女，当今时代发展，反倒一般的女儿家，得自己花高价在市场上买进卖出这种东西，祖传的东西几乎没有了。这不知道是身为当代女子的幸运还是不幸？

玉以女配，讲玉女，本来是好词，经过时代的熏染，反倒既玷污了玉也玷污了女，就如"冰清玉洁"这词，本来是说"冰"说"玉"的，最后也会堆砌在对女子的德行的要求上，仿佛要分外听见一种来自生命的脆响，人们才觉得满意。物的品性赋人，有时真糊涂得过分。

小时候，乡下祖母喜欢玉，常常说的一句话是："玉会自己走的。"她说的是一种气，玉也寻主人，就如战乱年代一样，人救江山，江山也救人，遑说江山不自救，如果不是重庆莽莽的山，我们也许不会有今天的平安喜乐（今天是西方的平安夜，无意写这篇文字，倒是应景）。玉有邪玉正玉之分，玉也会为主人碎裂，挡主人难，玉碎人在，分明一劫已是躲过，告诉你生活还在继续，人得祝福，玉自流转，重回大地。当然，也有玉死，多是吞玉而死，吞玉不比吞金，但吞玉之人，似乎让人更觉得节烈刚毅。邪玉在身，是会有各种不吉利的，我虽然不信这种说法，但也真觉得玉挑主人，玉也护主。其实，玉何尝又不是配者的主，小心翼翼，温和谦谦，分明是玉发出的规劝之声，所以佩玉之人，大多有这种性格。是受玉的奴役，也是受玉的眷顾。

这半年，断断续续也翻了一些玉方面的书，知道挑选玉，该从器形、纹饰、雕工、材质和沁色等方面着手，然而个人对于玉，只求缘，未有什么占有之心。手边有过雕刻为白菜图案的缅甸玉，亦为图百才之因，喜欢过一阵子，后给了家人；也有过一块羊脂玉，貔貅（传说为龙的第九子）图案，这是赌博之人的专用，我却有一段时间非常喜欢龙的这第九个儿子，得玉貔貅一枚，其后也藏于装饰盒之内，未曾有什么不舍之心。

玉，有一件已是足够，两件就是奢侈；再多，则是一种吞，终是不好，玉是一种流转，其来偶然，其去偶然。玉碎，最能体现"生灭灭已，寂灭为乐"，随所住处恒安乐，住是一种境遇，处也是一种境遇；玉来玉去，同样，随所得失同安乐。当玉与你有缘照面，且玩赏观看，且触摸问询，且怜且惜,它在泥土中的生命比人都要长,它在那些拥有者的手中,只是短暂的重见光明而已,随喜,随缘,缘这一份光,喜这一份彩。玉,实在是世上可以握在手里的云霞,不虚,暂满。

空　镜

半夜里,梵音不散,古老的寺庙外是人家的村庄,狗吠声不断。下弦月瘦瘦地照在这座瘦山上,老更人在永恒地敲着朝圣的锣鼓,我沿着没有名字的河流往下走,迷失在梦境一般的荒野里。已经是冬天了,没有虫鸣,鸟亦绝迹,疲劳衰竭的叶子发出索索不断的声响,一块大石头居前,挡住了我的道路,衰草噼啪作响,等待一场大火,我缩在石头旁,学习它的沉默,却想起了很多。

生活的定义,没有比荒草间的石头更静谧隐忍,但我仍然相信很多内容,相信石头大于石头本身,大于此岁的荒草,然而,墨绿的青苔发话,嘲笑着我的幼稚。

夜里的一切会恢复古旧的生活模样,有山林,有寺庙,有月,有风,泉眼无声,早起的灰衣居士集队走着,绕着古塔寻求庇护。三圈。仍然记得盘腿而坐的功课,塑身的金粉菩萨在半空中的坐骑上低眉俯视,男众走内,女众在外,人们绕着圈子打转,执着木杖的监管铿锵有力,发出兵器一样尖厉的喊声,人在恍惚间,似乎进入了另一个时代。

盘腿坐下来,坐在蒲垫上,四围都是镂空窗,隔着窗纱可以看见执杖者循环来去的脸,右脚属阿陀,左脚为弥佛。烛光斧影,杯酒释兵权,是否也这样地低声踏过节拍,沉稳有力?拈花微笑,棒喝截流,指声三击,也不是纯讲佛法,或者说,佛法也自有兵器,慈悲亦不是众生普度,万物有情,尚还需要缘分。

山风猎猎,净土也需要袈裟加持,向神寻求庇护,也是一种欲,金碧辉煌的庙堂需要门徒,也需要寻求尊敬。小和尚们烂漫地睡在树林下,花丛中,倒像是藏着一种自在,西风吹梦,在山里,一切是今古,一切又没有古今,好像一直可以这样过下去,星沉海底,雨过河源,新雨也是旧雨,新花还做旧花。

寂寂待何日,朝朝空自归。梦境里,在这样清冷的夜下山寺里行走,已经不知道多少次了。天明独返,钟声和经声一起远去,又看似衣冠楚楚地加入滔滔大众中去。

夜色与日色是不同的,夜是梦,是清冷的灰,是沉寂,是歌,是风声,是枕边独语,是一种实有的空,是混沌。夜也是山,是寺,是钟声,是花,是果,是因,是种子,是发生,是一种完整。夜是散开的光,是渐行渐远的白日,夜将每一样表面的东西带回到属于它的深的里面去,让我们不要发出任何谴责,去接受,去蜕变。它在那里,如同一块长满青苔的石头,比一切的光亮都亮,是一种内在的明,隐藏着伟大的命运,夜从来不浪费自己,一直都在不断地抵达黎明,抵达一种温度。

夜是一种独归,一种寂寂的情怀,一种独返初路的陪伴,夜让我们于孤独中闪耀光芒,闻见烛香,听见梵音。夜是一种祈祷,寺是人世的背景,一切事物,都在出发,都在回归。

照 片

有一个关于灯的寺,叫作灯明寺。有一句关于灯景的诗:楼台上下火照火,车马往来人看人。无论是寺还是诗,都带有极其浓厚的东方文化味道,但现下市面上的很多宣传,却跟长着白胡子戴着红帽子的圣诞老爷爷有关,许是冬季的原因,人们容易陷入一种节日的热情里。

朋友发来的照片,圣诞老人被塑封在各种玻璃瓶或者塑料袋里,人们给街头的狗装上白色流苏似的长胡子,头上扣一顶红色圣诞帽,当然,路边青蛙形的垃圾桶亦不会被放过。他所在的国度，无论大人小孩，都给人一种钝感，我不是指笨，而是那种对生活的热情，透露着一种摁住自己不去长大的决心。无论多大，人们在彬彬有礼的克制忍耐背后，似乎有着一颗固执做小孩的心。所以，在那个国度，到处可以见到各种不同材料做成的玩偶，甚至一些枯树枝，也被装了眼睛和鼻孔，制作成活体生物的表情，斜斜地笨拙地站着，不知道要往哪里去的一副呆傻模样；废弃的钢丝之类也可以派上用场，被做成骑着自行车的小人图像，甚至一个小小的旮旯里，也会摆放这些人造的残肢，一个不成比例的大头娃娃雕刻，一只被抠下来的眼睛……

这是一个少年国家，随时渴望从日常生活中搜寻一种细碎的童年式的乐趣，人们在热情地互相装模作样地不断再造童年，但是他们只是需要这样的玩偶，而不需要实实在在的喘气动物，这一点可以从日渐减少的人口上得出结论。人们热情地沉醉于这些趣性化的小物件，渴望回返童年，回到一个圆或者一个点的时代，封闭、没有突破点、完整。

我猜想吸引他们更多的是那些木头、软软的布料、风里摇着的草尾巴，以及想象的动物的某种乖巧，绝对没有气味，不会有气味，人们很怕和有气味的东西待在一起。气味是一种真实的生活，不虚，是一种切实的无法作假的存在，你爱或者不爱一个人，你无法从图片上感知和确认，必须是气味，是那种实在的有，你拒绝或者排斥。所以，精神上的恋人是不存在的，那是一种虚假构图，是自身的想象，就如叶公好龙一样。

从这些被制造的玩偶身上获得的快乐都是被允许的，正当合理，又安全。朋友拍来的照片里，没有寻常都市所见的那种高大的望不到顶的楼房，多是那种我们在乡间可以看到的独家独院的别墅，紧凑，但不有序，然而干净整洁，几乎每一户，门前或者玻璃橱窗上，都摆放着这样的玩偶，一只正在起飞的猫头鹰，鼓着双眼，下面立着一只绿色的同样鼓着双眼的青蛙，身后，有一堆类似于猫形状的陶瓷品。

家居房子周边,是带有木签似的标志的墓碑,有时单个,有时成群结队,出现在一张张图片里。死去的总比活着的好,因为墓上的鲜菊花还森森地开着,似乎可以闻得见香气,而活着的人未必能享受这恩典。然而没有味道的东西比有味道的受欢迎,我指的是实体的人与不同材料做的人偶,而不是植物。无论怎么解释,墓地在房门之外,木偶在房门之内,人们要去旧迎新,这是生活的常态。世间万物,人在努力地摆脱人,却又在不断地与物试图建立联系,而实际一切都在不断走远之中,所有的事物,包括我们自己。

灯明寺的雕塑完整无缺,庄严肃穆,站立在座基之上,矗立在风雨之中,经过岁月的盘剥,很有一点儿落魄江湖的味道,甚至可以说,丧家之犬。与我国那些断脚断手断头的菩萨形成鲜明的对比,一种恐怖的忧伤在冬日的布景里传递着,雕塑不笑不怒,很自持,有点刻意为之的样子。我想到越剧《玉蜻蜓》的一节唱段:"此灯名叫琉璃灯,悬挂佛前日夜明。上照三十三重天上天,下照一十八层地狱门。前世点过这琉璃灯,今世生对好眼睛。前世未点这琉璃灯,眼睛模糊看不清。"说的是尼姑偷情,与人私生儿子,不巧中了高官,母子相认的离情。在一般人眼里,寺庙总是端庄肃穆的,然而我们的戏文里,出家人亦行俗家事,相爱有时,相思有时,认子有时,端的过的是俗世人生,但听的是晨钟暮鼓,这才是热热闹闹又清清寂寂地活着。

庙宇里,景泰蓝的瓷瓶上一群鸽子在孤单地飞着,如同寺庙外那些不断伏着身子前行的猫咪一样,它们是人世的道具,平庸无奇的亲切感在雕塑、木偶、画像之间不断展开,而离别墅不远的河边,一些人正在努力淹没自己在人世的痕迹,一些时代的流浪汉,在河边的瓦砾堆上动物一样地藏来躲去,过着植物一样随意抛掷自己的生活,在一条被清理过的木质长廊后面,一排芦花浓密地径直向天空竖立它们的白发,和流浪汉们的简陋的绿帐篷交相辉映,诉说一种并行不悖的存在。

一条新时代的街道上，古式装束的女子，撑着一把顶盖的红伞，逶迤着忸怩作态地走着，等待拍摄，旁边站着一个猥琐的中年男人，衣服倒是干净整洁，只是神情太过萧索了些。他在一种制造的情境里摆弄着姿态，明显带着克制的愤怒，以及时代的焦灼感。

　　人们不断地用木头、水泥、石土、干柴等复制着各种各样庸俗的雕像，不断地制造大小不一的布娃娃，每年每度的节日，圣诞老人横行过市，享受着各种荣誉，也领受着各种凌辱，人们在一种自造的喜庆里看似热气腾腾地活着。活在一种陈词滥调里，活在一种等同的形式里，一切都被程式化了，甚至爱、爱情，也是如此，人们坐在建造的房子里，打开电视或电脑，创造着类似的情感风格，提前体验一种图像的或者文字的情感，然后再将这种情感放入具体的生活，强迫自己以这种或者那种方式去体验它，除此之外，不做出任何更改。即便穿着古装的女子，也明显是要挤入前人的一种生存里，努力地忘掉此刻，忘掉当下。

　　长桥、流水，野鸽野鸭成群，不远处是别墅，是坟墓，是公园，也是寺庙，声音在照片里起伏地回旋着，这座东方的岛屿之国，给我想象的生活提供了一种庇护，也制造了一种疲劳。

　　我一张张地翻看这些图片，写下一些句子，图片比文字更能预言生活，人们最终都要活成一张日渐模糊的照片。

　　——然而，无论怎样害怕和恐惧，怎样不耐烦，都会有东西帮助我们活下去，一个角落里的布偶，一本读过的旧书，一种想象的弥漫在照片里的气味，一只孤独地站在木桩上的白鸟……我们需要自创一些热情，努力活着。

影像生活(七散章)

召　唤

　　是一桢偶然看到的照片,引发的这次思想的冒险,召唤的这次旅行。

　　乡间小径上,扛着一背干草的农人手里牵着头褐黄色的长角的牛,下午的光波打在苍老的树上,一道阴影在前方等着这一对活物走进。阴影里有青石子铺就的一条道路,仿佛可以一直伸下去,伸到更加黑的无限里。

　　这张照片很容易唤醒人们对古旧的农村生活的记忆,沉重灰暗,日落黄昏,负重人牵牛归来;但是长长的自然之夜在那里如同一个安静的坟墓一样等着他,那里有许诺的美好和甜蜜,鸡鸣桑树巅,狗吠桑树底……坚固,明亮。人们在拥挤的都市里,经常会遥遥地想象一下这种幸福,像想象遥远的洞穴,遥远的山顶洞人,用短暂的方式,勾绘一段发亮的轮廓线,就像一张照片,一首音乐,延伸回旋。

　　一桢照片召唤起一种记忆,运输了一种现有生活的尖锐感,一种矛盾,承载了一种接续,过去与现在。空荡荡的,不坚实的现在,和那光线隔开的光明与黑暗一样,一种衰退在记忆里蔓延。——它在那里,穿了摄影的礼服,才引起了我的注意,就如我们从一片落花身上,看见爱情的死亡一样,却同时也复活了爱情,也就如我们爱人的死唤醒我们沉睡许久的爱一样。

我喜欢看光影的线条,摄影是一种死亡艺术,群山在镜头上坟墓一样堆起,在林子深处,你听得见鸟的歌唱,看得见鸟窝,在一片光影里,一些东西与另一些分开,光会越来越弱,但不代表没有,天空会越来越低,有时甚至触手可及,但不代表真的可及。往往,照片所表现的边缘地带,容易引起无穷的焦灼,笼罩在被切割的那种恐惧里,那种升降的孤独很难在人与人中间传递,你是你自己的,你的感受也只是你自己的,无法赠与。

日常生活呈现的这种神秘,绝不是假象,黄昏乡间日落牛人归家图,会提醒你城市生活的谎言,一个巨大的工厂,喧嚣无处不在;图片却许诺了一个梦境,回不去的梦境,林子深处,鸟儿在歌唱,在睡觉,寂静,闪闪发光,甚至有自己的样子。

每每看到这样的图片,我都会涌动一种固定的陈腐的激情,词语就会在体内形成大规模的出血,而且一度不断反刍,冒着泡沫翻腾,回头重新拜访。夕阳、牛、老树、石子……都是一种真实的存在,在另外一个世界,都在偏离和走出照片,都在寻找面对者的位置。

观看,之后抛弃,在一堆琐碎里,忘记。这就是它的命运,然而它一旦挤进你的生活,就会打下它的痕迹,就会有意无意地对你召唤重逢。

照片有其肉身,词语也是,当我们巡视它们时,我们熟悉又陌生,照片始终展示的是沉默,词语则如雷不绝,但是都带着一种执拗自顾自在与你照面后前行,你不得不努力去拴回它们,就如努力拉住黄牛拉住生活的农人一样。一切都在试图与我们制造分离,不断地与我们隔绝,但是我们总是在伸手，牵住和抓住什么，空也是一种，是一种结实的有，是一种轻盈的沉重，比一切丰富，令我们那么熟悉，又那么陌生，像死去之所爱的脸，沉默地让我们升起无限的悲伤，这悲伤又令我们纯然觉得富有，因为唯有死去之人的爱恋，才为我们结结实实所占有，所确定，所把握，所不愿改写。

照片上的人，埋没在一堆甘草里，看不见他的头，眼睛也看不见，他偏着头踽踽行走，与我们迎面而来。他的生活就如这一张照片，是一首山间的歌曲，一连串鸟叫，不断地持续、延展。我无能更改他，照片却打开了想象的自由，因为封闭，所以开放，所以无穷无尽，道路只有一条，却显示了乡间生活的星罗棋布，不规则的野树，却隐藏着一条河流。没有谁能打断这种来自生活的延续，来自自然的想象，摄影师也不能，他所做的只能是呈现，固定的黄昏和走过四季的甘草，固定的石子路。一切试图隔绝的方式都是无能的，联系无时不在进行，那些似乎独自存在的事物，都在呼喊着敞开。

大海肯定不在照片里，可是有夕阳之光，就可以召唤大海；有牵牛行走之人，就可以呼唤居所，就会有重重叠叠山路之后的院落，院落里的女人和小孩。

这样的一张照片提供了一次逃逸，就如书本的阅读一样，也如一片天空和一片叶子一样，都有强烈的时间和空间感，都可以呼唤出我们心底的世界。一个人只需要认真地待在他的孤独里，敞开他自己，不拒绝一切事物的召唤，就会逐渐升起幸福。

猫　眼

我凝视着一处草丛，上面挂满新鲜的露水，一只白腰身狸花脊的猫端卧其间，一束光波衬着高大的建筑，穿过银白的栏杆，照在星星点点的狗尾巴草上。草枝摇曳，奔流的是不息的生命之气，露珠呼吸，滴落，从一片草茎坠在另一小片上，更靠近泥土，而并没有亲近。这般微妙，构筑生命本身，构筑万物。

我几乎每天与它相遇，有时我甚至完全漠视它的存在，但有时，我以发自本心的慈悲情怀凝视它，走近它，蹲下身子抚摩它，听它的软语呢喃，进入它。离开我自己，它不再模糊，它清晰地统治着我，引领着我。这并非是指我忘记了其他一切，碧绿翠华芳香扑鼻的世界，但是我进入它，也穿行在星辰日月花草鸟树之间。

这只猫并非我的想象，它在，体现着它的意识，对此我一无所知。它辗转于植物所赋予的安宁与动物的不安分之间孤独地冒险，睡在雨露与阳光之间。早一些时日，它追逐樱花的粉瓣，后来，它紧贴蔷薇小径蹑足走路。它偶尔自顾自跑起来，有时欣悦，有时焦虑。

人们会呼叫它。有时，它听到脚步，也会在草丛间发出问候，若有人应，它会甩着尾巴出来，懒洋洋，或者精神振奋，贴着你的脚，甩一下叹号一样的尾巴，扬着身子远去，远远地回一次头。

牺牲原始的逍遥，它来打一次招呼，为自己赢得人类的友好，换取食物，或者换取理解？

早晨，它一身露水出现在黎明的光辉中。一种惊讶和问候等着它，这是不该的，我又没有豢养它，可是我进行了盘问，眼神的询问："昨晚你睡在哪里，整个晚上你在哪里？"它的眼看向我熠熠生辉，仿似上帝对我的礼遇，像个小小的圆球，那是母体的圆球，那里盛着安宁的羊水，盛着柔柔切切的渴望，浸润我，惠顾我。庄严的东西那么短暂，瞬时即落，比一次花坠都来得更快几百几千倍。

我追着它，蹲下身子，甚至直接坐在水泥路上，土地上，有几次我躺下来，希望与它对视得更久一些，然而很难再召唤回它看我那一瞬的眼神。世界堕入洪荒，上帝在它的眼里，一瞬而过，然后，就没有然后了，关系就停止，结续不上。

无底深渊射出的幽蓝辉光，转瞬跌入冥界，生命如此凄凉。

对视的瞬间，比它千呼万叫，比它一次低低的回应，比它在我抚摸时喉咙里发出幸福的巨响，比它心情好时碰触我的前额，比它舔舐我的手指，更让我怀着一种绝望的深情爱恋它。在那一瞬，它穿过我的灵魂靠近我，没有语言，也不存在唤起，我们相遇，如此温柔，如此疲惫，如此迅捷。

它的眼神很快将我抛入洪流，扔在这个实体的世界，它带着它的灵魂，远去了，甩着尾巴。它与我皆羁旅于此世，但它却相对潇洒得多，星辰雨露都是它的，花开是它的，花落也是它的，它在树下眠，草丛里睁着双眼，它吸着雨露……

它避开眼神，不再对我表示好奇，不再垂听我心灵的絮语，让我堕入孤独，但却也因为那短暂的相遇，我一次次感谢自己被拯救。

它很少群居，寂然独自来往于天地之间，呈现绝望的祥和，漂泊不定的自由。似是我的前身，在眼神相对里，向我敞亮。

我到处寻找这无可名状的相遇，想那现世光华照亮我灵魂的寓所，穿透我的每种境遇，我每每抱着这不可能的期待，获得奖赏，每每落入更深的冥思。

北方南方

北方的日色穿透黄尘静静地从窗帘那边涌过来。瓮里面是未脱颗粒的糜子，上面用竹子做成盖，盖上面的木头盘子里放着碗筷。有几个搪瓷碗，一些小花碗，还有洋碗，就是那种钢制品的碗。餐具笨重艰难地卧在它们每日待的位子上，它们挤在一起，喘息，无所事事。这是正月的下午，一切都是安静的，炉火温暖，却又悲哀得可怕。

只要跨进这间房子，你就会立刻被那种独特的昏暗穿透，被一种挥之不去的熟悉感穿透，就是这种感觉将那些碗筷和再也不会脱壳的糜子一劳永逸地安置在了那里。

连着我整个的婴儿时代和一整个童年，就是这间屋子这些碗盏，一捆一捆地打碎了，再换为新的兰花碗，总是如此，一年又一年。

我就是在这样的环境下一年一年成长起来的。转眼就十多年过去了。像一个梦一样，醒来时我在南方。

南方的街道上下着雨，湿润的地面上看不见泥土，规划整齐的郊区，大片的泥土是很难见到的。但是，一个世界，只要你愿意，它可以变为一切的，只要你曾经有过，你可以按照你曾经拥有的一切来想象你要的世界。

乌色的云一下午地徘徊在头顶，就是这些云把我从遥远的南方召回北方的。从被子的云朵开始，不知道是哪一片，牵动了我大脑的疼，堵塞了氧气的进入，让我的头有那么一瞬间变成一片巨大的虚空。一只手像牵牛鼻子一样，探入我的大脑。

我在来自身体的疼痛式的问候里醒来，拜访我的手我的脚，感知我整个的身体，最后停留在不断向我的理智发出信号的大脑这里。我不知道疼痛是怎样开始的，在一觉之后，童年的这种熟悉的感觉来拜访我。

我在炕上躺着，或者门口的小坎上蹲着，抱着自己的头，我不知道自己怎么了，我被一种我所不知道的东西袭击和问候。

此刻，我躺在床上，想象十多年前炕的感觉。我睡过十二年的炕，作为文明的隐喻，我是半穴居动物的同类，我自身沉重的泥土的那部分跟不上所接受的轻盈的知识。

天气连接着我们的身体，然后我们的身体连接着我们的情绪，我们把一切拖上沉重的情感泡沫，放进诗歌和散文，改变方向，再放进小说。我们把这些叫作艺术。人们都是如此认为的，鲜有人把土地与炕和床联系起来，不会有人理解这痛苦，灵魂跑得太快，身体跟不上。

这个下午的一切都是艺术,作为疾病的头痛,也是一种身体的艺术。

玉兰花气喘吁吁在楼下开着,眼看着桃花和樱花要来赶它了,毛茸茸的灰色天空像继续着昨夜的梦境,几小时几小时地抱成一团沉默着,沉默着……

北方南方,南方北方,一片云串接起一切,像一个下午的梦境一样,我们穿行于过去与现在。

北方某间窑洞的糜子瓮上,一些被泥土打碎的碗盏在等着我,曾经长久地完整地等过我,那时候我在做梦,就像现在一样。

樱　花

那一刻快乐发响,悲伤满溢,整个世界震耳欲聋。平常生活某个瞬间的功效,有时会如此惊心。花园小径上阳光斑驳,那棵我观察了一年多的树在随风飘落片片圆心小粉花瓣,地上已经铺就一层粉纱,背部有狸花纹的白猫抬头瞩目。它讶异于这个世界的美吗?

晚樱在谷雨前后溃败,正迫不及待地奔逃,可是这一棵还在这里,还在不紧不急、悲哀又慎重地打转飞翔,这与凝驻的白猫形成了奇怪的对照。命运之神附着在每一片花瓣上,没有谁去摇动,甚至没有风,花瓣要落好久好久的样子,一天里的二十四个小时,一周,这只定格的猫咪难道也要待这么久?它怕惊动什么,还是它得到了生命的感召所以才如此一动不动?我并不清楚。

这一刻春天的云飘过。晚樱来得再晚,也还是属于春天的,我知道花瓣会在立夏前落光,过了谷雨就立夏。晚樱实在是种悲伤的花,属于"清明谷雨都过了"才彻底离开的花,这种丧葬之花却满身都携带着爱情的气息,各个年龄的爱情,已经逝去的,不曾来过的,它都可以唤起。

我拍下了樱花树下的猫儿,当我们定着不动的时候,我总觉得像是死亡在微微拜访,拍照是一种学习死亡的艺术,樱花树下猫儿居然不敢伸出腿脚走动,是不是也在练习死亡? 这种回家的方式变成了人与动物和植物之间一种通过的方式。

上帝一点点地继续着它的创造,铺了一地的精魂显得那么奢侈。我喜欢花儿快速地凋零,大约是一种逃避,我不喜欢那种缓慢的死。可是,只有这种不管不顾的自在,只有在这种彻底的自弃中,似乎才能更好地明白自己的处境。

我迷恋晚樱落魄起来的繁华与浩大,于是也学猫儿坐到花下去。吹动云朵的风同样吹动猫儿,樱花的飘落仿佛加快了时间的流逝,这种最遥远最不安的轻响,最能让人想到"光阴"这个词。

樱花树下的猫儿那么孤寂,那么安静,像是在慎重地进行着一场告别的仪式,也像是慢慢地投入一种生。面对樱花,面对爱情,面对一切夺魄的东西,身体到远方去了,遥远遥远的地方。

如果空间有思想并产生自己的分配,这小小的一平方米,我很想把它装起来放进口袋,也或者,在一年多之后我离开这里它在下一次下两次甚至一生的每次开放中,都能在春天里想起我。

这棵樱花旁是条水泥路,两步不到就可以踩在水泥地上,一只伸缩开来有手掌长的蚯蚓,此刻正在试图逃避蚂蚁的成群袭击。一次偶然的旅行被变成了一种命运,它将再也无法回到土地。白猫看着,无动于衷,它陷入自己的思绪,像是陷入许多个次世界的轮回。没有人来叫醒它,也不要有人来叫醒我。我对那只蚯蚓也无动于衷,却想到了夏日乡间舅父的死,人的生存有时就是一只虫子,我们摆脱不了由偶然导致的必然命运,然而此刻又是那么美啊,风载着云朵,投下多少粉色信笺,但你却无法拆开任何一封,岁月不着回头书,美在无限里制造了有限,人类是那么贫穷又富有。

一切都是隐喻,就连春天的存在也是,正值新生,正在凋零。光阴被我装进一个小镜框里，紧紧地抓住，俗世的圆满就此抵达。

将来，我会对这一刻进行表述，而且我知道我会一再重复这一刻，是以书写而不是以言语，我会对它进行饱满的想象。春日樱花树下猫的经卷，值得一生翻读。

我知道我的无能，我没有写出这一刻的相遇，那响动震耳欲聋，我却无法让别人听到，这是多么抱愧的事情，我独享了一场浩大，仿佛上帝独独给我开了一扇天门，我的幸福来得多么深，我的愧疚也就有多沉。重要的是孤独，一场樱花雨落下，好像一辈子的美都要用尽了，世界与我完整地隔开，浓郁的惆怅，追赶我进行一场短暂的精神流亡。

小 女 孩

十五六岁的样子，还是个小姑娘，跟着她母亲在这所满是成人的学校里读书，从一楼到六楼，就她一个小孩，在一群成年的女人中间生活。她的母亲，已经明白学识的重要，带领她生活在这里，远离不完整的家庭氛围，母女俩睡一张床，有点相依为命的味道。

很早，在一年之前，我就已经注意到她了。我之所以注意到她，不只是因为她的幼小，而是她身上少女轻盈外表下所展示出的那种沉重，很少有人看出这一点，可是我分明嗅到了。一个皮肤白皙的长腿小姑娘，倔强、羞涩，很少说话，进出楼道间，不是背着书包，就是拎着洗漱用具，是一只胆怯的鹭鸶，从来不与人对眼，过早地学会了沿着墙壁走路，迅速地逃走……就是这个样子。苍白的少女，隐在一堆成熟的女人之间，在集体澡堂里冲洗着身子，悄悄地窥伺着成年人那种无趣却还不断制造乐趣的生活。她的眼睛，不断躲避的眼睛告诉我她很早就熟知了成年人的把戏，那种无聊。可是她那已经走过青春好多年的母亲，却还愚笨地以为女儿是一张白纸。

几乎所有的母亲，都想掐着女儿的手臂，防止她走向成人，所以她没有发现孩子的长大是正常的。

她内心的情绪与所有的言语脱节，不能说，不可说。这种少女时代的病症很多人得过。一切都已经在她身上发作，那轻盈里的沉重，已经显示出了发作后的留存。

她的母亲不得不说是聪明的，想让她过早地在这样的环境里树立世界观，想让她的思想迅疾地成熟，虽然她一直想保存她幼年的样子，可那只是外表。我想起我曾经的恋人也总是如此提前地过他的生活，他提前早早地在一天里起床，提前早早地准备我们的分手，提前早早地预防起悲伤……他总是提前他的生活，令我担心他是不是也会提前很多年准备他的死亡？因为早在分手之前，他就已经向我预告了他的死期，他和算命先生一起掌控着他的命运。很多母亲，也是如此，在做姑娘的时代就提前攒好了尿布，儿童的小鞋子……她的母亲就是如此，提前让她来到这所全是成人的学校生活，提前让她置于一个丰硕的女性环境里，提前感受女子正值好年华的凋零。

我从她眼里看到那过早被遗弃的少女的明媚露水，虽然她还是会哭泣，宣泄她的忧郁，她的母亲依然读不懂她的泪水，或者不去读，可是我看见了不同的内容。她太聪慧，又过早地学会观察成年人的脆弱，毫无疑问，她也会过早地体验失望的适应性，一次次。"成长被加速了，妈妈啊，怎么可以如此？"我知道她不会喊出，母亲的安排在她来说是正确的，会成为炫耀的资本，但是她委屈的泪水里，何尝不是一次奔逃。

我很清楚她作为小女孩的烦恼，她的目光落在无活力的玻璃上、流动的云层上，落在黄了又玄青的树叶上，她模仿着一切少女所展现的那种慵懒散落的艺术，把目光放养。她忧伤，没有生机，她孤寂。但是她的母亲却不知道这些。

从一个人到另一个人之间，不该用形容词，我从春天到春天，看见她,没有形容词。

她母亲已经过早地展现了人到中年的那种固化,生儿育女的那种笨重和庸俗,甚至可以说是粗俗,在她对女儿只言片语的规划里早就表露出来,我在很多中年人身上感受过这种沉重的阴影,他们却还故意装作轻巧地抬起他们的身子。让人沮丧的阴影会一直跟随着他们,但是这些人,这些看起来还不错的中年人,他们会小心翼翼经营来之不易的成功,一天又一天添砖加瓦,给自己的墓碑上装宽加长大理石的垒砌,他们会一直如此,像模像样地在别人的目光里一路安稳地走向颓丧的老年,然后死去。他们会参加一些人的悼念活动,他们已经提前学习了死亡,也很明白用怎样的装潢可以获得较为持久的悼念,他们在学习着如何死亡。这一类人,不出车祸地震等各种自然意外,他们绝不敢把自己抛出这种生活,尽管他们早已厌倦,但是他们已经习惯在尘世的墓园里建立诗意的生活。

"还想给她生个弟弟,让她以后不孤单。"她母亲对着我说。她噘着嘴,立即回应:"我孤单不孤单你怎么知道,再说小孩子也会死的。"她母亲不理她,对我说她作为独生子女的不独立性、占有性。成年的母亲已经过早地忘掉了她的少女时代,她却已经预感到替补的悲伤命运,所以拒绝接受这种命运。

还需要一些年头,漫长的年头,她才能更好地接受生活,现在,就是她怎样在内心发出尖叫,母亲也听不到,她自己也听不到。

我写下这些是偿还我少女时期的债务,一种不安揪着我。在一个上午,云淡风轻,我看见送女儿去学琴的母亲,我的同学,看见她们,接着停下自行车听她们讲述母女的悲哀,女儿的眼泪和母亲微微显露的成人的惶恐,让我想到漫长的人生。她很明白她可以走过这场风暴,但是她依然悲伤地诘问女儿:"妈妈管你不是为你好吗?"在一种爱的专制里,她不得不过早地体验成人的那种空绝、那种孤独、那种无聊。

她内心的情绪与语言是脱节的,不过她会明白无误地走过她的少女时期,就如蔷薇走进夏至一样,她会走进她的成人时期。

流　浪

从一个地方到一个地方,我们成了大地上的流浪者。这个夜晚,我想起故乡,想起一些高中同学。他们大学毕业后奔腾了一段时间,最后选择回到小城。他们的单位与家半个小时车程,他们知道离祖辈的坟也很近,离自己的孩子也很近,离儿时生活的小河也非常近。

这十年,我不断地奔赴一座城市,又离开一座城市,怀揣流浪的梦,也怀揣理想。故乡已经不再把我召唤,而我,在一段恋情结束之后,再也没有成为任何被召唤者。

当不再有目的地,或者目的地变为怀疑的对象,离开一处又一处让我产生了困惑和怀疑,甚至分裂。不断地陷入一种反复的情绪,一种感觉,一种徘徊低回的感伤。这种症候,带着年轻的无所适从的焦灼,真实地每一分每一秒展现在我面前。

在恋爱里,有一阵子,发疯般地寻找我那缺失的部分,不知道是情欲,还是陷入命运的指挥里,无聊地毁灭自己于一趟趟的旅行和一分一秒的短信编发中。这样的过程,每分每秒都把意义击得粉碎,意义缺席,活着变得虚无。

我在等待一场为时已晚的告别,或者我在进行一场旷日持久的告别,自己并不能清楚地说出现在的这种状况,也很难走开。

此刻,我想到夏日在子午岭穿行的那些时光,开车的朋友说至今还有很多古村落已经和森林连成一片,无人进入,但是里面仍然是百年前的样子。

我现在想到的是那些荒无人烟的村庄,那些打下的窑洞。有人曾经迷路,走进过荒村,拍下了一些图片,有摄影家的书上也标出过这一片区,可是因为太大太辽阔了,是森林的一部分,里面有各种野兽,很少有人去真正探险。就如我从小生长的沙漠一样,毛乌素沙漠会经常吃掉一些人,但住在沙窝子边的人,却很少有人觉得危险,因为人们不会专门到那里去。

我想到那些废弃了几百年的村庄,想到了那夜里突然一层又一层刮起风沙的沙漠,一个又一个小山丘,在一夜又一夜之间被移动,被重新造出,一批又一批的人被杀戮,掩埋。

故乡,只是一种记忆,故乡是羞于提爱情的,父母之乡没有爱情,父母之乡也少温暖。这个远离故土的夜,让我觉得有点寒凉。

冬天,我看书,写字,晒太阳,在星空下行走。想象自己是一条蛇,一条冻僵了的蛇会有思虑吗? 我很想去握一条僵硬的蛇的头,很想问问。

一个词消灭不了一个词,但是语言的暴力无处不在,然而还是不约而同地有那么多人潜入书本,跟着一个虚词转弯,走出很远,再跟着一个实词回来,在迷路里迎接日落。词语的流亡就如人的流亡一样,人的流浪是建立在词语上的,读书人的流浪建立在文本之上,浩浩的哀怨是白雪,中年的书信从远方滚滚寄来。爱情,是阴谋也是忧伤,无法命名,却也不想愤怒,生死疾病潜伏于岁月之中,我渴望更恒久的睡眠,梦,不希望做早晨那只觉醒的鸟。

我在故乡与流浪之间,睡成一片阴影,破烂不堪,却又带着滴水穿石的欲念,执着地潜行。

光　景

摄影是一种在废墟上挂起一盏灯的艺术,是一种对日常光景的捕捉。

我认识一些摄影家,也认识一些画家,他们躲藏于市井之间,每日里建构自己的光影与色彩。我要写的是一个老摄影家，我想用文字说说他的作品，几年间我断断续续看过他拍摄的一些照片，只是印象式的碎片，可是谁也无法否认这些碎片之上堆放的日常光景和庸常生活所包蕴的伟大梦想。

　　叶子对大多数人是一样的，但是一季一季的叶子，甚至一片一片的叶子，对于他来说，都似乎有不同的感受。我看见照片里细雨般落下的叶子，也看见草地上翻卷的黄色斑块，当然，一些污秽斑驳。一片，两片，三片……被搁置限定在照片里，一小块。一阵风或者一个季节就可以改变，但是摄影家等不及。

　　他成功地将视觉的感伤传递到触觉的体验中去，在一种罕见的机缘里，他把蟾蜍的实体与蟾蜍的雕刻一起拍摄，一种震慑和禁忌在那里形成，一种呼喊在那里传递。

　　每一张照片都打上了岁月的标签，每一张照片都显得无可度量，但又显出铺张浪费。对于他的照片，我并不关心光和结构所限制的空间王国，我关心的是岁月的褶皱。

　　他的每一张照片都近乎在制造一种独处的欲望，沉在光里，暗里，湿润的青苔上，分开来，对世界进行解释。

　　山间的雾，潮湿的路，叶子不安地落在青石板上，一面墙等在那里，明月流水加身，寂静婉转地长满青苔。一半夕阳坠入河流，半江瑟瑟半江红，一座牌坊在那里立着，水井枯干，荒草疯长着到处旅游。

　　总是这些，鸟儿和松鼠在视线里休息，云在天边停顿，一位老人在黄昏挂起一盏灯。而面对人的时候，他习惯于拍摄侧面和背影，几乎没有迎面而来的，除了那些专门专注于摄影某个人的照片。一团泥巴，一只青蛙，长草倒伏……一位哲学家说过：我们所做的事大多都是另有所求。我懂一些摄影人士的内心，因为我就是一个"到此一游"的收割者，但是我并不明白这个人，也许他让我好奇的，是对日常光景的执守。

这个坚持用镜头观察了三十多年人间的摄影家,我不明白他镜头之外的另有所求,时日忧伤,浸润着他的每一张照片。他会小心谨慎地拍摄下宣纸制作的每个过程,也会扫视一样地拍摄孤独地等待制作的毛笔头,纤细的指关节长的毛笔芯,躺在那里,一整片。很少有人捕捉这样绵密的镜头,而他拍摄了下来。

　　每一张照片都像是从沙漠里刚刚走出,表现出一种情绪,一种感觉,一种日常状态,甚至是,一种焦虑。

　　在他这里,也许摄影是另一种形式的建筑,抑或一种绘画,他在不断地固执地按照自己的方式在镜头里重新组织人们的生活,在废墟的生活之上取材,结实地展现一种艺术的颓废的真实,就如他镜头里那只刻在木头上的青蛙一样,它不为这个世界和世界的居民操心;拍摄的那一刻,他所想展示的是自己的世界和空间,自己的内在沧桑。镜头里的日月,不只可以传递细节的微小感受,还可以展示灵魂的深厚,这不是随意地拿起一架摄影机就可以实现的,需要岁月和阅历,每一张照片都在呼喊着重新塑造自己,摄影家的人生亦然,照片跟着照片,脚印跟着脚印。

　　摄影是一种特别的建筑,但是摄影家很少出场,他的出现会破坏整张照片的境界,就如人不能抬头看到自己的眉毛一样,上帝不该显形于他所创造的世界。摄影家在一张照片里拍摄到自己,怎么说都是滑稽的,即使在一条河或者一面镜子里,自己的出现也是一种禁忌和挑战;一般的建筑师却可以拥有自己建筑的房子,与房子一同生活,出现在房子的中央,从一个建筑走到另一个建筑。摄影家可以从自己的一张照片走到另一张照片吗?时光倒不回去,那一刻的空间也是,所以摄影家所拍摄的一切都是一次性的,没有回头路可走,这是这种镜头建筑的宿命。因此,摄影是比其他艺术更孤独的艺术,它需要屏弃展示自我的欲望。

　　面对他拍摄的照片,有时我会走出很远,我不明白自己是依赖于摄影人岁月的忧伤,还是照片自己的述说,我总是可以听见很多,一种喃喃细语，一种沉默的诉说。

所有被拍摄都有理由，那所有被删除也一样，摄影家在呈现和抹除之间所做的工作不亚于一场屠杀，大规模的屠杀，那是对自我的一次次删减和否定，而每个拍摄者和每个园林的看护者一样，不得不拿起除草机，不断被我们清理掉的部分，也许是垃圾，也许只是我们的一时喜好，岁月终将赋予它们特别的意义，它们附着在存在下来的其他每一张照片上，它们诉说光景的忧伤。

摄影如果说对摄影家有特别的意义，我冒昧地猜测，不是那被呈现的部分，至少不仅仅是，而更在于那些被选择、被删减的部分，它们以现有的轻盈唤起了过往的沉重，而这，也是光景岁月的一种享受。

生活的银尘（七散章）

清水湾的月

冬天开始捡柴火，烧炉子。好几个女孩子到沟渠对面去捡，山上去捡，一次捡够两星期的。我想起清水湾，现在是冬天，想到的是这些。可是我分明要说月亮，清水湾里的月亮。

对教学楼对面那座山的关注是因为月亮而起的。就如对石头城这里的星辰的关注也是从月亮开始的一样，夜里九十点，从图书馆出来，一级阶梯一级阶梯踏下去，月广阔浩大，无论弯还是圆，总是在斜面的头顶上，也总是有星子，神圣就是从这里开始的，敬畏、莫名的感动，像恋爱一样的忧郁，以及一种要哭泣的忐忑不安，都是从头顶这片远远的朦胧的光开始的。其实图书馆傍晚时的阳光也非常好，一跳，就落入食堂对面那平行线上面的高架桥下面去了，我看过几次，但难以描摹那心情。我要说的是月亮，清水湾的月亮。

捡柴火烧火，烧出的洋炉子里的光也是太阳的光，月亮的光，油绿、紫黄,以及火焰白、薰衣紫,火里面有各种颜色,数也数不清,对于颜色的认识,就是从炉子里的月亮开始的。冬天夜里好下雪,雪积许久,夜里下晚自习,踏着月光回房间,一群人烤着吃家里带的红薯,真是幸福。

　　月亮在教学楼对面的那座山上,总是如此,夜里两节晚自习,一节下了,我们就会蹿到走廊上去。总是有月亮,因为是乡间,星子多得不成样子,像是全要从天上掉下来。同学们叽叽喳喳地,霞子姑娘穿着紫色的衣服,是那种沉静的葡萄紫。她的两只眼睛有婴儿的光,特别亮,在廊灯下,她从人群里穿来穿去。她是镇子上的姑娘,不似我们,小村来的,所以她比我们活跃,比我们自信。她像一道走动的紫光,月亮附在她身上。

　　需要一些时候,我们才知道,每个人才会知道,我们的爱和暖,寄养在春天的杨柳枝里,寄养在鸟鸣声里,寄养在一缕月光里。

　　霞子喜欢做一些叛逆的事情,比如,带我一起逃节晚自习,去吃凉皮或者碗托,去她家的几间房里坐着,看她新拍的照片,看别人送她的流行的印着明星的贺年卡和精美的相册,看她搜集的海报和可以粘在书本上的贴花,看她……

　　有一晚,霞子似乎一节晚自习都不要上。我们下午的数学课放了之后,她就撺掇我去爬教学楼对面的那座山。捡柴火的时候我在山下转悠过,有一条从学校后门走的捷径。通常晚自习的时候大门锁着,我们就从门道里钻出去,那时候我们都小小瘦瘦的,还没有发育。霞子说你敢上山吗?你不敢我自己去。我喜欢霞子穿那件紫色的衣服,她让我想到书上的小仙女;我喜欢霞子不断地晃来晃去的眼睛,她邀我去,我就立即答应。第二天早上考政治,我记得清晰,但是我们还是去了。

　　冬天很容易就黑下来了,四五点不到,那里就黑了,我所就读的清水湾就投入黑暗的拥抱了。

　　霞子找得到路。山上有寺庙,过节的时候,镇子上的人会端了供品爬上去,许愿。我们的数学老师生不下儿子,急,每个节日都会去,因为上午三四节总是他的课,排在语文后面,所以他为此老是给我们停课。当然,这是我们迫不及待的,每个日子都没有到来,我们就在那里开始盘算。

风吹着,空气不算冷凝,月亮白净安详,氤氲一圈一圈,都是微黄的像要入睡的炉光。我们坐在光秃秃的寺庙外,霞子说真不想回去,我说我也是。我们坐着,没有牵手,好久不说一句话。我手里拿着第二天要考的政治书。我们往山下望,教学楼是两层,那么小,像一个人手掌托着一片微光。山风吹拂尘渣,野长的未被砍掉的玉米秆和葵花秆像人一样站着。看不到教学楼里面的学生。那所教学楼新盖没几年,白日里是水泥白,通体,夜里却只有灯光。可是我们认识的同学厌恶的喜欢的都在里面啊,老师们都在那园子里啊。霞子说:"你看,这就是我们的日子,真不知道活多久。"她用随手抓的树枝在地上胡乱画着,哈着气。有很多人爱她,至少有很多人羡慕她,她很漂亮,总是香香的。我不理解她那些话。

这样一个夜晚,月亮在头顶,寺庙上方。寺庙在我们身边。我已经忘记了,我们是否进去过寺庙,不过我记得那泥塑的菩萨,这样想,应该是进去过的,然而有怎样的敬畏,实在说不上。霞子在庙旁说的话,却让我担心,生怕庙里的菩萨听到。我说霞子我们回去吧,拉她,她还是不起来。那天的月真圆,浮在我们头顶,一切都像是海,世界是个平面,仿佛我们顺着山就可以行过去,坐在那轮月身边,抱它在怀。不久,我害怕起来,我说霞子我们回去吧。霞子起身走,不理我,一个人径自往山下去。平日里霞子不是这样的。

日本故事里,有十八九岁的姑娘,相约去跳富士山。我和霞子那年十五岁半,我清楚地记得。山寺另一面是悬崖,我们朝着悬崖那边小心翼翼下山的,未走原路。

以后我们再也没有爬过这座山。我在那座教学楼内,又待了一年半,读到毕业,霞子半年不到,转到县里去了,她会写长长的信来,诉说新学校的生活,我度日如年似的,只想着赶快毕业,去学个裁缝,或者做点其他事，当个小保姆也不错，在城里，离霞子总会不远。

我在现在的这座城市经常想起清水湾，想起那天那月，回忆里它是如此的纯净和明亮，同样回忆的，是我们的教学楼，只有两层的小白楼，躺在月心里，是湖水一泓，那么纯美。

我在这个冬日夜晚并未想过多记取那个夜晚荡漾在头顶寺庙的海，我并没有能力描摹那月华如何巨大宽阔地从我的世界流过，我只是想起了那月，那叫作清水中学的教学楼。

而今，距那个夜晚过去了十四年。霞子姑娘结婚生子了。我们已好多年没有见面。某一年的年夜，母亲问今年怎么没有联系霞子？我说我忘记了。母亲后来说，霞子是抱养的，也看不出什么来，在这句话之前，母亲说到亲戚家准备抱养个小孩。

霞子是抱养的秘密，我此前一直不知道。霞子从来没有告诉过我。

那夜离去时，霞子说："我们从这寺庙旁跳下山，一定很美。"她喜欢看武侠片里跳崖的剧情，衣袂飘飘，所以才会这样想吧。我说不要瞎说。

我一直没有告诉她。其实霞子要跳，我也一定陪着。

东山妓即是苍生

龚自珍《己亥杂诗》里有两句：别有狂言谢时望，东山妓即是苍生。"东山妓"，是指晋代谢安隐居上虞东山，曾携妓出游，被人称"东山妓"。陈寅恪也于1954年写《钱受之东山诗集末附甲申芜日诗云"衰残敢负苍生望，自理东山旧管弦"戏题一绝》诗句："兴亡江左自伤情，远志终惭小草名。谁为谢公转一语，东山妓即是苍生。"也就是在1954年，他开始动笔写《柳如是别传》，八十五万字用了十年时间，和曹雪芹《红楼梦》十载增删有相似之处，其中之艰辛颇难道出。我对文学作品中风尘女子题材的兴趣，也是本着这种飘荡的思想，这种众生原无分别心本是一体的观念产生并浓烈起来的。

我在幼年时期，最开始学的两首诗，一首是《春江花月夜》，一首是《代悲白头翁》，我父母很喜欢这两首诗。至今我还记得父亲朗诵"不知乘月几人归，落月摇情满江树"的样子，那时候父亲已经年过半百，是夏天的月夜，我们坐在星星铺满天宇的院子里，吹着毛乌素沙漠飘来的风。父亲告诉我们春江花月夜是属于江南的，武侠里的故事也多发生在江南，而我们是河不是江，我们每日迎接着的是"长河落日"，是两种完全不同的文化，但人性是相通的，美的东西和理念是相通的。那是我第一次知道江南，知道江南有花有月，江南有白头翁，江南有穿着丝绸迈着碎步走着的漂亮女孩子。她们穿过一条又一条的小巷子，消失在河流的对岸。母亲说白头翁是一种鸟，母亲说白头翁是那很老很老了没有王孙公子陪着的老姑娘。我开始以为白头翁是头发花白的老汉汉，在我们农村里这样的人到处都是，可是母亲说过之后，我以为白头翁是那种长的身体颇壮硕的鸟，有点像猫头鹰，目光炯炯的，一动不动看着人，只是头部是白色的，像戴着白围巾，就如猫的梅花蹄子一样，有好看的图纹。然而到了十多年之后，我毫不犹豫奔往江南之后，才知道白头翁是一种很小的鸟，和画眉麻雀相差不了多少，比麻雀漂亮一些，不若画眉娇俏，像个逗号一样，经常成群结队落在树枝上，是黄昏的背景，不留意根本没有印象。这个时候我已经领略过江州司马的青衫泪了，也知道一曲琵琶泪沾巾的由来，知道"门前冷落车马稀"，就是我少儿时期所学习的诗里想过的漂亮女子的末日——这真是让人惆怅啊，但显而易见，这就是生活。

我的父母从来没有告诉过我"妓女"或"性工作者"这样的词汇，他们教了我们很多诗歌，从《古诗十九首》到《葬花吟》，总是有美好忧伤的女子，总是有人登高有人徘徊起叹息，有人怀揣着鸿雁鱼儿都无法传递但辗转反侧都是情谊的温暖相思，我父母口中这些以色事人的女孩子，有自己失意的人生，或者不被所爱接纳，或者不被世俗祝福，但她们是美的。我父母说她们的生是美的，她们的死也是美的，她们就如水一样，有浓郁的清愁，挽都挽不住。

在我有能力之后，我就马不停蹄跑到了南方。

可是，我来迟了，来迟了几十年，来迟了几百年，江南已经不再是心底的江南。从2006年到现在，我在南方已经待了十年，长江上中下游不断辗转，现在终于负笈南京三年，虽然不是正宗的江南，但已经是诗句里盈盈立着漂亮姑娘的南方了。只是诗里的青楼没有了，诗里的女子们变为别样的模样，和我有着一样的青春，要不比我老，要不比我年轻，她们和我生活在一个时代，她们生长着我有的鼻子我有的眼睛我有的唇。不管我承认不承认，很多时候，那些女孩子，广阔一点儿来说，那些游离于暧昧地带的男男女女，让我生出一种幻觉，和我一样，也是父母的孩子，也是生下来干净稚嫩的婴儿，也是——苍生，和我一样，和我没什么不同。他们的生活，也可能是我的生活，在遥远的前方等过我，只是我在某一个点上，岔开了道路，走掉了。

一直以来，我对诗里的荡子，我对那些流浪人，我对那些身体不断位移与人发生关系又销声匿迹的漂泊者，有着浓烈的好奇，有着"艰难的同情"，这群或自主或者被迫流动的人群，他们身上携带的故事，他们的眼神，他们的那种流离失所，他们那种游戏性的生活，充满了魔术，充满了变化，充满了跌宕，也充满了悲伤与自喜。他们身上那种不安定的流动性充满了生之悲哀与生的欢欣，一种激荡的生活，充满了种种可能，就是下坠，也充满了生之戏剧性。

露水晓珠不定

李商隐有以《碧城》为题的诗三首，其中有句：若是晓珠明又定，一生长对水晶盘。如他的其他诗一样，晦涩不定。晓珠不定是常态，但人喜欢

"若"，纳兰性德有千古长叹，前人后人都会以此发声："人生若只如初见。"

冬至晚，看一韩国话剧《屋塔顶王世子》，常见的穿越剧，王世子为寻恋人误入当代，帅男配靓女，佳人配王子，世情的磨难总会有很多，但到最后，终是坏人受惩有情人成眷属，人人喜欢大团圆。观众明知生活不是这样，但还是津津有味地将剧情看完。一枚早霞里的露珠，有无限意，话剧等一切艺术制造着这样的幻觉，可悲哀又可安慰。

日本俳句家小林一茶有一句关于露水的俳句："露水的世呀，虽然是露水的世，虽然是如此。"是写给早亡的女儿的，露水般迅即而过的一世，虽然太快了，可是露珠也是明亮照眼啊，毕竟存在过。《诗经》里，送葬的曲子就有《薤露》（薤应该是小蒜头，在我陕北乡下叫薤为小蒜的），是平民的丧曲。课本里选的《诗经》有《蒿里》，亦是丧歌。陕北的道情和丧调曲子里面也有类似的哀乐。从小我看的电影电视剧，经常会出现"长亭外，古道边，芳草碧连天……"也是属于哀乐的部分，有露珠式转瞬即逝的悲哀。

露珠在宗教里也有一席之地，佛教征用它为："一切有为法，如梦幻泡影，如露亦如电，应作如是观。"基督里面也似乎有饮露珠为食的相关记录。露珠在俗世生活里，亦占有一席之地，中国文字里形容有短暂男女情缘关系，在此之外有一方或者双方有法制夫妻之名的，叫这种关系为"露水夫妻"，叫一些这样短暂的男女情感关系的情为露水情。人们对露水情向来是不祝福的，法定爱情素来高于自由爱情，我们习惯性地将露水情认定是侵犯边界的，是一种入侵式的情感，如同稗草一样，是要铲除和消灭的，但准确来说，露水情也是祖先之物，一直就有这样的感情，在婚姻之前就有这样的情感关系，在准则之前就已经出现，是人类的传承和遗产，是一种历经岁月而留下来的基因。人们无法将自己装进约定俗成的框架里，在婚姻之外规规矩矩，不产生任何其他露水情缘。所以，在戏剧作品等一切的艺术里,露水情被以各种形式歌颂和肯定,被以各种形式不断回访和问候。

实际生活里,我们在除掉杂草的时候,我们在诅咒露水情缘的时候,未必没有暗藏一丝敬意,未必没有觉得露水虽然转瞬即逝,但因其快,其弱,其烈,其消亡,而产生一种浪漫的情绪,或者手下留情,或者长久地陷入由此带来的思绪的旋涡里。

也许正是因为露珠的易逝性,人们才保留了对它一以贯之忠诚的感叹。即便是不好的事物,也给它一份暂时的浪漫和周全。露珠是水做的沙漏,是不标刻度的时钟。现在的一些饭店或者营业的酒吧里,以沙漏为计,用一精致的玻璃器皿盛着一堆沙,到沙子全部掉入底部还不上菜店家就自罚,顾客可以获一点儿补偿。这当然是营销的一种策略和手段,表达店家的诚信和礼貌,然而真是有一种时间被切割的悲哀。沙子无声地在往下落,甚至可以听见那细细的声音,人看着,一秒被分成很多块,当下不存在,只有未来,未来甚至可以以微小的一粒一粒去计,难道不起钝杀的悲哀?南京大屠杀纪念馆,也有这样类似的设计,一滴水下去,标志着一个人的生命拦腰折断,每一次,当我站在纪念馆的大厅听着这样迅疾而下的水声,都有一种人生如梦幻泡影的感觉,似乎活着,只是暂借一副躯体。

往鸡堆里撒把米,人世的那种争斗顿现,有慈悲之人说这也是一种罪感。世间鸡虫互得失,说的何尝不是人类,有牧羊坐化石之志的人,许是过早地参透了"如露亦如电,如梦幻泡影"的人生吧。露珠这样的一生,出无入有,出有入无,不断讲述刹那永恒的故事,以一种短暂性赢得了人内心的那种衰亡之感,那种盼归之意,是不是露珠的身上,有人的化身,亦有灵性,有与人可感的基因?

万物相通,夜间晚归摘半枝蜡梅,插于小小的玻璃器皿里,居然满室生香;而旁边放置的,是早晨经过树林树枝上滴落的蜂窝,蜂群已去,只有空巢在烂叶间等着腐朽，亦可以做露珠的另一种意象传递。然而尚有梅花斑驳于陋室，发香一缕似有似无让人经心起意，尚有庭前杨柳自珍自重待春风，人生就是如露如电，晓珠不定，水晶盘不可久相对，也还有期待有希望。

这露水的世啊，露水的世，虽然是露水的世……

况　味

一些字词，一些句子，我们在早年学习的时候，只是认识它，并不能理解和感觉它，更不能捕捉它。而在那些早年，我还以为自己理解了一些东西。是在很多年后，才忽然明白，我甚至连皮毛都没有触摸到，比如"离离原上草""花落知多少"，比如"星垂平野阔""清风半夜鸣蝉"，再比如"晚来天欲雪""白云生处有人家"。大约一些东西，初次造访我们，留下的只是雪泥鸿爪，必须身披岁月的尘埃，我们才可以真正亲近和抚摸它们。这，也许就是"况味"。

"况味"这个词是在郁达夫《故都的秋》里学到的，当时处于很小的年纪，并不能明白。另一次再碰见它，是在蒋捷的"听雨僧庐下，鬓已星星也"感受到的。第三次，我与它对面相识，认出，是在一个西南都城的小巷里，那巷子有个奇怪的名字——焦家巷，像是《红楼梦》的焦大就出生在这里。焦家巷是寻常的巷道，看起来平淡无奇，里面有一家露天茶馆，一个挺着大肚子的老男人似乎从早到晚一直在扇一把蒲扇，他是茶馆的老板，而且据别人说，他是八旗子弟正红旗还是正黄旗的后裔——时间过了两年之久，我已经想不起。附近不远的宽窄巷子就是八旗子弟当年建的，文化渊源深厚，全国各地的人经常慕名而去，已经是寻常百姓取景游玩的闹市。皇室子弟换了朝代也只能做江湖儿女，市井流民，然而祖上终究是阔过的，落在民间眉宇之间仍然能看出那蕴藉，那不怒自威，那低调的奢华，甚至，仍然有一种凛然的杀伐之气，在隐隐的温和的笑意里不断渗出。

"况味"二字是由一个七十岁的老人说出的。他当时正在低下身捡树上掉落的红果子，旁边一只雀鸟飞起，天色昏暗，是属于那座蜀都城市特有的云雾笼罩式的暗，隐隐有远雷，虽是夏日，却落木萧萧，检查市容的公务员们才经过，人们急着将占道的椅子桌子以及电瓶车等放到规定的地方来；他弯下身，说了这两个字。那时候还是仲夏，却已经有了秋意。也许秋意是从蝉声和蟋蟀声里传出的，因为它们的叫声越来越近，一天近一层；也许是从头顶的云里泄露的，高天的云总是可以泄露很多秘密，秋意往往看似从地下一路隆起，往天上去，高过所有的树和云朵，实际却是从最高处落下的。我个人认为，秋天才能展示一种况味，不是冬，冬太凛冽、冷凝，冬太盛，则转阳，转春，所以不配况味。只有秋，死大于生，但死得静美，死得诗意，仿佛一种微微的收缩，隐隐的克制，一种归，一种放下，一种就此方休，一种壮美，一种奢侈。无所住而生其心，一切自来自去。

那个夏天，我常常到这个巷子喝茶，和他，还有他的朋友，经常还碰到一个他认识的姓李的老知青，个子很高，颤颤巍巍，似乎一阵秋风就可以把他捉走，却慈眉慈眼。他们经常会说起一些过去几十年的事，甚至过去半个世纪之前的，遥远的初恋，下放的岁月，以及，牢狱生涯。在近半个世纪之后，牢狱生涯留在他身上明显的印记，就是寸头，永远短短的头发，仿佛一种追忆，一种怀乡，一种固执的对抗，一种遥遥致敬，对自己的青春，对这个世界，对忧伤岁月。

他和那个老知青对坐的时候，会彼此说起年少时的恋爱，仍然是青涩的样子，却轻轻呼出那少年时的恋人名字，珍重万千的样子，仿佛在等待一种回音，一遍遍地重复那名字，重复那故事，仿佛又回到了原地，等待的少年重新接受着幸福甜蜜的煎熬……

说完这些，他的脸总一片萧散简远，是故意淡墨的写意画，是山间逐渐散去的雾霭，是秋深叶落一片，是樱花簌簌，是雪纷飞，一种静谧，一种流淌，一种岁月，一种孤独。

在这个秋天我想起那年夏天，想起焦家巷，想起那种况味，我仿佛又贴近了一层这个词，衰老并不是可怕的事，落叶年年返乡，一层比一层深。

最　后

曾经吸引我的千年古墓依旧如前，不远处是朦胧的灯黄，飞机在头顶上空，大街上是深夜十一二点那种持续的噪声，属于这座城市的噪声。

我还记得那天夜里，我一个人，穿过寂寥的大道，穿过地图上那些规则不规则的线条组成的几何图形，离开了那所古老的墓园，也离开了那墓园旁边他七楼的房子。

黑夜在另一边，寂静的灯光摇曳出一种忧郁的泪光，时不时有一些小汽车与我走的方向背道驰过，会到那边去，远远地再离开，这份对于他们来说几乎不存在的亲近却令我嫉妒。离他那么近，比我近，现在比我近几千里，当时比我近几千米，接着几百米，几米，消失了，就是楼上和楼下的距离。单这样想，都可以令我嫉妒发疯。

还是那座桥，有着牛头的标志建筑，牛角长而硬，一个半圆的弧度，也可以是其他动物的头，为古墓文化在现代扩充的一部分，一条道路。我靠在桥边，那桥我们一起靠过，吃过同一支银白的雪糕。雪糕上最后一口舔舐的木头小棍的味道还停留在心间，我记得那巨大的甜，那甜唤醒夏天整个的记忆，抹除了我所有其他的夏天。木头和甜。就是这种感觉。我们经过他楼下七拐八拐的一些道路，一些房子，有一间小杂货店，只敞开一个窗口，我去买了那支雪糕。他在前面十几步的地方等我。我一个人，几乎不吃雪糕，一口都不吃，因为我必须把一半扔掉，我的体质让我只能奢侈地消化掉一半的甜。我不喜欢扔东西，虽然我一直在扔东西。我们商议好的，一支。于是那冰凉的甜为我们所共享和拥有，不是单个的，是一整个，一整个夏天的甜。

只见冷漠的水沟泛着褐色的光，没有水草，岸边植物在夜里卸下伪装，垂头丧气。

我记得这个独一无二的夜晚，在此之前我也有过类似的时分，但这是独一无二的，因为我准备离开，而且已经在离开，离开他住的七楼，我们待过的酒店，离开酒店走廊那廉价的却可以接收脚步的轰鸣的地毯，离开他的气息他的声音。一个单调的旋律从那所七楼的房子传来，不断地继续着它的节奏，一种危险的致命的激喘，我想起七楼楼顶的那些星星，激喘的星星们彼此呼喊着点亮它们的孤单，月亮在云里躲起来，喘息在夜的尽头中消失，散掉了。

车子们孤单地待在街角，属于这座城市的饭店的刺鼻的气味在深夜里只会越来越浓。那座七楼的房子的院落，锯齿的铁圈门锁住了大门，栅栏隔离着旅人，隔着一层层的建筑物，我仍然可以看见那熄灭灯火的地狱，那里有我的恋人。

"我这是神经性的，由头而下，至腰，至腿，腰疼，腿疼，有一阵疼得不能行走，你知道，以前的治疗都是有一搭没一搭的，前几月较为成片地整治了一下，现在是好多了，虽没真正好。你如果因我的病而不安，现在你放心。我没有责怪你，只是祝福你。"

那个夜晚是二月七日，可能提前一天，反正就是那段时间，一周，一月，更长时间的凌迟，经年，灾难早就开始了，冰冷的甜蜜的味道一直在持续。上面的简讯来自七月七日，过了至少五个月，他在恐惧与疼痛之中被残酷地扔进孤独和退缩之中，远离我。

我没有问，不想知道得再具体一些，是不是那些日子，他躺在床上，下不了楼，不能行走，孤单绝望地在担心自己的余生？

爱情越是匮乏越需要忠贞，在害怕和不安里，爱飞走了？我迫不及待地逃离,买了飞机票,月亮熄灭,天空消亡,我只听得见一种似有似无的喘息,只有这些,沉闷艰难的喘息。

太阳神鸟没落了,只是一个图案,在墓园里被做成了标本贴着。我倒退着离开,离开我的太阳。

世间冬天

一到冬天,我的身体就会特别冷,尤其近两年,不到暮秋我就会将贴身保暖内衣穿起,夜里,会将护腰带裹在腰身。每年秋天,腰最先感知到气候的变化,我就像个虫子一样,在冬天来临之前,蜷缩起自己。这两年,我比往年更怕冷,医生说可能是因为连着两个冬天游泳,他的猜测当然来自我的陈述,但明显不是准确答案。我怀疑有一些其他的冷,潜伏在我的季节循环里,提醒着我不要高傲,提醒着我草木一生,提醒着我有可能因为生活安逸忘记的冷。

回到西安已是仲秋已过,算是暮秋,冷。无论我在哪里,都会觉得冷。雾霾无处不在,席卷着我的高楼,我就像储存冬粮的耗子松鼠一样,每日里带回一些东西,装满冰箱,再装满厨房,对于温暖的渴望让我对食物充满贪念。与此同时,每个夜里,我都会被冷醒,在一日日盼望着暖的到来的日子,我想着我所经受过的冷,想到祖母,想到两个人。每到冬天,我就会比日常更挂念他们。

这是两个放羊汉,他们在风里来雪里去,夏天我担心下雨淋到他们,冬天我担心大雪冻着他们。他们是世界上最远离人群的人,他们赶着人世的羊群,走在祖辈走了几十年的道路上,他们追逐着风,也追逐着坟墓——我们每个人都在追逐着坟墓,但是没有他们那么专心致志一心一意,没有他们那么单调。

他们一个是我的亲舅舅,一个是我的亲叔叔。刮风下雨打雷声,只要有冰冷,最先抵达的是他们裸露在天底下的身体,最先抵达的是他们已经近乎麻木的心。麻木吗?有时候我会问我自己。因为就连我自己都不知道,他们爱不爱自己的事业,爱不爱放羊这份职业?就连我自己都不知道,放羊能不能算是一份职业。

我的叔叔善良、智慧,但是他一生的日子就盘旋在那个他出生并活了几十年的村庄,他的渴望是不要下大雨大雪,每天晚上放羊回来的路上,月光明亮,道路好走——夜里放羊,很容易踩到蛇和荆棘,也容易踏空到沟渠里。

我的舅舅不善亦不恶,也更谈不上世俗的智慧,他是人们口中的一个傻子。人们认为他实实在在是傻子,人们戏弄他,逗他,让他把放养的羊卖了,娶老婆。他说娶了老婆也养不起。我也逗他,戏弄他,我说二舅舅你为什么总是耳朵里放着棉花?他说是为了不听到更多的声音,他说这个世界的声音太多了。那以后我对他心生崇拜,亦心生怜悯,我在这世上所有的寒冷,都在这句话里找到了总结,我认为他是这个世界上的哲学家。

现在,眼看立冬,明日就是立冬日,就进入冬季的节令。天气预报一日比一日让人绝望,谁会爱上这阴郁的十一月?我在西安生活,租住在一间几十平方米的小房子里,看着天气预报兜兜转转,看着陕西省大部分将有大降温和雨雪的预告,只觉得寒意像一种问候一样突生心间,我记起了墓地里的人,也记起了墓地外的人,我拿出单位发给我的银行纸币,打向他们,我想向他们给出我的所有。

寒冷的冬天,必须穿上厚衣服,必须更紧地包裹起自己,必须,去爱上一些什么,爱上那些同处寒冷的人,爱上一种寒凉的命运。

村　声

就是那样的声音,半梦半醒之间,铿锵有力地响着,接着睡过去,又仿佛是梦里，依然敲击着，我租住在这二十二层的单身公寓里，楼层外面是水泥钢筋加落地玻璃大窗，冰箱在阳台放着，也许是那里发出的声音，谁知道呢？感觉就像房间里进了人，但这也是没办法的事。我置身其间，等待着一切。我楼对面过一条马路是另一栋要起的高楼，每天都会有高大的黄色转角机器运输器物。有时候让我恍惚这样的生活我还会过多么久。我仿佛总是在等待，好像现在的日子只是暂居，所以有惆怅也不至于多么深，至多是我不在这个地方，我只是暂时寄居，而事实上我已经算是定居在这一片土地了，虽然仍然是租着房子。我早年的岁月没有这些，夜半不绝的汽笛，冰箱的嘈杂，人家楼上的高跟鞋……我知道我不会回到那时候，但我总感觉似乎在等什么，等一只鸡啼提醒我，等一头羊叫并攥着我，等一只猫流浪归来，坐在我腿上？

我曾经的生活，由鸡引领，统摄四时八节。村庄的院落里总是有那红冠子的大公鸡，像电影的布景，高高地打鸣，它们蹲在柴垛上，院子的几根木头杆子上，蹲在糜草堆上……三三两两。天快亮时，它们就开始唱歌了，仿佛喉咙里住着一个自动发声的钟，永远不会改变这本能。在城市听到鸡叫，会觉得怪异，甚至恐怖，因为接着而至的想法是必遭屠杀。

我小时候不喜欢鸡叫，麻雀和鹧鸪接踵而至，深山里的鸟也在深睡的早晨添乱，好像永远都是这些。没有想到当隆隆市声代替了我少年时期禽类的嘈杂之音，忽然会觉得那样的日子竟变得难以企及，就如村庄的猴顺大爷、蛆大娘、跳大神的姑姑，以及一起长大的小姐姐，再次一起相坐，觉得像是前世活过了一回，亲切又陌生，可怕的不是那种骤然而至的变化，而是那种日常生活在渐渐行进之中，一切根基，被摧毁。儿童相坐还有旧时的纹理，笑着笑着，就远了。这样的远近似是银河。

少时与我一起长大的姑娘霞来了，我认识她时我们都是六年级，她还有婴儿肥，白白胖胖的脸庞，粗白的手指头，墩墩的，写的字竟也身宽体胖，笑起来眼睛里点着两盏小灯般莹莹然。那天是上午十点多，我现在还记得，她穿着及袖的衬衫，紫蓝色圆点爬满了身体，走起路来阳光随着衣服闪动，以致我总是觉得，她穿紫色最好看了，通体的紫，或者那么微微一点。她把衬衫系在裤子里，裤子上挂着家里的钥匙，她是镇子上人家的女儿，所以不必住校，可以夜夜伴着家人。就那么一眼，然后接下来就是好多年的友谊，即使不在一个学校，也要一封封书信远天远地地传，我南船她北马，接着就戛然而止于她的闪婚。她的小儿已四岁，不见当有五六年。这一次她从老家来西安，约了相见，分明还是旧时气息，牛仔背带裤白色长袖的姑娘，从背后望，她还是少年模样，让人想去挽手，近前看她在花前俯身，要拍照，也还是依然。只是，电话里那哑哑童声，叫妈妈，却忽然让岁月一下子分成了银河。银瓶乍破水将进，竟至可以如此无声。

现在写这些，窗外山岚是秦岭，四方八面一耳警报声、汽笛声、人家的装修声、街头音乐的吵嚷声……你甚至打不开一条路，这些都如水涌着，仿佛只一瞬，并肩而坐的少年友人已经是别人的妈妈了，说着做了母亲的愁心事。从小生活的村庄，也村不是村庄不是庄，马路换了，窑洞也换了，人们拥挤地住在道路两旁统一规划而建的新农村房子里，鸡没有圈，进了工场；羊没有栏，进了屠宰场，亦没有猪圈牛圈，锄头镰子也没有了它们的家舍，碾盘成了景观背景，鸡鸣而起日落而息的我的乡人，也成了进房子就洗手就换鞋的城里人。

我体会着一种鸡鸣的忧伤，极少量的，如同砷，轻柔而稀薄，我感到那种极为寂静的孤独，一种缺乏鸡鸣的孤独。也许，整个村落，故人也不会再具鸡黍，田家也只是搬进古诗词。我想不来那样的生活。

物觉察（四散章）

临　界

　　两年多以来，我一直在寻访一种状态，试图找一个词，精确地表达这种感觉，它具有某种不祥的忧郁的带有离别且让人难以忍受但最后不得不承受的意义，它能较为齐全地表达生命的某个状态，或者生命的一整个终结，表达爱情、悲伤。我曾经用过"最后"，或者"最后的最后"，实际上我表达了最后的时刻，最后的一次见面，最后的一吻，最后的打闹和争吵，最后的一份邮件和短信，最后的某种回旋的气味，最后的一次……但是"最后"这个词也只是一种时间和空间概念，它没有温度，是可以拓宽的。

　　今处暑，夏将止，秋未满，寂清则无言。最是这种状态，让人想到小满大满，想到乐极生悲，想到阴盛阳衰，想到临界。对，就是"临界"这个词，让我忽然之间找到了两年多来我寻访的状态，临界是一种沉默与另一种沉默的区分，一种通透与一种彻底，忽然间就明白了，就抽刀断水，就悬

306

崖勒马,就立即从淤泥里回头,就上岸。

临界,在这个词里可以感受到干燥的夏日,浩荡呼啸的秋风,感受到田园的金黄,树叶在枝头对鸟儿的致意,山头红枫的忧伤,落日晚霞的华丽孤单,破败得无法再维系的寻死觅活的爱情,凉意丛生结满露珠的蜘蛛网,早晨第一声寒鸟的哀鸣,池塘上干死的青蛙,扔在水里的书籍,中断的情欲……

我喜欢这个词,幻灭后的悲哀,里面蕴含着离别,甚至可以听得见逐渐走远的脚步,疼痛的反抗,野兽陷落深渊,陌生人在家门口失踪,忽然的疾病,死期难逃的灾难,孑然一人的宿命,最后一次亲吻过恋人的嘴唇,有始无终的空虚感……这些难舍难分出尔反尔,与嫉妒和渴望,与苦恼和希望伴随着一路走来了,但是和其他的一切明显可以区分,是另一种的,不同的,是绝望到底要转化的。终于有一天,单调的重复证明了它的增加而不是缩减,证明了量的积累后质的变化,稗草不取悦人类,狗尾巴草也不到冬天过冬,如此而已,走着走着就兴尽了,这是一种自由。自由从来是一种权力,属于奋力抵抗者,抵抗是一种力,人们赞美生存,赞美狗的被豢养;山间的狼在消失,它从不愿体现它的奴性。所有活下来的物种,所有取得的东西,里面都有妥协退让,甚至变节。人们欣赏变节的东西,赋予它们"随遇而安"的廉价赞美,因为这样可以便于"求同"。

临界,则是用尖利的刀,割断最后一线藕丝,白云驾着马车,远远地撤退,温度一下子到了零摄氏度以下,水不再过渡,直接结冰。

我们的一生中,需要面临这样的临界点,多少次?需要多少次硬起心肠,驾车远去,不再四顾?

然而临界,却明显是一种绝对的界限,一种态度,一种温度,一种坚决,一种回问,一种抵抗,一种倒退着的撤离和远去,一种告别,一种新生,一种结束,一种开头。

临界悄然而来,牛顿躺于树下,佛祖坐观菩提,有人拈花,有人微笑。

有时候，仅仅是一阵风，一片叶子，或者仅仅是关山偷渡，长夜花落，寒蝉悲鸣，忽然之间，就跃到了那个点，而此前千里独行，万里跋涉；此前上山点灯，问神问仙；此前一路寻访，踏破芒鞋；此前结草衔环，登舟过河……都只是为了这瞬间的顿悟，都只是在迎接临界。尽管我们拒绝这种假设，可是当临界突如其来，也不是没有感觉到解脱。

一切执念，可威胁的，都是我们内心的欲，肉身沉重，抓得太紧。不如就此放下，就此悬崖勒马，就此抽刀断藕，就此任水自流自去。

临界，是潘多拉盒子的最后一层，你退出自己，不再是你。临界永远是短暂的，过程漫长，是希望，是深渊，你终于可以腾空而起，在积水里长出翅膀，涅槃，飞翔。

祝福世界，祝福你们！

花 华 说

朋友发来樱花落光叶子的裸身图，告诉我樱花不只早樱晚樱，还有冬樱。冬日樱花我从来没有见过，因此深感它是不逢季节乱开花，算个性之花一种。朋友说："这不是个性，而是天性。冬樱春华，才是个性。"春花与春华，虽一字之别，气象却完全不同。当然，花华音通，在甲骨文里，它们通用，但是随着时代的变化，花华修成了各自的气象。

花较多指草本植物，华则指木本植物开花，更重于强调叶。说花多重在名词，华则较多用于装饰，是形容词，但亦有"天华""桂华秋皎洁"的说法，这里的"华"，是名词。

华有光，有色彩和温度，华发，华年，华盖，岁华，梦华……情感色彩非常浓烈，有时空之感；而花，出现在视野里，多以形以貌，以气味以声响以具体的颜色。这样说来，华更在强调一种记忆与通感，一种宏观，而花则是留驻，是当下。

我们也称我们中国的文化为华夏文化,这里的"华"应该通"花",华夏为花夏,夏花烂漫,夏在五行里面是中间,一年四季夏也在中间,是中国的中。夏有蝉鸣,居高声远,夏虫多,树多,葳蕤繁盛,所以,华夏是花夏,是花虫,是蝉鸣万山,是居高声自远,是一种寄托。

花华虽然可以相通,但是质地和品性不同,一般人伤时伤花,重伤逝。大多人不问因由,欢喜不知,喜花的声色,重华的气泽。细想来,它们各有风度,气象不同,华有英气,花则重拟态,一在形一在神。花该是形,是实相,华则为象,由形到象,世纵是悲哀的,也当如露的世,有其芳华处,可惜可耐。如果说字和词也有自己的等级和性别,花应该属于底部,华在高端;花在外,华处内;花富有攻击和诱惑性,华则是自我修炼;花偏重于交流,华则是酝酿,偏于含蓄,追求含英咀华。花是柔的弱的娇的可以在形体上毁灭的,有其时态的;华则刚,则硬,则光,则气,则泽,则千万人吾往,是一种精神的追求;器物之美多在华,是草木之花的转化,是木的另一种生活方式,另一种喘息。可以杀死的是花,是一种物质的形体;杀不死的是华,一种精神,一种心性,一种灵魂。所以说,木质的房子有自己的生命,就是因为木虽然被砍倒,被肢解,但它还有它的华它的气,还在生活着,而不是生活过。

由花到华,人该哀而不伤,这是汉文字独有的精神气韵和向度。雨花啊,雪花啊,重在强调其形,华则有京华、芳华等,如此,则显得花太浪漫,进退有余,进有光荣,退有哀荣,华则太满,回旋余地不足。华无论繁体还是简体,下为十,十字架的十,十全十美的十,十太满,就阴,就衰,就气和势以及气象会往下落。

姓名学和命相学上取华为人名,都说是不好,我怀疑就是因为一般人浮不住这个字的气。贱人贱名,好养,不是没有道理,很多人叫小花啊大花啊花花啊,一般不会有什么大成就,也不会有什么大不幸,甚至一些猫狗,也叫作花花,当然,不是名贵品种的猫狗,土物贱命,有天护着,易活。另外，花还可以做花子，道具是一棍、一钵、一破袋子，世俗味道真是浓，是行于人间的，不像华，有烟霞气和富贵气，隐着一种骄奢淫逸。

人说中国没有哲学，在我认为这完全是误断，中国一个随意的字或词会连起整个世界，整个的"我"，整个人在世的生存和观照，都可以连缀。文学艺术本来就有点迷信的味道，都是自说自话，我说了半天花与华，也完全是自我感悟，是梦话，也是梦花，还属于梦华，君且一笑读之。

猫 头 鹰

线性的青蛙，草绿，坐着，或者躺着，在一块草坪样的木板上，旁边是四只站在绿色青苔上的鹦鹉，再过来则是一些没有头的鸟，在几块石头间匍匐着。紧接着的另一块绿色草坪上，放着石膏一样的白色雕塑，看不清模样。这些被一行漆黑色的木板隔开，下面，又一排木板上，则是一堆大小不一的猫头鹰，有三种颜色，应该属于两个家族。再往下一排，木板上，一只待飞的似乎是麻雀的鸟正在展翅，它单脚站在一只青黄色的小球上，旁边是四只站在草莓上的灰鸽子，它们的阴影落在桌子上，三只向光，一只背光。紧接着过来的木板上，又是几只猫头鹰，袖珍版的，和中间那一排木板上的猫头鹰其中的一种为同一家族，只是比那些还年幼一点儿，尚没有长成。

很明显，这是一张切割的照片，没有将意念里可以喘气的动物完全照进来，有些缺了头，有些缺了尾巴，有些半支长喙不知下落。

这是一些雕刻和塑料制品，它们标着价格，团团挤在一起。这些睁着眼睛的动物，也许在等待有朝一日会被握进一个孩子的手里，这是它们的命运。也可能是一位成年人，因为心里的某个秘密，请走了它们，带回了房间，留下来，或者转赠给自己喜悦的人。这种机会随时都会遇到。在另一张图片里，就出现一个女孩与一只猫头鹰，木头雕刻，女孩长长的头发作为完整的一片被梳拢在头背后。

这群水里游的和天上飞的动物作为玩具被摆放在一起,在现实生活里,它们相恨相食,只有在这里,它们才拥挤孤单地不得不相互陪伴着。这么多长翅膀的雕塑,伸展着翅膀或者瞪着眼睛,蜷缩着。一片天空在照片之内长出来,属于它们,它们似乎随时可以张开翅膀,飞起来。青蛙游到水里,猫头鹰飞往高空,鹦鹉挂在人家露天茶馆旁的矮树上,鸽子在树底下吃着虫子。——应该是这样。可是它们被抛落在这一片人造的草坪之上,木板之上,它们作为一群受困的囚徒蜷缩着身子,放弃争取自己的命运。每一只都如此,包括那只单脚起飞的,也把自己定格。

这些动物似乎都是从外面逮来的,喊住它们,绑住它们,降服它们的灵魂,最后,它们被迫生活在这狭小的空间之内,草丛之中,渐渐成了照片中的样子,一动不动,除非被买走,否则会永远如此,持续地,蜷缩着。——它们分明已经忘记了另外的存在。

不管是谁看见这些惟妙惟肖的塑料和木制品,都会起短暂的悲哀。造物主创造了世界和人;人依照植物和动物,又制造了它们。一切都是模仿,模仿一种繁殖,一种生存。这些被造物也是有生命的,它们不会求救于世界,但是它们会衰老、变形、蒙尘、破碎。然而它们会永远活在自己既定的表情之内,将一生持续。

这些生物,有翅膀不能飞翔,有双腿不能游泳,人们可以请走它们,也可以抛弃它们,说到底,它们只是一种装饰,是富裕或者孤独的人的一个物件,作为点缀或陪伴会陪一些人一些时光。如同那些养在房间和栏内的家庭野兽一样,它们在这里和在别处都是一样的,都是为了完成某种爱意,或者达成某种心愿。它们中的一些,也许永远都不会有这样的机会,不会与世界建立新的联系和平衡,会死在这里,被抛弃,丢掉。——不过殊途同归,它们会和真实的有生命的动物的下场一样,被吃掉,被肢解,垃圾桶或者大火,翅膀会燃烧,脚会被割掉,世界会将它们若无其事地消灭，如同所有热烈的情感一样。这是个不幸的世界。

然而它们摆在这里，制造着人与人之间的追求，男人和女人之间的欲望，小孩子的隐秘向往，它们会成为一些时刻短暂的巨大幸福，一种爱意的拥抱，它们会以一动不动体现它们的意志，那种嘲笑一切的意志，嘴巴紧闭，却发出呐喊。它们作为有嘴有眼的物体，有自己的面孔和表情，将倾听一切拜访者，一切触摸者，它们随时都在寻找自己的位置，制造邂逅的深渊。

它们待在这个动荡不安的世界，静静地蓄谋着分离和毁灭，不管谁从外面来，带着遥远的风尘和气息，都将被它们捕捉。

现在，这群动物一样的塑胶和木制品，躺在平面的图片里，自我封闭，形成一个完整的独立的世界，制造了一种分裂和思念，制造了一种流失，但实际上，图片更像是一种通道，我从这些长翅膀的猫头鹰身上，感觉到了某种隐秘的联系，通过这些一动不动的翅膀，我仿佛感觉到了一种飞翔，它们以特殊的方式飞了起来，空气里没有声响，但是却已经分明是抵达了我，光明和永恒在某个瞬间，与我一起生活，而我所渴望的，是再长一些，久一些。

永恒的感觉需要不断地重复巩固，直到谁也取不走，谁也剥夺不了，即使上帝都不行。我知道这只是我自己的一种幻觉，可是仍然祈祷这种幻觉不要随意消逝，像此刻一样浓稠地环绕着我，这是一种悄悄地祈祷，在这个善变的时代，我只能忧伤地去理解一种思念，一种爱意，出神地望着来自遥远海岸的一张又一张翅膀被定格的猫头鹰的照片，塑造或者描绘一种不会随便死亡的东西，尝试去追求一种永恒。我要保存这些形象，尽管沾满了我热情的寂寞，但在一片空无里，我仍然头晕目眩，温情脉脉地看着这些裸露在我视野的动物，想象它们的天空和河流，期待着与它们融合。

朝 霞

霞红的唇,霞红的面容,霞红的光,罩着她。开始,她只是一个小姑娘;接着,是一个新妇;再接着,是白雪皑皑的早晨地面上的一缕霞光;然后,就变为山野间的一株青青草,年年返乡,在风雨里叫着爹娘。

这是一个真实的故事。

她姓王,叫丽霞,既丽又霞,是一个叫王家焉村庄的女子。在我的一篇《红云落》的小说里,她出现过,已经死去多年,和着我的童年,葬在叫作毛乌素沙漠的地方,被山风吹着,从一个山丘飘到另一个沙丘。

能说些什么呢,关于霞? 不同地方看到的霞光,晚霞与朝霞,不同的亮丽与哭泣,不同的霞绯色,霞绿色,彩霞满天呀,我童年最要好的女孩子就叫霞。我有很多很多的故事,各种各样的朝霞,或伤感或愉悦,或带着永恒的渴念,或只是当时已惘然的惆怅。每个人的一生,当喊出一种色彩的时候,也喊出了一种思慕和微微的厌弃。太阳每天都在升起,你所渴慕的影像也在万里朝霞里从大地上隆起,接着是树梢,然后是山顶,最后停留在一朵云上,你可以做很多设想,所有失去的或所有到来的,都附在晨光之中。旧有和未来,永恒的饥渴和许诺,都在那里。

一个人再怎么走都无法走出自己的身子,一个人再怎样走也无法走出自己的童年。朝霞就是我们的童年,而晚霞,则是预兆的未来,朦朦胧胧及早铺开在那里,形成一种照应和因果,形成一种循环。

当我在形式上走出我童年的沙漠,我的生活就只有晚霞了。当我进入青年,接着又眼看进入中年,我已经成了一个有很浓丧失感的人。我的朝霞是属于我的沙漠,属于毛乌素,属于一个姑娘的唇。当我写下"朝霞"两个字,我确实只记得那个姑娘的红唇,以及她人世余生时光的样子。朝霞有时候也暗指一种夭亡,在童年我并不知道,这得需要很多岁月,很多霞光，很多"无可奈何"。

我可以这样写吗？一个女孩子，甚至没有活到二十岁，在一个白雪皑皑的早晨，霞光披身，穿的还是做新嫁娘时的衣服，盖的也是新嫁娘时的毯子，被一辆牛车拉到了山野外。她得了不好的病，叫老鼠疮。人家等着生等着养呢，在此之前，人家惊慌失措地等着她的死。

她在世的爷娘和弟弟，看过她最后一眼，就从她的婆家回来了，扔掉了她做女儿时的一切化妆品，也扔掉了她做女儿时就一直吃着的药瓶。那些瓶子真是好看，那些都经过她手指的触摸，已经没有了她的温度，但还有着她的烙印。我也只是一个小姑娘，比她小的小姑娘，我喜欢她嘴唇上的霞光。那些东西被她的母亲倒在沟渠里，等着一场大雨的水推走，就如等着一把火，或者，一个墓穴。她在大雪纷飞的夜里，圆睁着两眼躺在山冈上，最渴望的，也不过是一块墓穴。

那时候她还没有死，只是已经不会动了，心里也还有着意识，还可以说话，她求着她的夫君，求着公公婆婆，求着那头喂了几年的老黄牛，说等她死了再拉出去吧。

她的死是崭新的，对于小村来说。对于这一片荒漠来说，死古老又衰朽，人们早已明白了用哪种方式，每个人都遵循着那样的方式。她是要被烧掉的，被风庄重地吹走，如吹一片羽毛一片落叶。"风葬"，多么浪漫的方式。人们只等着她在野地里咽下气，雪化掉，一把甘草铺上来。在此之前，大年夜，要扔出去，要将霉气拦截在新年之外，她属于旧年的霉气，红彤彤的霉气，被扔掉了。

隐隐有鸡叫，先是一声，再是另一声。叫作清水的乡镇，作为孩子的我，以及同学，十四五岁，我们躺在新年开学的木架床上，说着她的崭新的死。

也是那样的早晨，霞光弥漫在山上，鸡叫声在此之前非常稠密，它们应该恐惧自己活不过正月，就被做成待客的上好菜，一年一度，会在刀刃上烧出。霞红的天,一抹长卷,一路铺开下去是飞白的蓝,无穷无尽的岁月在那里张开。

影影绰绰的村落,鸡鸣声拉出了霞光,金色、玫红、冥黑、苍白。像是一个人站在那里用大笔画,一笔重彩,一笔青釉……一抹霞红……不断往下画。

她躺在雪地里,过路的人看见了她睁着的眼,微微的呻吟,过路的人听见了她的求救声。

这是新年呀,新年的第一天。

日头升起,鸡啼不见了,霞光也不见了,一切都在凄凄惨惨里败下去,几千几万年的光从尽头里升上来,从大地上笼上来。

那样崭新的年,那样簇新的死,那样陈旧的霞光,停在她的红唇上,我一直记得。她是我最初看见的霞光,是我小村的姑娘。那样的结局等着她,也等着那里每一个无法逃身的姑娘。那样洁白的雪,雪上铺着朝霞,半山瑟瑟半山红。

新嫁娘的红唇里,含着一整个要升起的太阳,如果拍成电影,这是多么壮丽的景象。我的村庄里经常上演这样的波澜壮阔。生活难道是这样?

后记：文学的画皮与瘾癖

刘国欣

我的写作面对我个人，因为我自身就构成一种现实。对外而言，乡与城，贫与富，贱与贵；对内而言，厌倦与热情，消极与积极，踌躇满志与心灰意冷……文学的纪实与虚构建立在这一切之上。

写作于我，对外是画皮，对内是瘾癖，更多的是一种内心活动，是独自的呻吟，是对我自身生活的内省和审判，没有多大野心，亦没有想过为时代代言，最多只能是自身，而生命在很多时候，也不过是一声呻吟。处在这个年龄，三十岁上下，不老也不再年轻，生命刚刚展开但新鲜早已结束，可以死也可以不死，而活着，势必去占有一些社会资源，毕竟上有老下得养自己，还可能有未来的一代，属于"攫取"的年龄。"攫取"固然会有一种成就感，但更多的是羞耻。年富力强的年龄，脸上写满平庸的"大志"，对着人群要慷慨激昂，时不时因为生活需要，尤其我自身是一份教职工作，得指点江山，内心即使很孱弱，也得戴上这副画皮，一边羞耻一边继续。

对，是画皮也是瘾癖，这样说像是一种巧明的逃避。文明问答里一种彬彬有礼的热情，这两个词制造了一种贫乏的内在激情。其实我只是在

316

温良恭俭让里想到用这两个词替代我真实的感觉。

画皮，大家都知道。有个作家在他的小说里说过，文学可能是一部分人往上流社会爬的画皮，他在那本书里勾勒了太多文学恶棍，我曾经对号入座，看得颇为汗颜，但心里知道，自己亦不过如此。所以画皮没有什么可解释的。——做出解释也让人觉得耻辱。瘾癖，我喜欢这两个字，比孤独、渴爱、对抗等更有温度，更激进，含有一种风险，仿似"性病""毒瘾""通奸"……这些情况在生活里并不少见，甚至写下就已经带着一种焦虑和狂躁，我喜欢这种词语制造的深渊，很安全，对吧，比之具象的生活，这一点儿也不算什么。写作是种瘾癖，不是所有人都这样，这两个字太过可疑了，必须悄悄地用手挡起来才可以说出，甚至，一些人一辈子都会去否认。瘾癖可以算是一种疾病，可能终身无法痊愈。患了这种疾病的人，血液、心脏以及神经都会改变，变得纯粹而单一。你即使保持与众不同，谨慎的风度，小心地注意让自己的言行举止不要过分，但你会深刻地清楚一种内在现实。你不想让人看出你内心的隐藏，甚至你也要骗过你自己。不能不说，你可以平和，一本正经。如果你是个教师，你甚至还可以当着学生的面一堂又一堂滔滔不绝，展示你"良好的修养和渊博的学识"，用以让他们对你信服……但你知道，早就不是那么一回事了。——我可以这样说吗？文学没有那么高尚的，就像爱情，一边亵渎一边忏悔。情况就是这样，对内满足私欲，对外展示画皮，看似隐藏而实则一览无余，我不喜欢说谎，必须诚实，每一个字都是为着向自己表忠诚刻下的。

广场、坟墓、纪念碑、垃圾场、博物馆、农场（劳改农场）、档案……愤怒、悲伤、感恩、谢谢、宽容、原谅、虚无……刘、国、欣……词语的组合以及标点符号，都在制造它们的诅咒或歌唱，我们随时可能掉进字词的裂缝，所能说出的有什么？我在乡间长大，山居生活过早教会了我独自呻吟，也教会了我反抗与放弃。写作就像写遗书，省视世界与内心，水流过来，又从我身边流走了，可能溺死，却发现被冲上岸，一次次。尤其对于女性，写作往往局限在河岸而不是河床，成为一种生活的装饰。对此真是抱歉，我喜欢白描而不是工笔，不喜欢稀释。

晴窗过雨，虫子聊天，鸟兽起床，先人在山洞里整理骨头，此刻，我的窗外缓慢地荡过一片云，那朵云上载着一张脸，云卷云滩，不见了。我必须写下这种感受，前面说了，就像写遗书。在书写里，似乎哪个方向都可以前行，似乎什么都可以说出，人生需要这种虚幻感，仿佛一种审判。

前几年在南京生活，经常坐地铁，那是我有生以来最密集坐地铁的几年。从仙林到新街口，再从鼓楼到仙林，地铁里清凉有余，一张张脸显出湿漉漉的渺茫，尤其是早晨，整洁的花瓣般的脸孔，写满客气的拒绝，摸不得呀。这场景总让我想起乡间的生活，似乎是另一世，村庄不大人很少，每个人都可以叫得上名字……地铁里坐在我身边和坐在我对面的人，近近地，却很好地教会我什么叫人山什么叫人海。不是对比，没有哪种好或哪种更差，突然之间，你想起这两种不同质地的生活，怅惘，似乎喘不上气。小而碎，说出来都觉得羞愧，宏大像一种征讨，对此我是无能的。我喜欢小而温暖的事物，比如每天傍晚下楼去看楼下宠物店橱窗里的猫，比如雨后高楼上望见秦岭上空的彩虹，比如整个下午观看一片打散又凝聚的云朵……这些也要写下呀，像一种屠杀，像一种搁置，像一种隔绝，无差别地写下。

一种时代的绝望潜伏在我心里，也许是我内心的绝望，湿漉漉的，早晨和傍晚的地铁，穿行在黑暗隧道的地铁，仿佛一群人走在沼泽地。写文字也是这感觉，写在水上的，湿漉漉的，隔着玻璃窗行过去的。生活的义务，写作的虚荣，在阐发文学主张的场合里说出来，也显得轻飘飘的，说什么都统治不了对文字的瘾癖，就像一种暗示，你知道你躲在这种空无里避难。你即便逃得过空间，也改变不了时间。写作是对具象生活的逃避，或者可以这样说，生活中的美好太过短暂而生命太过漫长，通过写作可以实现对那些美好的"续费"，是对过去的一种招魂，未来的许诺。

写作是对生活中不能实现的生活的逃避,也可以说是一种实现。天亮了没有做梦也没有死掉,几乎每天起来都拥有这种感觉,深度无聊,还没有力气挂于东南枝,那就写下去,因为在写作中你可以生而又生,或者死而又死,可以不断团聚又不断分离。

曾经写过一句话:"你与你共存,像一个窃贼,一场偷情,你什么都没有得到,你又似乎全部得到了。"如果这可以算是文学主张,前面的尽管抹掉。废话连篇,自身亦不知所云,主张如同主义,充满呼号和讨伐,而我只想隐匿,在文字的废墟里堆砌坟茔。